KB123456

중국
고대소설
기법

중국 고대소설 기법

조관희 역주

보고사

해제를 대신하여

중국 고대소설은 창작뿐 아니라 비평 방면에서도 현대 소설에 뒤지지 않을 정도로 많은 성과를 이루어냈다. 그것은 주로 '서·발'이나 '평점', '독법' 등과 같이 다양한 형태로 남아 있는데, 옮긴이는 몇 년 전부터 이에 대한 역주 작업을 진행하고 있다. 그 첫 번째 결과물이『중국 고대소설독법』(보고사, 2012)이고, 이번에 엮어 번역한『중국 고대소설 기법』은 그 후속 작업이다.

여기서 말하는 '기법'은 소설 작자가 작품을 엮어 내거나 창작할 때 운용했던 법칙이나 틀거리로 중국 시론에서 말하는 '문법'이나 '장법'을 가리킨다. '기법' 역시 그 연원을 따져 올라가면 평점과 마찬가지로 진성탄金聖嘆이 그 효시라 할 수 있는데, 근래에는 명말에 활약했던 펑멍룽馮夢龍의 작품 속에서 발견되는 몇 가지 언급들이 그 선하先河가 된다는 주장을 펴는 이도 있다. 하지만 펑멍룽의 기법은 엉성하기 짝이 없을 뿐더러 그 숫자 또한 미미해 언급할 만한 가치가 별로 없다. 이에 비해 진성탄은 자신의「『수호전』독법」에서 15가지에 이르는 기법을 정리해 독자들에게 제시하고 있다. 진성탄의 뒤를 이어 즈옌자이脂硯齋 역시『홍루몽』을 평점하면서 그 사이 사이에 수많은 기법들을 소개한 바 있고, 이것은『요재지이』를 평점한 밍룬明倫도 마찬가지다.

물론 이들이 제시한 기법들 가운데 어떤 것은 현재의 시각에서 볼 때 과학적이지 않고 그 의미와 설명이 미진한 것들도 있다. 하지만 어찌 첫 술에 배부를 수 있으랴! 그런 문제점들은 모두 그 당대의 비평가들이 안고 있던 시대적 한계라 할 수 있다. 그럼에도 불구하고 이들 비평가들이 제시한 기법들이 그 당시 소설 창작에 끼친 영향력은 무시할 수 없다. 곧 중국 고대소설 평점에서 언급하고 있는 다양한 기법들은 소설을 엮어내거나 창작할 때, 등장인물의 성격 창조와 이야기의 플롯情節 구성에 큰 공헌을 했던 것이다.

우선 인물의 성격 창조라는 측면에서 즈옌자이는 『홍루몽』 제2회의 평점에서 다음과 같이 말했다.

> 이 회 역시 정문은 아니다. 본래의 취지는 렁쯔싱 한 사람에게 있는 바, 속된 말로 차가움 속에서 뜨거움을 드러내고, 무에서 유를 창조해낸 것이다. 룽궈푸를 부연 설명하되, 워낙 대가족이라 사람들이 많아서 작자의 붓끝으로 하나하나 풀어낸다면 한 두 회로는 분명하게 해낼 수 없을 터인즉 무슨 글을 이루어내겠는가. 그렇기 때문에 렁쯔싱 한 사람을 빌어 그 절반을 대충 드러내 보이게 되면 독자들 마음속에 이미 룽궈푸 한 집안이 어렴풋하게라도 그려지게 될 것이니, 그리고 난 뒤 다이위나 바오차 등을 두 세 차례 [그림 그릴 때의] 준법을 이용하듯 부연해 나간다면 심중으로나 안중으로나 확연해 질 것이니 이것이 곧 화가의 '삼염법'이다. 此回亦非正文。本旨只在冷子興一人, 卽俗謂"冷中出熱, 无中生有"也。其演說榮府一篇者, 盖因族大人多, 若從作者筆下一一叙出, 盡一二回不能得明, 則成何文字? 故借用冷子一人, 略出其文, 使閱者心中, 已有一榮府隱隱在心, 然后用黛玉、宝釵等兩三次皴染, 則耀然于心中眼中矣。此卽畵家三染法也。

여기서 말하는 '삼염법'은 중국 회화에서 쓰는 기법인 '준법皴法'[1]을

---

1 산수화를 그릴 때 산이나 바위, 토파土坡의 입체감과 명암, 질감을 나타내기 위해 표면을 처리하는 기법으로, 중국 진한秦漢시대의 산악문山岳文을 구성하는 평행곡선에서

원용해서 인물 형상을 빚어내는 과정을 설명한 것으로, 곧 먼저 인물을 개괄적으로 그려낸 뒤, '준법'처럼 재삼 반복해서 인물 형상을 풍부하고 입체적으로 만들어내는 것이다. 또 다양한 등장인물들을 대비시킴으로써 각각의 성격을 두드러지게 보여주는 기법도 있으니, 마오쭝강毛宗崗은 『삼국지연의』 제45회 회수총평에서 다음과 같이 말했다.

> 정츤이 있고 반츤이 있다. 루쑤의 질박함을 묘사함으로써 주거량의 영악함을 돋보이게 하는 것이 반츤이다. 저우위의 영악함을 묘사함으로써 주거량의 영악함을 배가시키는 것이 정츤이다. 各有正襯, 有反襯. 寫魯肅老實, 以襯孔明之乖巧, 是反襯也. 寫周瑜乖巧, 以襯孔明之加倍乖巧, 是正襯也.

진성탄은 여기서 말하는 '반츤법'을 '배면포분법背面鋪粉法'이라고도 불렀는데, 정반대의 성격을 갖고 있는 인물들을 대비시킨다는 면에서는 동공이곡이라 하겠다.

이야기 줄거리의 구성을 다루는 기법 가운데 가장 전형적인 것은 '범중구피犯中求避'이다. 여기서 '범'은 동일한 사건이 반복되는 것을 말하

비롯되어, 성당대盛唐代에 일어난 산수화의 자연주의적 경향에 의해 다양화되었다. 오대五代, 북송北宋 무렵에 남북 각지에서 출현한 산수화가들이 실경에 입각하여 작품을 제작하면서 나름대로의 준법을 창안하였다. 북송 말기의 한줘韓拙가 지은 『산수순전집山水純全集』에 보이는 피마준, 점착준點錯皴, 작쇄준斫碎皴, 횡준橫皴, 균이연수준勻而連水皴은 가장 오랜 명칭이다.

원말元末에 남종화가 성립한 이후, 그 종류가 두드러지게 증가하였으며, 명대明代의 천지루陳繼儒는 『이고록妮古錄』에서 '준법'이라는 용어를 사용하고 화가의 이름과 준법을 함께 언급하였다. 명말明末, 청초淸初의 여러 화론서에는 해삭解索, 부벽, 우점, 하엽, 귀면, 절대준 외에 30가지 이상의 준법이 열거되어 있다. 또 『개자원화전』 등은 준을 구사하는 법을 그림으로 보여주면서 자세히 설명하기도 하였다. [네이버 지식백과] 준법皴法 (세계미술용어사전, 1999, 월간미술)

고, '피'는 그렇게 반복되는 가운데 다른 점이 나타나는 것을 말한다. '범중구피'의 가장 두드러진 예는 『수호전』에서 '세 번 주쟈좡을 치는 대목三打祝家莊'이다. 량산보梁山泊의 호한들이 주쟈좡을 세 번 공략하는 것은 동일한 사건의 반복이니 '범'이다. 하지만 세 번의 공략은 서로 다른 점을 드러내니, 첫 번째 공략은 쑹쟝宋江의 조급함 때문에 실패하고, 두 번째 공략은 후쟈좡扈家莊과 주쟈좡의 연합을 깨지 못한 상태에서 고전을 면치 못하지만, 세 번째 공략에서는 드디어 성공한다. 이 세 차례의 공략은 동일한 사건인 듯 보이지만 사실 그 내용은 다른 것이다. 이것이 곧 '반복되는 가운데 차이가 드러나는 것'을 의미하는 '범중구피'인 것이다.

중국 고대소설 평점에는 수많은 기법들이 있다. 이 책에서는 그 가운데 가장 유명하고 전형적인 것들을 뽑아 그 의미를 풀이하고 구체적인 실례를 제시했다. 항목을 뽑고 설명하는 데 참고한 것은 『중국고전소설예술기법례석中國古典小說藝術技法例析』(판성톈范勝田 주편, 저쟝구지출판사浙江古籍出版社, 1989)이다. 여기에 실려 있지 않은 것은 옮긴이가 여러 가지 자료를 참고해 엮어 옮겼다. 앞서 나온 『중국 고대소설 독법』과 이 책 『중국 고대소설 기법』의 후속 작업은 『중국 고대소설 서·발』이 될 것이다. 아울러 이러한 일련의 작업들은 옮긴이가 궁극적으로 준비하고 있는 『중국 고대소설 이론사』를 쓰기 위한 일종의 기초 공사라는 사실을 미리 밝혀둔다. 끝으로 원고를 읽고 수정과 보완에 대한 의견을 보태준 김진수 선생에게 고마운 뜻을 전한다.

2015년 여름
조관희

차 례

해제를 대신하여 … 5

개문견산법 開門見山法 ··· 13

경물영츤법 景物映襯法 ··· 16

계령해령법 繫鈴解鈴法 ··· 20

고작경인법 故作驚人法 ··· 25

곡절번등법 曲折翻騰法 ··· 29

과장사의법 誇張寫意法 ··· 39

교합법 巧合法 ··· 43

극불성법 極不省法 ·· 53

극성법 極省法 ··· 63

금침암도법 金針暗度法 ··· 68

난교속현법 鸞膠續弦法 ··· 70

농인법 弄引法 ··· 76

장우문뢰법 將雨聞雷法 ··· 82

달미법 獺尾法 ··· 87

대락묵법 大落墨法 ·· 91

도삽법 倒揷法 ··· 95

도서법 倒叙法 ··· 99

도사법 倒寫法 ·· 104

동수이지법 同樹異枝法 ··· 108

동중견인법 動中見人法 …………………………………… 117

홍운탁월법 烘雲托月法 …………………………………… 121

녹엽부화법 綠葉扶花法 …………………………………… 125

망중투한법 忙中偸閑法 …………………………………… 131

면침니자법 綿針泥刺法 …………………………………… 136

모성회형법 摹聲繪形法 …………………………………… 142

박순탈각법 剝筍脫殼法 …………………………………… 146

반상법 反常法 ……………………………………………… 154

정츤법 正襯法 ……………………………………………… 159

반츤법 反襯法 ……………………………………………… 167

배면포분법 背面鋪粉法 …………………………………… 173

방고측격법 旁敲側擊法 …………………………………… 176

백묘법 白描法 ……………………………………………… 181

보금균수법 補錦勻綉法 …………………………………… 186

생소협고법 笙簫夾鼓法 …………………………………… 194

서사양제법 叙事養題法 …………………………………… 198

선성탈인법 先聲奪人法 …………………………………… 205

소밀상간법 疏密相間法 …………………………………… 210

수궁운기법 水窮雲起法 …………………………………… 220

수미조응법 首尾照應法 …………………………………… 228

정범법 正犯法 ……………………………………………… 233

약범법 略犯法 ……………………………………………… 240

특범불범법 特犯不犯法 …………………………………… 245

양억법 揚抑法 ……………………………………………… 250

여파재진법 餘波再振法 …………………………………… 254

욕합고종법 欲合故縱法 …………………………………… 259

우왕금쇄법 禹王金鎖法 265

작수흥파법 勺水興波法 271

음양상계법 陰陽相繼法 276

이간회지법 移幹繪枝法 279

빈객피주법 賓客避主法 282

근농원담법 近濃遠淡法 285

이보환형법 移步換形法 291

인신재경법 人身載景法 295

일격양명법 一擊兩鳴法 300

절처봉생법 絕處逢生法 303

점철성금법 點鐵成金法 307

차수개화법 借樹開花法 313

초사회선법 草蛇灰線法 316

취인조문법 醉人吊文法 321

피난법 避難法 324

피실취허법 避實就虛法 331

현념법 懸念法 338

협상첨호법 頰上添毫法 343

협서법 夾敍法 347

화룡점정법 畵龍點睛法 350

화정위동법 化靜爲動法 353

회파역란법 回波逆瀾法 357

횡운단산법 橫雲斷山法 363

찾아보기 ···367

❖ 일러두기

1. 번역문 가운데 [ ]로 묶은 부분은 옮긴이가 문장을 매끄럽게
   하거나 보충하기 위해 덧붙인 것이다.
2. 이 책에 나오는 중국인들의 인명과 지명에 대한 한글 표기는
   고대와 현대를 가리지 않고 모두 원음으로 적었다. 이것은 문
   화체육부 고시 제1995-8호 '외래어 표기법'에 의거하되, 여기
   에 부가되어 있는 표기 세칙은 일부 적용하지 않았다.

개문견산법開門見山法

❖ 정의

　무슨 일이든 시작하기도 마무리하기도 어려운 법이다. 소설 역시 그러한데, 첫 머리에서 독자의 마음을 확 잡아끌 수 있는 강한 인상을 주는 것을 '봉의 대가리鳳頭'라 한다. 이것은 '봉의 대가리'처럼 사람들의 주목을 끌 수 있는 자석과 같은 흡인력을 가져 독자로 하여금 소설을 손에서 놓을 수 없게 만드는 것을 가리킨다. 그래서 어떤 이는 훌륭한 시작은 절반의 성공이라고 말하기도 한다.

　'개문견산법'은 바로 이렇듯 단도직입적으로 이야기를 소개하고 '인물'에 대해 서술하는 것을 말한다. 곧 소설의 첫 대목으로 전체 이야기의 단서와 작품의 주제를 파악할 수 있도록 하는 것이다. 문자 그대로 '문을 열면 바로 산이 보이는 것'이 바로 '개문견산법'인 것이다.

❖ 실례

　『요재지이聊齋志異』 가운데 「주광酒狂」이라는 에피소드가 있다. 이야기의 시작 부분에서 주인공의 이름과 신분, 그리고 기호까지 모두 드러내 밝히고 있다. '발공생拔貢生'이라는 것은 당시 최고 학부인 국자감의

학생으로, 응당 공부에 몰두하고 예법을 지켜야 하는 신분이다. 그러나 주인공은 "평소 술만 마셨다 하면 주사를 부려" 주위 사람들을 힘들게 한다. 이것은 신분에 걸맞지 않은 그의 행동으로 독자의 흥미를 끌기 위하여 미리 그의 신분을 말해주는 것이다.

혹자는 "단도직입적으로 시작하는 것은 완곡한 필치로 생동감 있게 묘사하는 것만 못하다直筆開頭不如曲筆生動"라고 말하기도 하지만, 매사가 다 그런 것은 아니다. 과연 완곡한 묘사로 독자를 점차적으로 끌어들이는 것도 훌륭한 방법이 될 수 있지만, 때로는 이로 인해 독자가 싫증이 날 수도 있다. 이와 반대로 '문을 열자마자 막 바로 산을 보여줌으로써' 독자의 흥미를 단숨에 사로잡을 수도 있는 것이다.

「주광」에 등장하는 먀오융딩은 공부에 매진해야 하는 신분임에도 술로 인해 잦은 실수를 저지른다. 독자는 과연 이 사람이 저러다 어떤 지경에 이르게 될지 조마조마한 마음으로 다음 대목을 기대하게 되는 것이다. 이러한 방법은 '자석이 쇠를 끌어당기는 것'과 똑같은 작용을 한다고 볼 수 있다.

❖ 예문

먀오융딩繆永定은 쟝시江西에 사는 발공생拔貢生이었다. 그는 평소 술만 마셨다 하면 주사를 부려 친지들 대부분이 두려워하고 기피하는 인물이었다. 어느 날 그는 친척 아저씨 댁을 방문했다. 먀오융딩은 사람됨이 활달하고 재치가 있는 데다 우스갯소리마저 잘해 손님들은 그와 이야기 나누는 것을 좋아했다. 흥이 오른 그는 어느덧 통음을 했다. 먀오융딩은 취하자 바로 술기운이 작동해 그 자리에 있던 손님에게 욕을 하며 악을 올렸다. 손님은 버럭 성질을 부렸고 좌중은 온통 시끄러운 싸움판으로 변하게 되었다. 숙부가 중간에 나서 몸으로 가로막으며 양편의 사람들을 뜯어말리자, 먀오융딩은 그가 손님 편을 든다고 생각해 숙부에게 되는 대로 성깔을 부렸다. 숙부도 대책이 서질 않아 먀오융딩의 집으로 달려가 이 소식을 알렸고 결국은 식구들이 쫓아와 그를 휘어잡아 끌고 돌아갔다. 먀오융딩은 침상에 눕자마자 사지가 뻣뻣이 굳어갔다. 아무리 주물러도 숨은 점차 가늘어지기만 하더니 끝내 완전히 끊어졌다.……

(『요재지이』「주광酒狂」)

경물영츤법 景物映襯法

❖ 정의

  '경물영츤법'은 간단하게 말해서 작품 속의 주변 환경 묘사를 통해 인물 형상의 성격 특징을 드러내고, 인물의 심리를 반영하는 것을 말한다.

❖ 실례

  『유림외사』의 서두에 등장하는 왕몐王冕은 작자가 긍정적으로 그리고 있는 인물 가운데 하나인데, 그의 성격 특징을 드러내기 위해 제1회에서 왕몐이 호숫가에서 소를 먹이는 광경을 묘사했다. 한 바탕 소나기가 쓸고 지나간 뒤 호수 가 풀밭에는 청량한 기운이 가득하고 구름 사이로 햇빛이 새어 나와 호수가 붉게 물든다. 여기에 푸른 숲과 붉은 꽃이 어우러져 '시정화의詩情畫意'가 충만한 가운데 왕몐의 탈속한 성격 특징이 잘 드러나는 것이다. 호수 위에 피어 있는 연꽃은 진흙 밭에 뿌리를 내리고 있으면서 맑은 꽃봉오리를 피우고 있는 모습에서 세속의 진애에 휘둘리지 않는 군자의 모습을 형상화하고 있다. 이것이야말로 '경물로서 인물을 묘사하는以景寫人' 수법이라 할 만 하다.

  『수호전』에서도 이와 유사한 장면이 많이 나오는데, "린충林冲이 산신당에서 눈바람을 피하다"라는 대목이 대표적이다. 여기서 작자는 린충의 시각을 통해 주변 사물을 묘사함으로써 그가 처한 고립감과 처량한 심사를 잘 표현하고 있다. 엄동설한에 퇴락한 마초장에 홀로 남겨진 린충의 상황은 억울하게 관직에서 쫓겨나 그곳에 귀양 오게 된 그의 비통한 심사를 잘 반영하고 있는 것이다. 이것은 앞서 『유림외사』의 경우와는 반대로 인물의 고독감과 처량한 심사를 주변 경물에 투사한 것으로 '감정으로 인연하여 주변 경물을 묘사하는緣情寫景' 것이라 하겠다.

하지만 크게 보자면 『유림외사』의 경우든 『수호전』의 경우든 모두 인물의 추상적인 감정을 구체적인 사물을 빌어 드러낸다는 측면에서 일종의 '감정과 경물이 교차하며 융합하는情景交融' 예술적 경지를 구현한 것이라 하겠다.

❖ 예문

그 날은 매우기梅雨期라 날씨가 무더웠다. 왕몐은 소를 치다 피곤하여 풀밭에 앉아 있었다. 그 때 검은 구름이 밀려들더니 한 차례 소나기가 지나갔다. 그 먹구름 주위로 흰 구름이 피어오르더니 점점 흩어지면서 한 줄기 햇볕이 새어 나와 호수 주위를 온통 붉게 비추었다. 호수 주변의 산에는 여기저기 푸른 숲과 붉은 꽃들이 알록달록 섞여 있었다. 가지 위 잎사귀들도 모두 물로 씻어 낸 듯 초록빛이 더욱 선명했다. 호수에는 십여 송이의 연꽃이 피어 있었는데, 꽃봉오리에서는 맑은 물방울이 똑똑 흘러내려 연잎 위로 구르고 있었다.

(『유림외사』 제1회)

두 사람이 서로 헤어진 뒤 린충은 천왕당으로 돌아와서 봇짐을 가지고 비수를 지닌 다음 술이 달린 창을 들었다. 그리고는 옥사장과 함께 수교에게 하직하고 곧 바로 마초장을 향하여 떠났다. 때는 마침 엄동설한이라 검은 구름이 첩첩이 덮이고 삭풍이 일면서 눈꽃이 날기 시작하더니 마침내 함박눈이 쏟아졌다. 가는 길에는 주막도 없는지라 린충과 옥사장은 술도 사먹지 못하였다. 드디어 마초장 앞에 이르러 보니 주위에는 황토담을 둘러쳤는데, 앞에는 두 짝으로 된 대문이 있었다. 대문을 열고 들여다보니 안에는 일고여덟 칸의 초막 창고가 있고 주위는 온통 마초 더미인데 그 한 복판에 초막이 두 채 있었다.

초막으로 들어가니 늙은 죄수가 홀로 앉아서 불을 쪼이고 있었다.

옥사장이 말했다.

"수교께서 이 린충을 여기로 보내면서 너는 돌아가 천왕당을 지키라고 하셨으니 곧 교대하거라."

늙은 죄수는 열쇠를 들고 린충을 데리고 밖으로 나가서 마초 더미를 가리키며 말했다.

"창고들마다 모두 관부의 봉인지가 붙어 있고 저 마초 더미도 다 수효가 있네."

그는 그 더미의 숫자를 일일이 헤아려 맞춘 뒤 다시 린충을 데리고 초막으로 들어와서 행장을 수습하며 말했다.

"이 화로, 솥, 사발, 접시들은 다 자네에게 빌려주겠네."

린충도 말했다.

"천왕당에도 내가 쓰던 그릇들이 있으니 그것들을 대신 쓰시오."

린충의 말을 듣고 늙은 죄수는 벽에 걸린 큰 호로병을 가리키며 말했다.

"혹시 술을 사먹겠거든, 이 마초장을 나서서 동쪽으로 난 큰 길로 2, 3리쯤 가게. 거기 저자가 있네."

늙은 죄수는 옥사장과 함께 돌아갔다.

린충은 봇짐과 이부자리를 침상 위에 올려놓고 침상 가에서 불부터 피웠다. 집 근처에 있는 숯 더미에서 숯 몇 덩이를 가져다 화덕에 놓고 머리를 들어 방안을 살펴보니 네 벽은 거의 다 허물어졌고 세찬 삭풍이 불어치는 통에 집이 흔들거렸다.

"이런 집에서 무슨 수로 겨울을 난담? 날이 개면 성 안에 가서 미장이를 불러다 수리시켜야지."

린충은 혼잣말로 중얼거리며 한참 동안 앉아서 불을 쬐었으나 몸은 얼어들기만 했다.

"아까 그 늙은이의 말이 여기서 2, 3리 쯤 가면 저자가 있다던데 술이나 사다 먹자."

그리고는 보따리에서 은 부스러기들을 꺼내 창대 끝에 호로병을 달아맨 다음 화롯불을 재로 잘 덮어 놓고 벙거지를 집어 썼다. 열쇠로 초막 문을 닫고 대문 밖으로 나와서 또 마초장 대문을 닫고 자물쇠를 잠갔다. 그런 다음 열쇠를 들고 발길 닿는 대로 동쪽을 향해 부서진 구슬, 흩어진 옥가루 같은 눈을 밟으며 북풍을 등지고 천천히 걸었다.

(『수호전』 제9회)

계령해령법 繫鈴解鈴法

❖ 정의

'계령해령법'은 문자 그대로 풀이하자면 '방울을 묶고 방울을 푸는 것'이다. 이것은 소설 속 주인공이 이러지도 저러지도 못하는 상황에 빠졌을 때 작자가 주인공이 직접 나서 그 문제를 풀도록 하는 것이다. 곧 방울을 매단 사람이 방울을 풀도록 하는 것을 말한다.

문제는 이것이 자연스러운 결말로 이어져야 한다는 것이다. 그렇지 못하고 억지스러운 우연에 의해 사태가 매조지 되어버리면 흔히 말하는 '기계로부터 나온 신deus ex machina'[1]에 의한 무리수에 빠지게 된다. 그렇게 되면 독자의 느낌은 떫은 감을 씹는 듯, 또는 밀랍을 맛보는 듯 뒤끝이 개운치 않게 된다.

---

1 예기치 않은 인물의 등장이나 상황의 변화로써 도저히 해결될 수 없을 것으로 보였던 사건이 단번에 해결되는 것을 의미한다. 고대 그리스 비극에서 갈등을 해결하는 방법으로 신이 등장할 때, 그는 종종 무대 측면에 설치된 기계 장치를 타고 내려오는 것으로 연출되었다.

❖ 실례

『홍루몽』제27회에서 바오차이寶釵는 다이위黛玉를 찾아 나섰다가 돌아오는 길에 한 쌍의 나비에 홀려 디추이팅에 이르게 된다. 그곳에서 바오차이는 우연히 하녀들의 대화를 엿듣게 되는데, 이것은 애당초 바오차이가 의도했던 바는 아니지만, 그것으로 인해 곤혹스러운 상황에 놓이게 된다. 바오차이가 그곳에 올 때 그러했던 것처럼 아무도 모르게 그곳을 빠져나왔으면 아무 일이 없었겠지만, 뜻밖에도 안에서 누군가 자신들의 대화를 엿들을까 두려워 창문을 닫겠다는 소리가 흘러나오자 상황은 한순간에 급반전된다. 대갓집 아가씨가 점잖지 못하게 하녀들의 대화를 엿들으려 했다는 볼썽사나운 상황이 연출될 위기에 처한 것이다. 더구나 이 정자가 호수 가운데 지어졌음에랴. 바오차이는 숨을 곳도 없는 난감한 지경에 놓인 것이다.

작자는 이렇듯 자연스러운 과정을 통해 바오차이를 곤경에 처하도록 함으로써 독자들 역시 조마조마한 감정에 사로잡히게 만들었다. 하지만 이때 작자는 바오차이로 하여금 기지를 발휘하도록 해 아무렇지도 않은 듯 긴장을 해소한다. 바오차이로 하여금 먼저 자신의 모습을 드러내게 함으로써 상황을 다시 한 번 급반전시키는 것이다. 창문이 열리는 순간 바오차이가 먼저 상대에게 말을 걸어 오히려 상대편을 놀라게 한다. 이제 주사위는 상대방으로 넘어간 것이다.

결국 위기에 빠진 바오차이가 스스로 그 위기를 벗어나게 되는데, 이 것이야말로 '방울을 매단 사람이 방울을 풀어내는' 격이라 할 수 있다. 이것은 다른 소설 기법과 마찬가지로 인물의 정절이나 성격 발전의 필요에 의해 나온 것이라 할 수 있다. 곧 작자는 이것을 통해 바오차이라는 인물이 임기응변에 뛰어나고 기민한 성격을 갖고 있는 동시에 간사한 일면도 갖고 있다는 사실을 독자들에게 자연스럽게 보여주고 있다.

곧 바오차이는 평소 모든 문제를 다이위에게 미루어 버리고 자신은 '온유돈후'한 부덕을 가진 여인으로 보이게 하는 부수적인 효과도 거두고 있는 것이다.

❖ 예문

바오차이가 다른 자매들을 찾아가는데 갑자기 앞쪽에서 옥색 나비 한 쌍이 보였다. 부채처럼 커다란 날개를 가진 그 나비들이 바람을 따라 위아래로 팔랑거리는 게 무척 아름다웠다. 그녀는 나비들을 잡아서 놀려고 소매에서 부채를 꺼내 풀밭을 향해 내리쳤다. 그러자 나비들이 갑자기 위로 날아올랐다가 아래로 떨어지고, 이리저리 왔다 갔다 하더니 꽃과 버들가지 사이를 뚫고 지나 개울 건너로 넘어가려 했다. 나비에 정신이 팔려 살금살금 쫓아가던 바오차이는 어느새 연못 안의 디추이팅滴翠亭에까지 이르렀다. 바오차이는 땀이 흥건한 채 숨이 가빠 할딱거렸다. 이렇게 되자 나비를 잡으려는 마음이 없어져서 돌아가려는데 디추이팅 안에서 도란도란 말소리가 들렸다. 이 정자는 사방이 회랑과 굽은 다리로 둘러진 채 연못물 위에 지어졌고, 조각된 나무창살에 종이를 붙인 창이 사방으로 나 있었다.

바오차이는 정자 안에서 말소리가 들리자 걸음을 멈추고 귀를 기울였다. 누군가의 소리가 들렸다.

"이 손수건 좀 봐. 정말 네가 잃어버린 거라면 가져가고, 아니면 쟈윈賈芸 도련님께 돌려드려."

또 다른 사람이 말했다.

"정말 내 거야! 얼른 줘."

"그럼 나한테 뭘로 사례할 건데? 맨입으로는 안 돼."

"사례하겠다고 약속했으니 당연히 지켜야지."

"내가 찾아주었으니 당연히 나한테 사례해야지. 근데 이걸 주운 사람한테는 아무것도 사례하지 않을 거니?"

"헛소리하지 마! 그 분은 이 책 도련님이시니까 내 물건을 주우셨다면 당연히 돌려주셔야지. 내가 무슨 사례를 해."

"그럼 내가 그분께 뭐라고 말씀드리지? 게다가 그분이 신신당부하시길, 만약 네가 사례하지 않으면 이걸 너한테 주지 말라고 하셨단 말이야."

한참 뒤에 다른 목소리가 대답했다.

"좋아. 그럼 이걸 줄 테니 그분에게 사례하는 걸로 치지 뭐. 너 이 얘기 다른 사람한테 하면 안 된다. 맹세해!"

"내가 다른 사람한테 얘기하면 종기가 생겨서 나중에 꼴사납게 죽을 거야!"

"이런! 얘기에 정신이 팔려 있었네. 누가 밖에서 엿들을 수 있으니까 이 창문들을 모두 열어놓자. 우리가 여기 있는 걸 누가 본다 해도 그저 잡담이나 나누는 걸로 여기겠지. 누가 가까이 다가오면 우리도 발견할 테니까. 그땐 다른 얘길 하면 되잖아."

밖에서 듣고 있던 바오차이는 속이 뜨끔했다.

'과연 예나 지금이나 간음하고 도적질하는 것들은 속셈이 대단하다니까! 창문을 열었다가 나를 발견하면 쟤들이 낭패겠지? 게다가 조금 전 말한 애의 목소리는 바오위 도련님 방의 샤오홍 같았다. 걔는 평소에 거들먹거리면서 남을 깔보고 아주 교활한 년이지. 이제 내가 자기 단점을 들었으니 순간적으로 급한 놈이 사고치고 다급한 개가 담장을 넘는 꼴이 생길지 몰라. 그러면 나도 곤란해질 거야. 얼른 숨어야지. 미처 숨기 전에 발각되면 금선탈각의 계책을 쓰는 수밖에.'

생각을 마치기도 전에 '삐걱'하는 소리가 들렸다. 바오차이는 일부러

발소리를 크게 내며 소리쳤다.

"호호. 핀얼輝児, 너 거기 숨은 줄 다 알아!"

그러면서 일부러 앞으로 다가갔다. 정자 안의 홍위紅玉와 주이얼墜児은 창문을 열자마자 바오차이가 이렇게 말하며 다가오는 소리를 듣고 흠칫 놀랐다. 바오차이가 웃으며 두 사람에게 말했다.

"너희들 다이위 아가씨 어디 숨겼어?"

주이얼이 말했다.

"다이위 아가씨는 못 봤는데요?"

"좀 전에 개울가에서 보니까 다이위 아가씨가 여기 쪼그려 앉아 물장난을 하고 있던데? 살그머니 다가가 놀래키려 했더니만 다가가기도 전에 나를 발견하고는 동쪽으로 돌아가더니 사라져버렸어. 설마 이 안에 숨은 건 아니겠지?"

그러면서 바오차이는 일부러 안으로 들어가 찾아보는 체하다가 밖으로 나가면서 중얼거렸다.

"또 가산의 동굴에 숨은 모양이군. 뱀이나 만나서 꽉 물려버려라!"

그러면서 속으로는 너무 우스웠다.

'대충 속여 넘긴 것 같은데 쟤들이 잘 속았는지 모르겠네.'

(『홍루몽』 제27회)

고작경인법故作驚人法

❖ 정의

  '고작경인법'은 '짐짓 사람을 놀라게 하는 것'을 의미한다. 시라는 장르가 사람을 놀라게 하는 말을 중시한다면, 소설은 사람을 놀라게 하는 정절情節을 중시한다. 이렇게 놀라게 하는 것은 사실상 독자의 기대를 넘어서는 의외성에 달려 있다. 곧 작품 속 인물뿐 아니라 독자 역시도 그러한 의외성으로 인해 놀라게 되는 것인데, 그렇기 때문에 진상이 모두 밝혀진 뒤에는 독자의 긴장되었던 마음이 모두 풀려버리게 된다.

❖ 실례

  『수호전』 제10회에서 린충은 눈 내리는 밤에 량산보에 들어가려다 혼자 술을 마신다. 이때 그는 울컥하는 마음으로 붓을 들어 벽에 시를 한 수 쓴다. 린충이 붓을 내던지고 다시 술잔을 들려 할 때 갑자기 한 사나이가 나타나 린충의 허리를 부여잡으며 "상금 3천관"을 운운한다. 린충은 깜짝 놀란다. 린충이 그곳에 이르기까지 짧은 시간 동안 얼마나 많은 고초를 겪었는지 아는 사람이라면 이번에는 또 어떤 의외의 사건이 린충을 곤혹스러운 상황으로 몰고 갈까 걱정스런 마음에 흠칫 놀라게 된다. 그것도 온갖 역경을 겪은 뒤 이제 막 량산보에서 새로운 삶을 시작하려는 바로 그 순간이 아니던가. 린충이 어찌 보면 모든 것을 포기한 듯 허탈하게 사나이에게 내뱉은 한 마디 역시 "그래 정말 나를 잡을 텐가?"였다.

그러나 사태는 의외로 싱겁게 흘러간다. "내가 임자를 잡아서 뭘 해? 할 말이 있으니 나를 따라 들어오게나." 그를 놀라게 했던 이는 뜻밖에도 량산보의 두령 왕룬王倫의 수하인 주구이朱貴였던 것이다. 그는 량산보의 발치에 주점을 열어두고 있으면서 오가는 이들의 거동을 살피는 량산보의 '눈과 귀耳目' 노릇을 하고 있던 터였다. 이런 식으로 한 순간 증폭되었던 긴장감은 곧바로 이어지는 사태의 진전에 의해 금방 풀려버리게 된다.

이렇듯 '사람을 놀라게 하는 필치'는 인물의 성격과 형상을 표현하는 데 매우 중요한 역할을 한다. 예문에서와 같이 린충의 언행을 계속 주시하면서 결국 그가 린충임을 알아보는 주구이의 밝은 눈과 세심한 성격이 과연 량산보의 '눈과 귀' 노릇을 하기에 충분하다는 사실을 드러내 보여주는 것이다. 아울러 이렇게 '독자를 놀라게 하는 필치'가 있어야 독자가 작품에서 눈을 떼지 못하고 작품에 몰두할 수 있다. 그래서 진성탄金聖嘆 역시 "스릴이 없으면 통쾌하지 않고, 스릴이 극에 달해야 통쾌함 역시 극에 달한다不險則不快, 險極則快極"고 했던 것이다. 다만 이런 방법 역시 스토리와 플롯의 전개나 인물의 운명과 성격에 부합하도록 잘 안배해 일상생활의 논리를 거스르지 않아야 한다. 그래야만 소설 작품이 예술의 진실성을 담보할 수 있고, 독자로 하여금 자기도 모르게 작품에 빠져들어 그러한 예술의 진실성을 느낄 수 있게 할 수 있는 것이다.

❖ 예문

린충은 주보더러 연신 술을 따르게 하면서 말을 건넸다.

"자네도 한 사발 마시게."

주보는 한 사발 들이켰다. 이어 린충은 그에게 물었다.

"여기서 량산보까지 몇 리나 되오?"

"불과 몇 리 안 되지만 육로라곤 없고 죄다 수로뿐이어서 가시려면 배를 타야 합니다."

"그럼 자네가 나한테 배를 한 척 구해주게나."

"눈이 이렇게 몹시 많이 오고 또 날도 저물었는데, 어디 가서 배를 구하겠습니까?"

"돈을 후하게 줄 테니 꼭 배를 얻어 나를 도와주게."

"정말 구할 수가 없습니다."

"이걸 어쩐다."

딱한 생각에 잠긴 린충은 또 술을 몇 사발 마셨다. 속이 답답해진 그는 문득 생각했다.

'내가 이전에 서울서 교두 노릇을 할 때는 매일 번화한 거리로 돌아다니면서 마음대로 술을 먹고 놀았는데, 지금은 불행히도 그 가오츄 놈의 모함을 받아 뺨에 자刺 자까지 하고 이런 데로 와서 집이 있어도 돌아가지 못하고 나라가 있어도 한 몸을 붙일 데가 없으니 이렇게 적막한 신세가 될 줄이야 어찌 알았겠나.'

이렇듯 비감한 회포에 잠긴 린충은 술시중꾼에게 필묵을 빌어 취흥이 도도한 김에 흰 벽에 이런 시를 썼다.

의리를 지키는 이 린충은 천성이 후하고 충직하노라.
한때는 강호에 이름 날린 일국의 영웅이었네.

슬프도다. 신수 불길하여 공명은 한낱 허사였구나.
후일에 장한 뜻 이룰 제면 타이산 동편에서 위풍 떨치리.

붓을 던진 린충은 다시 잔을 들었다.

그가 한창 잔을 기울이는데 별안간 갖옷을 입은 그 사나이가 다가오더니 린충의 허리를 꽉 껴안으며 말했다.

"담량이 이만저만이 아니구나. 창저우에서 엄청난 죄를 짓고도 이런 데로 다녀! 지금 관가에서는 상금 3천 관을 내걸고 너를 잡으려는 판인데 이제 어쩔 테냐!"

"내가 누군 줄 알고 이러는 거냐?"

"바오쯔터우 린충이지 누구냐?"

"내 성은 장이다."

그 사나이는 웃으며 말했다.

"허튼 수작 말게. 방금 저 벽에다 제 이름을 써놓고, 또 뺨에 자 자까지 박혀 가지고 아니라고 잡아뗄 테냐?"

"그래 정말 나를 잡을 텐가?"

"내가 임자를 잡아서 뭘 해? 할 말이 있으니 나를 따라 들어오게나."

그 사나이는 허허 웃으며 손을 놓더니 곧 린충을 뒤에 있는 수정으로 데리고 들어가서 주보더러 등불을 켜게 한 뒤 린충과 인사를 나누고 마주 앉았다.

(『수호전』 제10회)

곡절번등법曲折翻騰法

❖ 정의

　'곡절번등법'은 '곡필법曲筆法'이라고도 부르는데, 이야기에 수많은 곡절과 파란이 있어야 한다는 것을 말한다. 원나라 때 시인인 위안하오원元好問은 일찍이 "글을 지을 때는 곡절이 있어야 포대 자루의 바닥이 일목요연하게 다 보이는 것을 면할 수 있다作文要有曲折, 不可作直頭布袋" (우너吳訥, 『문장변체서설文章辨體序說』)고 말했다. 포대 자루는 가장 단순한 형태로 자루의 입구를 열면 그 안에 있는 것이 모두 보인다. 문장이 이런 식으로 한꺼번에 모든 것을 보여주면 독자를 끌어들일 수 없는 것이다. 청대의 시인 위안메이袁枚도 "무릇 사람됨은 곧은 것을 귀하게 여기지만, 시문을 지을 때는 곡절을 귀하게 여긴다凡作人貴直, 而作詩文貴曲"고 하였다. 소설 작품 역시 마찬가지다. 이야기 정절에 곡절이 있고 파란이 있어야만 독자의 흥미를 자아낼 수 있고 사람들에게 감동을 주는 예술적 효과를 만들어낼 수 있는 것이다.

❖ 실례

　『요재지이』「귀뚜라미促織」의 고사는 길이가 그리 길지 않고, 등장

인물 역시 많지 않지만, 귀뚜라미에 얽힌 이야기를 때로는 구슬프게, 때로는 해학적으로 그리고 있다. 일부 상층 귀족 계층의 유희오락으로 시달리는 일반 백성들의 애환이 이야기의 주를 이루지만, 결말에 가서는 환상적인 기법에 의해 해피엔딩으로 마무리된다. 이것은 중국 고대 소설이 상투적으로 채용하고 있는 것으로 진부한 느낌이 없지 않지만, 그럼에도 이 이야기가 독자들을 질리지 않고 끝까지 끌고 갈 수 있게 하는 것은 이야기 속에 자리 잡은 몇 차례의 반전이다.

　주변머리가 없어 귀뚜라미 상납이라는 직책을 어쩔 수 없이 맡게 된 주인공 청밍成名은 갖은 고초를 겪으며 재산마저 탕진하게 된다. 그러다 우연찮게 용한 무당의 점지로 귀뚜라미를 잡아 용케 위기 상황을 벗어나는 듯 한다. 그러나 아들이 어쩌다 그 놈을 죽여버리고 이 일로 꾸중을 들을까봐 우물에 몸을 던져 죽는다. 귀뚜라미로 인해 한 가정이 파탄에 이르게 되는 것이다. 그러나 이로 인해 반전이 일어나니 그 와중에 사로잡은 귀뚜라미로 인해 청밍은 포상을 받고 오히려 집안을 크게 일으키게 된다. 그리고 결말에 이르러서는 이 모든 게 아들이 귀뚜라미로 환생해 벌어진 것이라는 사실이 드러나며 아들도 되살아난다.

　「귀뚜라미促織」는 그야말로 '기이한 가운데 기이함이 생기고, 경물 중에 경물이 있는奇中生奇, 景中有景' 경지에 이른 작품이라 할 수 있는 바, 이야기의 큰 곡절 가운데 약간의 작은 곡절들이 깔려 있으며, 솟구쳐 오르는 격류 가운데 다시 수많은 작은 물결들이 일어나고 있다. 하지만 앞서 '문장은 곡절을 귀하게 여긴다'고 하였거니와, 그렇다고 한신韓信이 자신이 거느릴 병사에 대해서 "많을수록 더 좋다多多益善"라고 한 데까지 이르러서는 안 된다. 금나라 때의 문장가인 왕뤄쉬王若虛 역시 "곡절이 지나치면, 왕왕 지리멸렬해지거나, 뿔뿔이 흩어져 수습이 되지 않는다曲折太過, 往往支離蹉跌, 或至渙散而不收"고 하였다. 그렇기 때문에 '곡절번등법'은 문장이 지나치게 경직되거나 진부해지는 것을 피하기 위해서만 사용해야지, 곡절을 위한 곡절을 만드는 지경에까지 이르면 안 되는 것이다.

❖ 예문

선덕(1426~1435년) 연간 궁중에서 귀뚜라미 놀이가 유행하는 바람에 매년 민간에서 귀뚜라미를 징발하게 되었다. 이 놈은 원래 산시陝西 지방의 특산물이 아니었다. 하지만 화인 현華陰縣의 어떤 현령이 상관에게 아첨하기 위해 바쳤던 귀뚜라미 한 마리가 유달리 싸움을 잘하자 이 지방에는 매년 상납 명령이 떨어지게 되었다. 현령은 그 일을 이정里正들에게 맡기고 빨리 바칠 것을 독촉했다. 달리 할 일이 없는 시정의 건달들은 튼튼한 귀뚜라미를 잡아 조롱 속에 넣고 키우다가 때가 되면 가격을 높이 매겨 폭리를 취하곤 하였다. 교활한 아전배들은 이 명목으로 주민들에게 비용을 분담시켰기 때문에 한 마리가 상납될 때마다 몇 가구가 파산할 지경에 이르렀다.

이 고을에 청밍成名이란 이가 살았다. 그는 오랫동안 과거를 준비했지만 아직 수재에도 합격하지 못한 동생童生이었다. 사람됨이 성실하고 말주변이 없었기 때문에 마침내 간사한 지방 관리들에게 얕보여 이정이 되는 비운을 맞았다. 그는 백방으로 애썼지만 결국 몸을 빼낼 수 없었다.

채 일 년도 지나지 않아 얼마 안 되는 그의 재산은 남의 돈을 물어주다 모두 바닥이 났다. 하지만 귀뚜라미를 징발하는 명령은 예년과 다를 바 없이 또 다시 떨어졌다. 청밍은 가구 별로 액수를 할당해 돈을 추렴할 수밖에 없었을 뿐 아니라 자신이 대신 물어줄 돈도 없었다. 그가 고

민하면서 죽고 싶다고 푸념하자 곁에 있던 그의 아내가 참견을 하고 나섰다.

"죽는다고 무슨 소용이 있답니까? 차라리 당신이 나가서 직접 귀뚜라미를 찾아보는 게 낫지요. 혹시 알아요. 한 마리 걸려드는 놈이 있을지?"

청밍도 그 말이 옳다고 생각했다. 그는 이튿날부터 아침 일찍 밖으로 나왔다가 해가 저문 뒤에야 귀가했다. 대나무 바구니와 철사로 짠 조롱 하나를 손에 들고 무너진 담장이나 우거진 풀숲을 돌아다니며 돌도 뒤집어보고 구멍도 파헤치면서 갖가지 수단을 다 동원했지만 걸려드는 놈은 없었다. 관리는 기한을 엄격하게 정해 놓고 납품을 다그쳤다. 열흘 기한이 지난 뒤 그는 곤장을 백 대나 맞았다. 양쪽 허벅지가 다 터지고 피고름이 흘러 귀뚜라미를 잡으러 나갈 엄두조차 낼 수 없게 되자 그는 침상에서 이리저리 뒤척이며 오직 죽고 싶어 할 따름이었다.

그 무렵 마을에 한 곱사등이 무당이 나타났는데 귀신처럼 용하게 잘 맞힌다는 소문이 돌았다. 청밍의 아내는 복채를 준비하여 점을 치러 찾아갔다. 무당이 사는 집 문전에는 홍안의 처녀아이에서 머리가 하얗게 센 노파에 이르기까지 사람들이 바글바글 들끓고 있었다. 집안으로 들어서니 사방이 막힌 방안에는 휘장이 길게 드리워졌는데 그 밖으로 향로가 얹힌 탁자가 놓여 있었다. 점치러 온 사람은 세발 향로에 향을 사른 뒤 두 번 절을 올렸다. 무당은 곁에서 그들을 대신하여 허공에 대고 기도를 드리면서 입술을 끊임없이 열었다 닫았다 했는데 무슨 말을 하는지 전혀 알 수가 없었다. 점을 보러 온 사람들은 제각기 엄숙한 모습으로 자리에 선 채 분부가 떨어지기만 기다렸다. 그렇게 얼마간 시간이 흐르면 휘장 안에서 종이쪽지가 튕겨져 나왔는데 바로 사람들이 묻고 싶었던 사안과 털끝만치도 차이가 없었다.

청밍의 아내는 탁자 위에 돈을 올려놓고 앞사람이 하던 대로 향을 사르고 절을 올렸다. 한참 지난 뒤 휘장이 약간 움직이면서 종이쪽지 한 장이 떨어져 내렸다. 주워보니 글씨가 아닌 그림이었다. 종이 한가운데 에는 절처럼 보이는 커다란 전각이 그려져 있는데, 그 뒤쪽의 야트막한 산 아래에는 기괴하게 생긴 바위들이 어지러이 널린 가운데 우거진 가 시덤불 사이로 청마두 한 마리가 엎드려 있었다. 근처에는 당장이라도 뛰어오를 듯한 자세를 취한 두꺼비 한 마리도 그려져 있었다. 청밍의 처는 아무리 들여다보아도 무슨 뜻인지 알 수가 없었다. 하지만 그림 속의 귀뚜라미를 보니 자기의 걱정거리를 맞힌 것도 같았으므로 그림 을 접어 품속에 고이 간직하고 집으로 돌아와 남편에게 보였다.

청밍은 그림이 말하는 뜻이 무엇인지 거듭 곱씹어보다가 그곳이야말 로 자신이 귀뚜라미를 생포할 장소일지도 모른다는 생각이 퍼뜩 머릿 속에 떠올랐다. 그림 속의 풍경을 자세히 들여다보니 마을 동쪽에 있는 대불각大佛閣의 전경과 매우 흡사했다. 그리하여 그는 아픔을 무릅쓰고 지팡이에 몸을 의지한 대 그림을 지니고 대불각 뒤편으로 걸음을 옮겼 다. 우거진 덤불 사이로 오래된 무덤 하나가 불쑥 나타나자 청밍은 무 덤을 끼고 돌아서 올라갔다. 그러자 물고기 비늘처럼 촘촘하게 널린 바 윗돌들이 눈에 들어왔는데, 정녕 그림 속의 풍경과 다를 바 없었다. 그 는 쑥넝쿨 사이에서 바늘 한 개, 풀씨 한 톨을 찾는 듯한 자세로 귀를 쫑긋 세우고 천천히 걸음을 옮겼다. 급기야 귀가 먹먹해지고 눈앞이 노 래져 온몸의 기운이 쭉 빠져나갔지만 귀뚜라미는 그림자도 볼 수 없었 다. 그래도 그는 포기하지 않고 조심스럽게 수색을 계속했다.

별안간 두꺼비 한 마리가 눈앞에서 펄쩍 뛰어오르자 청밍은 깜짝 놀 라 황급히 녀석을 뒤쫓아갔다. 두꺼비는 풀숲 사이로 사라졌고, 청밍은 넝쿨을 헤치면서 놈을 찾다가 가시덤불 밑동에 엎드려 있는 귀뚜라미 한 마리를 발견하게 되었다. 후다닥 덮쳤지만 귀뚜라미는 벌써 바위에

팬 구멍 안으로 들어간 다음이었다. 가느다란 풀줄기를 들이밀어 안쪽을 더듬어도 귀뚜라미는 나오지 않았다. 다시 대나무통에 든 물을 구멍 안으로 들이부었더니 귀뚜라미는 그제야 밖으로 기어 나왔다. 생김새가 대단히 건장하고 잘생긴 놈이었다. 청밍은 재빨리 쫓아가 결국 놈을 생포하고야 말았다. 다시 찬찬히 뜯어보니 귀뚜라미는 우람한 몸집에 기다란 꼬리, 푸른색 목덜미에 금빛 날개를 지니고 있었다. 청밍은 크게 기뻐하며 귀뚜라미를 조롱에 넣고 집으로 돌아왔다. 온 집안 식구가 기뻐 어쩔 줄 몰라했는데, 비록 연성지벽을 얻었다 한들 그보다 더 기뻐할 수 없을 정도였다. 그들은 커다란 화분에 귀뚜라미를 넣고 게살과 알밤을 먹이로 주면서 애지중지 키웠다. 그러면서 정해진 날짜가 닥치면 관가에 바치고 추궁을 면하게 되기만 고대했다.

청밍에게는 아홉 살 난 아들이 하나 있었다. 아이는 아버지가 없는 틈을 타 몰래 귀뚜라미가 담겨 있는 화분의 덮개를 열었다. 그 순간 귀뚜라미가 팔짝 뛰어올라 달아났는데, 어찌나 빠른지 도무지 잡을 수가 없었다. 손바닥으로 덮쳐 잡고 나니 녀석은 이미 다리가 부러지고 내장이 터져 잠깐 사이에 죽고 말았다. 아이는 두려움에 떨며 어머니에게 울면서 사실을 털어놓았다. 이야기를 들은 어머니도 얼굴이 새파랗게 질리면서 큰소리로 욕설을 퍼부었다.

"이 인간 말종아. 너는 이제 다 살았다. 네 아버지가 돌아오시면 호되게 경을 칠거야."

아이는 그 말을 듣고 울면서 밖으로 나갔다.

얼마 뒤 청밍이 집으로 돌아왔다. 그는 아내의 말을 듣고 얼음물이라도 뒤집어쓴 듯 부들부들 떨다가 화가 머리끝까지 뻗쳐 아들을 찾았다. 하지만 아이의 행방은 묘연해서 어디로 갔는지 알 수 없었다. 급기야 우물에 빠져 죽은 아이의 시체를 찾아내기에 이르자 노여움은 비탄이 되었고 당장이라도 숨이 끊어질 듯한 울부짖음만 남았다. 청밍 부부는 담장 모서리를 향해 멍청하게 앉아 있기나 할 뿐 밥 지을 생각도 하지 못했다. 두 사람은 서로 마주 본 채 한마디 말도 나누지 않았고, 더 이상 살아갈 엄두를 낼 수 없었다.

해 저물 무렵이 되어서야 그들은 겨우 아이의 시체를 거적에 말아 묻을 생각이 났다. 그런데 가까이서 어루만지니 아이는 아직 실낱같이 가는 숨을 몰아쉬는 중이었다. 기뻐서 아이를 침상에 뉘었더니 한밤중이 되자 다시 소생하는 기미가 보였다. 부부의 마음도 그제야 약간 위로가 되었다. 하지만 비어 있는 귀뚜라미 조롱에 눈길이 가면 곧 숨이 막히고 목이 메이면서 말이 나오지 않아 더 이상 아이를 들여다 볼 흥도 나지 않았다. 저물녘부터 새벽이 될 때까지도 청밍의 두 눈꺼풀은 감기지 않았다. 동녘에서 햇빛이 비치기 시작했지만 그때까지도 청밍은 침상에 드러누운 채 한숨만 내쉬고 있었다.

그때 갑자기 문밖에서 귀뚜라미 울음소리가 들려왔다. 깜짝 놀라 몸을 일으킨 청밍이 울음소리가 난 곳을 살펴보았더니, 자신이 잡았던 귀뚜라미가 마치 살아 있는 놈처럼 원래 있던 자리에 그대로 놓여 있었다. 그는 기쁨에 겨워 얼른 귀뚜라미를 덮쳤다. 놈은 "귀뚤"하고 울다가 펄쩍 뛰어 달아났는데 대단히 재빠른 동작이었다. 청밍은 얼른 손으로 놈을 덮쳤다. 하지만 손바닥 아래가 허전해서 살짝 위로 들어 올리는 순간, 귀뚜라미는 또 번개처럼 튀어 달아났다. 청밍은 다급하게 뒤쫓아 갔지만 담장 모퉁이를 돌아서면서 끝내 간 곳을 잃어버리고 말았다. 왔다 갔다 하면서 사방을 둘러보던 그는 벽 위에 엎드려 있는 귀뚜라미 한 마리를 발견했다. 자세히 관찰해 보니 크기가 작고 검붉은 빛깔이 먼젓번 놈과는 전혀 딴판이었다. 청밍은 귀뚜라미가 작았기 때문에 열등한 종자로 치부해 버리면서 다시 아까의 귀뚜라미를 잡기 위해 두리

번거리기 시작했다.

문득 벽에 달라붙었던 녀석이 갑자기 그의 옷깃 사이로 뛰어내렸다. 다시 녀석을 살펴보았더니 생김새가 마치 땅강아지 같았다. 매화꽃 무늬의 날개며 네모나게 각진 대가리, 기다란 다리가 어쩌면 그리 모자라는 놈은 아니지 싶기도 했으므로 청밍은 기분이 좋아져 귀뚜라미를 잡아들였다. 관가의 납품 날짜를 기다리던 그는 귀뚜라미가 합격 기준에 못 미치면 어쩌나 하고 걱정하다가 귀뚜라미 싸움을 붙여 놈의 역량을 미리 관찰해 보자고 마음먹게 되었다.

같은 마을에 호사꾼 젊은이가 귀뚜라미 한 마리를 키우면서 훈련을 시키고 있었다. 이름을 '해각청解殼靑'이라 붙여주고 날마다 다른 젊은이들의 귀뚜라미와 싸움을 붙였는데, 한번도 이기지 못한 적이 없었다. 그는 이 귀뚜라미를 이용해 큰돈을 벌 생각을 하고 있었기에 가격을 대단히 높게 매겨 놓아 줄곧 임자를 만날 수 없었다. 이 젊은이가 어느 날 청밍의 집을 방문했다. 그는 청밍이 키우는 귀뚜라미를 보더니 손으로 입을 가리며 낄낄거리고 웃음을 터뜨리다 자기 귀뚜라미를 꺼내 조롱 속으로 집어넣었다. 청밍이 보기에도 그 귀뚜라미를 몸뚱이가 대단히 우람해서 자기도 모르게 위축되었으므로 감히 겨뤄보자는 생각은 들지 않았다. 하지만 젊은이는 한사코 달려들며 싸움을 걸었다. 청밍도 내심 품질이 낮은 종자야 어차피 쓸모가 없을 테니 차라리 싸움이나 붙여 한때의 즐거움이나 취하자는 생각이 들었다. 마침내 두 마리의 귀뚜라미는 싸움터 대용의 널찍한 대접 속에 합쳐졌다.

작은 귀뚜라미가 마치 목각 인형처럼 엎드린 채 꼼짝도 하지 않자, 젊은이는 또다시 너털웃음을 터뜨렸다. 시험 삼아 뻣뻣한 돼지털로 귀뚜라미의 더듬이를 건드렸지만 놈은 그래도 움직임이 없었다. 젊은이가 다시 웃기 시작했다. 그렇게 두세 번이나 집적거리고 나서야 작은 귀뚜라미는 벌컥 성을 내며 앞쪽으로 돌진했다. 두 마리가 서로 뒤엉켜 엎치락뒤치락 싸우게 되면서 놈들의 날개 치는 소리가 사방으로 윙윙 울려 퍼졌다. 잠시 후 작은 귀뚜라미가 펄쩍 뛰어오르면서 꼬리를 늘여 빼고 모가지를 길게 뽑더니 앞쪽으로 달려들며 상대방의 목을 물어뜯었다. 그 순간 젊은이가 질겁을 하면서 둘을 갈아놓아 싸움을 중지시켰다.

작은 귀뚜라미는 날개를 흔들며 득의에 찬 울음을 토해 냈는데 그 모습은 마치 자신의 승리를 주인에게 보고하는 것처럼 보였다. 청밍은 좋아 어쩔 줄 몰랐다. 모두들 그 귀뚜라미를 감상하고 있는데 수탉 한 마리가 힐끗 눈길을 던지더니 곧장 앞으로 달려 나와 쪼는 시늉을 했다. 청밍은 너무 놀라 순간적으로 외마디 비명을 질렀을 뿐 미처 손 쓸 겨를이 없었다. 불행 중 다행으로 수탉은 귀뚜라미를 쪼지 못했고, 귀뚜라미는 팔짝 뛰어올라 한 자쯤 날아갔다. 수탉은 다시 잽싸게 귀뚜라미를 쫓아갔고 귀뚜라미는 어느새 적의 발톱 아래 놓이게 되었다. 청밍은 너무나 갑작스레 당한 일이라 어쩔 줄 모르고 발만 동동 구르며 얼굴이 새파랗게 질렸다. 곧이어 수탉이 모가지를 길게 늘여 빼고 양 날개를 퍼덕이는 모습이 보였다. 다가가서 관찰해보니 바로 귀뚜라미가 닭의 벼슬 위에 꽉 달라붙어 깨문 채 놓아주지 않고 있었다. 청밍은 더더욱 놀라 기뻐하며 서둘러 귀뚜라미를 조롱 안으로 잡아들였다.

다음날 청밍은 귀뚜라미를 현령에게 바쳤다. 현령은 귀뚜라미 크기가 작다는 구실로 벌컥 화를 내며 청밍에게 꾸지람을 퍼부었다. 아무리 귀뚜라미의 비범함을 설명해도 현령은 도통 믿으려 하지 않았다. 결국 다른 귀뚜라미와 싸움을 붙여 기량을 시험해 보게 되었는데, 청밍의 귀뚜라미는 싸우는 족족 적을 쓰러뜨렸다. 또 수탉을 데려와 싸움을 붙였더니 모든 것이 청밍이 말한 그대로였다. 현령은 청밍에게 상을 내리고 귀뚜라미를 산시 성의 순무에게 갖다 바쳤다. 순무는 대단히 기뻐하며 금으로 만든 조롱에 넣어 황제에게 바쳤고, 아울러 귀뚜라미의 출중한 능력에 대해서도 상세한 설명을 곁들였다. 귀뚜라미는 궁궐로 들어간 뒤 천하 각처에서 진상된 호접, 당랑, 유리달, 청사액 등등, 비범한 귀뚜라미와 겨루게 되었는데, 그에게 굴복하지 않는 놈이 없었다. 게다가 이 귀뚜라미는 거문고며 비파 같은 악기 소리가 들리면 박자에 맞춰 춤을 출 줄 알았으므로 더욱더 사람들의 찬탄을 자아냈다. 황제는 더없이 흡족해하며 순무에게 명마와 비단옷을 하사했다. 순무는 귀뚜라미의 출처를 잊지 않았다. 얼마 뒤 화인 현의 현령은 '탁월하고 비범하다'는 평가가 매겨져 중앙에 보고되었다. 현령은 기분이 좋아 청밍의 이정 역을 면제해주고 또 시험관에게 부탁해 그를 현학에 입학시켜 생원이 되도록 주선했다.

일 년여가 지난 뒤에야 청밍의 아들은 다시 정신이 들었다. 그는 자신이 귀뚜라미로 변했었는데, 몸이 민첩하고 싸움을 잘하다가 지금에야 겨우 정신이 돌아온 거라고 설명했다. 산시 성의 순무도 청밍에게 후한 상을 내려 은혜에 보답했다. 채 몇 년이 지나지 않아 그는 일만 마지기가 넘는 토지에 처마가 끝없이 이어진 대궐 같은 집을 소유하게 되었으며, 제각기 이백 마리가 넘는 소와 양을 거느리게 되었다. 식구들이 한번 대문을 나섰다 하면 몸에 걸친 갖옷과 타고 다니는 말이 고관대작 부럽지 않을 정도였다.

(『요재지이』「귀뚜라미促織」)

과장사의법誇張寫意法

❖ 정의

'과장사의법'은 곧 '과장법'이다. 이것은 사물을 과장함으로써 독자에게 강한 인상을 주는 강조법 가운데 하나이다. 대개 '과장법'이라 하면 사물을 실제보다 크게 표현하는 과대진술을 떠올리게 되나, 그 반대로 실제보다 작게 표현하는 과소진술 또는 격하格下 역시 과장법으로 볼 수 있다. 은유적으로 쓰이기도 하지만, 대부분은 직유법의 형식으로 표현된다.

❖ 실례

『삼국지』의 유명한 장면 가운데 창반챠오長板橋에서 자오윈趙雲과 장페이張飛가 단기필마로 차오차오曹操의 대군을 대적하는 대목은 바로 이 과장법이 최대로 발휘된 예라 할 수 있다. 자오윈이 류베이의 아들 아더우阿斗를 구하기 위해 홀로 차오차오의 10만 대군을 뚫고 나온 것은 아무리 뛰어난 장수라도 불가능에 가까운 만용이라 할 수 있다. 그러나 자오윈은 아더우를 구해 나왔을 뿐 아니라 그 과정에서 마치 무인지경에 들어갔다 나온 듯 상처 하나 입지 않고 오히려 차오차오 진영의 명장 50여 명을 베기까지 한다. 이러한 과장을 통해 자오윈의 용맹무쌍한 영웅적인 면모가 도드라지게 되는데, 그렇다고 자오윈의 이러한 행위가 전혀 현실성이 없는 것은 아니다. 곧 자오윈이 무사할 수 있었던 것은 애당초 그의 비범한 능력을 아낀 차오차오가 그를 죽이지 말고 생포하라는 명령을 내렸기 때문인 것이다.

그러나 상황은 여기서 끝나지 않는다. 자오윈을 뒤쫓던 차오차오의 군대는 창반챠오에서 장페이를 마주한다. 아무런 지원군도 없이 홀로 "호랑이 수염을 곤두세우고 고리눈을 부릅뜬 장페이가 장팔사모를 손에 잡고 다리 위에 말을 세운 채 노려보고 있"던 것이다. 장페이 한 사람의 기에 눌려 대군이 진군을 멈추되, 과장은 "고함 소리가 채 끝나기도 전이었다. 차오차오의 곁에 있던 샤허우졔夏侯杰가 너무 놀란 나머지 간과 쓸개가 파열되어 말에서 거꾸로 떨어지고 말았다"는 데서 정점에 이른다. 그러나 이것 역시 이보다 앞서 차오차오의 군대가 관위關羽와 주거량諸葛亮에게 한 차례씩 당한 적이 있었기 때문에 가능한 것이었다. 이렇게 볼 때 자오윈과 장페이의 용맹함은 그 나름대로 근거가 있고 현실성이 있는 묘사라 할 수 있다. 곧 과장법이라고 무턱대고 사물을 과대하게 드러내거나 축소하는 게 아니라는 것이다. 모름지기 과장을 하더라도 인물 성격의 진실한 면모에 부합하고 정절 발전의 논리에 들어맞아야 그 효과를 극대화할 수 있다.

❖ 예문

한편 원핀文聘은 군사를 이끌고 자오윈趙雲의 뒤를 추격하여 창반챠오長板橋에 이르렀다. 그런데 호랑이 수염을 곤두세우고 고리눈을 부릅뜬 장페이張飛가 장팔사모를 손에 잡고 다리 위에 말을 세운 채 노려보고 있었다. 더욱이 다리 동쪽 숲에서는 먼지가 자욱하게 일어나고 있었다. 복병이 있지 않을까 의심이 든 원핀은 즉시 군사를 멈추고 감히 접근하지 못했다.

오래지 않아 차오런曹仁, 리뎬李典, 샤허우둔夏侯惇, 샤허우위안夏侯淵, 웨진樂進, 장랴오張遼, 장타이張郃, 쉬추許褚 등이 모두 도착했다. 장페이가 성난 눈을 부릅뜨고 장팔사모를 비껴 잡은 채 다리 위에 말을 세우고 있는 모습을 본 그들은 주거량諸葛亮이 또 무슨 계책을 꾸미고 있지나 않은지 두려워 아무도 감히 접근하지 못했다. 다리 서쪽에 한 일자로 군사를 진열하고 사람을 시켜 차오차오曹操에게 보고했다.

소식을 들은 차오차오는 급히 말을 타고 진 뒤에서 나왔다. 장페이가 고리눈을 부릅뜨고 있노라니 적진의 후미에서 푸른 비단 해 가리개와 백모, 황월, 깃발들이 들어서는 모습이 어렴풋이 보였다. 차오차오가 의심이 나서 직접 동정을 살피러 온 것이라 짐작했다. 장페이는 즉시 사나운 음성으로 호통을 쳤다.

"내가 바로 옌燕 사람 장이더張翼德다! 뉘 감히 나와 죽기로 싸워 보겠느냐?"

목소리는 마치 천둥이 휘몰아치는 듯했다. 그 소리에 차오차오의 군사들은 다들 두 다리가 후들후들 떨렸다. 차오차오가 급히 해 가리개를 치우게 하고 좌우를 돌아보며 주의를 주었다.

"지난 날 관윈장關雲長이 '이더는 백만 군중에서 상장의 머리 베어오기를 마치 주머니 속에서 물건을 꺼내듯 한다'고 하였다. 오늘 이처럼 만났으니 섣불리 대적해서는 아니 될 것이야."

말이 미처 끝나기도 전이었다. 눈을 부릅뜬 장페이가 또다시 호통을 쳤다.

"옌 사람 장이더가 여기 있다. 뉘 감히 와서 결사 일전을 벌여 보겠느냐?"

장페이의 엄청난 기개를 본 차오차오는 물러가고 싶었다. 장페이는 차오차오 후군의 진 머리가 움직이는 것을 보고 장팔사모를 꼬나들며 다시 한 번 호통을 쳤다.

"싸우지도 않고 물러서지도 않는다면 대체 어쩌겠다는 말이냐?"

고함 소리가 채 끝나기도 전이었다. 차오차오의 곁에 있던 샤허우졔 夏侯杰가 너무 놀란 나머지 간과 쓸개가 파열되어 말에서 거꾸로 떨어지고 말았다. 차오차오는 즉시 말머리를 돌려 도망쳤다. 이와 동시에 장수와 군졸들도 일제히 서쪽으로 달아났다. 그 꼴이야말로 '젖먹이 어린 것이 어찌 벼락치는 소리를 들으며, 병든 나무꾼이 어떻게 호랑이 포효 소리를 듣겠는가'라는 대구와 같았다. 그 바람에 창을 버리고 투구를 떨어뜨린 자가 얼마인지 헤아릴 수 없을 지경이었다. 사람들은 썰물 빠지듯 달아나고 말들은 산이 무너지듯 서로 밀치고 짓밟았다.

(『삼국지연의』 제42회)

교합법巧合法

'교합법'에서 '교'라는 것은 '공교로움'을 말한다. 곧 '교합법'은 '공교
로움이 들어맞는다'는 의미다. 『금병매』에서 판진롄潘金蓮이 발을 걷어
올리려다 막대를 떨어뜨렸는데, 하필 그 순간 시먼칭西門慶이 그 밑을
지나다 머리에 맞는 것도, 『삼국지연의』의 경우 상팡구上方谷에서 쓰마
씨 부자가 불에 타 죽을 지경에 처했는데, 때마침 비가 내린 것 등등이
바로 공교로움이 들어맞은 경우다.

"공교로움이 없으면 책을 만들 수 없다無巧不成書"는 말이 있듯이, 작
가가 소설의 정절을 만들어나갈 때 공교로움이라는 것은 없어서는 안
될 중요한 수단이 된다. 이것은 이렇듯 공교로운 정절이 독자의 예상을
뛰어넘어 일종의 신비롭고 기이한 감정이 일어나게 만들기 때문이다.
이렇듯 신비롭고 기이한 감정이 독자의 심미적인 정취에 부합할 때 독
자의 감상 욕구를 만족시키게 된다.

문제는 이러한 공교로움이 일상생활의 진실과 생활 논리에 부합해야
한다는 데 있다. 따라서 이러한 공교로움은 작자가 사전에 치밀한 구성
에 의해 준비하고 충분히 복선을 깔아놨다가 적절한 타이밍에 사용해
야만 독자가 천의무봉의 자연스러운 느낌을 갖게 된다.

❖ 실례

『경본통속소설』가운데 「추이닝을 잘못 참하다錯斬崔寧」는 이러한 공
교로움이 결정적으로 작용한 작품이라 할 만하다. 사실 추이닝崔寧은
작품에서 주요 등장인물은 아니고, 오히려 곁가지로 등장했다가 횡액
을 당하는 인물로 묘사되고 있다. 주요 갈등은 류 대관인과 그의 부인,
그리고 첩(작은 낭자) 사이에서 일어난다. 어느 날 류 대관인은 장사 밑
천을 삼으려 장인에게 15관의 돈을 빌려 집에 돌아왔는데, 당시 집을
지키고 있던 첩에게 사실대로 말하지 않고 짐짓 첩을 다른 사람에게 저
당 잡힌 돈이라 거짓말을 한다. 그리고 류 대관인은 술에 취해 잠이 드
는데, 갑작스런 말을 들은 첩은 이 말을 곧이 곧 대로 듣고 자신의 부모
를 만나러 길을 나선다.

그런데 마침 그 날 밤 류 대관인의 집에 강도가 들어 류 대관인을 죽
이고 15관의 돈을 강탈해 간다. 그 사실을 모르고 다음날 아침 길을 떠
난 작은 낭자는 도중에 동향의 추이닝이라는 젊은이를 만나 같이 동행
하게 된다. 살인 사건으로 동네가 뒤집어지고 이웃 사람들은 마침 작은
낭자가 집에 없는 것을 보고 그를 추적하다 두 사람을 만나게 된다. 그
들을 추적한 동네 사람들은 불문곡직 두 사람 사이를 의심하고 둘 다
끌고 와서 관에 고발을 하니 두 사람의 혐의를 입증하는 것은 추이닝이
바로 전날 명주를 판 돈 15관이었다.

여기서의 공교로움은 류 대관인이 장인에게 빌려온 돈과 추이닝이
명주를 판 돈이 하필이면 15관으로 딱 맞아떨어졌다는 것이다. 이것은
살인 사건을 둘러싼 주변 정황에 대한 합리적인 의심을 모두 불식시키
는 결정적인 요소로 작용해 사건을 의외의 결말로 몰아가게 된다. 만약
그렇지 않았다면, 두 사람은 의심을 사지 않았을 것이고 당연하게도 불
행한 결말을 맺지도 않았을 것이다. 이렇게 보자면 15관의 돈은 그때까

지 진행되었던 이야기의 정절을 매조지하는 결정적인 역할을 하는 계기라 할 수 있다. 나아가 작자가 이 한편의 이야기를 통해 제시하고자 하는 바 역시 15관의 돈이라는 공교로움이라 할 수 있는 것이다.

❖ 예문

각설하고, 류 관인劉官人은 돈을 짊어지고 한 발 한 발 집에 다가가 문을 두드렸으나, 이미 등을 끌 시간이었다. 작은 낭자 얼제二姐는 홀로 집에 있었는데, 할 일이 없어 해가 저물자, 대문을 닫고서 등불 아래에 앉아 졸고 있었다. 그러니 류 관인이 문을 두드리는 소리를 그녀가 바로 알아들을 수 있었겠나? 한참을 두드리니 그때서야 비로소 알아차리고 깨어나 "오셨군요!"라고 응답하고는 몸을 일으켜 문을 열어 주었다. 류 관인이 대문을 들어와 방에 들어서니 얼제는 류 관인을 대신해 돈을 받아 책상 위에 놓으면서 물었다.

"당신 어디서 이렇게 많은 돈을 빌렸어요? 어디에 쓰시려고?"

류 관인은 첫째는 몇 잔의 술을 마셨고, 둘째는 그녀가 대문을 늦게 연 것이 원망스러워 농담으로 그녀를 놀려 주려고 말했다.

"말하자니 당신에게 원망을 받을까 두렵지만 그렇다고 말 안 하려 해도 당신이 알아야 할 것 같소! 내 일시적으로 만부득이 당신을 어떤 나그네에게 전당잡히지 않을 수가 없었소. 또한 당신을 그대로 버릴 수가 없어, 단지 15관의 돈에 전당잡혔소. 만약 내가 돈을 벌게 되면, 이자를 더해 당신을 찾아오겠소. 만약 지금처럼 이렇게 만사가 순조롭지 못하면 당신을 되찾는 것은 그만둘 생각이오."

작은 낭자는 그 말을 믿지 않으려 해도 15관의 돈이 면전에 쌓여 있는 것이 보이고, 믿으려니 그는 자기와 평소 한마디의 말다툼도 없었으며 큰 낭자와도 잘 지냈다고 생각했는데, 어째서 이와 같은 잔악한 짓을 저지를 수 있단 말인가?

......

작은 낭자는 어찌할 도리가 없었다.

'도대체 그가 나를 어떤 인간에게 팔았는지 모르겠군. 나는 반드시 먼저 친정에 가서 부모님께 알려야겠다. 내일 즉시 나를 요구하러 오는 자가 있다 하더라도 그들이 친정집에 찾아와서 부모님께서 나의 행방을 알 수 있도록 해야 돼.'

그리고는 잠시 망설이다 15관의 돈을 류 관인의 다리 밑에 한 무더기 쌓아 놓고, 그가 술에 취한 틈을 이용하여 조용조용히 휴대할 옷가지를 정리하여 천천히 문 밖으로 나가 다시 문을 끌어당겨 닫았다.

......

뜻밖에 그 날 밤 도적질하려는 자가 있었다. 그는 낮에 도박으로 돈을 잃고 해결할 방법이 없자, 밤에 나와 물건을 훔치려 하였던 것이다. 공교롭게도 류 관인의 문 앞에 도달하였는데, 작은 낭자가 나갈 때 문을 잘 닫지 않았기 때문에 그 도적이 약간 밀치니 문이 확 열렸다. 가만가만 접근하여 바로 방안까지 들어가는데, 알아채는 자가 아무도 없었다. 침대에 도달하여 등불이 아직도 밝아 주위를 돌아보니 가져갈 물건이라고는 하나도 없었다. 침상을 더듬어 보니 안쪽을 향해 잠자는 사람이 있었는데, 다리 뒤에 한 무더기의 청동전靑銅錢이 보여 곧 다가가 몇 관을 집었다. 그런데 뜻밖에도 류 관인이 놀라 깨어 일어나며 큰 소리로 외쳤다.

"너 이 망할 놈아! 내가 가족을 먹여 살리려고 장인 집에서 몇 관의 돈을 빌려 왔는데, 네가 이 돈을 훔쳐 달아난다면 나는 어떻게 생계를 꾸려나가라고 그러느냐?"

강도는 대답하지 않고 류 관인의 얼굴을 향해 주먹을 날렸다. 류 관인은 몸을 비켜 주먹을 피하면서 바로 일어나 강도에게 대항하였다. 강도는 류 관인의 손발이 민첩함을 보고 재빨리 방문을 빠져나갔다. 류 관인도 놓칠세라 앞을 다투어 문을 나갔다. 곧장 부엌으로 쫓아가 강도 잡으라고 이웃집에 고함지르려던 참이었다. 그 강도는 조급해졌으나 공교롭게도 해결할 방법이 없었는데, 마침 손 옆에 반짝반짝하는 장작 패는 도끼 한 자루를 발견하였다. '궁지에 몰리면 꾀가 생겨난다'고, 그가 그 도끼를 들어 즉시 류 관인의 얼굴을 내리치니 류 관인은 단번에 쓰러졌다. 다시 도끼 한방을 찍어 한쪽으로 쓰러뜨렸다. …… 몸을 돌려 방으로 들어가 15관의 돈을 집었다. 홑이불을 펼쳐 돈을 잘 싸 가지고 깔끔하게 묶어, 문을 나가 대문을 잡아당기고 바로 떠났다. 이 이야기는 잠시 멈추고 일단락 짓는다.

　　……

　　각설하고, 작은 낭자는 새벽에 이웃집에서부터 시작하여 1·2리를 못 가서 곧 다리가 아파 걸을 수가 없었다. 하는 수 없이 길옆에 앉아서 쉬고 있는데, 뜻밖에 한 젊은이가 보이는 것이었다. 그는 머리에 卍자 부호가 새겨진 두건을 두르고, 직접 꿰맨 헐렁한 적삼을 입고, 돈이 든 전대를 매었으며, 명주 신발과 깨끗한 양말을 신고 있었다. 곧 그가 그녀 앞으로 걸어왔다. 작은 낭자의 면전에 이르러 그녀를 한번 힐끗 보니, 비록 빼어난 용모는 아니나 분명한 눈썹에 흰 치아, 봄에 핀 연꽃 같은 얼굴, 귀엽게 보내는 요염한 눈빛은 사람의 마음을 매우 동요시켰다. 바로 아래와 같다.

　　　　들꽃은 색정의 눈을 쏠리게 하고,
　　　　마을의 술은 많은 사람들을 취하게 한다.

젊은이는 어깨의 전대를 벗고서, 작은 낭자를 향해 정중히 읍하며 말했다.

"낭자께서는 혼자서 어디를 가십니까?"

작은 낭자는 만복萬福[1]으로 답례하고서, "저는 부모 집에 가는 길인데, 걸을 수 없어 잠시 여기에서 쉬고 있습니다."라고 말하면서, "오라버니는 어디에서 오는 길입니까? 또 어느 쪽으로 가는 중입니까?"라고 물었다.

젊은이는 두 손을 맞잡아 가슴까지 올려 정중히 절하며 말했다.

"소인은 시골 사람으로, 성안에 들어가 명주 발을 팔아 약간의 돈을 벌어 주쟈탕褚家堂[2]쪽으로 가는 길입니다."

작은 낭자가 말했다.

"오라버니께 부탁 좀 드리겠습니다. 저의 부모님들도 주쟈탕 쪽에 살고 계신데, 그 길을 함께 가 주신다면, 정말 좋겠어요."

이에 젊은이는 말했다.

"어떻게 안 된다고 하겠습니까? 이미 그처럼 말씀하신 바에, 소인은 진심으로 작은 낭자가 가시는 앞길을 모셔다 드리겠습니다."

두 사람이 앞서거니 뒤서거니 하며 함께 가고 있는데, 2·3리도 못 가서 뒤쪽에서 두 사람이 매우 빠른 걸음으로 쫓아오고 있는 것이 보였다. 온 얼굴에 땀을 흘리고 숨을 헐떡이며 옷이 모두 풀어 헤쳐져 있었다. 그들은 달려오는 한편으로 연이어 외쳤다.

"앞에 가는 작은 낭자는 천천히 가라! 우리가 할 말이 있다!"

그들이 의심쩍게 쫓아오는 것을 본 작은 낭자와 젊은이는 멈췄다. 뒤

---

1 만복萬福 : 옛날, 부녀자들이 두 손으로 왼쪽 옷깃 앞을 스치면서, 입으로는 '만복萬福'이라고 말하며, 인사를 표시하였다. 후에 이와 같은 동작을 '만복'이라고 칭하였다.
2 주쟈탕褚家堂은 항저우杭州의 동쪽 성東城에 위치한다.

쪽에서 두 사람이 곁으로 쫓아와, 변명을 용납하지도 않고 그들을 보고서 한사람씩 힘껏 잡아당기며 말했다.

"너희들 아주 좋은 짓들을 하는구나! 어디를 가는 길이냐?"

작은 낭자가 깜짝 놀라 눈을 들어보니 뜻밖에 이웃집 사람들인데, 그 중 한사람은 바로 작은 낭자가 어젯밤 묵었던 집주인 주싼라오朱三老였다. 작은 낭자는 곧바로 말했다.

"제가 어젯밤 이미 '남편이 이유도 없이 저를 팔아, 부모님께 이 사실을 말씀드리러 간다'라고 노인께서 납득하시도록 말씀드렸는데 오늘 이렇게 쫓아오시다니 무슨 전하실 말씀이 있으신지요?"

주싼라오가 말했다.

"나는 너의 쓸데없는 일에는 관여하지 않는다. 너의 집에서 살인사건이 생겼으니, 너는 대질심문을 받으러 꼭 가야 한다."

이에 작은 낭자가 말했다.

"남편이 어제 저를 팔아 돈을 이미 집에 가져다 놓았는데, 무슨 살인사건이 생겼나요? 나는 돌아가지 않겠어요!"

…… 젊은이는 상황이 심상치 않자, 곧 작은 낭자에게 말했다.

"이 분들이 이렇게 말씀하시니 낭자께서는 부득이 돌아 가셔야겠어요. 소인은 집으로 돌아가면 그만이니."

쫓아왔던 그 이웃사람들이 일제히 소리쳤다.

"만약 당신이 여기에 함께 있지 않았다면 그만이지만, 이미 당신도 작은 낭자와 동행했으니 당신 혼자 집으로 돌아갈 수 없소."

……

부윤府尹은 살인사건이 발생했다는 말을 듣고, 즉시 정청正廳에 올라, 곧바로 한 무리의 범인과 그 관련자들로 하여금 처음부터 끝까지 일일이 진술하도록 하였다.

......

작은 낭자가 막 변명하려 하자, 몇 명의 이웃사람들이 일제히 무릎을 꿇고 위로 올라와 아뢰었다.

"상공 어른의 말씀은 확실히 공명정대하십니다. 그 집의 작은 낭자는 어젯밤 확실히 좌측 두 번째 집에서 잠자고 오늘 아침에 길을 떠났습니다. 소인들은 그의 남편이 살해된 것을 알고, 한편으로는 사람을 보내 작은 낭자를 추적하도록 하였습니다. 반쯤 쫓아가니, 작은 낭자는 한 젊은이와 동행하고 있었는데, 그들은 죽을지언정 돌아오지 않으려고 했습니다. 그래서 소인들이 가까스로 그들을 붙잡아 왔습니다. 또 한편으로는 사람을 보내 큰 낭자와 장인을 데려오게 하였는데, 도착해서 그들은 어제 장사 밑천 하라고 사위에게 15관의 돈을 주었었는데 사위는 죽고 그 돈은 어디로 없어졌는지 모르겠다고 말하는 것이었습니다. 작은 낭자에게 물으니, 그녀가 문을 나갈 때 그 돈 꾸러미를 침상에 쌓아놓았다고 말합니다. 그러나 다가가 저 젊은이의 몸을 수색하니 15관의 돈이 한 푼도 많지도 적지도 않게 있었습니다. 작은 낭자와 저 젊은이가 한패가 되어 류 관인을 살해한 것이 아니겠습니까! 장물 증거가 분명하니, 어찌 이를 부인할 수 있겠습니까?"

부윤은 듣고 보니 그 말이 구구절절이 옳은 즉, 즉시 그 젊은이를 올라오라고 명하고 말했다.

"린안臨安의 하늘 아래에서, 어찌 네가 저지른 이토록 인륜에 반하는 행위를 어찌 용납할 수 있으랴! 너는 도대체 어찌하여 그의 첩과 공모하였느냐? 또 어찌하여 15관의 돈을 강탈하였느냐? 또 어찌하여 그의 남편을 살해하였느냐? 오늘 함께 어디를 가고 있었느냐? 사실대로 자백하여라!"

젊은이는 말했다.

"소인은 성이 추이崔이고 이름은 닝寧으로 시골 사람입니다. 어제 성에 들어가 명주를 팔아 이 15관의 돈을 벌었습니다. 오늘 아침 우연히 길가는 도중에 작은 낭자를 만났을 뿐 결코 그녀의 성명이 무엇인지도 모르는데 어찌 그녀의 집 살인사건을 알 수 있겠습니까?"

그러자 부윤은 화를 내며 소리쳤다.

"허튼 소리! 세상에 어떤 사람이 그와 같은 공교로움이 있다고 믿겠는가! 그의 집에서 15관의 돈을 잃었는데 공교롭게도 너는 오히려 명주를 판 15관의 돈이 있다니, 이는 분명 적당히 얼버무리려고 하는 말수작이다! 하물며 '남의 처는 사랑하지도 말며, 남의 말은 타지도 마라'라는 속담이 있듯이 네가 일찍이 그 부인과 어떤 특별한 관계가 없는데도 어찌 함께 걸을 수 있으며, 함께 잠 잘 수 있겠는가? 너와 같이 무뢰한 놈이 몽둥이로 치지 않고 어찌 자백하려 하겠는가!"

사람들은 추이닝과 작은 낭자를 반쯤 죽을 만큼 몽둥이로 두들겨 고문하였다. 그 옆에 있던 왕 씨 원외員外와 딸 그리고 한 무리의 이웃 사람들은 말끝마다 이들 두 사람에게 이를 갈았다. 부윤 역시 이 살인사건을 빨리 종결하고 싶었다. 한차례의 고문을 받은 가련한 추이닝과 작은 낭자는 그 아픔을 감당해 낼 수 없어 부득이 자백하지 않을 수 없었다.

......

부윤은 문서를 정리하여 조정에 올렸다. 형부刑部에서는 다시 조사하여 천자에게 올리니 천자의 명이 거꾸로 하달되었는데, 그 내용은 다음과 같았다.

"추이닝은 천부당만부당하게도 남의 아내를 속여 능욕하고 재물을 강탈하며 살인하였으니 법에 의거하여 참형斬刑에 처할 것이며, 천 씨陳氏는 천부당만부당하게도 정부와 정을 통하고 남편을 살해하였으니 대역무도의 죄로 능지처참시켜 군중에게 보이라."

곧바로 정청에서 진술서를 낭독하고 감옥에서 두 사람을 꺼내, 한 사람은 '참斬'자字로, 또 한 사람은 '과剮'자字로 판결하여 시내 큰길 네거리에서 형을 집행하고 사람들에게 보였다. 당시 이 두 사람은 입이 열 개라도 변명할 수 없었다. 바로 아래와 같다.

> 벙어리는 함부로 황벽黃蘗[3]의 쓴 맛을 맛볼지언정,
> 입에 쓰다고는 말할 수 없다네.

여러분 들어오시오. 이 사건에서 작은 낭자와 추이닝이 과연 재물을 탐내 류 관인을 죽였다면 반드시 그 날 밤 다른 지방으로 도망쳤지, 어째서 이웃집에 가서 하룻밤을 잤을까? 또 다음 날 아침 친정에 가다가 이웃사람들에게 붙잡혔을까? 이 억울한 사건은 조금만 생각하면 생각해 낼 수 있었다. 법관들은 흐리멍덩하여 사건을 결말짓는데 만 급급하였을 뿐, 뉘라서 장형杖刑의 고초 하에서는 생명을 구할 수 없었다는 걸 생각이나 했겠는가? 모르는 사이에 원한은 멀리는 자손까지 가까이는 자신에까지 미치는 법이니, 이 두 사람의 원귀는 그대들을 그냥 내버려두지 않으리! 그래서 관직에 있는 자는 절대로 경솔하게 송사訟事을 판결한다든지, 혹은 제멋대로 큰 형벌을 사용해서도 안 되고, 언제나 공명정대함을 추구해야만 한다. 속담에 "죽은 자는 다시 살아나지 못하며, 판결한 것은 다시 접수할 수 없다."라고 말하지 않았던가? 정말 한탄스럽구나!

(『경본통속소설京本通俗小說』「추이닝을 잘못 참함錯斬崔寧」)

---

3 황벽黃蘗 : '황백黃柏'이라고도 하며, 식물의 일종이다. 약재로도 쓰이며, 그 맛이 매우 쓰다.

극불성법極不省法

❖ 정의

'극불성법'의 문자 그대로의 의미는 작품 전체의 구성에 있어서 결코 생략되어서는 안 되는 부분이다. 이것은 진성탄金聖嘆의「독제오재자서법讀第五才子書法」가운데 하나이다.

> 극불성법極不省法이라는 것이 있다. 이것은 쑹쟝이 죄 짓는 것을 그리려다 먼저 초문대招文袋[1] 속의 금을 묘사하고, 또 [그보다] 앞서 옌포시閻婆惜가 장싼張三과 일을 벌인 것을 묘사하며, 또 [그보다] 앞서 쑹쟝이 옌포시에게 장가든 것을 묘사하고, 또 [그보다] 앞서 쑹쟝이 관재棺材를 희사한 것을 그리는 것 등과 같은 것이다. 무릇 이 모든 것들은 주요한 이야기正文가 아니다.[2] 有極不省法, 如要寫宋江犯罪, 却先寫招文袋金子, 却又先寫閻婆惜與張三有事, 却又先寫宋江討閻婆惜, 却又先寫宋江捨棺材等。凡有若干文字, 都非正文是也。

---

1 공문서를 담아 가지고 다니는 주머니
2 『수호전』, 19~20회. 이 모든 단계들은 옌포시閻婆惜가 쑹쟝의 초문대에서 문서를 발견하고 쑹쟝을 협박하자 쑹쟝이 어쩔 수 없이 옌포시를 죽이는 결정적인 장면을 위해 필요한 것들이다.

이것은 다음에 나오는 '극성법極省法'과 짝을 이루는 개념이다. 혹자
는 회화의 예를 들어 '극불성법'이 일종의 '발묵潑墨'[3]이라면 '극성법'은
'석묵惜墨'[4]으로 비유하기도 했다.

  리청(오대-북송 초에 활동했던 중국산수화의 대가)은 먹을 금과
같이 아껴 썼고, 왕샤王洽는 먹을 듬뿍 써서 그림을 그렸다. 대저 배
우는 이들은 반드시 '석묵'과 '발묵' 네 글자를 염두에 두어야 하는데,
육법[5]과 삼품[6]을 절반쯤 안다고 여길 수 있다.李成惜墨如金, 王洽潑

---

3 '발묵潑墨'은 수묵화의 용묵법用墨法으로, 필筆이나 준법을 쓰지 않고 먹을 붓거나
뿌려가면서 형태를 그리는 방법이다. 『당조명화록唐朝名畵錄』에 전하는 바로는 당唐의
왕샤王洽가 흰 종이에 먹을 뿌리고 발로 차고 손으로 문지르다가 그 형상을 따라 바위,
구름, 물을 그렸는데, 마음먹은 대로 손을 놀려 구름과 노을, 비바람을 그려내니 신이
기교를 부린 듯 아름답고, 엎드려 보아도 먹이 얼룩진 자국이 없었다 한다.
  명대明代의 리르화李日華는 『죽란화잉竹雅畵滕』에서 "발묵은 먹을 오묘하게 사용해
서 붓의 흔적을 보이지 않게 하고, 마치 먹을 뿌린 것처럼 그리는 것이다"라고 했다. 청대
淸代의 선쭝첸沈宗騫은 『개주학화편芥舟學畵編』에서 "먹은 발묵, 산색은 발취潑翠, 풀색
은 발록潑綠이라 하니, 발潑의 쓰임새는 그림 속의 기운氣韻을 피워내는 것이라 하는 것
이 가장 적당하다"고 했다. 번지는 효과를 이용하여 우연의 미를 얻을 수 있으므로 주로
일격을 나타낸 문인화가들에 의해 많이 사용되었다. 후세에는 먹물이 풍부하고 기세가
가득한 모든 것을 다 '발묵'이라 불렀다. 현대에도 채색을 위주로 한 붓놀림이 호방한 화
법을 '발채潑彩'라고 부른다.(『세계미술용어사전』, 1999, 월간미술)
4 먹을 금처럼 아껴가며 쓰는 것을 말한다.
5 '육법'은 그림을 그리는 방법 중 여섯 원칙, 즉 셰허謝赫의 육법, 기운생동氣韻生動,
골법용필骨法用筆, 응물상형應物象形, 수류부채隨類賦彩, 경영위치經營位置, 전이모사傳
移模寫를 말한다.
6 중국 회화비평 기준의 하나로, 당대唐代의 장화이관張懷瓘(8세기 전반기 활동)은 『화
단畵斷』에서 처음으로 신, 묘, 능품神, 妙, 能品이라는 회화비평 기준을 제시하였다. '신
품'이란 그림의 기예와 공력이 탁월하고 절묘하여 형사形似와 신운神韻이 겸비된 것이고,
'묘품'이란 의취와 구상이 절묘하여 표현에서 마땅함을 얻는 것이다. '능품'이란 형사를
얻어 법칙을 잃지 않는 것이다. 원대元代의 샤원옌夏文彦의 『도회보감圖繪寶鑒』에서는
삼품에 관해 "신품은 하늘이 이루어 주는 것이며, 묘품은 의취가 넘쳐서 되는 것이고,
능품은 형사를 얻는 것"이라 하였다. 이 삼품 외의 평가 기준으로 '일품逸品'이 있는데,

墨成畵. 夫學者必念惜墨潑墨四字, 于六法三品, 思過半矣.(둥치창董其
昌, 『화선실수필畵禪室隨筆』[7])

곧 '석묵'은 '의미는 복잡하지만 문장은 간결한 것意繁文簡'이고, '발
묵'은 '되는 대로 늘어놓는 것'이다. 그러나 사실 이 양자는 외견상 대립
적으로 보이지만 실제로는 어느 한 쪽으로 치우칠 수 없다. 곧 문장을
지을 때는 경제적으로 붓을 놀려 가장 풍부한 내용을 담아내기도 하지
만, 그 반대로 거칠 것 없이 되는 대로 붓을 놀려 다채로운 인간 세상의
면모를 드러내기도 하는 것이다.

❖ 실례

『수호전』 제19회와 제20회는 쑹쟝宋江이 옌포시閻婆惜를 죽이고, 고
향을 떠나는 이야기가 서술되어 있다. 구체적으로는 쑹쟝이 관재棺材를
희사하고, 이에 대한 답례로 옌포시를 맞아들이고, 옌포시가 장싼과 사
통을 하고, 류탕劉唐이 편지를 전하고, 쑹쟝이 초문대를 두고 나가고,
옌포시가 초문대를 감추어두고, 급기야 쑹쟝이 옌포시를 죽이게 된다.
이 일련의 사건들이 하나로 이어지는 것이다.

이것은 당말唐末의 비평가 주징쉬안朱景玄(9세기 전반기 활동)이 『당조명화록唐朝名畵錄』
서문에서 덧붙인 것이다. 그는 "장화이관은 『화단』에서 신묘, 능 3품으로 그 등급을 정하
고 다시 이를 상중하 셋으로 나누었다. 이러한 격격格格 외에 상법常法에 구애받지 않는 것으
로 일품이 있으니, 이것으로써 그 우열을 표시한다"고 하였다.(『세계미술용어사전』,
1999, 월간미술)
7 『화선실수필畵禪室隨筆』은 명明나라 때의 문인 화가 둥치창董其昌이 쓴 필록筆錄을
후대後代에 와서 편찬編纂한 책으로 전 4권이다. 서화를 수록하여, 작품의 비평을 주로
하고 작자 자신의 의견을 피력하였으며, 북화의 타도와 남화의 진흥을 주장했다. 이 주장
은 그의 명성과 함께 널리 알려져 명나라 말기 이후의 중국 화단을 지배했다.

진성탄金聖嘆은 『수호전』을 평점하면서 문장을 '주요한 이야기正文'와 '곁가지 이야기旁文'로 나누었다. 이에 따르면 「독제오재자서법」에서 말했듯이 쑹쟝이 '죄 짓기'까지의 일련의 사건들은 모두 '곁가지 이야기'인 것이다. 하지만 그렇다고 이것들이 필요 없다는 것은 아니며, 오히려 이 모든 사건들이 다 얽히고 설켜 하나의 인과관계를 이루기 때문에 없어서는 안 될 필수적인 요소가 된다.

쑹쟝은 『수호전』의 중심 인물로, '충'과 '효', '인', '의'의 화신이다. 그가 옌포시를 죽이는 사건은 비록 하나의 범죄 행위라 할 수 있지만, 그렇게 되기까지의 과정들은 모두 그의 '인의'를 표현해 내고 있다. 곧 쑹쟝이 관재를 희사한 것은 '인'을 보여주는 것이고, 류탕이 황금을 가져왔을 때 이를 되돌려 보낸 것은 그에게 탐욕스런 마음이 없다는 것을 보여주는 것이며, 앞서 차오가이晁蓋를 풀어주는 등의 행위는 모두 '의'에 해당하는 것이다. 이와 동시에 불륜을 저지르는 옌포시와 장싼 등의 인물 형상들은 반대로 쑹쟝의 의로움을 두드러지게 하고 있다.

❖ 예문

어느 날 아침이었다. 옌 씨閻씨 노파가 사례하려고 쑹쟝宋江을 찾아갔다가 그의 사처에 아낙네가 없는 것을 보고 돌아와서 왕 씨 할멈에게 물었다.

"쑹 압사宋押司 나리 사처에는 부인네가 보이지 않던데 본래 부인이 없으신가요?"

"나도 쑹 압사의 집이 쑹 가촌宋家村에 있다는 말만 들었지 부인이 있다는 말은 못 들었소. 그 분이 이 현에서 압사 구실을 하지만 언제나 과객 모양으로 혼자 지냅니다. ……"

……

옌씨 노파가 말했다.

"우리 딸애는 인물도 괜찮고, 또 노래도 제법 잘 부르지요. …… 일전에 내가 쑹 압사에게 치사하러 갔었는데 그 분께 부인이 보이지 않길래 혹시나 해서 하는 부탁이니 쑹 압사에게 한번 말씀해 주시오. 그 분이 혹시 색시를 구하신다면 나는 우리 포시婆惜를 보내 드릴랍니다. 일전에는 이녁이 잘 말씀해 주어서 내가 쑹 압사 나리의 구제를 받았지만 그 은혜를 갚을 길이 없었는데, 혹시 그 분과 인척간이 되어서 서로 내왕이 있게 되면 얼마나 좋겠소."

왕 씨 할멈은 이 말을 듣고 이튿날로 쑹쟝을 찾아가서 이 일을 일일이 다 이야기해 주었다. 쑹쟝은 처음에는 듣지 않았으나 그 할미의 온갖 덕담과 권유에 못 이겨 마침내 승낙하고 말았다. 그래서 바로 현청 서쪽 골목 안에 있는 이층집을 얻어 가구며 집기들을 마련하고 옌포시 모녀를 데려다 살게 했다. ……

하루는 쑹쟝이 부당하게도 보조 서리 장원위안張文遠을 데리고 옌포시의 집으로 가서 술을 먹게 되었다. 이 장원위안이라는 위인은 쑹쟝과 한 방에서 같이 일하는 압사로 그의 별명은 '샤오장싼小張三'이었다. 미목이 청수하고 이가 희고 입술이 붉은 이 사람은 언제나 술집과 기생방으로만 돌아다니며 바람을 피우는 위인이었다. 그는 멋도 부릴 줄 아는 데다 또 여러 가지 악기에 대해서도 모르는 것이 없었다. 한편 주색 바탕이 창기인 포시는 장싼을 보자 첫눈에 마음이 쏠려서 반하게 되었다. 장싼은 포시가 추파를 던지다가 쑹쟝이 소피를 보러 나간 틈을 타 자기에게 농을 걸어 마음을 움직이게 하려는 것을 알았다. 속담에 '바람이 불지 않으면 나무가 움직이지 않고 삿대질을 하지 않으면 물이 흐리지 않는다'는 말이 있다. 주색에 밝은 장싼이 그 눈치를 모를 리 없었다.

연이어 건네는 계집의 추파에 은근한 정을 엿본 장쌴은 그 다음부터 쑹쟝이 없는 눈치만 알면 곧 그 집으로 찾아가서 쑹쟝을 찾아왔노라고 하였다. 그때마다 사내를 눌러 앉히고 차를 권하면서 수작을 주고받던 중에 포시는 끝내 일을 치고 말았다.

......

여기서 이야기는 두 갈래로 갈린다.

어느 날 저녁 무렵 쑹쟝이 관가에서 나와 현청 맞은편에 있는 찻집으로 가서 차를 마시고 있는데, 한 건장한 사내가 머리에는 흰 범양 전립을 쓰고 몸에는 검푸른 비단 저고리를 입고 아랫도리에는 행전을 치고 발에는 여덟 날짜리 미투리를 신고 허리에는 요도를 차고 등에는 큰 보따리를 지고 땀을 뻘뻘 흘리면서 숨이 차서 걸어오더니 연신 머리를 기웃거리며 현청을 바라보는 품이 퍽 수상해 보였다. 이에 쑹쟝은 얼른 찻집에서 나와 그 자의 뒤를 쫓았다. 한 2,30보 따라 가나마나 했는데 문득 그 사나이는 돌아서서 쑹쟝을 쳐다보더니 누구인지 알아보지 못하는 모양이었다.

......

두 사람은 그 집 이층으로 올라가서 조용한 방에 들어가 앉았다. 사나이는 박도를 세워놓고 보따리를 벗어서 상 밑에 밀어 넣더니 곧 엎드려 절을 한다. 쑹쟝은 황망히 답례하면서 물었다.

"미안하지만 댁의 성함이 무엇이오?"

"은인께서는 이 동생을 잊으셨습니까?"

"누구시온지, 낯은 익어 보이는데 얼른 생각이 나질 않습니다."

"저는 일전에 차오 보정晁保正 댁에서 존안을 뵈었고 또 덕택에 목숨을 건진 츠파구이赤髮鬼 류탕劉唐이올시다."

......

류탕이 말했다.

"차오 두령께서는 나리에게 백배 치사한다고 말씀을 여쭈라고 하십디다. 목숨을 건져 주신 덕분에 지금은 량산보梁山泊의 첫째 두령으로 계시지요. 우 학구吳學究가 군사로 있고 궁쑨성公孫勝은 그와 함께 병권을 잡고 있습니다. 이렇게 된 것은 린충林沖이 힘을 써서 왕룬王倫을 죽였기 때문이올시다. …… 그런데 형님의 큰 은혜를 갚을 길이 없어 이번에 이 류탕을 보내어 편지 한 통과 황금 백 냥을 압사 나리께 드리고 또 주 도두朱都頭께도 사례하게끔 하였습니다."

류탕은 보따리 속에서 편지를 꺼내 쑹쟝에게 주었다. 편지를 다 읽은 쑹쟝은 옷자락을 걷어 올리고 초문대를 꺼내는데, 류탕은 보따리를 풀고 금을 꺼내 상 위에 올려놓았다. 쑹쟝은 그 중에서 금 한 덩이만 그 편지로 싸서 초문대招文袋 속에 넣고 옷자락을 내리면서 말했다.

"아우님은 이 금을 도로 싸 넣으시오."

그러고는 곧 심부름꾼을 불러서 술을 가져오게 하고 또 고기를 큼직큼직하게 썰어서 한 쟁반 가져오게 하였다. 그 밖에 몇 가지 채소와 과일들도 가져오게 한 뒤 심부름꾼더러 술을 따라 류탕에게 권하게 하였다.

(『수호전』 제19회)

한편 쑹쟝이 문 밖으로 나가는 기척을 들은 포시는 곧 일어나면서 입속말로 종알거렸다.

"그 녀석이 성가시게 구는 통에 밤새도록 잠만 밑졌네. 그 뻔뻔스런 녀석이 내가 저한테 아양을 떨어주기를 바라지만 어림도 없어. 내가 장쌴이와 죽자 살자 하는 판인데 제 따위를 거들떠보기나 할라고. 너 같은 건 내 집 문전에 얼씬도 하지 말았으면 좋겠다."

그는 이부자리를 다시 펴고 저고리와 치마를 벗고 가슴을 드러내며 속옷까지 벗었다. 그런데 마침 침상 앞에 놓여 있는 등불이 밝아서 침상 난간에 걸려 있는 자주색 비단 띠가 눈에 띄었다.

    ……

그가 띠를 집어 드니 초문대와 장도가 함께 들리는데 꽤 묵직한지라 초문대를 끌러서 상 위에다 거꾸로 털었다. 마침 떨어지는 것은 금덩이와 편지였다. 포시가 주어서 등불에 비쳐보니 누런 황금 한 덩이었다.

"하늘이 나더러 장싼이와 같이 뭘 사먹으라고 주는가 보구나. 그렇지 않아도 장싼이가 요즘 여위어서 뭘 좀 사 먹이려던 참인데 마침 잘 됐구나."

포시가 입이 벌어져서 금을 놓고 이번에는 편지를 펴서 등불에 비춰 보았다. 거기에는 차오가이晁蓋의 이름과 여러 가지 사연들이 적혀 있었다.

포시는 말했다.

"아유! 이것 봐라. 나는 이제까지 두레박이 우물에 빠지는 줄로만 알았더니 우물이 두레박에 빠지는 수도 있구나. 내가 워낙 장싼이하고 같이 살고 싶어도 네놈이 있어 꺼리었는데, 이제는 네 놈이 내 손에 걸려들었지. 알고 보니 네 놈이 량산보의 도적들과 내통이 있어서 그 놈들이 너에게 금을 백 냥씩이나 보냈구나. 그렇지 덤빌 것 없이 두고두고 네 놈을 곯려 줄 테다."

    ……

바로 이때 갑자기 아래에서 삐걱하고 문 여는 소리가 나자 이어 노파의 묻는 소리가 들렸다.

    ……

포시는 쑹쟝이 올라오는 기척을 듣자 황급히 띠며 장도며 초문대를 둘둘 뭉쳐서 이불 속에 감추고는 곧 벽을 향해 돌아누워서 코를 골며 자는 척했다. 쑹쟝이 방 안으로 뛰어들어 침상 난간을 보니 아무것도 보이지 않았다. 속이 타들어 간 쑹쟝은 간밤에 일었던 화를 눌러가며 여인의 어깨를 흔들었다.

"이봐, 전날의 낯을 보아서도 그 초문대를 돌려 줘."

……

"내가 치우기는 치웠지만 당신한테 돌려줄 수는 없어요. 그러니 당신은 관가 사람을 시켜서 나를 잡아다가 도적으로 몰구려."

"내가 언제 임자더러 도적질했다고 했나?"

"그럼 내가 도적이 아닌 것은 분명하지요."

그 말을 들은 쑹쟝은 더욱 당황해 했다.

"내가 언제 임자한테 섭섭하게 군 적이 있었나. 얼른 내놔. 나는 일보러 가야겠어."

……

"남이 들을까 겁이 나면 애당초 그런 짓을 하지 말 것이지. 편지는 내가 단단히 간수해 둘 테요. 정 찾으려거든 내가 해달라는 대로 세 가지만 들어줘요."

……

"그렇다면 량산보의 차오가이가 당신한테 보낸 황금 백 냥을 다 나에게 줘요. 그러면 나는 당신이 범한 천하에 다시 없는 큰 죄도 고발하지 않기로 하고 초문대 속의 편지도 돌려주겠어요."

"처음 두 가지는 다 들어 줄 수 있소. 그러나 금 백 냥은 나에게 보내오기는 왔어도 내가 받지 않고 도로 돌려보냈어. 만약 그 금이 지금 나한테 있다면 두 말 없이 두 손으로 바쳐 올리겠어."

……

"그럼 내일 아침에 공청에 가서도 금을 안 받았노라고 할 만해요?"

……

"도대체 내놓을 테냐, 안 내놓을 테냐?"

"아무리 을러대도 나는 못 내놓겠어요."

"정말 안 줄 테냐?"

"못 주겠어요. 다른 것은 백번 용서해도 이것만은 못 돌려주겠어요. 돌려주더라도 윈청鄆城 현성에 가서 돌려 줄 테요."

이렇게 되자 쑹쟝은 와락 달려들어 포시가 덮고 있는 이불을 잡아챘다. 그 물건들이 다 여인의 옆에 있었는데, 포시는 이불이야 벗겨지건 말건 두 손으로 그 물건만 가슴에다 걸어 안는다. 쑹쟝이 이불을 잡아채고 보니 허리띠의 한끝이 계집의 가슴 아래에 드리워 있었다.

"여기 있었구나."

쑹쟝은 와락 달려들어 빼앗는데, 포시는 좀처럼 빼앗기려 하지 않았다. 쑹쟝은 침상 머리에서 버럭버럭 기를 쓰며 빼앗고 포시는 빼앗기지 않으려고 악을 썼다. 쑹쟝이 확 나꿔채자 띠에 달려 있던 장도가 자리 위에 털썩 떨어진다. 쑹쟝은 그 장도를 제꺽 집어들었다. 포시는 쑹쟝이 손에 칼을 쥔 것을 보고 소리를 질렀다.

"흑삼랑黑三郞이 사람을 죽여요."

그 소리가 외려 쑹쟝에게는 귀뜸이 되었다. 가뜩이나 치밀어오른 격분을 참을 길 없던 차에 포시가 두 번째 소리를 지르려 하자 쑹쟝은 왼손으로 계집을 누르고 오른손을 번쩍 들어 목을 겨누고 쿡 찔렀다. 피가 솟구쳐 흐르는데 계집은 외마디 소리를 지를 뿐이다. 채 죽지 않은 것 같아서 쑹쟝이 재차 칼질을 하니 계집의 머리가 베개에서 툭 떨어졌다.

쑹쟝은 일순의 분김에 옌포시를 죽이고는 황급히 초문대를 집어 들고 그 속에서 편지를 꺼내 꺼져 가는 등잔불에 태워버린 다음 띠를 매고 곧 아래로 내려갔다.

(『수호전』 제20회)

극성법極省法

❖ 정의

'극성법'은 함축과 절약의 기법으로 경제적인 서술 기교를 가리킨다. 이것 역시 진성탄金聖嘆의 「독제오재자서법讀第五才子書法」 가운데 하나 이다.

극성법極省法이라는 것이 있다. 이것은 우쑹이 양구 현陽穀縣으로 영입될 때, 공교롭게도 우다武大 역시 그곳으로 이사를 와 딱 맞닥뜨 린다든지,[1] 쑹쟝이 피파팅琵琶亭에서 어탕魚湯을 먹은 후에 연일 설 사한 것[2]과 같은 것이다.有極省法, 如武松迎入陽穀縣, 恰遇武大也搬 來, 正好撞著; 又如宋江琵琶亭喫魚湯後, 連日破腹等是也。

'극성법'은 앞서 '극불성법'에서 말했던 '석묵惜墨'에 해당하는데, 작 품 속에서의 의의는 이것을 통해 중요한 인물과 주제 사상을 두드러지 게 하는 데 있다. 곧 전형적인 인물은 반드시 전형적인 사건과 환경 속

---

1 『수호전』, 23회.
2 『수호전』, 38회, 715쪽. 진성탄에 따르면, 쑹쟝이 이 때문에 며칠 밖으로 못나간 것 은 며칠 뒤 그가 쟝저우江州에서 새로운 친구를 만나 술에 취해 벽에 반역시를 쓰는 것을 예비한 것이라 한다.

에서 빚어지며, 주제 사상은 반드시 전형적인 인물과 환경을 통해 드러나게 마련인 것이다.

❖ 실례

『수호전』제22회와 제23회에 걸쳐 우쑹이 양구 현陽穀縣에서 형인 우 대랑武大郎을 만나는 대목이 전형적인 예이다. 사실 우 대랑이 칭허 현 淸河縣에서 양구 현으로 이사오게 된 과정은 간단치 않다. 하지만 우 대 랑은 주요 인물이 아니라 부차적인 인물에 불과하니 그에 대해서 과도 하게 서술하게 되면 주객이 바뀌는 병폐가 생기게 된다. 작자는 형제가 길에서 우연히 만나는 장면을 묘사하는 가운데 우 대랑이 아내를 얻고 동네 사람들에게 수모를 당하다 양구 현으로 이사하기까지의 내용을 간단하게 처리해 버렸다. 여기서 형제가 길에서 우연히 만나는 것은 일 종의 '교합법巧合法'이라 할 수 있으니, 이런 이야기의 의외성을 통해 독 자들을 깜짝 놀라게 하는 효과를 동시에 얻을 수 있다.

하지만 그 효과는 여기서 그치지 않으니, 인물의 성격을 좀 더 풍부 하게 심화시키고 있다. 곧 우쑹이 애당초 형을 만날 때 "아니, 어떻게 여기 와 계시오?"라고 소리치는데, 이것은 뜻밖의 기쁨을 드러내 보여 주는 동시에 형에 대한 진한 그리움을 나타내고 있는 것이다. 그 뒤에 이어지는 형제간의 대화 역시 말은 그리 많지 않지만, 오가는 정은 진 실하다 할 수 있다. 작가는 장황한 묘사를 통해 해야 할 이야기들을 형 제간의 대화를 통해 간략하면서도 충분하게 전달하고 있는 것이다.

탁월한 전략가는 '정병精兵'을 조련하는 데 뛰어나고, 우수한 작가는 '기필奇筆'을 잘 운용한다. 곧 작가는 '교합법'을 통해 우연한 기회를 간 략하게 서술함으로써 복잡하고 묘사하기 힘든 인물과 사건의 상당히

긴 시간과 공간의 관계를 무리 없이 연결해 주고 있다. 그러므로 '극성법'을 '축지축시법縮地縮時法'이라고도 부른다. 다만 다른 기법과 마찬가지로 이것 역시 생동감 있는 서술에 유의해야 하는데, 만약 생동감을 잃는다면 '극성법'은 단지 거칠고 투박한 묘사에 지나지 않게 된다.

❖ 예문

다시 이삼일이 지났다. 우쑹武松은 현청 앞으로 나가서 한가로이 노닐고 있었는데 문득 등 뒤에서 어떤 사람이 부르는 소리가 들렸다.

"우 도두武都頭, 자네는 출세했네 그려. 그런데 어째서 나를 본 척도 안 하나?"

우쑹은 뒤를 돌아보고 소리를 질렀다.

"아니, 어떻게 여기 와 계시오?"

(『수호전』 제22회)

우 도두는 돌아서서 그 사람을 보자 넙죽 엎드려서 절을 하였다. 그는 다른 사람이 아니라 바로 우쑹의 친형이 우 대랑武大郞이었다. 우쑹은 절을 하고는 이렇게 말하였다.

"일 년이 넘도록 형님을 만나지 못했습니다. 어찌 여기 계십니까?"

우다武大가 대답하였다.

"이 사람아 자네는 집을 떠난 지도 오랜데 어째서 그 동안 편지 한 장 없었나? 나는 자네를 원망도 하고 그리워하기도 하였네."

"어째서 원망도 하고 그리워하기도 했단 말입니까?"

"내가 자네를 원망한 것은 이전에 자네가 칭허 현淸河縣에 있을 때 술을 먹고 취하기만 하면 사람을 때려서 툭하면 관청 놀음을 하는 통에 나까지도 관가로 불려가지 않았나. 그래 거푸 한 달을 무사히 보낸 적이 없었으니 당연히 원망할 수밖에 없었지. 그리고 내가 근자에 여편네를 얻었는데, 칭허 현 놈들이 공연히 시샘을 해 가지고는 놈들 마음대로 나에게 수모를 주는데, 누구 하나 나서서 시비를 가려 주는 사람이 없네 그려. 자네만 집에 있었다면 어느 놈이 감히 찍소리나 했겠나. 그 놈들 성화에 거기서는 견뎌낼 수가 없어서 사세부득하여 이리로 와서 셋방 살림을 하고 있는 중일세. 그러니 내가 자네를 그리워했던 건 당연하지 않겠나.”

독자들은 들으시라. 우 대랑과 우쑹은 동복형제로서 우쑹은 8척 장신에 풍채도 늠름하고 온몸에 수천 근의 근력을 가지고 있었던 것이다. 그렇지 않고서야 어떻게 그 호랑이를 때려잡았겠는가! 그런데 우 대랑을 놓고 말하자면 5척도 못 되는 키에 외모도 추한 데다 머리 생김새조차 우습게 되어 먹었다. 그래서 칭허 현 사람들은 그의 키가 작다고 해서 그에게 ‘세 치 짜리 지푸라기’라는 별명을 붙였다.

칭허 현에는 전 현을 떵떵거리며 사는 한 부잣집이 있었다. 그 집에 계집종 하나가 있었으니 아명은 판진롄潘金蓮이고 나이는 20여 세인데 얼굴이 매우 예뻤다. 주인 녀석이 이 여종한테 자주 집적거리니 여종은 종시 순종치 않고 그의 마누라에게 이 일을 고해 바쳤다. 그러자 그 부자는 앙심을 품고 돈 한 푼 받지 않고 도리어 집과 세간까지 주어 그 여종을 우 대랑에게 주어 버렸다. 우 대랑이 이 여종을 얻게 되면서부터 칭허 현의 몇몇 난봉꾼들이 늘 그 집으로 드나들며 시끄럽게 굴었다. 우 대랑은 키가 작고 인물도 초라한 데다 여인 다룰 줄은 통 모르는 위인이었다. 이와 반대로 그 계집은 모든 일을 능수능란하게 처리했는데, 그 중에서도 서방질에 제일 능했다.

우 대랑이 워낙 사람됨이 나약하고 수더분한 위인임을 잘 나는지라 그가 판진롄을 얻은 뒤로는 난봉꾼 자제들이 무시로 문 앞에 와서는 지껄여댔다.

"맛 좋은 양고기가 개 아가리에 들어갔어."

우 대랑은 칭허 현에서 도저히 더는 살 수 없게 되자 양구 현陽穀縣 성내의 쯔스 가紫石街로 이사와 셋방살이를 하면서 전과 같이 찐떡을 메고 팔러 다녔다.

우 대랑은 이 날도 현청 앞에서 찐떡을 팔고 있던 중 뜻밖에 우쑹을 만났던 것이다.

"동생, 일전에 나는 거리에서 사람들이 '징양강景陽岡에서 범을 때려 잡은 장사는 성이 우 가인데 지현이 그에게 도두를 시켰다'고 떠들어대는 것을 듣고 십중팔구는 자네려니 짐작했네. 그런데 오늘에야 이렇게 만났군. 내 오늘 장사를 그만둘 테니 나하고 집으로 가세."

"형님 집은 어디오?"

우 대랑이 손을 들어 가리키면서 말했다.

"바로 저 앞 쯔스 가에 있네."

우쑹이 우 대랑의 장삿짐을 메자 우 대랑은 우쑹을 데리고 이 골목 저 모퉁이를 돌아서 곧장 쯔스 가로 갔다.

(『수호전』 제23회)

금침암도법 金針暗度法

❖ 정의

'금침'은 말 그대로 황금으로 만든 침이다. 전하는 말로 송대에 16세의 소녀 정차이냥鄭采娘이 칠석 날 밤 향을 피우고 직녀에게 기도를 드렸더니 직녀가 차이냥에게 황금으로 만든 바늘을 치마 띠에 꽂아주었다고 한다. 차이냥은 이것으로 바느질을 잘 하게 되었다는 것이다. '금침암도법'이란 아무런 흔적도 남기지 않는 천의무봉의 솜씨로 교묘하게 넘어가는 것을 말한다.

❖ 실례

『홍루몽』 제8회에서는 쟈바오위賈寶玉가 닝궈푸寧國府에서 돌아와 친중秦鍾과 함께 공부하겠다는 것을 태부인賈母에게 알리고, 시펑熙鳳은 그 기회를 틈 타 쟈무를 모레 연극 구경에 초청한다는 이야기를 전한다. 공부하고 연극을 보는 것은 본래 서로 상관없는 두 개의 정절이지만, 시펑이 이 두 사건 사이의 다리 노릇을 해서 교묘하게 연결시켰다. 그래서 즈옌자이脂硯齋는 "이에 그치니 곧 일이 다 이루어진 것이다. 번거롭게 다시 설명할 필요가 없으니, 교묘하도다. 몰래 황금으로 만든

바늘을 건네준 것이다止此便十成了, 不必繁文再表, 故妙, 偸度金針法"라고
평했다.

❖ 예문

　왕시펑王熙鳳과 바오위는 집으로 돌아와 여러 사람을 만나고 인사를
나누었다. 바오위가 먼저 태부인를 찾아가 친중이 가숙에 다니고 싶어
한다는 말씀을 드리고 자신에게도 글동무가 생겨 분발할 수 있게 되었
다고 했다. 그리고 친중의 인품과 행동이 너무나 훌륭하여 마음에 쏙
든다고 극도의 칭찬을 아끼지 않았다. 시펑이 또 옆에서 말을 덧붙였다.
　"며칠 있다가 할머님께 인사드리러 온다고 합니다."
　쟈무도 기꺼워하였다. 시펑은 그 기회를 틈 타 쟈무를 모레 연극 구
경에 초청한다고 말씀을 올렸다. 쟈무는 비록 나이가 들었지만 흥을 즐
기는 사람이었다. 그날이 되자 또 유 씨尤氏가 정식으로 청하였으므로
왕 부인과 다이위, 바오위 등을 대동하고 연극구경을 갔다. 한낮이 되
자 쟈무는 돌아와 휴식을 취하였다. 왕 부인은 원래 조용한 성격이라
쟈무가 돌아올 때 함께 왔다. 그 뒤에는 시펑이 상석에 앉아 흥이 다하
도록 저녁때까지 놀았다. ……

(『홍루몽』 제8회)

난교속현법鸞膠續弦法

❖ 정의

'난교속현鸞膠續弦'에서 '난교鸞膠'는 전설로 전해지는 아교의 일종으로 활줄이 끊어진 것을 이을 수 있다고 한다. 『한무외전漢武外傳』에 다음과 같은 내용이 나온다. "서해西海 지방에서 난교鸞膠를 바쳤는데 무제의 활줄이 끊어져서 그것으로 이으니 활줄 양쪽이 서로 달라붙었다. 하루 종일을 활을 쏘아도 끊어지지 않자 황제께서 크게 기뻐하였다." 곧 '난교속현'이란 문장이 끊어진 것처럼 보이지만 오히려 교묘하게 이어져 있는 것을 말한다. '난교재속법鸞膠再續法', '속교법續膠法'이라 부르기도 한다. 이것 역시 진성탄金聖嘆의 「독제오재자서법讀第五才子書法」 가운데 하나이다.

난교속현법鸞膠續弦法이라는 것이 있다. 옌칭燕青이 량산보梁山泊로 소식을 알리려 가다가 길에서 양슝楊雄과 스슈石秀를 만났는데 서로 못 알아보았다. 게다가 량산보에서 다밍푸까지는 피차 작은 오솔길을 택해 갔으니 어떻게 [그 먼 길을 가면서] 같은 오솔길을 갈 수 있었을까? [작자는] 옌칭이 양슝과 스슈와 만나게 하기 위해 옌칭이 점을 쳐 괘를 구하려고 활로 까치를 맞추고 먼저 [양슝과 스슈에게] 싸움을 걸게 한다. 옌칭이 한 주먹에 스슈를 때려눕히나 [양슝에게] 제압당한 뒤 자신의 이름을 짐짓 흘린다. 이러한 것들이 바로 난교속현법의 예이다[1]. 이 모든 것이 각고의 계산 끝에 나온 것이다. 有鸞膠續弦法, 如燕靑往梁山泊報信, 路遇楊雄石秀, 彼此須互不相識, 且繇梁山泊到大名府, 彼此旣同取小徑, 又豈有止一小徑之理. 看他便順手借如意子打鵲求卦, 先鬪出巧來, 然後用一拳打倒石秀, 逗出姓名來等是也, 都是刻苦算得出來.

❖ 실례

이것은 흔히 말하는 '함접銜接'과는 다르다. '함접'은 서로 인접한 앞뒤 문장을 연결하는 것을 가리키는 반면, '난교속현법'은 하나의 실마리가 둘 이상으로 나뉘어 서로 멀리 떨어진 곳에서 이어지는 것을 말한다. 『수호전』제61회에서 우용吳用은 짐짓 꾀를 내어 루쥔이盧俊義를 량산보에 합류시키려 하나 루쥔이는 한사코 집으로 돌아가겠다고 고집을 피운다. 그러나 집에 돌아온 루쥔이는 그 사이 정분이 난 하인 리구李固와 아내 쟈 씨賈氏의 음해를 받아 사먼 도沙門島로 유배를 간다. 여기서부터 이야기는 두 갈래로 나뉘는데, 하나는 량산보에 대한 것이고, 다른 하나는 루쥔이에 대한 것이다.

루쥔이의 생명은 랑쯔浪子 옌칭燕靑이 지켜줄 뿐 아니라 량산보 역시 주의를 기울이게 된다. 우선 옌칭은 루쥔이를 해치려는 방송공인放送公人들을 화살로 쏘아죽이고 루쥔이를 일시 구출하나 이내 그들을 추적한 포졸들에게 루쥔이를 탈취 당한다. 어찌 할 도리가 없는 옌칭은 도움을 요청하기 위해 오솔길로 량산보에 가던 중 양슝楊雄과 스슈石秀를 만난다.

---

1 『수호전』, 제61회.

진성탄은 바로 이 대목을 지적하고 있다. 곧 량산보로 가는 길이 수 없이 많은 데도 불구하고 하필이면 옌칭과 양슝, 스슈가 작은 오솔길을 선택했냐는 것이다. 진성탄에 의하면 이것은 단순한 우연이 아니라, 루 쥔이에 대한 이야기가 옌칭과 량산보라는 상이한 시공간으로 나뉘었다 가 다시 합쳐지게 되는 결정적인 계기로서 작용한 것이다. 곧 오솔길을 걸어가던 옌칭이 배고픔을 못 이겨 까치라도 잡아먹으려고 화살을 쏘 아 맞췄지만 정작 까치는 찾지 못하고 바로 그때 "옌칭의 곁을 스쳐 지 나"가던 두 사내를 공격하나 결국 두 사내에게 제압당해 거꾸로 목숨을 잃을 지경에 이르게 된다. 그리고 다음 순간에 사용된 소재가 옌칭의 팔에 새겨진 문신이다. 서로 누구인지 확인할 수 없는 상황에서 이 문 신은 양자를 이어주는 중요한 연결고리 역할을 하는 것이다. 이에 대해 진성탄은 다음과 같이 말했다.

옌칭이 스스로 통성명을 할 수 없을 뿐 아니라 그 사내들 역시 이 름을 알 수 없다. 뛰어난 예술가도 고심하지 않으면 좋은 작품을 만 들 수 없는 법인데, 갑자기 팔에 새겨진 문신이 드러나는 것으로 해 결한 수법의 기묘함은 말할 것도 없다.(『독제오재자서시내암수호전 讀第五才子書施耐庵水滸傳』 제61회 회수총평回首總評) 燕青自通姓名旣 不可, 那漢自曉姓名亦不可, 良工苦心, 忽算到花綉上來, 奇妙不可言.

이렇듯 시공간적으로 두 갈래로 나뉘었던 이야기가 자연스럽게 합치 되는 장치로 쓰인 것은 '오솔길'과 '팔에 새겨진 문신'으로, 이것들이 바 로 이야기를 이어주는 '난교'인 셈이다.

❖ 예문

한편 옌칭燕靑이 반찬거리라도 얻으려고 활을 메고 근처로 사냥하러 나갔다 돌아오는데 온 마을이 떠들썩한지라 숲 속에 숨어 내다보니 창과 칼을 든 1, 2백 명의 사령들이 루쥔이盧俊義를 결박하여 수레에 태워 가지고 지나갔다. 당장 달려 나가 주인을 구하고 싶은 생각은 불붙듯한데 손에 장기를 쥔 것이 없어 애만 태우다가 생각했다.

'이런 때 량산보梁山泊에 가서 쑹 공명宋公明에게 알리지 않는다면 내가 주인의 목숨을 그르치게 되지 않겠나!'

옌칭은 곧 떠나서 밤중까지 길을 조이니 배가 출출해지는데 몸에는 돈 한 푼 가진 것이 없었다. 그리하여 등성이에 나무들이 듬성듬성한 숲속으로 들어가 날이 저물 때까지 갔다. 새벽녘이 되어 옌칭이 근심에 싸여 있는데 마침 까치가 나무 위에서 깍깍 운다.

'그렇지 저 놈을 잡아가지고 마을에 들어가 물이나 얻어 삶아먹는다면 요기는 할 수 있을 게야.'

이런 생각을 하며 일어나 고개를 쳐들고 보니 까치는 자기를 내려다보며 울고 있다. 옌칭은 활을 들고 하늘을 바라보며 기도를 드렸다.

'옌칭에게는 다만 이 화살 한 대가 남았을 뿐입니다. 우리 주인님의 생명을 구원하시려거든 저 영리한 새를 떨궈주시고 구원하지 않으시려거든 저 새를 날아가게 하소서.'

그가 시위에 살을 먹여 들고, '내 정다운 화살아, 내 뜻을 어기지 말아다오' 하고 중얼거리며 당겼다 놓으니 시위 소리와 함께 까치는 꽁무니를 맞아 언덕 아래로 떨어졌다. 옌칭이 성큼성큼 등성이를 내려가니 까치는 보이지 않고 문득 두 사람이 마주 온다.

그 두 사람은 옌칭의 곁을 스쳐 지나갔다. 옌칭은 돌아서서 그들을 보면서 생각했다.

'그렇지. 노자도 없는데, 이 주먹으로 저 놈들을 때려눕히고 보따리를 빼앗는다면 량산보까지 쉽게 갈 게 아닌가?'

옌칭이 쇠뇌를 집에 넣고 뒤를 밟는데 그 두 사람은 여전히 머리를 숙이고 길만 재촉했다. 옌칭은 쫓아가 전립을 쓰고 뒤에 걷는 자의 잔등에 주먹을 내질러서 그를 땅에 넘어뜨렸다. 재차 주먹을 들어 앞사람을 냅다 지르려다 도리어 그 사나이가 내리치는 몽둥이에 왼다리를 맞아 땅에 쓰러졌다. 그러자 땅에 쓰러졌던 사나이가 일어나 요도를 빼들고 옌칭의 면상을 내려찍으려 했다.

"여보시오. 나는 죽어도 일 없소만 우리 주인의 소식을 누가 전해 주겠소?"

옌칭이 다급히 소리치니 그 호한은 칼 든 손을 멈추고 옌칭의 멱살을 들어 일으키며 물었다.

"이 놈, 무슨 소식을 전한단 말이냐?"

"그걸 알아서 무엇 하겠소?"

옌칭이 되묻는데 그 사나이가 옌칭의 손목을 잡아 일으키다가 꽃을 새긴 손목을 보고 급히 묻는다.

"아니 당신은 루 원외盧員外 댁의 랑쯔浪子 옌칭이라는 분이 아니오?"

옌칭은 생각했다.

'어차피 죽게 되었으니 실토하고 이들에게 붙잡혀 가 혼백이라도 남아 주인과 만나자.'

"그렇소. 내가 바로 루 원외 댁에 살던 랑쯔 옌칭이오. 나는 지금 우리 주인의 목숨을 구해 달라고 량산보의 쏭 공명 형님께 알리러 가는 길이오."

그 말에 두 사람은 껄껄 웃었다.

"손을 대지 않은 게 다행이었네. 알고 보니 옌칭이었구만. 임자는 우리 둘을 알 만한가? 나는 량산보의 두령 빙관쒀病關索 양슝楊雄이고 저이는 핀밍싼랑拼命三郎 스슈石秀라오."

양슝이 말했다.

"우리 둘은 지금 형님의 명을 받잡고 베이징으로 루 원외의 소식을 염탐하러 가는 길이었소. 군사軍師와 다이 원장戴院長 역시 뒤따라 산에서 내려와 우리의 소식을 기다리기로 했소."

양슝의 말에 옌칭은 그들이 양슝과 스슈임을 알고 일의 자초지종을 이야기했다.

양슝이 말했다.

"그렇게 되었다면 나와 옌칭은 산채로 돌아가 형님께 알려서 대책을 세우게 하겠으니 자네는 베이징에 들어가 소식을 알아 가지고 돌아와 알리게."

스슈가 말했다.

"그렇게 합시다."

그리고는 구운 떡과 말린 고기를 꺼내 옌칭에게 먹이고 짐을 옌칭에게 지우니 옌칭은 그 짐을 받아 메고 양슝을 따라 밤을 도와 량산보로 올라갔다.

(『수호전』 제61회)

농인법弄引法

❖ 정의

'농인법' 역시 진성탄金聖嘆의 「독제오재자서법讀第五才子書法」 가운데
하나이다.

　　농인법弄引法[1]이라는 것이 있다. 이것은 중요한 대목을 갑자기 제
기하는 것이 좀 뭣해서 먼저 비교적 사소한 대목을 앞세워 이끌어내
는 것을 말한다. [이를테면, 양즈楊志가] 쒀차오索超와 싸우기 전에
먼저 저우진周謹과 싸우는 것을 앞세우고,[2] 그리고 [왕 씨 노파가 판
진롄潘金蓮을 유혹하기 위해 제시한] 열 단계의 계획을 내놓기에 앞
서, 먼저 [바람둥이가 갖추어야 할] 다섯 가지 요건[3]을 말하는 것[4] 등
이 그것이다. 『장자莊子』에 "바람은 땅에서 생겨 푸른 개구리밥에서

1　농인弄引은 서곡序曲, 도언導言을 의미한다.
2　『수호전』, 11~12회.
3　왕 씨 노파가 말한 다섯 가지 요건이란 다음과 같다. "첫째는 판안의 용모요, 둘째는
나귀와 같이 큰 물건이요, 셋째는 덩퉁과 같이 돈이 많아야 하고, 넷째는 솜 속에 들어앉
은 바늘처럼 인내심이 있어야 하고, 다섯째는 한가한 시간이 있어야 한다는 게지요. 第一
件, 潘安的貌; 第二件, 驢兒大的行貨; 第三件, 要似鄧通有錢; 第四件, 小就要綿裏針忍耐; 第五
件, 要閑工夫." (관화탕 본 『수호전』, 제23회)
4　『수호전』, 23회 454~458쪽.

일어나 계곡으로 차츰차츰 배어 들어가 동굴의 입구에서 울부짖네始
于靑萍之末, 盛于土壤之口"⁵라고 하였고, 『예기』에서는 노나라 사람들
은 타이산泰山에 제사지낼 때 반드시 먼저 페이린配林에서 제사를 지
냈다"⁶라고 하였다. 有弄引法, 謂有一段大文字, 不好突然便起, 且先作
一段小文字在前引之. 如索超前, 先寫周謹, 十分光前, 先說五事等是也.
『莊子』云: "始于靑萍之末, 盛于土壤之口." 『禮』云: "魯人有事于泰山,
必先有事于配林."

소설 작품에는 수많은 인물과 사건이 등장하게 되는데, 그러한 인물
과 사건에는 각각 주요한 것과 부차적인 것의 구별이 있기 마련이다.
많은 경우 작자는 주요한 인물이나 사건을 묘사하기에 앞서 먼저 부차
적인 인물이나 사건에 관해 서술함으로써 주요한 인물이나 사건을 이
끌어 낸다. 바로 이와 같이 '부차적인 것을 통해 주된 것을 끌어내는 것
以次引主'을 '농인법'이라고 부른다.

이와 같이 '농인'이란 말에는 전조前兆나 복선伏線의 의미가 담겨 있
다는 것을 알 수 있다. 이때 '이끄는 작용을 하는 것引'과 '이끌어지는
것被引' 사이에 '내용상 가치의 경중主次之分'이나 주객의 구분이 있어
부차적인 인물이나 사건은 주요한 인물이나 사건을 두드러지게 하는
역할을 한다. 동시에 이렇게 함으로써 독자로 하여금 어떤 사건의 출현

---

5   이 구절은 쑹위宋玉의 『풍부風賦』에 보인다. 청평靑萍은 수평水萍으로 수초水草의
일종이다. 토낭土囊은 산 속의 큰 동굴이다. 원문을 정확하게 인용하자면, "바람은 땅에
서 생기고 푸른 개구리밥에서 일어나 계곡으로 차츰차츰 배어 들어가 동굴의 입구에서
울부짖네夫風生於地, 起於靑蘋之末, 浸淫谿谷, 盛怒於土囊之口."이다.
6   이 말은 『예기禮記』의 「예기禮器」편에 보인다. "노魯"는 마땅히 "제齊"가 되어야 한
다. "타이산에서 일이 있다有事于泰山"는 것은 타이산泰山에 제사지내는 것을 가리킨다.
페이린配林은 숲의 이름이며 타이산의 종사從祀이다. 이 두 구절은 모두 작은 데에서 큰
데에 이르기까지 점점 쌓인다는 것을 의미한다.

이 너무 갑작스러워 당혹감을 느끼지 않도록 할 수 있다.

❖ 실례

『수호전』제13회는 양즈楊志가 두 번의 싸움 끝에 관직을 받는 것을 묘사하고 있다. 주요한 싸움은 쒀차오索超와 벌이는 것이지만, 그에 앞서 작자는 양즈와 저우진周謹의 싸움을 묘사하고 있다. 양즈가 저우진에게 이기고 저우진이 맡고 있던 직책을 인계 받으려 할 때 이에 불만을 품은 쒀차오가 나서 다시 싸움을 건다. 두 사람의 무술 시합은 오십여 합을 겨루고도 좀처럼 승부가 나지 않는다. 싸움을 주선한 량 중서梁中書를 비롯한 주위 사람들이 넋을 놓고 바라보는 가운데 결국 두 사람은 승부를 가리지 못한다. 결국 두 사람은 나란히 관군管軍 제할사提轄使로 추천된다.

작자의 의도는 양즈와 쒀차오의 무예가 출중하다는 것을 두드러지게 하는 것이었다. 그러므로 양즈가 저우진과 싸우는 것이 뒤에 쒀차오와 본격적으로 무술 시합을 벌이는 것을 '이끌어내는弄引' 것에 불과하다는 것을 알 수 있다. 실제로 작자는 제12회의 마지막 부분에서 다음과 같이 말하고 있다. "결국 양즈와 저우진의 무예 시합이 어떤 사람을 이끌어 낼 것인지는 다음 회를 보라.畢竟楊志與周謹比武引出甚麼人來, 且聽下回分解." 곧 양즈와 쒀차오의 무술 시합을 단도직입적으로 서술하는 것보다 이에 앞서 부차적인 인물인 저우진을 앞세움으로써 스토리의 전개를 더욱 곡절 있고 흥미진진하게 만들 수 있었다.

❖ 예문

이때에 저우진周謹과 양즈楊志는 문기門旗 아래서 말을 채어 교전하려는 판인데 …… 저우진이 창을 들고 말을 몰아 양즈에게 달려드니 양즈 역시 창을 비껴들고 말을 채어 저우진을 맞아 싸우기 시작했다. 이두 사람은 진 앞에서 왔다 갔다를 반복하며 한데 어울리기도 하고 한덩어리로 뭉치기도 하였다. 안장 위에서는 사람과 사람이 싸우고 안장 밑에서는 말과 말이 싸웠다. 두 사람은 4, 50합을 싸웠다.

…… 말로 하면 느린 것 같지만 실제로는 빨랐다. 화살은 저우진의 왼쪽 어깨에 맞았다. 저우진은 손 쓸 사이도 없이 말에서 굴러 떨어졌다. ……

량 중서梁中書는 크게 기뻐하며 군정사에게 곧 사령장을 써서 양즈를 저우진의 자리에 앉히라고 했다. 양즈는 의기양양하게 말에서 내려 연무청 앞으로 가서 상공께 사례하고 그 직책에 오르려 했다. 이때 뜻밖에 계단 아래 왼쪽에서 한 사람이 불쑥 나오면서 외쳤다.

"아직 사은하지 마십시오. 제가 한번 겨뤄 보겠습니다."

양즈가 그 사람을 보니 키는 7척이 넘고 둥근 얼굴에 두터운 입술에 입은 넓적하고 뺨에는 구레나룻이 쭉 가리워 위풍이 늠름하고 모습은 당당했다. 그 사람은 량 중서의 앞으로 나아가 읍을 하면서 아뢰었다. ……

량 중서가 바라본즉 그 사람은 다른 사람이 아니라 바로 다밍푸大名府 유수사정패군留守司正牌軍 쒀차오素超였다. 그는 성질이 마치 불에 던진 소금같이 급해서 언제나 나라를 위해 공을 다투면서 앞장서서 싸우기에 사람들은 모두 그를 지셴펑急先鋒이라 했다.

…… 량 중서는 그 말을 듣고 생각했다. '내가 특히 양즈를 천거하려

고 하나 여러 장수들이 불복하는 모양인데, 만약 양즈가 쒀차오마저 이
긴다면 저 자들이 죽어도 원망이 없을 것이고 군소리도 없을 것이다.'
……

왼쪽 진의 문기가 열리며 말방울 소리가 요란스러운 가운데 지셴펑
쒀차오가 말을 멈추고 병장기를 들고 진 앞에 섰다. ……

오른 쪽 진에서도 문기가 열리며 말방울 소리가 나더니 양즈가 손에
창을 들고 말을 달려 곧장 진 앞으로 나와 멈춰 섰다. …… 두 사람은
영을 받자 말을 놓아 출진하여 교련장 한 가운데로 나아갔다. 말 두 필
이 서로 어울리고 병장기 두 개가 일시에 번뜩였다. 쒀차오가 노기등등
하여 큰 도끼를 휘두르며 말을 박차 양즈에게 달려든즉 양즈는 위풍을
떨치며 신창을 비껴들고 쒀차오를 맞아 싸웠다. 두 사람은 교련장 중심
에서, 혹은 장대 앞에서 평생의 재간을 다해 싸웠다. 일진일퇴, 일퇴일
진하며 네 팔은 가로 세로 번뜩이고 여덟 말발굽은 서로 엉키었다.

군기는 해를 가리고 살기는 하늘을 덮네.
이쪽은 금잠부로 정수리를 노리고, 저쪽은 혼철창으로 염통을 겨
누네.
이쪽은 사직을 받드는 비사문毗沙門 탁탑托塔 리톈왕李天王, 저쪽
은 강산을 평정하고 금궐金闕을 지키는 천봉대원수天蓬大元帥.
저쪽의 창끝은 불길을 토하고, 이쪽의 도끼날엔 서릿발 비끼네.
저쪽은 칠국七國의 위안다袁達이 다시 살아왔는가, 이쪽은 삼국 때
의 장페이張飛가 되살아났는가.
이쪽은 거령신巨靈神인 양 노하여 큰 도끼 휘둘러 서쪽 화산華山을
때려부수는 듯, 저쪽은 화광장華光藏인 듯 성나서 금창을 손에 들고
지옥을 무찌르는 듯.
이쪽은 두 눈 부릅뜨고 도끼 날려 머리를 찍자 하고, 저쪽은 이를

갈며 번쩍번쩍 창자루 끊을 듯 하네.
　두 적수가 빈 구석을 노리며 한눈 팔 새도 없구나.

　두 사람은 50여 합을 싸웠으나 좀처럼 승부가 나지 않았다. 월대 위
에 앉아 있는 량 중서는 정신없이 바라보았고, 양편의 여러 군관들은
끊임없이 갈채를 보냈다. 진중의 군사들은 서로 쳐다보며 감탄하였다.
　"우리가 오랫동안 군사 노릇을 하면서 전장에도 여러 번 나가보았지
만 한 쌍의 호한이 이처럼 용맹스럽게 싸우는 걸 보기는 처음일세!"

(『수호전』 제13회)

장우문뢰법將雨聞雷法

❖ 정의

'장우문뢰법'은 비가 오기 전에 천둥소리가 먼저 들리듯이 주요한 인물이나 사건을 다룬 본격적인 문장, 곧 정문正文 앞에 그것을 이끄는 문장, 곧 인문引文이 나오는 것이다. 마오쭝강毛宗崗의 『삼국지 독법讀三國志法』에서는 다음과 같이 기술했다.

『삼국지』에는 바야흐로 눈이 내리기에 앞서 싸라기눈이 보이고, 비 오기 전에 천둥소리가 들리는 묘미가 있다. 바야흐로 뒤에 본문이 나오기에 앞서 반드시 시덥잖은 글이 그것을 이끌어 주고, 바야흐로 큰 글이 나오기에 앞서 반드시 작은 글이 그것을 열어 주는 것이다. 『三國』一書有將雪見霰、將雨聞雷之妙。將有一段正文在後, 必先有一段閑文以爲之引。將有一段大文左後, 必先有一段小文以爲之端。

이것은 앞서 진성탄金聖嘆이 말한 '농인법'과 비슷한 것이다. 그러나 '장우문뢰법'이 그 미치는 효과가 더 광범위하고 더 전면적이다. '장우문뢰법'에서 말하는 '이끄는 문장引文'은 어떤 철학 사상을 펼쳐 보이는 '시덥잖은 글閑文'이 될 수도 있고, 천하의 인재와 영웅을 묘사하는 복선이 될 수도 있으며, 대대적인 전투에 앞선 연습이 될 수도 있다. 이와 동시에 이것은 큰 비가 쏟아져 내리기 전의 천둥소리와 같이, 그 자체로서도 완전한 구상을 갖추며 상당히 강렬한 강도로 느껴질 수도 있다. 즉 그 자체로도 충분히 고도의 예술적 효과와 가치를 지니는 것이다. 또 시간적으로 볼 때는 "농인법"에 비해 느슨하기에, 반드시 당장 일어날 필요는 없으며 상당한 거리를 두고 나중에 일어나도 된다. 필치의 농담에 있어서는 '대락묵법大落墨法'에 미치지 못하지만, 결코 가벼운 묘사는 아니며 중급 정도의 효과를 가진다.

❖ 실례

마오쫑강毛宗崗의『삼국지 독법讀三國志法』에서는 '장우문뢰법'의 실례를 다음과 같이 들었다.

이를테면, 장차 차오차오曹操가 푸양濮陽에 불을 놓는 일[1]을 서술하기에 앞서, 먼저 미주糜竺의 집안에 불이 나는 것[2]을 서술한 시답잖은 글이 그것을 열어준다. 장차 쿵룽孔融이 류베이에게 구원을 요청하는 일[3]을 서술하기에 앞서 쿵룽이 리잉李膺(110~169년)을 찾아뵙는 일[4]을 서술한 시답잖은 글이 그것을 열어준다. 바야흐로 츠비赤壁에서 불을 놓는 큰 글[5]을 서술하기에 앞서, 보왕博望[6]과 신예新野[7]에서 불을 놓는 것을 서술한 두 대목의 작은 글이 그것을 열어준다.

---

1 제12회.
2 제11회.
3 제11회.
4 제11회.
5 제49~50회.
6 제39회.
7 제40회.

바야흐로 주거량이 치산을 여섯 번 출정하는 큰 글[8]을 서술하기에 앞서, 먼저 멍휘孟獲를 일곱 번 사로잡았다 놓아준 것[9]을 서술한 작은 글이 그것을 열어준 것 등등이 바로 그것이다.

노나라 사람들은 하늘에 제사 드리기에 앞서 반드시 판궁頖宮에서 먼저 제사를 드린다[10]고 하였으니, 문장의 묘미는 바로 이것과 같은 것이다. 如將敍曹操濮陽之火, 先寫糜竺家中之火一段閒文以啓之; 將敍孔融求救于昭烈, 先寫孔融通刺于李弘[11]一段閒文以啓之; 將敍赤壁縱火一段大文, 先寫博望、新野兩段小文以啓之; 將敍六出祁山一段大文, 先寫七擒孟獲一段小文以啓之是也。魯人將有事于上帝, 必先有事于頖宮, 文章之妙, 正復類是。

❖ 예문

마오쭝강은 제12회 미비에서 푸양에 불을 놓는 일과 미주의 집안에 불이 난 것에 대해 다음과 같이 말했다.

미주의 집에 난 불은 하늘이 낸 불天火이요, 푸양에서 난 불은 사람이 낸 불人火이기도 하고 하늘이 낸 불天火이기도 하다. 미주는 불이 날 것을 알고 그 불을 피하였으니, 하늘이 군자를 보위하였기 때문이다. 차오차오는 불이 날 것을 몰랐지만 불에 죽지 않았다. 이것은 하늘이 간웅奸雄을 세상에 남겨두고자 했기 때문이다. 군자를 보위하는 것은 하늘의 이치天理요, 간웅을 남겨두는 것은 하늘의 운수

---

8 제92~104회.
9 제87~90회.
10 이 구절은『예기禮記』에 나오는데, 진성탄의「제오재자서」독법讀第五才子書法 (57) 조에 비슷한 구절이 나온 적이 있다. "노나라 사람들은 타이산에 제사지낼 때 반드시 먼저 페이린에서 제사를 지냈다魯人有事于泰山, 必先有事于配林"
11 李弘은 李膺이 맞다.

天數이다. 糜竺家中之火, 天火也, 濮陽城中之火, 人火亦天火也. 糜竺
知燒而避其燒, 天所以全君子也, 曹操不知其燒而亦不死於燒, 天所以留
奸雄也. 全君子是天理, 留奸雄是天數.

차오차오가 푸양에서 화재를 당하는 것과 미주의 집에 불이 나는 것
은 직접적인 관계가 없지만, 이것은 앞서 말한 일종의 철학 사상을 드
러내 보여주는 하나의 예라 할 수 있다.

또 제49회의 츠비赤壁 대전이 일어나기 전에 제39회의 보왕과 제40
회의 신예의 불 놓는 일이 나온 것은 주거량이라는 천재를 돋보이게 하
기 위한 복선이라 할 수 있다. 이를 두고 마오쭝강은 제40회 미비에서
다음과 같이 말했다.

무릇 계책을 쓸 때의 어려움은 첫 번째에 있지 않고 두 번째에 있
다. 적을 한바탕 겪고 난 후 여전히 앞에서의 방법으로 다시 시행하
면 적들은 마찬가지로 깨닫지 못하니 신기함이 이보다 더 신기할 수
없다. 전후의 방법에 다른 점도 있는데, 앞의 불은 순수히 불만 사용
한 것이요 뒤의 불은 물을 같이 이용한 것이다.
　　……
보왕의 불은 예측하기 쉽다. 그러나 신예의 불은 예측하기 어렵다.
보왕의 불은 성 밖에서 일어났고, 신예의 불은 성 안에서 일어났다.
보왕의 불은 숲에서 난 것이지만 신예의 불은 집에서 난 것이다. 쿵
밍이 신예에서 낸 불도 성 안의 집에서 난 것이고 뤼부가 푸양에서
낸 불도 마찬가지였다. 그러나 뤼부의 복병들은 성 안에 있었고 쿵밍
의 복병들은 성 밖에 있었으니 불이 난 가운데 있는 복병들은 알 수
있어도 불이 난 곳 밖에 있는 복병들은 이를 알기가 어렵다. 그러므
로 신예의 불이 푸양의 불보다 더 기묘한 것이다. 하물며 불이 부족

한 강물을 건넘에 있어서라. …… 사용할수록 더욱 환상적이고 솜씨를 부릴수록 더욱 기묘하여 지금의 독자가 그것을 보더라도 여전히 황홀하니 당시에 싸우던 이들이 어찌 혼비백산하고 간담이 서늘해지지 않았겠는가! 凡用計之難, 難不難在第一次而難在第二次. 當敵人經過一番之後, 仍以前法施之, 而敵人依舊不覺, 則奇莫奇於斯矣! 其前後用法亦有不同者, 前之火純用火, 後之火, 兼用水.
……

博望之火易料, 新野之火難料, 博望之火在城外, 新野之火在城中, 博望之火在林木, 新野之火在房室也. 然孔明新野之火是城中房室之火, 呂布濮陽之火, 亦是, 而呂布伏兵城中, 孔明伏兵城外, 火中之伏兵可知, 火外之伏兵不可知, 則新野之燒, 更甚於濮陽矣! 況火不足而濟之以水, …… 愈用愈幻, 越出越奇, 今日讀者見之, 猶目眩神搖, 安得當日戰者遇之不魂飛膽落乎!

주거량이 처음 용병用兵을 시작할 때 화공火攻을 이용하였으니, 이른바 "용병은 불을 다루는 것과 같으며, 불을 다루는 것 역시 용병인 것이다用兵如用火, 用火亦用兵." 그리고 두 번째에도 또 불을 다루는 것을 묘사하였으니 예술적으로 "중복되는 것도 피하는 것도 잘해 훌륭한 재주를 드러내니善犯善避顯高才", 이렇게 함으로써 주거량의 재능을 한 단계 더 높게 표현한 것이다. 따라서 이 두 가지 사례는 그 나름의 가치를 갖고는 있지만, 전체적인 국면을 놓고 볼 때 하나의 중대한 역사적 전환점이 되는 츠비에서의 싸움에 비한다면 비교적 작은 전투에 속한다. 그래서 마오쭝강은 츠비에서의 불을 서술한 큰 문장大文에 앞서 보왕과 신예에서의 불을 서술한 작은 문장小文이 온 것이라 설명한 것이다.

달미법獺尾法

❖ 정의

'달미법' 역시 진성탄金聖嘆의 「독제오재자서법讀第五才子書法」 가운데 하나이다.

　　달미법獺尾法[1]이라는 것이 있다. 이것은 큰 단락 뒤에 갑자기 멈추는 게 좀 뭣해서 여파餘波를 만들어 그 여운을 남기는 것을 말한다. [이를테면] 량 중서梁中書가 둥궈東郭에서 무예를 겨루고 돌아간 뒤, 지현인 스원빈時文彬이 당에 오르고,[2] 우쑹이 호랑이를 때려잡고 고개를 내려오다 사냥꾼 두 명을 만나고,[3] 위안양러우鴛鴦樓에서 살육전을 벌이고 난 뒤 성벽 해자 가城壕邊의 달빛을 그리는 것[4] 등과 같은 것이다.
　　有獺尾法，謂一段大文字後，不好寂然便住，更作餘波演漾之。如

1　달獺은 수달로서 짐승 이름이며 물가에서 살며 헤엄을 잘 친다. 그 꼬리는 편편하고 길며 힘이 있어 헤엄칠 때 꼬리를 키처럼 쓴다.

2　『수호전』, 12회. 시합이 끝나고 량 중서는 아내에게 생일 선물을 장인에게 보내는 문제를 의논한다. 그 전해에는 선물을 도적들에게 강탈당했던 것이다. 이야기는 스원빈에게 연결되어, 그가 도적들을 방비할 새로운 대응책을 마련한다.

3　『수호전』, 22회.

4　『수호전』, 30회.

梁中書東郭演武歸去後, 知縣時文彬升堂; 武松打虎下岡來, 遇著
兩個臘戶; 血濺鴛鴦樓後, 寫城壕邊月色等是也。

수달의 꼬리는 길고 힘이 세서 물을 헤엄쳐 건너간 뒤에도 그 여파가
여전히 남아 있다. '달미법'은 바로 이처럼 소설을 창작할 때 이야기가
고조되는 순간 그 단락을 갑자기 끝내지 않고 다른 내용을 덧붙여 점차
적으로 긴장을 완화시키면서 끝내는 것을 의미한다. 『삼국지연의』의
작자 마오쫑강毛宗崗은 "무릇 뛰어난 문장들은 그 앞에 반드시 발단 부
분이 있고, 문장의 뒤에는 남은 기세餘勢가 있기 마련이다凡文之奇者, 文
前必有先聲, 文後必有餘勢."라고 말했다. 여기서 '남은 기세'가 바로 '달미
법'이다.

그러나 이 '남은 기세' 역시 자연스럽게 이어져야 하는데, 언뜻 보기
에는 아무렇게나 쓴 것 같지만 앞의 내용과 자연스런 연관성을 가지면
서 이야기를 변화, 발전시켜 나가는 작용을 해야 한다. 마오쫑강은 '달
미법'의 장점에 대해 다음과 같이 서술하고 있다. "물결이 친 후의 파
문, 비 끝의 가랑비와 같은 묘미가 있다有浪後波紋, 雨後霢霂之妙."

❖ 실례

중국 고대소설에 '달미법'이 사용된 경우는 매우 많다. 예를 들어 『삼
국지연의』에서 류베이劉備가 삼고초려한 뒤 다시 류치劉琦가 주거량諸
葛亮에게 세 번 간청한 것이나, 주거량이 출사出師한 뒤 다시 쟝웨이姜
維가 위魏를 정벌하기 위한 허위 밀서를 보내는 것, 『수호전』에서 우쑹
武松이 호랑이를 잡고 내려오다 다시 사냥꾼들을 만나는 것 등이 그것
이다. 여기서는 우쑹이 호랑이를 잡고 내려오다 사냥꾼을 만난 이야기

를 잠시 보기로 한다.

"'날도 이미 저물었는데 만약 호랑이가 또 나타나면 어떻게 당해 낸 담? 아무튼 발버둥을 쳐서라도 고개를 내려갔다가 내일 아침 다시 와서 처리해야겠다.' 그는 푸른 돌 옆에 떨어진 전립을 찾아 쓴 다음 관목 숲을 헤치고 나와서 겨우 한 걸음씩 옮겨 놓으며 고개 밑으로 내리 걸었다." 원래 이 부분에서 그냥 끝낼 수도 있지만 작가는 "반 리도 채 못 내려갔는데 마른 풀숲에서 또 호랑이 두 마리가 튀어나오는 것이었다." 와 같은 상황을 추가하여 천하의 우쑹으로 하여금 "아이고! 이젠 나도 끝이구나!"라고 소리 지르게 한 것이다. 우쑹은 이미 손발에 모두 맥이 풀려 도저히 이들을 대적할 수 없는 상태였다. 그러나 작자는 곧이어 "우쑹이 자세히 보니 사람 두 명이 호랑이 가죽을 뒤집어쓰고 끈으로 꼭꼭 동여매었던 것이었다."라는 내용을 추가하여 독자들로 하여금 긴장을 풀게 만들고 있다. 진성탄金聖嘆은 이와 같은 문장을 "뛰어난 문장 奇文"이라 칭찬하고 있는데, 이와 같이 고조된 분위기에서 그냥 끝내는 것이 아니라 다시 그 이야기에 변화를 주어 독자들로 하여금 그 여운을 즐기게 하는 데 달미법의 묘미가 있다.

❖ 예문

우쑹武松이 손을 놓고 소나무 옆으로 가서 동강이 난 몽둥이를 찾아 손에 쥐고 혹시 호랑이가 아직 죽지 않았을까 하여 다시 한 번 몽둥이로 내려쳤다. 눈으로 숨을 쉬지 않는 것을 보고서야 몽둥이를 내버렸다. 마음속으로 생각했다. '이놈을 끌고 언덕을 내려가야지.' 그리고는 피가 질벅한 데 두 손을 밀어 넣어 들려고 하였으나 꿈쩍도 하지 않았다. 힘을 다 써 버렸기에 손발에 모두 맥이 풀렸던 것이다. 우쑹은 다시 푸른 돌 위에 앉아 한참을 쉬면서 생각하였다. '날도 이미 저물었는데 만약 호랑이가 또 나타나면 어떻게 당해 낸담? 아무튼 발버둥을 쳐서라도 고개를 내려갔다가 내일 아침 다시 와서 처리해야겠다.' 그는 푸른 돌 옆에 떨어진 전립을 찾아 쓴 다음 관목 숲을 헤치고 나와서 겨우 한 걸음씩 옮겨 놓으며 고개 밑으로 내리 걸었다.

반 리도 채 못 내려갔는데 별안간 마른 풀숲에서 또 호랑이 두 마리가 뛰어나오는 것이었다. 우쏭이 말했다. "아이고! 이젠 나도 끝이구나!" 그런데 그 호랑이 두 마리가 어둠 속에서 꼿꼿이 일어서는 것이었다. 우쏭이 자세히 보니 그것은 호랑이가 아니라 사람이 호랑이 가죽을 뒤집어쓰고 몸에다 꽉 동여맨 것이었다. 손에는 모두 오고차五股叉를 들고 있었는데, 우쏭을 보더니 깜짝 놀라며 물었다.

"다 다다 당신, 악어 염통에, 표범의 간에, 사자 다리를 먹고 담이 몸을 뒤집어썼소? 어찌 혼자서 이런 밤중에 무기도 없이 언덕에서 걸어 내려오는 것이요? 다다다 당신 대체 사람이요 귀신이요?"

"당신들은 누구요?"

"우리는 이 곳 사냥꾼이오."

(『수호전』 제22회)

대락묵법大落墨法

❖ 정의

'대락묵법' 역시 진성탄金聖嘆의 「독제오재자서법讀第五才子書法」 가운데 하나이다.

대락묵법大落墨法[1]이라는 것이 있다. 이것은 우융吳用이 롼 씨 삼형제를 설득하고,[2] 양즈楊志가 베이징北京에서 무예를 겨루고[3], 왕 씨 노파가 [시먼칭西門慶더러] 바람 피우라고 부추기고,[4] 우쑹武松이 호랑이를 때려잡고,[5] 환다오춘還道村에서 쑹쟝이 잡히고[6], 주쟈좡祝家莊을 세 차례 공격하는 것[7]과 같은 것이다. 有大落墨法, 如吳用說三阮, 揚志北京鬪武, 王婆說風情, 武松打虎, 還道村捉宋江, 三打祝家莊等是也.

'대략묵법'이라는 것은 일종의 강조법으로, 이 명칭은 본래 당대의

---

1 대략묵大落墨, 상세히 서술하고 공들여 묘사하는 것을 가리킨다.
2 『수호전』, 14회, 272~282쪽.
3 『수호전』, 11~12회, 242~254쪽.
4 『수호전』, 23회, 450~468쪽.
5 『수호전』, 22회.
6 『수호전』, 41회, 774~782쪽.
7 『수호전』, 47회.

왕챠王洽가 산수화에서 비오는 풍경을 그리기 위해 '먹을 흩뿌렸던潑墨' 것에서 비롯되었다. 곧 필요한 곳에 먹을 구름처럼 흩뿌리듯, 이야기를 구성할 때 중요한 것은 강조하고 부차적인 것을 거기에 종속시키는 것이다.

❖ 실례

『수호전』제13회의 마지막 부분과 14회의 첫 부분에 걸쳐 나오는 "우융이 롼 씨 삼 형제를 설복하다吳用說三阮"의 대목에서 우융이 "반드시 이들을 불러와야만 이번 일을 이룰 것입니다"라고 강한 어조로 명토 박은 것이 곧 '대락묵법'을 잘 활용한 예이다. 이후에도 우융이 그들을 만나러 가다가 도중에 그들 삼 형제를 각각 만나는 대목 역시 필묵을 아끼지 않고 배경묘사 등을 핍진하게 그려내고 있다. 아울러 언변이 좋은 우융과 달리 롼 씨 삼 형제는 말재간이 없어 우융의 말에 장단을 맞춰 간단한 말로 자신들의 속마음을 드러내고 있는데, 이러한 대비를 통해 오히려 그들의 성격을 도드라지게 하고 있다.

같은 『수호전』제23회에서는 왕 씨 노파가 시먼칭西門慶에게 판진롄潘金蓮을 유혹하는 방법을 일러주고 있다. 이때 왕 씨 노파에 대한 서술 역시 극히 절제되어 있는데, 이것 역시 '대락묵법'이라 할 만하다. 곧 작자는 '대락묵법'을 통해 중요한 부분은 세세하게 그렇지 않은 부분은 과감하게 줄이는 서술 기교를 쓰고 있는 것이다. 그래서 진성탄金聖嘆 역시 다음과 같이 말했다.

왕씨 노파가 계략을 세우는 것을 묘사할 때는 몇 마디면 된다. …… 진실로 그 재주는 바다와 같아 필묵의 기세가 바다의 흐름처럼 오르

락내리락 한다. 寫王婆定計, 只是數語可了, …… 筆墨之氣, 潮起潮洛
者也.

❖ 예문

우용吳用은 한참 동안 생각하더니 별안간 눈썹을 치켜뜨며 무슨 생각
이 난 듯 말하였다.

"응, 그렇지! 사람이 있었군."

……

이때 우용이 말했다.

지금 내 생각에는 의협심이 많고 무예가 출중한 데다 물불을 가리지
않고 우리와 생사를 같이할 만한 사람 셋이 있는데 반드시 이들을 불러
와야만 이번 일을 이룰 것입니다."

(『수호전』 제13~14회)

왕씨 노파는 웃으며 말하였다.

"나리도 꽤 급하십니다 그려. 이 늙은 것의 묘책은 둘도 없는 상책이
랍니다. 강태공까지는 이르지 못하더라도 손자가 궁 안에서 여인들을
병사로 훈련시킨 것만큼은 하니까 열에 아홉은 영락없답니다. …… 이
때 나리께서는 방안에서 그 계집에게 되도록 달콤한 이야기를 하셔야
합니다. 조금이라도 섣불리 손을 댔다가는 큰일이지요. 만약에 주책없
이 굴다가 일을 설치면 나도 더는 어쩔 수가 없어요. 이때 나리는 일부
러 옷소매로 상 위의 젓가락을 밀어 떨어뜨리란 말이에요. 그리고는 땅
에 떨어진 젓가락을 집는 체 하면서 계집의 발등을 살짝 꼬집어 보란
말이요. 그래서 만일 계집이 성을 낸다면 그때는 제가 말리기는 하겠지

만 일은 다 틀어져 다시 또 성사될 수 없는 거예요. 그런데 만약에 계집이 아무 소리도 내지 않는다면 그때에는 가망이 있는 거죠. 분명 마음이 동한 것이니 그때에는 소원을 풀 수가 있을 것이에요. 자, 이만하면 제 계책이 어떻습니까?"

(『수호전』 제23회)

도삽법倒揷法

❖ 정의

'도삽법' 역시 진성탄金聖嘆의 「독제오재자서법讀第五才子書法」 가운데 하나이다.

도삽법倒揷法이라는 것이 있다. 이것은 한 권의 책의 뒤쪽에서 중요한 글자를 불쑥 앞쪽에 먼저 끼워 넣는 것을 말한다. 우타이산五臺山 아래 대장간 옆의 부자가 하는 객점,[1] 또 다샹궈쓰大相國寺와 웨먀오岳廟 옆의 채마밭菜園,[2] 우다武大의 아내가 왕 씨 노파와 함께 호랑이를 보러 가려 하는 것,[3] 리쿠이李逵가 대추떡棗䬾을 사러 갔다가 탕룽湯隆을 만나 량산보梁山泊 무리에 끌어들이는 것[4] 등이 그것이다.

---

1   이 객점은 루즈선이 마을로 처음 내려갔을 때 삽입되었다가(『수호전』, 3회, 113쪽), 나중에 그가 절에서 쫓겨난 뒤 머물렀던 곳이다(『수호전』, 4회, 124쪽).
2   이 절은 왕진王進과 연관해서 처음 등장하지만(『수호전』, 1회, 62쪽), 채마밭 이야기는 제5회까지 언급되지 않는다. 이 채마밭과 절은 제5회~6회의 린충林沖 이야기에서 두드러지게 나타난다.
3   왕 씨 노파는 본문에 불쑥 등장했다가(『수호전』, 23회, 433쪽), 조금 있다 설명 부분에 등장하고(『수호전』, 23회, 434쪽), 조금 더 있다가 우다武大의 죽음에서 중요한 역할을 한다.
4   『수호전』, 53회, 990~992쪽. 탕룽을 끌어들이는 일은 천천히 진행되다가, 55회에 탕룽이 쉬닝徐寧을 끌어들임으로써 관군과의 싸움에서 결정적인 역할을 한다(제56회).

有倒插法, 謂將後邊要緊字, 驀地先插放前邊, 如五臺山下鐵匠間壁父子客店, 又大相國寺岳廟間壁菜園, 又武大娘子要同王乾娘去看虎, 又李達去買棗糕, 收得湯隆等是也。

진성탄이 "다른 책에는 나와 있지 않은非他書所有 『수호전』의 서술기법 중 하나라고 하였던 '도삽법'은 뒷부분에서 요긴하게 쓰일 글자를 순서를 바꿔 갑자기 앞부분에 먼저 삽입시켜 놓는 방법이다. 이것은 일종의 복선으로 현재의 단선적인 의미로 사용되는 듯이 보이는 내용이나 비교적 거리가 있는 내용을 미리 사용하여 뒷부분의 내용 전개를 용이하게 한다든지 자연스럽게 하는데 효과가 있다.

❖ 실례

『수호전』 제3회에 등장하는 '오대산 아래 대장간이 '부자객점'과 이웃에 있다五臺山下鐵匠間壁父子客店.'라는 대목은 얼핏 보면 그저 장터의 풍경을 묘사한 것 같다. 하지만 이에 대해 진성탄은 다음과 같이 평하고 있다.

이제까지의 내용은 술 마시러 가는 것을 다루었는데, 오히려 술 마시는 서술에서 바로 대장간으로 이어지니 한편의 기이한 문장을 이루어 비할 데 없이 절묘하게 되었다. 그런데 또한 대장간을 묘사하는 문장 앞에서 오히려 다시 객점을 삽입시키니, 그 필세의 절묘함이란 비록 슬용虵龍이 노해서 걸어간들 어찌 이와 비유할 것인가. 此來正文專爲吃酒, 却顚倒放過吃酒, 接出鐵店, 衍成絶奇一篇文字, 已爲奇絶矣. 乃又於鐵店文前, 再顚倒放過鐵店, 反插出客店來, 其筆勢之奇矯, 雖虵龍怒走, 何以喩之.

여기서 작가는 '부자객점'에 대해서는 더 이상 언급하지 않고 이야기의 초점을 대장간으로 옮겨 루즈선이 선장禪杖과 계도戒刀를 주문하는 것으로 그 장면을 처리하고 있다. 그리고 '부자객점'에서 멀리 떨어진 술집에서 술을 마시고 한 바탕 소동을 피우고는 절에서 쫓겨난다. 결국 앞서 슬쩍 언급되었던 '부자객점'은 루즈선이 둥징東京의 다샹궈쓰大相國寺로 가기 전에 미리 주문해두었던 선장과 계도가 완성될 때까지 며칠 동안 쉬는 곳으로 다시 등장한다. 따라서 '부자객점'에 대한 언급은 그저 단순한 서술이 아니라 작자가 미리 계산하여 앞부분에 삽입해 둔 것이다. 이를 두고 진성탄은 "상당히 멀리 떨어진 곳에 이 구절을 먼저 넣었는데, 해를 걸러 씨를 뿌려 다음 해에 양식을 거둔 것과 같다고 할 수 있으니 어찌 하찮은 필력으로 가능한 것이겠는가?老遠先放此一句, 可謂隔年下種, 來歲收粮, 豈小筆所能?"라고 하였다.

두 번째로 제5회에서 루즈선魯智深은 우타이 산五臺山에서 쫓겨나 카이펑開封에 도착하여 다샹궈쓰로 왔으나, 거기서도 환영을 받지 못하고 채소밭菜園을 관리하는 직책을 맡게 된다. 특히 채소밭의 배경묘사에 쓰인 '악묘 옆에岳廟間壁'라는 표현에 대해서 진성탄은 "이 네 글자를 어떻게 삽입시켰는지 정말로 절세의 묘필이다此四字如何揷放入來, 眞是絶世妙筆"라고 평하고 있다. 왜냐하면 이 장소는 앞서 언급한 '부자객점父子客店'과는 달리 상당한 간격을 두고 제16회에 가서야 비로소 중요한 요소로 등장하게 되기 때문이다. 양즈楊志를 만난 루즈선은 채소밭을 관리하던 자신이 창저우滄州로 호송되어 가는 린충林沖을 위기 상황에서 구해주고, 그 사건으로 인해 가오츄高俅의 분노를 사게 되어 체포령이 떨어지자 결국 '웨먀오岳廟'를 불태우고 강호江湖를 떠돌게 되었다고 말한다. 이에 대한 진성탄의 평은 다음과 같다.

앞의 이야기에서 린충이 창저우에 도착하고 공인이 돌아가고 난 뒤부터 그에 대한 행방은 나타나지 않고 있어서, 루즈선이 린충과 소나무 숲에서 이별한 뒤 채소밭으로 다시 왔는지 안 왔는지를 알 수가 없었는데, 이곳에서 보완을 하니 절묘하도다. 文林沖到滄州, 公人回來, 未有下落. 魯達松林中別了林沖. 重到不重到菜園, 未有下落, 却於此處補完, 妙絶.

❖ 예문

루즈선魯智深은 술이 취해서 한바탕 야단법석을 떤 뒤로 3, 4개월 동안이나 감히 절 문 밖을 나갈 생각을 안 했다. 그런데 하루는 날씨가 몹시 따스했다. 때는 2월이었다. 승방을 나서서 한 걸음, 두 걸음 산문 밖으로 나와서 오대산의 경치를 바라보며 "좋구나!" 하고 말하는데 문득 산 밑에서 산들거리는 바람을 따라 댕그랑댕그랑하는 소리가 들려왔다. …… 산 아래로 내려가니 '오대복지五臺福地'라고 쓴 현판이 걸린 산사의 패루가 나왔고 이를 지나니 거기는 큰 장터로 인가가 대략 6, 700호나 되었다. 장을 두루 돌아다니며 보니 고기 장수도 있고 채소 장수도 있고 또 술집과 국수집도 있었다. …… 소리가 나는 쪽으로 찾아가니 대장장이가 메질을 하고 있는데 바로 그 옆에는 문 위에 '부자객점父子客店'이라고 써 붙인 가게가 있었다.

(『수호전』 제3회)

장로가 말하였다.

"자네는 내 사형인 전 대사眞大師가 우리 절의 집사 중으로 써 달라고 천거해온 사람인데, 마침 우리 절에서 가꾸는 큰 채마밭이 저 산조문 밖 웨먀오岳廟 옆에 있으니 그리로 가서 그것을 맡아보게 ……"

(『수호전』 제5회)

도서법倒叙法

❖ 정의

 '도서법'은 사건의 서술을 시간 순서대로 하지 않고 먼저 결과를 서술하거나 중간에서 한 단락을 절취截取한 뒤 다시 이야기의 발생 원인을 하나하나 되짚어 나가는 것이다. 한 마디로 시간 순서를 뒤집어 서술하는 일종의 도치법이다.

❖ 실례

 『삼국지연의』 가운데 차오차오曹操가 양슈楊修를 죽이는 것을 서술한 것이 가장 전형적인 예이다.
 먼저 차오차오가 야간 암호로 정한 '계륵'을 듣고 양슈가 차오차오의 생각을 정확하게 꿰뚫어 본다. 이에 자신의 생각을 간파 당했다고 여긴 차오차오는 군심을 어지럽혔다는 이유로 양슈를 죽인다. 그 다음 대목에서는 시간을 거슬러 올라가 이에 앞서 양슈가 여러 차례 차오차오의 생각을 간파해 그를 화나게 하는 사례를 다섯 차례나 들고 있다. 양슈를 죽이기 직전에 있던 사건은 차오차오가 큰아들인 차오피曹丕와 작은아들인 차오즈曹植의 능력을 비교하기 위해 둘을 시험할 때 양슈가 차오즈를 도와준 것이다. 양슈의 도움으로 일시적으로 차오즈는 차오차오의 신임을 얻지만, 이내 차오즈의 배후에 양슈가 있다는 것을 알고 차오차오는 그를 죽일 결심을 하게 된다. 결국 양슈가 죽은 결정적인 빌미가 되었던 것은 '계륵'이라는 야간 암호 때문이지만, 실제로는 몇 차례에 걸쳐 양슈가 차오차오의 심기를 거슬렀기 때문이라는 사실이 밝혀지게 되는 것이다.

독자들은 처음에는 차오차오가 뭐 그 정도 일로 양슈를 죽였을까 의아해 하지만, 이야기를 거슬러 차오차오가 양슈에 대해 좋지 않은 감정을 품게 된 사례들이 하나씩 제시되면서 차오차오의 행동을 납득하게 된다. 이렇게 거꾸로 서술함으로써 독자는 이야기에 대해 좀 더 몰입을 하고 흥미를 가질 수 있는 것이다.

❖ 예문

차오차오曹操가 그곳에 주둔하고 여러 날이 흘렀다. 앞으로 전진하려니 마차오馬超가 버티며 지키고 있고 군사를 거두어 돌아가자니 촉나라 군사의 비웃음을 살까 두려워 머뭇거리며 결단을 내리지 못하고 있었다. 때마침 요리사가 닭백숙을 올렸다. 차오차오는 그릇에 담긴 닭갈비를 보고 느끼는 바가 이었다. 한참 생각에 잠겨 있는데 샤허우둔夏侯惇이 군막으로 들어와 야간에 사용할 암호를 정해 달라고 했다. 차오차오는 입에서 나오는 대로 중얼거렸다.

"계륵이야. 계륵!"

샤허우둔이 관원들에게 명을 전하여 이날 밤에는 모두가 '계륵'이라고 암호를 불렀다. 행군주부 양슈楊修는 암호가 '계륵'이라는 말을 듣고는 즉시 수하의 군졸들에게 짐을 수습하여 돌아갈 채비를 하게 했다.

누군가 양슈의 행동을 샤허우둔에게 알렸다. 깜짝 놀란 샤허우둔은 양슈를 군막으로 불러다 물었다.

"공은 어찌하여 행장을 수습하시오?"

양슈가 대답했다.

"오늘밤 암호를 보면 위왕께선 며칠 안으로 군사를 물려 돌아갈 걸 알 수 있습니다. 닭갈비란 먹자니 별 맛이 없고 그렇다고 버리기엔 아까운 것이지요. 지금 우리 군사는 나아가도 이길 수 없고 물러서면 남의 비웃음을 살까 두려운 형편입니다. 하지만 여기 버티고 있어 봤자 이로울 게 없으니 차라리 일찌감치 돌아가는 게 낫지요. 위왕께서는 내일이면 반드시 군사를 물릴 것입니다. 저는 떠날 때 허둥대지 않으려고 미리 행장을 수습하는 것이지요."

샤허우둔은 감탄했다.

"공은 참으로 위왕의 폐부를 꿰뚫어 보고 있구려!"

샤허우둔 역시 행장을 수습했다. 이리하여 영채 안의 장수들은 모두가 돌아갈 채비를 하게 되었다. 이날 밤 차오차오는 마음이 산란해서 잠을 이루지 못하여 강철 도끼를 들고 영채를 돌아보고 있었다. 샤허우둔의 영채를 살펴보니 군사들이 제각기 짐을 꾸리며 돌아갈 준비를 하고 있는 게 아닌가? 깜짝 놀란 차오차오는 서둘러 막사로 돌아와서 샤허우둔을 불러 그 까닭을 물었다. 샤허우둔이 대답했다.

"주부 양더쭈揚德祖(양슈의 자)가 대왕께 돌아가실 뜻이 있음을 미리 알고 있었습니다."

차오차오가 양슈를 불러 물으니 양슈가 '계륵'의 뜻을 풀어 대답했다. 차오차오는 머리꼭지까지 화가 치밀었다.

"네 어찌 감히 쓸데없는 말을 지어내어 군심을 어지럽힌단 말이냐?"

차오차오는 즉시 도부수들을 호령하여 양슈를 끌어내 목을 치게 했다. 그리고 그 수급을 위안먼轅門 밖에 내걸어 뭇사람들이 보게 했다.

원래 양슈는 자기 재주를 믿고 거침없이 행동하여 여러 차례 차오차오의 비위를 거슬렀다. 언젠가 차오차오가 화원을 하나 만들었다. 화원이 완성되자 차오차오가 가서 보고 좋다 나쁘다 말도 없이 그저 붓을 들어 문 위에 '활活' 자 한 자만을 적어 놓고 갔다. 아무도 그 뜻을 알아채지 못했는데 양슈가 말했다.

"'문門' 안에 '활活' 자를 넣으면 넓을 '활闊' 자가 되지요. 승상께서는 화원의 문이 너무 넓은 게 마음에 안 드신 것이오."

그래서 담을 다시 쌓고 문을 고친 다음 차오차오를 청해서 보게 했다. 차오차오가 대단히 기뻐하며 물었다.

"누가 내 뜻을 알았는고?"

좌우의 측근들이 대답했다.

"양슈입니다."

차오차오는 입으로는 칭찬을 했지만 속으로는 그를 몹시 꺼렸다.

……

차오차오는 차오피曹丕와 차오즈曹植의 재간을 시험해 보고 싶었다. 그래서 하루는 두 사람을 예청鄴城 문밖에 나가라고 하고 문지기들에게는 아들들을 내보내지 말라고 분부했다. 차오피가 먼저 성문에 이르렀다. 문지기가 앞을 막자 차오피는 하는 수 없이 그대로 물러나 돌아왔다. 차오즈가 이 말을 듣고 양슈에게 대책을 물으니 양슈가 가르쳐 주었다.

"왕명을 받들고 나가시는 길이니 앞을 막는 자는 가차 없이 목을 자르면 되오리다."

차오즈는 그 말을 옳게 여겼다. 성문에 이르자 문지기가 앞으로 가로막았다. 차오즈는 그들을 꾸짖었다.

"내가 왕명을 받들었거늘 뉘 감히 내 앞을 막는단 말이냐?"

차오즈는 즉시 문지기의 목을 쳐버렸다. 이리하여 차오차오는 차오즈가 유능하다고 여겼다. 그런데 뒤에 어떤 사람이 차오차오에게 고해바쳤다.

"이는 양슈가 가르쳐 준 것입니다."

차오차오는 크게 노했고 이로 인해 차오즈마저 좋아하지 않게 되었다.

양슈는 또 차오즈를 위해 차오차오의 질문을 예상하여 답안 10여 조목을 만들어 주었다. 차오차오가 묻기만 하면 차오즈는 그 조목에 맞추어 답변을 했다. 차오차오는 군사 일이나 나라 일을 물을 때마다 차오즈가 물 흐르듯 거침없이 대답하는 걸 보고 은근히 의심을 했다. 뒤에 차오피가 차오즈의 측근들을 매수하여 양슈가 만들어 준 답안을 훔쳐다가 차오차오에게 바쳤다. 그 내용을 본 차오차오는 크게 노했다.

"하찮은 놈이 어찌 감히 나를 속인단 말이냐!"

이때 이미 차오차오는 양슈를 죽일 생각이었는데, 지금 군심을 어지럽혔다는 죄명으로 그를 죽인 것이다.

(『삼국지연의』 제72회)

도사법倒寫法

❖ 정의

'도사법'은 인물의 성격을 그려내는 매우 독특한 예술 기법이다. 인물의 성격을 그려낼 때는 정면에서 표현하는 방법이 있고, 그 반면反面에서 그려내는 방법도 있다. 이렇듯 반면에서 인물의 성격을 표현하는 것을 '도사법'이라 한다.

❖ 실례

이런 방법은 『수호전』에서 잘 사용하는 것이다. 『수호전』에서 리쿠이李逵의 성격은 본질적으로 소박하고 충직하며 거침없고 호방하게 그려지고 있다. 그러나 제54회에서 쑹쟝宋江이 리쿠이더러 우물에 내려가 차이진柴進이 있는지 알아보라고 하자 리쿠이는 "내가 내려가는 것은 겁나지 않지만 당신들이 밧줄을 끊어서는 안 되오."라고 말한다. 이 말은 겉으로는 리쿠이의 본래 성격과 부합하지 않는 듯하다. 그래서 옆에 있던 우융吳用이 "자네도 꽤나 간사하고 교활하군."이라고 말한 것도 무리는 아닌 듯이 보인다. 하지만 그가 이렇게 말한 것은 이전에 다이쭝戴宗에게 지저우薊州에서 한번 당한 적이 있었기 때문이었다. 문제는 그가 장소나 환경, 대상을 가리지 않았다는 데 있다. 곧 차이진의 목숨이 경각에 달려 있어 애가 탔던 쑹쟝은 이때만큼은 리쿠이의 농담에 대거리 할 겨를이 없었던 것이다. 여기서 우융이 말한 "간사하고 교활하다"라는 것은 리쿠이의 성격이 그렇듯 소박하고 단순하다는 것을 반면적으로 드러내 보여주고 있는 것이다. 그래서 진성탄金聖嘆은 56회 회수 총평回首總評에서 이렇게 말했다. "리쿠이가 지극히 소박한 사람이라는 것은 온힘을 다해 묘사할지라도 묘사해낼 수 없다. 곧 이 책에서는 리쿠이가 지극히 소박한 사람이라는 것을 묘사하려 하면서도 오히려 그의 간사하고 교활한 것을 묘사함으로써 더욱 지극히 소박하게 만들었으니, 진정 기이한 일이로다李逵樸至人, 雖極力寫之, 亦須寫不出, 乃此書但要寫李逵樸至, 便倒寫其奸猾, 便愈樸至, 眞奇事也."

❖ 예문

　그 말에 쑹쟝宋江이 급히 린런藺仁을 앞세우고 곧추 뒤에 있는 마른 우물 옆에 데리고 가서 들여다보니 안이 어두컴컴하여 얼마나 깊은지 알 수 없었다. 위에서 불러보아도 아무런 대답이 없으므로 줄을 드리워보니 깊이가 8, 9장 가량 되었다.

　"차이柴 대관인은 살아 있을 것 같지 않소."

　쑹쟝이 눈물을 흘리니 우융吳用이 말했다.

　"통수께서는 괴로워 마십시오. 사람을 내려보내면 그의 생사를 알 수 있을 것입니다."

　그 말이 채 끝나기도 전에 헤이쉬안펑黑旋風 리쿠이李逵가 나서며 큰 소리로 외쳤다.

　"내가 내려가 보겠소."

"그렇지. 애당초 그를 곤경에 빠뜨린 것도 자네이니 지금 그 갚음이 있어야겠네."

쑹쟝의 말에 리쿠이가 웃으면서 한마디 덧붙였다.

"내가 내려가는 것은 겁나지 않지만 당신들이 밧줄을 끊어서는 안 되오."

"자네도 꽤나 간사하고 교활하군."

우융이 리쿠이를 놀리며 큰 광주리 하나를 가져다 바로 네 곳을 맨 다음 그 위에 긴 밧줄을 매고 또 틀을 세우고 거기에 밧줄을 걸었다. 리쿠이는 웃통을 벗어 부치고 도끼 두 자루를 들고 광주리에 앉아 우물 안으로 내려갔다. 그 밧줄에는 퉁방울을 두 개 달았다. 밑바닥에 닿자 리쿠이가 광주리에서 내려 우물 바닥을 더듬어 보니 한 무더기 해골이 손에 닿는다.

"어이쿠, 이게 무엇들이냐!"

리쿠이가 소리치고 계속 더듬어보니 바닥이 너무 질퍽하여 발을 놓을 자리조차 없었다. 리쿠이가 도끼를 뽑아 광주리에 놓고 두 손으로 더듬어 보니 바닥이 꽤 넓었다. 한참 더듬다가 드디어 물구덩이에 한 사람이 쪼그리고 앉아 있는 것을 찾아내었다. 리쿠이가 "차이 대관인!" 하고 불렀으나 아무 동정이 없기에 손으로 만져 보니 그 사람의 입에서 가냘픈 소리가 나는 것 같았다.

"됐다! 다행히 목숨은 건지겠구나."

리쿠이가 중얼거리며 즉시 광주리에 앉아 퉁방울을 흔드니 위에서 여럿이 밧줄을 끌어올렸다. 리쿠이가 올라와 사실을 이야기하니 쑹쟝은 리쿠이에게 분부하였다.

"자네 다시 내려가서 차이 대관인을 광주리에 앉혀 먼저 올려 보내고 다시 광주리를 내려 보내면 자네가 앉아 올라오게."

"형님은 모르시겠지만 나는 지저우薊州에서 두 번이나 혼난 일이 있는데 이번에 또 혼내서는 안 되오!"

"내가 어찌 자네를 혼내겠나? 어서 내려가게."

쑹쟝이 웃으면서 말하니 리쿠이는 다시 광주리에 앉아 우물 안으로 내려갔다.

바닥에 이르자 그는 광주리에서 내려 차이 대관인을 안아 거기에 앉히고 줄에 단 퉁방울을 흔들었다. 위에 있던 사람들은 그 소리를 듣고 곧바로 광주리를 끌어올렸다. 차이 대관인이 올라온 것을 보고 여럿은 대단히 기뻐하였다. 쑹쟝은 차이진柴進이 머리가 터지고 이마가 찢긴 데다 두 다리의 살이 짓무르고 눈을 잠깐 떴다가 이내 감아 버리는 것을 보자 몹시 괴로운 생각에 잠겨 의원을 데려다 치료하게 하였다. 리쿠이는 우물 안에서 고래고래 소리쳤다. 쑹쟝은 그 소리를 듣고 급히 광주리를 내려보내 리쿠이를 끌어올렸다. 우물에서 나오자 리쿠이는 버럭 성을 냈다.

"당신들도 믿을 만한 사람들은 아니오! 왜 광주리를 내려보내지 않았소?"

"차이 대관인을 돌보느라 그만 잊고 그런 것이니 성내지 말게!"

쑹쟝은 이렇게 대꾸하고 나서 여럿에게 차이진을 부축하여 수레에 눕혀 쉬게 한 다음 리쿠이와 레이헝雷橫을 불러 우선 두 집의 식구들과 빼앗아 온 많은 가산들을 20여 대의 수레에 실어 량산보梁山泊로 호송하게 하였다.

(『수호전』 제54회)

동수이지법同樹異枝法

❖ 정의

이것은 같은 나무에서 서로 다른 가지들이 뻗어 나오는 것처럼, 동일한 유형의 인물이나 사건들을 상황에 따라 다양하게 배치하고 묘사하는 서사기법이다. 마오쭝강毛宗崗의 『삼국지 독법讀三國志法』에서는 다음과 같이 기술했다.

> 『삼국지』에는 같은 나무에서 다른 가지가 뻗어나고, 같은 가지에서 다른 잎이 생겨나며, 같은 잎에서 다른 꽃이 피어나고, 같은 꽃에서 다른 열매가 맺는 묘미가 있다. 글 짓는 사람은 중복을 잘 피하는 것을 능사로 여기고, 또 중복을 잘 구사하는 것 역시 능사로 여긴다. 만약 작가가 중복을 하지 않음으로써 중복을 피하려 한다면, 중복을 피하려는 의도가 제대로 드러나지 않게 된다. 다만 그가 중복을 인정하고 받아들인 연후에야 오히려 그것을 피할 수 있게 되는 것이다.
> ……
> 이 모든 문장들이 절묘하도다. 비유컨대 나무는 여느 다른 나무와 같고 가지는 여느 다른 가지와 같으며 잎은 여느 다른 잎과 같고 꽃은 여느 다른 꽃과 같지만, 그것이 뿌리를 내리고 꼭지가 여물고 꽃망울을 토해내며 열매를 맺는 모양이 오색으로 어지럽게 흐드러지면서 제각각 이채를 띠는 것과 같은 것이다. 여기에서 독자는 문장에

중복되는 것을 피하는 수법과 동시에 중복을 잘 활용하는 수법이 있다는 사실을 깨달을 수 있다.

『三國』一書，有同樹異枝、同枝異葉、同葉異花、同花異朵之妙。作文者以善避爲能，又以善犯爲能：不犯之而求避之，無所見其避也；唯犯之而後避之，乃見其能避也。

……

妙哉文乎！譬猶樹同是樹，枝同是枝，葉同是葉，花同是花，而其植根、安蒂、吐芳、結子，五色紛披，各成異朵。讀者于此，可悟文章有避之一法，又有犯之一法也。

이 기법은 '동지이엽同枝異葉'이나 '동엽이화同葉異花', '동화이과同花異果'라고도 부르는데, 모두 대동소이한 표현이다. 또는 '선피선범법善避善犯法'이라고도 부르는데, '선피善避'란 인물이나 사건들이 각각의 상황에서 중복되지 않도록 하는 것이고, '선범善犯'이란 그러한 인물이나 사건들을 유형적으로 중복되도록 하는 것을 말한다. 여기서 '선피善避'는 '선범善犯'을 전제로 한다.

❖ 실례

앞서 마오쫑강이 지적한 대로『삼국지연의』에는 이와 같은 예가 가장 풍부하게 제시되어 있다. 이를테면, 궁중의 비빈妃嬪들이나, 권신權臣, 형제 사이의 일, 혼인, 미인계, 군주의 구출, 물과 불 등에 대한 묘사와 서술들이 상황에 따라 다양하게 전개되고 있는 것이다.

첫째, 궁중의 비빈들에 대한 묘사로는 허 태후何太后와 둥 태후董太后, 푸 황후伏皇后와 차오 황후曹皇后, 탕 귀비唐貴妃와 둥 귀인董貴人, 간 부인甘夫人, 미 부인糜夫人과 쑨 부인孫夫人, 위魏의 젠 후甄后, 마오 후毛

后와 장 후張后 등이 그러하다.

둘째, 권신들에 대한 묘사로는 둥줘董卓의 뒤를 이어 리줴李催와 궈쓰郭汜를, 리줴와 궈쓰의 뒤를 이어 차오차오曹操를, 차오차오의 뒤를 이어 차오피曹丕를, 차오피의 뒤를 이어 쓰마이司馬懿를, 쓰마이의 뒤를 이어 쓰마스司馬師, 쓰마자오司馬昭 형제를, 쓰마스, 쓰마자오의 뒤를 이어 쓰마옌司馬炎을 묘사한 것 등이 그러하다.

셋째, 형제 사이의 일에 대한 서술로는 위안탄袁譚과 위안상袁尚의 불화, 류치劉琦와 류쭝劉琮의 불화, 차오피曹丕와 차오즈曹植의 불화 등이 그러한데, 위안탄과 위안상은 모두 죽지만, 류치는 죽고 류쭝은 죽지 않으며, 차오피와 차오즈는 모두 죽지 않는다.

넷째, 혼인에 관한 서술로는 쑨젠孫堅에 대한 둥줘董卓의 구혼, 뤼부呂布에 대한 위안수袁術의 약혼, 위안탄袁譚에 대한 차오차오曹操의 약혼, 쑨취안孫權의 류베이劉備에 대한 결혼과 관위關羽에 대한 구혼 등이 그러하다. 이 가운데 혹자는 허혼하지 않고, 혹자는 허혼했다가 파혼하고, 혹자는 거짓 약혼했다가 이루어지고, 혹자는 진실로 약혼했다가 이루어지지 않는다.

다섯 째, 미인계美人計에 관한 서술로는 왕윈王允의 미인계와 저우위周瑜의 미인계를 들 수 있는데, 하나는 성공하고 다른 하나는 실패한다.

여섯 째, 군주의 구출에 관한 서술로는 자오윈趙雲의 두 차례에 걸친 구출을 들 수 있는데, 첫 번째는 육지에서 구하고, 두 번째는 물에서 구한다.

일곱 째, 물과 불에 관한 서술로는 차오차오曹操의 샤피下邳, 지저우冀州의 물과 관위關羽의 바이허白河, 쩡커우촨罾口川의 물을 들 수 있다. 한편, 뤼부呂布는 푸양濮陽의 불, 차오차오曹操는 우차오烏巢의 불, 저우위周瑜는 츠비赤壁의 불, 루쉰陸遜은 샤오팅猇亭의 불, 쉬성徐盛은 난

쉬난徐의 불, 우허우武侯는 보왕博望, 신예新野, 판서구盤蛇谷, 상팡구上
方谷의 불과 관련이 있다.

여덟 번째, 주거량諸葛亮이 멍훠孟獲를 칠종팔금七縱八擒하고, 치산祁
山으로 여섯 번을 출격하며, 중위안中原을 아홉 번에 걸쳐 정벌하는 등
이 그러하다.

❖ 예문

마오쭝강의 『삼국지 독법讀三國志法』에서는 그 예를 다음과 같이 상
세하게 들고 있다.

......

이를테면, 중정에서의 생활을 묘사할 때, 허 태후何太后(?~189년)[1]
에 대해 서술하고, 다시 둥 태후董太后(?~189년)[2]를 서술한다. 푸 황
후伏皇后(?~214년)[3]에 대해 서술하고, 다시 차오 황후曹皇后(?~260
년)[4]를 서술한다. 탕 귀비唐貴妃[5]에 대해 서술하고, 다시 둥 귀인董貴
人[6]을 서술한다. 간 부인甘夫人과 미 부인糜夫人에 대해 서술하고,[7] 다
시 쑨 부인孫夫人[8]을 서술하고, 또 다시 베이디 왕비北地王妃[9]에 대해

---

1   제2회.
2   제2회.
3   제66회.
4   제80회.
5   제4회.
6   제24회.
7   제27회.
8   제54~55회.
9   제118회.

서술한다. 위나라의 전 후甄后(183~221년)[10]와 마오 후毛后(?~237년)[11]에 대해 서술하고, 다시 [촉의] 장후張后[12]에 대해 서술한다. 그런데 그렇게 하는 동안 한 글자도 같은 것이 없었다.

황실의 인척을 기록할 때에는 허진何進[13] 다음에 둥청董承[14]에 대해 서술하고, 둥청 다음에는 다시 푸완伏完[15]을 서술했다. 위나라의 장치張緝(?~254년)[16]에 대해 서술하고, 다시 오나라의 취안상全尙(?~258년)[17]을 서술했다. 이것 역시 그렇게 하는 동안 한 글자도 같은 것이 없었다.

권신에 대해 서술할 때는 둥쥐董卓 다음에 다시 리줴李傕와 궈쓰郭汜에 대해 서술하고, 리줴와 궈쓰 다음에는 다시 차오차오를 서술했다. 차오차오 다음에는 다시 차오피曹丕를 서술했다. 차오비 다음에는 다시 쓰마이司馬懿를 서술하고, 쓰마이다음에는 다시 쓰마스司馬師(208~255년)와 쓰마자오司馬昭(211~265년) 형제를 병렬해 서술했다. 쓰마스와 쓰마자오 다음에는 뒤이어 쓰마옌司馬炎을 서술하고, 곁다리로 오나라의 쑨린孫琳(231~259년)에 대해 서술했다. 그렇게 하는 동안에도 역시 한 글자도 같은 게 없었다.

그밖에 형제 간의 일에 대한 서술에서도 위안탄袁譚(?~205년)은 위안상袁尙(?~207년)과 화목하지 못했고,[18] 류치劉琦(?~209년)는 류쭝劉琮과 화목하지 못했으며,[19] 차오피曹丕는 차오즈曹植와 화목하지

---

10 제33회.
11 제105회.
12 제109회.
13 제2회.
14 제20~24회.
15 제66회.
16 제109회.
17 제113회.
18 제31~33회.
19 제34~41회.

못했다.[20] 그런데 위안탄과 위안상은 모두 죽었고,[21] 류치와 류쭝의 경우에는 하나는 죽고 하나는 살았으며,[22] 차오피와 차오즈는 둘 다 죽지 않았으니, 이 모든 것들이 크게 다르지 아니한가?

혼인에 관한 일을 서술한 경우에도, 이를테면 둥쥐董卓가 쑨젠孫堅에게 혼사를 청했고,[23] 위안수袁術는 뤼부呂布와 혼사를 약속했으며,[24] 차오차오曹操는 위안탄袁譚에게 혼사를 약속하고,[25] 쑨취안孫權은 류베이劉備에게 혼사를 약속했고,[26] 또 관위關羽에게도 혼사를 청했다.[27] 그런데 혹자는 거절하고 허락하지 않았고, 혹자는 허락했다가 다시 거절했으며, 혹자는 거짓으로 혼사를 약속했다가 도리어 성사가 되고, 혹자는 진심으로 혼사를 약속했는데 오히려 이루어지지 않은 경우도 있었으니, 이 모두가 크게 다르지 아니한가?

왕윈王允(137~192년)이 미인계를 쓰고, 저우위周瑜 또한 미인계를 썼는데,[28] 한 쪽은 효과를 보고 다른 한 쪽은 효과를 보지 못했으니, 서로 다르다. 둥쥐董卓와 뤼부呂布가 서로 미워했고,[29] 또 리줴李傕 역시 궈쓰郭汜를 미워했는데,[30] 한 쪽은 화해했고, 다른 한쪽은 화해하지 못했으니, 서로 다르다. 헌제가 두 번 밀조를 내렸는데, 처음 것은 숨겨졌고,[31] 나중 것은 드러났다.[32] 마텅馬騰 역시 두 번 역적을 토벌

---

20 제34회, 79회.
21 제33회.
22 제41회.
23 제6회.
24 제16회.
25 제32회.
26 제54~61회.
27 제73회.
28 제8~9회.
29 제8~9회.
30 제13회.
31 제10회.
32 제20~21회.

하려 했는데, 처음 것은 드러났고,[33] 나중 것은 숨겨졌다.[34] 이것 역시 서로 다른 것이다. 뤼부는 양부를 두 번 죽였는데, 처음 것은 재물에 마음이 동해서였고,[35] 두 번째는 여색에 마음이 흔들렸기 때문[36]이었다. 전자는 사사로운 욕심 때문에 공적인 것을 저버린 것이요, 후자는 공적인 명분을 내세워 사욕을 채웠으니, 이 또한 다른 것이다. 자오윈趙雲은 주군을 두 번 구했는데, 처음 것은 육지에서 구했고,[37] 나중 것은 강에서 구했다.[38] 전자는 주군의 어머니[미 부인麋夫人] 손에서 그를 받았고,[39] 후자는 주군의 또다른 어머니[곧 쑨 부인孫夫人] 품에서 그를 빼앗았으니,[40] 이것 또한 다른 것이다.

물에 대해 서술한 것 역시 한번에 그치지 않았고, 불에 대해 서술한 것 역시 한 번에 그치지 않았다. 차오차오曹操는 샤피下邳에서 물을 사용했고,[41] 또 지저우冀州에서도 물을 사용했다.[42] 관위는 바이허白河에서 물을 사용했고,[43] 쩡커우촨罾口川에서도 물을 사용했다.[44] 뤼부는 푸양濮陽에서 불을 사용했고,[45] 차오차오는 우차오烏巢에서 불을 사용했으며,[46] 저우위는 츠비赤壁에서 불을 사용했고,[47] 루쑨陸孫

---

33 제10회.
34 제57회.
35 제3회.
36 제9회.
37 제41~42회.
38 제61회.
39 제41회.
40 제61회.
41 제19회.
42 제32회.
43 제40회.
44 제74회.
45 제12회.
46 제30회.
47 제49~50회.

은 샤오팅虓享에서 불을 사용했고,[48] 쉬성徐盛은 난쉬南徐에서 불을 사용했으며,[49] 주거량은 보왕博望[50]과 신예新野[51]에서 불을 사용했고, 또 판서구盤蛇谷[52]와 상팡구上方谷[53]에서 불을 사용했다. 이 모든 것들이 앞뒤로 조금이라도 중복되는 것이 있는가? 심지어 멍휘孟獲를 사로잡은 것도 일곱 번[54]이요, 치산祁山으로 출정한 것은 여섯 차례[55]였고, 중원을 정벌한 것은 아홉 번[56]이었으니, 그 가운데 한 글자라도 중복되는 것을 찾으려 해도 찾을 수 없다.

……

如紀宮掖, 則寫一何太后, 又寫一董太后; 寫一伏皇后, 又寫一曹皇后; 寫一唐貴妃, 又寫一董貴人; 寫甘、糜夫人, 又寫一孫夫人, 又寫一北地王妃; 寫魏之甄后、毛后, 又寫一張后, 而其間無一字相同。

紀戚畹, 則何進之後, 寫一童承, 董承之後, 又寫一伏完; 寫一魏之張緝, 又寫一吳之錢尚: 而其間亦無一字相同。

寫權臣, 則董卓之後, 又寫李傕、郭汜; 傕、汜之後, 又寫曹操; 曹操之後, 又寫一曹丕; 曹丕之後, 又寫一司馬懿; 司馬懿之後, 又並寫一師、昭兄弟; 師、昭之後, 又繼寫一司馬炎, 又旁寫一吳之孫琳: 而其間亦無一字相同。

其他敍兄弟之事, 則袁譚與袁尚不睦、劉琦與劉琮不睦、曹丕與曹植亦不睦, 而譚與尚皆死, 琦與琮一死一不死, 丕與植皆不死, 不大異乎?

敍婚姻之事, 則如董卓求婚于孫堅, 袁術約婚于呂布, 曹操約婚于袁譚,

48 제84회.
49 제86회.
50 제39회.
51 제40회.
52 제90회.
53 제103회.
54 제87~90회.
55 제92~104회.
56 제107~119회.

孫權結婚于劉備、又求婚于雲長, 而或絕而不許, 或許而復絕, 或僞約而反成, 或眞約而不就, 不大異乎?

至于王允用美人計, 周瑜亦用美人計, 而一效一不效, 則互異; 卓、布相惡, 催、汜亦相惡, 而一靖一不靖, 則互異。獻帝有兩番密詔, 則前隱而後彰; 馬騰亦有兩番討賊, 則前彰而後隱: 此其不同者矣。呂布有兩番弒父, 而前動于財, 後動于色; 前則以私滅公, 後則假公濟私: 此又其不同者矣。趙雲有兩番救主, 而前救于陸, 後救于水; 前則受之主母之手, 後則奪之主母之懷: 此又其不同者矣。

若夫寫水不止一番, 寫火亦不止一番。曹操有下邳之水, 又有冀州之水; 關公有白河之水, 又有罾口川之水。呂布有濮陽之火, 曹操有烏巢之火, 周郎有赤壁之火, 陸遜有猇享之火, 徐盛有南徐之火, 武侯有博望、新野之火, 又有盤蛇谷、上方谷之火: 前後曾有絲毫相犯否? 甚者孟獲之擒有七, 祁山之出有六, 中原之伐有九, 求其一字之相犯而不可得。

동중견인법動中見人法

❖ 정의

 '동중견인법'은 '동중사인법動中寫人法'이라고도 부른다. 이것은 모순이 충돌하는 가운데 단도직입적으로 인물의 언어와 행동을 묘사해서, 인물의 동작과 대화, 인물의 속마음을 하나로 융합하는 방법이다. 이런 기법은 '설화인說話人'의 구두 창작으로부터 발전해 온 것이다. 서구 문학에서는 인물의 본 모습을 보여주기 전에 그가 처한 사회 환경을 하나하나 세세하게 묘사하고 인물의 심리 활동을 분석한다. 이에 반해 중국의 전통적인 기법은 인물의 언행을 통해 인물의 성격을 드러내 보여준다. 곧 문자 그대로 '행동 속에서 그 사람을 드러내 보여주는 것動中見人'이다.

❖ 실례

 『수호전』에서 우쑹武松이 징양강景陽岡에서 호랑이를 때려잡는 대목은 독자의 마음을 매우 격동시킨다. 우쑹의 행동에 대한 묘사 하나하나는 독자로 하여금 허구 속의 인물이 아닌 현실 속의 인물이 살아 움직이는 호랑이와 대적해 싸우는 듯 느끼게 해준다. 이 모든 장면들이 그 사람이 바로 눈앞에서 살아 있는 듯 생생하게 묘사되고 있는 것이다.

❖ 예문

우쑹武松은 그 방문을 읽고서야 비로소 정말 호랑이가 있다는 것을 믿게 되었다. 그래서 도로 주점으로 내려가려다가 다시 생각했다.

'내가 도로 내려가면 정녕 그 자가 나를 호한이 아니라고 비웃을 것이니 그럴 수는 없다.'

우쑹은 한동안 망설이다가 혼자 중얼거렸다.

"에라, 그냥 올라가 보자! 무서울 게 뭐냐!"

곧 발걸음을 옮겨서 올라가는데 술이 점점 더 취해오므로 전립을 잔등으로 젖히고 몽둥이를 팔 옆에 끼고 천천히 걸어서 영마루로 올라갔다. 머리를 돌려 서쪽을 바라보니 해는 벌써 다 져가는 중이었다. 때는 10월이라 낮이 짧고 밤이 긴 때니만치 벌써 땅거미가 지기 시작했다. 우쑹은 혼잣말로 중얼거렸다.

"호랑이는 무슨 놈의 호랑이야! 괜히들 제 방귀에 놀라서 그러겠지."

우쑹은 곧장 올라가는데 술기운이 더욱 치밀어올라서 온몸이 화끈화끈 달아오른다. 한 손에는 몽둥이를 쥐고 다른 손으로는 가슴을 헤치고 비틀거리면서 잡 관목 숲으로 들어갔다. 마침 펀펀한 청석판이 있으므로 몽둥이를 한 옆에 세워 놓고 번듯이 누워서 한잠 잘 차비를 하는데 갑자기 일진광풍이 일어난다.

세상 사람들은 구름이 이는 곳에 용이 나타나고 바람이 부는 곳에 호랑이가 나타난다고들 말한다. 그 모진 바람이 지나가자 관목 숲 뒤로부터 휙 소리가 나더니 난데없이 눈이 치째지고 이마빼기가 허연 큰 호랑이가 껑충 뛰어나온다.

"이크!"

우쑹은 그 호랑이를 보고 놀라 소리를 지르며 청석판에서 뛰어내려 몽둥이를 집어들고 한쪽 옆으로 몸을 비켜섰다.

호랑이는 주리기도 하고 목도 말랐던지라 두 앞발로 사뿐 땅바닥을 짚더니 나는 듯이 허공에 뛰어올랐다가 내려오며 덮쳐든다. 하도 놀란 우쑹은 몸에 배었던 술이 다 식은땀으로 변하여 흘러나왔다. 그야말로 아슬아슬한 순간이었다. 호랑이가 덮치자 우쑹은 몸을 날려 얼핏 그 놈의 뒤로 피했다. 호랑이가 제일 싫어하는 것은 사람이 뒤에 있는 것인 지라 그 놈은 앞발로 땅바닥을 짚고 궁둥이를 쳐들며 뒷발질을 한다. 우쑹은 다시 날쌔게 한 옆으로 피했다.

뒷발질을 했어도 그를 차지 못하자 호랑이는 '어흥' 소리를 지르는데 마치 허공에서 울리는 뇌성같이 산골짜기를 우렁우렁 울렸다. 그러자 이번에는 꼬리를 쇠몽둥이처럼 뻣뻣이 세워 가지고 휙 후려친다. 우쑹 은 또 한 번 몸을 피했다. 본래 호랑이란 놈이 사람을 해칠 때는 한번은 덮치고 한번은 차고 또 한 번은 후려치는 법인데 그 세 가지가 다 안 됐을 때는 풀이 절반쯤 꺾이게 된다. 그런데 이 놈은 또다시 꼬리로 후 려쳤다. 이번에도 제대로 갈기지 못한 그 놈은 재차 '어흥' 소리를 지르 면서 휙 돌아선다.

호랑이와 마주서게 된 우쑹은 몽둥이를 두 손으로 쳐들었다가 있는 힘을 다해 한 대 내려 갈겼다. 와지끈 하는 소리와 함께 나뭇가지와 잎 새들이 우수수 떨어졌다. 다시 보니 엉겁결에 내리친다는 것이 호랑이 를 맞히지 못하고 마른 나무를 후려갈겨 손에 든 몽둥이가 두 도막이 나서 절반은 날아가고 절반만 손에 남았다.

호랑이가 연이어 소리를 지르며 재차 덮치니 우쑹은 이번에도 몸을 날려 10여 보 밖으로 나섰다. 호랑이가 다시 덮쳐와 그 놈의 앞발이 발

부리 앞을 짚을 때 우쏭은 동강이 난 몽둥이를 내던지고 두 손으로 호랑이의 대가리를 움켜쥐고 내리눌렀다. 호랑이는 용을 쓸 대로 썼으나 우쏭이 있는 힘껏 내리눌러서 빠져나올 수가 없었다. 우쏭은 손으로 내리누르는 한편 발길로 호랑이의 이마빼기와 눈두덩을 연신 걷어찼다. 호랑이가 고함을 지르며 앞발로 긁어치는 바람에 땅에는 구덩이가 생겼다. 이때라고 생각한 우쏭은 호랑이의 주둥이를 그 구덩이에다 눌러박았다. 호랑이는 우쏭에게 눌려서 맥이 어지간히 빠졌다. 우쏭은 왼손으로 호랑이의 정수리를 움켜쥐고 단단히 누르고 오른손을 빼어 쇠망치 같은 주먹으로 있는 힘을 다해서 마구 내리쳤다. 6, 70번이나 내리치자 호랑이는 눈과 입과 코와 귀로 피가 터져 나왔다.

(『수호전』 제22회)

홍운탁월법烘雲托月法

❖ 정의

　류시짜이劉熙載는 『예개藝概』 「시개詩槪」에서 다음과 같이 말했다. "산의 정신은 묘사할 수 없어 연기와 이내로 묘사하고, 봄의 정신은 묘사할 수 없어 풀과 나무로 묘사한다山之精神寫不出, 以烟霞寫之; 春之精神寫不出, 以草樹寫之." 이것은 회화에서 말하는 '홍운탁월'과 그 이치가 같다. 홍烘의 글자 그대로의 의미는 '불에 쬐다, 말리다, 돋보이게 하다'는 것이고, 탁托은 '바탕을 배경으로 두드러지게 하다'는 것이다. 즉 글자 그대로 풀어보면 구름을 돋보이게 칠하되 결국은 달을 두드러지게 한다는 의미인 것이다.

　'홍운탁월법'에서 가장 중요한 것은 '구름雲'과 '달月'을 어떻게 처리하느냐에 달렸다. 곧 기본적으로는 구름을 묘사하고 있지만 그 의미는 달에 있다. 그러므로 구름의 색채가 생동감 있게 묘사될수록 달의 형상이 더욱 두드러지는 것이다. 그러나 구름의 형상이 지나치게 강조되면 주객이 전도되어 예술적인 형상화에 실패하게 된다.

　이 기법은 고전 소설 창작에서 상용되어 왔는데 작가들은 어떤 예술 형상을 그려낼 때에 형상 그 자체에 직접적으로 붓을 대지 않고 바림(색 칠할 때 한쪽을 진하게 하고 다른 쪽으로 갈수록 차츰 엷고 흐리게 하는 것)으로 형체를 두드러지도록 한다. 이렇게 함으로써 강렬한 예술적 분위기를 자아내어 묘사되는 대상을 훨씬 더 선명하고 생동감 있게 만든다.

❖ 실례

『삼국지연의三國演義』 가운데 '삼고초려三顧茅廬' 대목에서 작자는 주거량諸葛亮을 형상화할 때 그를 직접 묘사하지 않고 우선 공명의 친구와 동복童僕을 먼저 표현한다. 그들의 위풍당당하고 이지적인 풍채와 확 트이고 소박한 말투를 통해 분위기를 형성시킨 후, 공명의 포부와 재략才略, 기개를 두드러지게 하는 것이다. 주거량과 함께 생활하고 사귀면서 그의 영향을 받은 친구의 사람됨이 이와 같으니 주거량의 훌륭함은 굳이 이야기하지 않아도 드러나게 된다. 이 점에 대해 마오쭝강毛宗崗은 다음과 같이 말했다. "여기서는 주거량을 지극히 잘 묘사했으되, 작품 속에는 오히려 주거량이 없다. 대개 뛰어난 인물을 잘 묘사하는 것은 묘사를 드러낸 부분이 아니라, 묘사를 드러내지 않은 부분과 관련되는 문제이다此篇極寫孔明, 而篇中却無孔明. 蓋善寫妙人者, 不于有處寫, 正于無處寫."

❖ 예문

이때 별안간 한 사람이 나타났다. 용모가 훤칠하고 풍채가 늠름한데 머리에는 소요건을 쓰고 몸에는 검은 무명 도포를 입고 있었다. 그 사람은 명아줏대 지팡이를 짚으며 후미진 오솔길을 걸어오고 있었다.

"저 분은 틀림없이 워룽 선생臥龍先生(주거량諸葛亮)일 것이다."

쉬안더玄德(류베이劉備)는 급히 말에서 내려 앞으로 나아가 인사를 했다.

……

그 사람이 말했다.

"나는 쿵밍孔明이 아니라 쿵밍의 친구인 보링博陵의 추이저우핑崔州平올시다."

……

쿵밍의 초가에 거의 다다랐을 즈음이었다. 느닷없이 길가의 주점에서 웬 사람이 노래를 불렀다. …… 노래가 끝나자 다시 한 사람이 탁자를 두드리며 다른 노래를 불렀다. …… 노래를 마친 두 사람은 손뼉을 치며 너털웃음을 터뜨렸다. 쉬안더가 소리쳤다.

"워룽이 이곳에 계시는가 보구나."

즉시 말에서 내려 주점으로 들어갔다. 두 사람이 탁자를 사이에 놓고 마주 앉아 술을 마시고 있는데, 윗자리에 앉은 사람은 흰 얼굴에 수염이 길었고, 아랫자리에 앉은 사람은 맑은 반면 예스럽고 특이한 모습이었다. 쉬안더는 두 손을 맞잡고 읍을 한 뒤 물었다.

"두 분 가운데 어느 분이 워룽 선생이십니까?"

……

수염 긴 사람이 말했다.

"우리는 워룽이 아니고 둘 다 워룽의 친구올시다. 나는 잉촨潁川의 스광위안石廣元이고 이 분은 루난汝南의 멍궁웨이孟公威지요."

……

쉬안더가 다시 물었다.

"워룽은 지금 댁에 계신가요?"

주거쥔諸葛均이 대답했다.

"때로는 작은 배를 저어 강과 호수에서 노닐기도 하고 때로는 스님이나 도사를 만나려고 산과 고개를 오르기도 하며 때로는 친구를 찾아 마을로 가는가 하면 때로는 동굴 속에서 거문고나 바둑을 즐기기도 합니다. 그 오고감을 짐작할 수 없으니 어디로 갔는지 알 수가 없습니다."

......

바야흐로 말에 올라 떠나려 할 때였다. 갑자기 동자가 울타리 밖을 바라보고 손짓을 하며 소리쳤다.

"노선생께서 오셔요."

쉬안더가 바라보니 방한모로 머리를 가리고 여우 가죽으로 만든 갖옷으로 몸을 감싼 사람 하나가 조그마한 다리 서쪽에서 나귀를 타고 오고 있었다. 그 뒤에는 푸른 옷을 입은 동자가 술을 담은 조롱박을 들고 눈을 밟으며 따라왔다. 나귀를 탄 사람은 작은 다리를 건너며 시 한 수를 읊었다.

......

노래를 들은 쉬안더가 소리쳤다.

"이번에는 진짜 워룽이시다."

......

주거쥔이 등 뒤에서 일러 주었다.

"이 분은 워룽 형님이 아닙니다. 형님의 장인 황청옌黃承彦 선생이십니다."

쉬안더가 말을 돌렸다.

"방금 읊으신 구절은 지극히 고상하고 묘합니다."

......

(『삼국지연의』 제37회)

녹엽부화법綠葉扶花法

❖ 정의

　'녹엽부화법'은 글자 그대로의 뜻은 '푸른 잎이 꽃을 떠받친다'는 것이다. 사람들은 꽃의 아름다움에 눈길을 빼앗기지만, 사실은 푸른 잎이 그 꽃을 떠받치고 있어 꽃의 아름다움이 더욱 도드라질 수 있다. 이것은 소설 작품 속에서 부차적인 인물들이 주요 인물을 떠받치는 것과 같다. 곧 부차적인 인물들이 있음으로 해서 주요 인물들이 더욱 더 돋보일 수 있는 것이다.

　이것은 '홍운탁월법烘雲托月法'과 비슷한 것처럼 보인다. 하지만 후자의 경우 '구름'은 '달'에 대해 그저 객관적인 차원에서 '두드러지게 하는襯' 것이라면, 전자는 주동적으로 '떠받치는扶' 것이라는 차이가 있다.

❖ 실례

　『경세통언警世通言』 제32권에 실려 있는 「두스냥이 화가 나서 보물 상자를 강물에 빠뜨리다杜十娘怒沈百寶箱」는 '녹엽부화'의 좋은 예이다. 작중의 주요 인물은 두스냥이지만, 그의 아름다움을 더욱 더 두드러지게 하는 것은 다름 아닌 두스냥의 연인인 리쟈李甲의 친구 류위춘柳遇春

과 기방의 여러 기녀들, 그리고 작품의 말미에 등장하는 주위의 여러 사람들이다.

애당초 류위춘은 두스냥을 기방에서 빼내기 위한 속전贖錢을 구하기 위해 찾아온 리쟈에게 "그게 다 기생집에서 묵은 손님을 쫓아내는 뻔한 수법"이라며 돈을 빌려주지 않았다. 그러나 두스냥의 진심을 알고 난 뒤에는 태도가 돌변해 "이 아가씨는 심지가 곧고 당찬 사람인 것 같다"고 하면서, 기꺼이 리쟈에게 돈을 빌려준다. 그의 이러한 칭찬은 두스냥의 성격을 한층 더 생동감 있게 드러내 보여준다. 기방의 여러 자매들이 길을 떠나는 두 사람에게 돈을 모아주는 것 또한 두스냥의 행위를 돋보이게 하는 작용을 하고 있다. 모두들 기방을 떠나 올바른 길을 가고 싶어도 감히 실행에 옮기지 못하는 가운데 그것을 결기 있게 실행에 옮긴 두스냥의 행위야말로 여러 기녀들을 감동시키기에 충분한 것이었다. 마지막으로 결말 부분에서 두스냥이 물에 빠져 죽기까지의 과정을 지켜본 주위 사람들은 화가 난 나머지 리쟈와 쑨푸孫富를 두들겨 패기 시작한다. 이들이 분개하고 행동에 나섬으로써 두스냥과 리쟈에 대한 평가는 이미 분명하게 내려진 것이며, 이를 통해 두스냥의 행동이 정당성을 얻게 되는 것이다.

❖ 예문

리쟈李甲는 사흘이나 돌아다녔지만 단 한 푼도 변통하지 못하였다. 리쟈는 이 사실을 두스냥杜十娘에게 차마 그대로 이야기할 수 없었다. 나흘째 되는 날도 마찬가지. 도무지 염치가 없어 두스냥에게 돌아갈 수도 없었다.

평소 두스냥과 같이 지내느라고 따로 숙소를 마련해 놓지도 않았는지라 어디 갈 데도 없어 고향친구 류위춘柳遇春을 찾아가 사정이라도 한번 해보아야겠다는 생각이 들었다. 류위춘은 피골이 상접하고 얼굴에 수심이 가득한 리쟈를 보고 그 이유를 물었다. 리쟈는 그 간의 사정을 하나도 빠짐없이 말해 주었다. 리쟈의 말을 듣고 난 류위춘은 고개를 가로 저었다.

"두스냥이야말로 화류계에서 제일 가는 기녀 아니던가? 그녀가 자네를 따라나서면 천만 금의 보배가 사라지는 셈인데, 그래 그깟 삼백 냥에 두스냥을 자네에게 넘겨 줄 리 있겠는가? 자네가 지금 수중에 돈 한 푼 없으면서도 두스냥을 꿰차고 있으니 그 기생어미가 자네를 쫓아버리고 싶으나 자네 체면 때문에 차마 막보기로는 못하고 그런 말을 한 것 같네. 자네 이제 더 이상 두스냥을 찾지 말게. 그게 다 기생집에서 묵은 손님을 쫓아내는 뻔한 수법이지. 열흘 기한 동안 돈을 구하지 못하면 자네는 차마 다시 두스냥을 찾지 못할 거고, 또 자네가 염치불고하고 두스냥을 찾아가면 기생어미가 자네를 능력도 없는 주제에 염치마저 없다고 대놓고 욕하고 조롱할 것이니 자넨 아무래도 그녀와의 관계를 정리하는 것이 좋겠네."

리쟈는 류위춘의 말을 듣고 아무 말도 하지 못하였다. 류위춘이 다시 말을 이었다.

"자네가 진정 고향으로 돌아가려 한다면 도울 사람이 나서겠지만 자네가 삼백 냥을 얻어 두스냥을 구하려 한다면 그건 열흘이 아니라 열달이라도 불가능할 걸세. 지금 세상 인심이 어디 그렇게 호락호락한가. 기생어미가 다 자네의 그 딱한 처지를 알고 일부러 자네를 골탕 먹이려는 수작인 게야."

……

두스냥이 일어나 이불을 리쟈에게 건넸다. 리쟈는 예상치 못한 일에 크게 기뻐하며 심부름꾼에게 그 이불을 들고 가도록 하였다. 곧장 류위춘의 집에 도착하여 한밤에 있었던 일을 이야기하고 이불을 뜯어보니 이불 솜 속에 은이 들어 있는지라 세어 보니 정확하게 백 오십 냥이었다. 류위춘도 적이 놀란 표정이었다.

"이 아가씨는 심지가 곧고 당찬 사람인 것 같네. 이런 사람의 진심을 저버리는 건 사람이 할 일이 아니지. 내 자네를 위해 은자 백오십 냥을 어떻게든 마련해 보겠네."

"그렇게만 해 준다면 백골난망이겠네."

류위춘은 거처에 리쟈를 남겨두고 돈을 마련하러 떠났다. 류위춘은 이틀만에 은자 백오십 냥을 마련하여 리쟈에게 건네주었다.

"내가 이렇게 은자 백오십 냥을 마련하여 온 것은 자네를 위해서가 아니라네. 두스냥의 진심이 나를 감동시켰기 때문이라네."

……

셰웨랑謝月朗은 두스냥이 머리도 빗고 옷매무새도 만질 수 있게 하는 한편 사람을 보내 쉬쑤쑤徐素素를 데려오도록 하였다. 웨랑과 쑤쑤는 금팔찌, 옥비녀, 비단옷, 비단 허리띠와 신발 등을 모두 꺼내어 두스냥을 단장시켜주고 술자리도 마련해 주었다. 두스냥과 리쟈는 웨랑의 방에서 하룻밤을 보냈다.

다음 날 웨랑은 두스냥을 위해 잔치를 열고 기루의 기생들을 초대했다. 평소 두스냥과 가깝게 지내던 자들은 한 사람도 빠짐없이 모두 찾아와 두스냥과 리쟈의 앞날을 축하해 주었다. 그녀들은 악기를 연주한다, 춤을 춘다, 노래를 부른다 하면서 밤늦도록 즐겼다. 두스냥은 기생들에게 일일이 인사하였다. 그 가운데 한 기생이 나서서 말했다.

"두스냥이 그래도 이 바닥에서 알아주는 애였는데, 이렇게 떠난다니 너무도 서운타. 이렇게 떠나가면 언제 다시 볼 수 있을까? 그래, 언제

길을 떠나는 거야? 우리가 배웅이라도 해 줘야지."

웨랑이 그 말을 받아서 말했다.

"스냥이 출발하게 되면 내가 연락해 주지. 근데 스냥이 남편과 천릿길을 떠나게 되었는데, 수중엔 돈 한 푼 없지 짐도 미리 준비해 놓지 않았지, 걱정이 이만저만이 아닐 거라고. 우리가 좀 스냥을 도와주자."

여러 기생들은 그러마고 약속하고 떠났다.

......

다음 날 두 사람은 세웨랑과 작별하고 류위춘의 집에 들러 리쟈의 짐을 꾸렸다. 두스냥은 류위춘을 보더니 바닥에 엎드려 인사를 올렸다.

"선비님의 은혜는 언제고 반드시 갚겠나이다."

류위춘도 황급히 답례하였다.

"리쟈를 사랑하여 그가 수중에 돈 한 푼 없이 빈궁해졌음에도 사랑하는 마음이 변치 않았으니 당신이야말로 여걸 중의 여걸이라 하겠소. 나야 그저 그대들의 사랑이 이루어지도록 옆에서 조금 거든 것뿐인데, 뭐 그런 걸 다 이야기하십니까?"

세 사람은 그 날 같이 술잔을 기울였다.

......

바라보던 사람들은 모두 눈물을 흘렸다. 모두들 리쟈가 신의를 저버리고 사랑을 배반하였다고 욕하였다. 리쟈는 괴로움과 부끄러움에 눈물을 흘리며 두스냥에게 용서를 빌었으나 두스냥은 패물함을 껴안고 강물에 뛰어들었다. 사람들이 황급히 두스냥을 건지려 하자 강물에 갑자기 검은 구름이 겹겹이 쌓이고 소용돌이가 몰아치더니 두스냥은 흔적도 없이 사라지고 말았다. 애달프다. 옥 같고 꽃 같은 두스냥은 이렇게 수중고혼이 되었구나!

그녀의 영혼은 용궁으로 젖어들고,
그녀의 혼백은 저승길로 떠나는구나.

　주위에서 바라보던 자들은 흥분한 나머지 쑨푸孫富와 리쟈를 두들겨 패기 시작했다. 리쟈와 쑨푸는 황급히 배를 몰아 도망쳤다. 리쟈는 쑨푸가 보내온 천금을 볼 때마다 두스냥의 환영이 떠올라 하루종일 슬프고 괴로웠다. 리쟈는 결국 미친병에 걸려 죽도록 낫지 않았다. 쑨푸는 그날의 충격으로 병을 얻어 누웠는데 병석 주위에 항상 두스냥의 환영이 보이는지라 결국 손 한번 못 써보고 죽어버렸다. 사람들을 이를 두고 두스냥의 원혼이 복수한 것이라고 수군거렸다.

(『경세통언警世通言』 제32권
「두스냥이 화가 나서 보물 상자를 강물에 빠뜨리다杜十娘怒沈百寶箱」)

망중투한법忙中偸閑法

❖ 정의

　'망중투한법'은 바쁜 가운데 몰래 한가로움을 맛본다는 뜻이다. 모든 사물에는 긴장과 이완이 갈마들게 되어 있다. 소설 작품 역시 마찬가지로 사태가 급박하게 돌아가는 가운데 여유롭고 느긋한 장면들이 겹쳐 등장하는 경우가 많다. 이것과 연관해 장주포張竹坡는 『금병매독법』에서 "한참 바쁠 때 고의로 한가한 필치로 쓴 것百忙中故作消閑之筆"이라 하였다. 여기서 "고의로"라고 한 것은 "이야기꾼이 사람들에게 이야기를 들려줄 때 중요한 대목에서 짐짓 잠시 이야기를 멈추어 청중들로 하여금 조바심이 나게 만드는 것賣關子"을 말한다. 이렇듯 템포를 조절함으로써 작자는 작품의 분위기를 일신하고 인물 묘사와 줄거리의 전개를 좀 더 심화할 수 있게 된다.

❖ 실례

　『수호전』에서 우쑹武松이 "위안양러우를 피로 물들이는血濺鴛鴦樓" 대목은 바로 '망중투한법'을 적절하게 적용한 좋은 예라 할 수 있다. 복수심에 불타오른 우쑹은 페이윈푸飛雲浦에서 장 도감을 비롯한 네 명을 죽이기 위해 멍저우孟州 성에 다시 돌아간다. 그러나 이어지는 장면은 마부가 한가롭게 하루 일과를 마치고 옷을 벗고 침상에 누워 잠을 청하는 것이다. 이에 그치지 않고 마부는 문간에서 인기척을 느끼고 "이 어른이 금방 누웠다. 네 놈이 내 옷을 훔치기는 아직 이르다."는 말을 한다. 목전에 닥친 위험을 인지하지 못한 마부의 이 말에 독자들은 실소를 금할 수 없게 된다. 마부를 죽인 우쑹이 집안으로 들어가니 부엌에서는 밤늦도록 이어지는 술시중에 짜증이 난 여종들이 투덜대고 있었다. 그리고 우쑹에 의해 살해되는 네 사람 역시 아무런 방비도 하지 못한 채 우쑹을 맞이한다. 그때까지 "방 한가운데 벌여 놓은 술상은 거두지 않을 채 그대로 있었다."

한 밤중에 피바람을 일으킨 일대 사건이 급박하게 돌아가는 우쑹의 시각과 심드렁한 일상의 시간을 보내고 있던 마부와 여종들, 그리고 살해당하는 네 사람의 시각으로 교차하며 묘사되고 있다. 순식간에 7명의 사람들을 황천길로 보내버린 우쑹은 "그리고 나서 보니 상 위에 술과 고기가 있기에 잔을 들어 단모금에 들이켰다. 이렇게 연거푸 네댓 잔을 마시고는 시체에서 옷자락을 베내어 피를 묻혀 가지고 흰 벽에다 '살인자는 호랑이를 때려잡은 우쑹이다殺人者打虎武松也'라고 크게 써 놓았다." 이 대목에 이르게 되면 극도로 긴장되었던 국면이 일시에 풀어져 한가로움의 극치를 달리게 되는 것이다.

❖ 예문

장 도감은 장 단련사가 구슬리고 청탁하는 데 넘어가서 쟝먼선蔣門神의 원수를 갚아 주려고 우쑹武松을 죽이려 꾀하였다가 그 네 사람이 도리어 페이윈푸飛雲浦에서 우쑹한테 죽으리라고는 꿈에도 생각하지 못하였다.

그때 다리 위에서 머뭇거리던 우쑹은 생각하면 할수록 원한이 하늘에 사무쳤다.

'장 도감을 죽이지 않고서야 이 원한을 어찌 풀소냐!'

그는 시체 옆으로 내려가서 요도를 끌러내어 좋은 것으로 골라 차고 박도를 골라잡자 도로 멍저우孟州 성으로 들어갔다. 성 안에 들어서니 벌써 어스름녘이라 집집마다 문을 걸어 닫고 빗장을 질렀다.

우쑹이 곧장 성 안에 들어가 장 도감네 뒤 화원 담장 밖에 이르러 본즉 그곳은 마구간이었다. 마구간 옆에 엎드려 동정을 살펴보니 마부는 아직 내아에서 나오지 않은 모양이었다. 한참 지키고 있노라니 일각문이 삐그덕하고 열리면서 한 마부가 등롱을 들고 나온다. 안에서는 이어 누가 문을 닫거는 모양이다. 우쑹이 어둠 속에 숨어서 들으니 어느덧 초경 4점을 알리는 경점 소리가 들려왔다. 마부는 여물을 버무려 주고 등롱을 걸어 놓은 다음 침상에 이불을 펴더니 곧 옷을 벗고 누워서 자려고 하였다. 우쑹이 문 앞에 바싹 붙어서면서 그만 문을 다쳐 소리가 나니 마부는 투덜거렸다.

"이 어른이 금방 누웠다. 네 놈이 내 옷을 훔치기는 아직 이르다."

……

이때 달빛이 환하였다. 우쑹은 담장 안으로 훌쩍 뛰어내려 우선 일각문을 열고 도로 나가 담장에 기대 세웠던 문짝을 제자리로 가져다 놓고 다시 안으로 들어가서 일각문을 닫고 빗장을 다 뽑아 놓았다. 그리고는 불빛이 밝은 곳으로 더듬어 간즉 그곳은 부엌인데 거기서는 두 여종이 물 끓이는 솥 옆에서 투덜거리고 있었다.

"진종일 시중했는데도 돌아가서 잘 생각을 않고 또 차를 가려오라지 않나. 그 두 손님은 염치가 없어도 분수가 있지. 그토록 취하고도 돌아가 쉬지 않고 지껄이기만 한다니까!"

그들이 이렇게 원망하며 종알거리고 있는데, 우쑹은 한 옆에 박도를 세워 놓고 허리에서 그 피묻은 칼을 뽑아들고 문을 버쩍 밀고 들어가 먼저 한 여종의 고수머리를 거머쥐고 단칼에 찔러 죽였다.

⋯⋯

그들의 말을 듣고 있던 우쑹은 가슴 속에 치솟는 울화와 복수의 불길을 누를 수 없었다. 그는 오른손에 칼을 들고 다섯 손가락을 쫙 편 왼손을 뻗치며 방 안으로 뛰어들어갔다. 네댓 자루의 휘황한 화촉과 비쳐드는 달빛에 방 안은 대낮같이 밝은데 방 한가운데 벌여 놓은 술상은 거두지 않은 채 그대로 있었다. 의자에 앉아 있던 쟝먼선은 우쑹을 보자 혼비백산하여 오장육부가 금시 하늘로 날아가는 것만 같았다. 그가 급히 피하려는 순간 어느 새 우쑹의 손에 들린 칼이 번쩍 하더니 그 자의 면상과 그 자가 앉았던 의자까지 함께 찍어 넘겼다. 이어 몸을 홱 돌린 우쑹이 또 내빼려고 서두르는 장 도감을 찍으니 그는 귀 밑에서부터 모가지까지 베어져 마룻바닥에 풀썩 고꾸라진다. 넘어진 그 두 놈은 그냥 버둥거렸다. 장 단련사만은 그래도 무관 출신이라 비록 취하기는 했으나 아직 힘을 쓸 수 있었는데 두 놈이 칼에 맞아 쓰러지는 것을 보자 자기도 죽음을 면치 못할 줄 알고 의자를 들어 휘두르기 시작했다. 어느 새 우쑹이 의자 다리를 덥석 받아 쥐고 냅다 미니 취중이 아니라 맑은 정신에도 그의 힘을 당해낼 수 없는 터이라 장 단련사는 뒤로 벌렁 자빠졌다. 그 순간에 우쑹은 와락 달려들어 그 자의 대가리를 내리찍었다. 쟝먼선이 워낙 기운을 쓰던 놈인지라 기를 쓰며 일어나는 것을 우쑹은 왼발로 걷어차서 거꾸러뜨리고 목을 잘랐다. 이어 우쑹은 장 도감의 머리도 잘랐다. 그리고 나서 보니 상 위에 술과 고기가 있기에 잔을 들어 단모금에 들이켰다. 이렇게 연거푸 네댓 잔을 마시고는 시체에서

옷자락을 베내어 피를 묻혀 가지고 흰 벽에다 '살인자는 호랑이를 때려
잡은 우쑹이다殺人者打虎武松也'라고 크게 써 놓았다.

(『수호전』 제31회)

면침니자법綿針泥刺法

❖ 정의

'면침니자법' 역시 진성탄金聖嘆의 「독제오재자서법讀第五才子書法」 가운데 하나이다.

면침니자법綿針泥刺法이라는 것이 있다. 이것은 화룽花榮이 쑹쟝에게 칼枷을 풀라고 하자 쑹쟝이 풀려고 하지 않고,[1] 차오가이晁蓋가 산을 내려가려 할 때마다 쑹쟝이 번번이 만류하다가 마지막에 가서야 만류하지 않은 것[2]과 같은 것이다. 필묵 바깥에 날카로운 칼날이 있어 짓쳐들어온다. 有錦針泥刺法, 如花榮要宋江開枷, 宋江不肯; 又晁蓋番番要下山, 宋江番番勸住, 至最後一次便不動是也。筆墨外, 便有利刃直戳進來。

문자 그대로의 뜻은 '솜 속에 바늘이 들었고, 진흙 속에 가시가 있다

---

1 진성탄이 말하고자 하는 것은 은밀한 풍자이다. 이것은 다른 상황에서의 한 인물의 행동 사이의 대조를 통해 드러난다. 쑹쟝은 처음에 원칙에 서서 칼을 벗으려 하지 않나(『수호전』, 35회, 662쪽), 조금 뒤에는 순순히 벗는다(『수호전』, 36회, 677쪽).
2 『수호전』, 59회, 1090쪽. 진성탄은 여기서 차오가이의 죽음에 쑹쟝이 책임 있다는 것을 드러내기 위해 쑹쟝이 차오가이에게 산채에 남아 있으라고 권하는 장면을 삭제했다.

는 것'이다. 인물의 성격을 함축적으로 표현하는 방법으로 '명포암폄법明褒暗貶法'이라고도 부른다. 이를테면 겉으로는 칭찬하는 듯하나 실제로는 폄하하는 것이다. 이를테면 진성탄이 예로 든 화룽이 쑹쟝에게 씌운 칼을 벗겨드리라고 말하자 쑹쟝이 이를 거부하는 대목을 보면 겉으로는 쑹쟝의 '충'와 '의'를 찬미하는 듯 보이지만, 실제로는 쑹쟝의 '간사'함을 드러내 보여주는 효과가 있다. 또 차오가이가 산을 내려가려 할 때마다 쑹쟝이 번번이 만류하다 마지막에 가서야 만류하지 않은 것 역시 마찬가지다. 그래서 진성탄은『수호전』의 제59회 회수총평回數總評에서 다음과 같이 말했다.

아, 절묘하도다! 글재주가 이 정도까지 이르다니! 차오가이晁蓋가 주쟈쟝祝家莊을 치려할 때 쑹쟝宋江은 "형님은 산채의 주인이시니 가볍게 행동할 수는 없습니다."라고 권고하였다. 차오가이가 가오탕저우高唐州를 치려 할 때도 쑹쟝은 또 "형님은 산채의 주인이시니 가볍게 행동할 수는 없습니다."라고 권고하였다. 차오가이가 칭저우青州를 치려할 때도 쑹쟝은 또 "형님은 산채의 주인이시니 가볍게 행동할 수는 없습니다."라고 권고하였다. 화저우華州를 치려 할 때도 쑹쟝은 또 "형님은 산채의 주인이시니 가볍게 행동할 수는 없습니다."라고 권고하였다. 그런데 어째서 유독 쩡터우스曾頭市를 치려할 때는 쑹쟝이 묵묵히 한마디도 내뱉지 않았단 말인가? 쑹쟝은 묵묵히 한 마디도 하지 않았고, 차오가이는 그 싸움에서 곧 죽고 만다. 지금 내가 그 일이 어떻게 진행된 것인지 [정확히] 알 수는 없지만, 군자는 그 글 쓰는 법을 보고 당시의 정황을 미루어 생각한다. …… 여기에서 [명시적으로는] 스원궁史文恭의 화살이 쑹쟝의 손에서 직접 나왔다고 말하지 않고, 또 쑹쟝이 쩡터우스의 다섯 호랑이가 차오가이를 죽일 수 있다는 것을 잘 알고 그저 앉아서 구원했다고는 말하지 않았다. 그러나 [실제로는] 쑹쟝이 차오가이의 죽음을 마음속으로 계획한 바가 아니었다고는 해도, 차오가이의 죽음으로 이득을 본 것은 쑹쟝이니, 이는 진실로 하루아침에 생긴 마음이 아닌 것이다. …… 嗚呼妙哉! 文至此乎! 夫晁蓋欲打祝家莊, 則宋江勸: 哥哥山寨之主, 不可輕動也, 晁蓋欲他高唐州, 則宋江又勸: 哥哥山寨之主, 不可輕動也. 晁蓋欲打青州, 則又勸: 哥哥山寨之主, 不可輕動. 欲打華州, 則又勸: 哥哥山寨之主, 不可輕動也. 何獨至於打曾頭市, 而宋江黙未嘗發一言? 宋江黙未嘗發一言, 而晁蓋亦遂死於是役. 今我卽不能知其事之如何, 然而君子觀其書法, 推其情狀 …… 此非謂史文恭之箭, 乃眞出於宋江之手也; 亦非謂宋江明知曾頭市之五虎能死晁蓋, 而坐救援也. 夫今日之晁蓋之死, 卽誠非宋江所料, 然而宋江之以晁蓋之死爲利, 則固非一日之心矣. ……

작자는 쑹쟝이라는 인물에 대한 도덕적 판단을 독자들에게 직접적으로 제시해 보여주지 않고 그의 언행을 통해 간접적으로 암시하고 있다. 곧 직접 이렇다 저렇다 말을 하기보다는 작중 인물들로 하여금 자신들의 말과 행동으로 자신을 독자들에게 드러내 보여줌으로써 독자가 상상력을 구사해 작품에 동참할 수 있도록 해주는 것이다. 이렇듯 표면적으로 말하는 것과 실질적인 의도가 다른 것이 바로 '면침니자법'이다. 이 기법은 반어적인 의미가 있기에 서구 문예이론에서 말하는 '아이러니'와 상통하는 바가 있다. 아이러니는 반어법을 통해 사물의 양면성을 동시에 보여주는 것이다.[3]

❖ 실례

『홍루몽』 제18회에서 귀비貴妃가 친정을 방문한 대목에서도 이 기법

---

3 아이러니에 대한 좀 더 상세한 논의는 조관희의 「소설과 아이러니」(『중국소설론총』 제10집, 서울;한국중국소설학회, 1999.8.)를 참고할 것.

을 사용하고 있다. 곧 표면적으로는 황제의 은총을 칭송하고 있지만 실제로는 자유로움이 없는 여인의 운명을 토로하고 있는 것이다. 겉으로는 황제의 귀비가 된 위안춘元春의 부귀를 찬탄하는 듯하지만, 위안춘의 다음과 같은 한 마디 말이 상황을 반전시킨다. "농부의 집안에서는 푸성귀 반찬에 무명옷을 입어도 온 가족이 모여 즐겁게 지낼 수 있지만, 이제 저희는 부귀가 극에 달했어도 혈육들이 각지에 흩어져 있으니 무슨 즐거움이 있겠습니까!" 결국 신분은 지극히 존귀하지만 오히려 인신의 자유를 잃어버린 자신의 딱한 신세를 이 한 마디에 담아낸 것이다. 이렇게 보자면 귀비가 친정에 돌아오는 이 대목은 황제의 은총에 대한 찬미라기보다는 황제의 권위와 전제주의에 대한 통렬한 비판으로 보는 것이 타당할 것이다. 이것이야말로 '명시적으로는 칭송하는 듯 하나 그 이면에서는 그것을 폄하하는明襃暗貶' '면침니자법'의 좋은 예라 할 수 있다.

❖ 예문

　한동안 고요한 적막이 흘렀다. 그러다가 붉은 옷을 입은 두 명의 태감이 말을 타고 천천히 다가와서 서쪽 거리로 통하는 대문 앞에 이르러 말에서 내리더니, 얼른 말을 휘장 밖으로 내보내고 공손히 서쪽을 향해 시립했다. 한참 후에 다시 두 명의 환관들이 오더니 앞서 왔던 이들과 똑같이 시립했다. 잠깐 사이에 이십여 명의 환관들이 와서 시립하자 이윽고 희미한 풍각 소리가 은은하게 들려왔다. 뒤이어 용 문양이 장식된 깃발과 꿩의 깃털로 만든 부채가 하나씩 나타났는데, 깃대 끝에는 전설적인 동물 기夔의 머리가 장식되어 있었다. 금칠한 휴대용 향로에서는 궁중에서 사용하는 향이 타오르고 있었다. ……

…… 위안춘元春은 방에 들어가 옷을 갈아입고 다시 나와 가마를 타고 정원으로 들어갔다. 정원 안은 향 연기가 자욱하게 감돌고 오색 꽃들이 현란하게 피어 있었으며, 곳곳에 등불이 마주 비추고 이따금 은은한 음악 소리가 울렸으니, 그 태평스러운 분위기와 부귀한 풍격은 이루 말할 수 없을 정도였다.

……

석 잔의 차를 받고 귀비가 자리에서 내려오자 풍악이 멈추었다. 귀비는 옆 건물로 들어가 옷을 갈아입고 가족들을 만나기 위해 곧 수레를 준비하여 정원을 나섰다. 태부인의 정실에 이르러 가례를 행하려 하자 태부인 등은 모두 무릎을 꿇고 만류했다. 귀비는 눈물이 그렁그렁한 채 마주보고 나가 인사했다. 귀비는 한 손으로는 태부인의 손을, 다른 한 손으로는 왕부인의 손을 붙잡았다. 셋은 가슴 속에 할 말이 태산 같았지만 한마디도 꺼내지 못하고 그저 서로 마주보며 오열하기만 했다.

……

"옛날에 사람을 만날 수 없는 곳으로 떠났다가 오늘에야 겨우 집에 돌아와 어머님과 가족들을 만나게 되었어요. 그런데 즐겁게 담소를 나누지도 못하고 오히려 눈물만 나오네요. 얼마 후 제가 돌아가면 또 언제 다시 올 수 있을지 모르는데요."

여기까지 말한 귀비가 울음을 참지 못하자 형부인 등이 얼른 다가가 위로했다. 귀비를 자리로 모시고 태부인 등 한 사람씩 인사를 나누었는데, 그때도 어쩔 수 없이 한바탕 울음보가 터졌다.

……

그때 쟈정賈政이 문발 밖에 찾아와 문안 인사를 하자 귀비는 주렴을 드리운 채 답례했다. 그리고 주렴 너머에서 눈물을 흘리며 아버지에게 말했다.

"농부의 집안에서는 푸성귀 반찬에 무명옷을 입어도 온 가족이 모여 즐겁게 지낼 수 있지만, 이제 저희는 부귀가 극에 달했어도 혈육들이 각지에 흩어져 있으니 무슨 즐거움이 있겠습니까!"

......

사람들이 모두 사례를 마치자 집사 태감이 말했다.

"시간이 이미 두 시 사십오 분이 되었사오니 이제 궁으로 돌아가셔야 하옵니다."

귀비는 그 말을 듣자 자기도 모르게 눈물이 하염없이 흘러내렸다. 그러나 억지로 웃음을 지어 보이며 태부인과 왕부인의 손을 꼭 잡고 차마 놓지 못한 채 재삼 당부했다.

"제 걱정은 마시고 부디 옥체 보중하십시오. 이제 천은이 크고 넓게 베풀어져서 가족들이 매달 한 번씩 궐에 들어와 서로 인사할 수 있도록 허락해주셨으니 틀림없이 또 만날 날이 있을 겁니다. 그러니 상심하실 필요 없어요. 하지만 내년에도 황상께서 천은을 베푸시어 제가 집에 돌아와 가족을 문안하게 된다면 절대 이렇게 호사롭게 낭비하지 마셔야 합니다."

태부인 등은 너무 울다가 목에 메어 말조차 제대로 하지 못했다. 귀비는 차마 발길이 떨어지지 않았지만 황실의 규범을 어길 수는 없는 노릇이라 어쩔 수 없이 가마에 올라 떠났다. ......

(『홍루몽』 제18회)

모성회형법摹聲繪形法

❖ 정의

'모성회형법'의 글자 그대로의 뜻은 '소리를 본떠서 형체를 그린다'는 것이다. 청각과 시각은 본래 각기 그 영역이 달라 서로 상관하지 않는 것이다. 그러나 양자는 실제 심미 과정 중에서 왕왕 상호 연계하여 일정한 조건 아래서는 하나의 감각이 또 다른 감각으로 변화하는 경우도 있다. 이것을 '심미 통감審美通感'이라고 하는데, 문자의 형식으로 형체로 소리를 비유하고, 형체로 소리를 흉내 내며, 교묘하게 무형의 청각을 유형의 시각 형상으로 변화시키는 일종의 예술 기법이다.

이러한 기법은 일찍이 고대의 시문에서도 운용된 바 있다. 『예기禮記』「악기樂記」에서는 다음과 같이 기록되어 있다. "위로 오를 때는 높이 솟는 것 같고, 밑으로 내릴 때는 떨어지는 것 같고, 구부러질 때는 꺾어지는 것 같고, 멈추었을 때는 마른 나무 같고, 가볍게 구부러질 때는 곱자矩에 맞고 심하게 구부러질 때는 갈고리에 맞아서 그 계속되면서 끊어지지 않는 것이 마치 꿰어 있는 구슬과 같은 것이다上如抗, 下如隊, 曲如折, 止如槁木, 倨中矩, 句中鉤, 纍纍乎端如貫珠." 이것은 비교적 이른 시기에 음악을 시각적인 형상에 비유한 기록이다. 바이쥐이白居易의 「비파행琵琶行」에서도 "꾀꼴꾀꼴 꾀꼬리 소리 꽃 아래 매끄럽다間關鳥語花底滑"라는 대목으로 음악의 맑고 유려함을 그려냈고, "흐느끼는 샘물 소리 얼음 밑에 답답하다幽咽泉流冰下難"이라는 대목에서는 소리의 흐름이 정체되고 답답한 느낌을 그려냈다.

❖ 실례

소설에서 이러한 기법을 운용한 것 역시 제법 많다. 그 가운데서도 '모성회형법'을 가장 특출나게 활용한 것으로는 『라오찬 여행기老殘遊記』의 한 대목을 들 수 있다. 여기서는 '심미 통감'을 이용하고, 미묘한 예술화면의 조합을 통해 독자로 하여금 왕샤오위王小玉의 '설서說書' 장면을 눈앞에 펼쳐지듯 그려내고 있다. 왕샤오위의 목소리는 마치 "철사의 날카로운 끝이 불쑥 솟아올랐다가 하늘가에까지 멀리 던져지듯이" 맑고 투명하며, 노래 소리는 마치 둥웨東岳를 오르듯, "오르면 오를수록 험하고, 험하면 험할수록 기이한" 경지에 도달했다. 마지막 대목에서는 화려한 불꽃이 하늘을 수놓듯 목소리가 좌중을 압도해 사람들이 "어느 소리를 따라 들어야 할지 몰라 허둥"대게 만들다가 한 순간에 멈추니 그야말로 소리와 그림이 한데 어우러지는 효과를 낳았던 것이다.

❖ 예문

왕샤오위는 그제야 빨간 입술을 열고 하얀 이를 드러내며 노래를 부르기 시작했다. 그 소리가 처음에는 별로 울리지 않는 것 같더니, 귓가에 이르면서 말할 수 없는 묘한 음으로 느껴져서 오장육부가 마치 인두로 다림질하듯 구겨진 것이 없어지고, 또 삼만 육천 개의 털구멍이 마치 인삼을 달여먹은 듯 어느 구멍 하나 시원하지 않은 것이 없는 것 같았다. 십여 구절을 노래하고 나자, 노랫소리가 점차 높아지더니, 갑자기 철사의 날카로운 끝이 불쑥 솟아올랐다가 하늘가에까지 멀리 던져지듯이 길게 뻗쳐 부지불식간에 욱하고 숨을 죽였다.

그 여자는 극히 높은 소리를 교묘히 돌리고 꺾고 하더니 또 더 높은 목소리로 세 겹 네 겹 올라가 마디 마다마다 더 올라가는 것이었다. 그 것은 마치 아오라이펑傲來峰의 서쪽에서 타이산泰山에 오르는 듯한 것이었다. 처음에 아오라이펑의 깎아지른 듯한 천인 절벽을 보면 그것이 하늘로 통하는 듯 생각되나, 아오라이펑의 정상에 오르면 산쯔아이扇子崖가 아오라이펑보다 더 위에 있고, 산쯔아이의 정상에 날아오르면 난톈먼南天門이 산쯔아이보다 더 위에 있듯이, 오르면 오를수록 험하고, 험하면 험할수록 기이한 바로 그런 풍경과 같은 음조였다.

왕샤오위는 가장 높은 음으로 삼, 사절을 부른 뒤, 갑자기 음조를 떨어뜨려 천 굽이를 돌고 백 굽이를 꺾으니 마치 날개 달린 뱀이 황산黃山 서른 여섯 봉우리의 반 허리를 누비고 잠깐 사이에 여러 바퀴를 치달으며 도는 듯하였다. 이 뒤부터 노랫소리는 갈수록 낮아지고 낮아질수록 가늘어지더니 결국에는 들리지 않을 정도가 되었다. 극장 안의 모든 사람들은 숨을 죽이고 귀를 기울일 뿐 누구 하나 감히 미동도 하지 않았다.

이렇게 이삼 분이 지나더니 마치 작은 소리가 땅 속에서 새어 나오는 듯 점차 커지면서 마치 불꽃놀이 때의 불꽃 탄환이 하늘에 올라가서 천백 가지 불꽃을 튀기며 터져 사방에 어지러이 흩어지는 듯했다. 이 소리는 일단 커지기 시작하자, 무한히 높이 올라가기 시작했다. 삼현금의 연주는 온 손가락을 써서 하는데 그 소리가 커졌다 작아졌다 하는 것이 음의 조화가 잘 되어서 마치 봄날 새벽 꽃동산에서 온갖 아름다운 새들이 어지러이 지저귀는 듯하여 귀가 어느 소리를 따라 들어야 할지 몰라 허둥댔다. 한동안 이렇듯 어지럽게 소리가 교차되더니 갑자기 "뚱!"하

는 소리와 함께 사람과 삼현금이 동시에 멈췄다. 그러자 무대 아래에서
는 일제히 "좋다好" 하는 소리가 우레와 같이 진동하였다.

(『라오찬 여행기老殘遊記』 제2회)

박순탈각법 剝筍脫殼法

❖ 정의

'박순탈각법'은 '죽순을 벗겨나간다'는 뜻이다. 작자가 인물의 내적 세계를 펼쳐 보이고 인물들 사이의 복잡한 모순의 충돌을 드러낼 때, 한꺼번에 남김없이 보여주는 게 아니라 정절이 한 층 한 층 쌓여감에 따라 죽순을 벗겨내듯 한 층 한 층 드러내 보이는 것을 말한다. '박순탈각법'으로 인물 형상을 빚어내다 보면 인물 성격의 특징이 표면에 머물고 단일하게 되는 것을 피하고. 인물의 내적 세계와 복잡한 사회생활에 이르게 된다. 이렇게 함으로써 인물 묘사가 더욱 높고 깊은 심미적 차원에 이르게 된다.

❖ 실례

정절의 축적에 따라 인물의 내적 세계가 확장되는 예로는 『홍루몽』의 왕시펑王熙鳳을 들 수 있다. 그녀는 처음에는 아름답고 총명한 귀부인으로 그려진다. 하지만 시간이 갈수록 그녀의 독살스럽고 권력을 휘두르는 면모가 드러남에 따라 점차적으로 "겉으로는 불같고, 속으로는 한 자루의 칼 같은明是一盆火, 暗是一把刀"성격으로 변화한다.

인물들 사이의 모순 충돌이 드러나는 예로는 『수호전』의 린충林冲을 들 수 있다. 린충이 죄를 짓고 오갈 데 없는 신세가 되어 처음 량산보梁山泊에 들어갔을 때 량산보의 주인은 왕룬王倫이었다. 그러나 왕룬은 영웅 호걸을 받아들일 만한 배포가 애당초 없는 인물이었기 때문에 린충을 시기하고 질투한다. 시간이 흘러감에 따라 두 사람 사이에는 풀어낼 길 없는 모순이 쌓여간다. 나중에 차오가이晁蓋 등이 '생신강生辰綱'을 겁탈하고 량산보에 들어오려 하자 왕룬은 이들을 받아들이지 않는다. 이때 린충은 더 이상 참지 못하고 왕룬을 죽임으로써 두 사람 사이의 모순이 해소된다.

『요재지이』의 「훠 씨 녀霍女」에서의 주인공인 훠 씨는 처음에는 부유하지만 인색하고 호색한인 주다싱朱大興을 몰락시키는 요부로 나온다. 반전은 그랬던 그녀가 가난하기 짝이 없는 황생에게 시집가면서 일어난다. 비단옷이 아니면 걸치지 않고 별미 요리라야 입을 댔던 그녀가 한 순간에 돌변하여 아침에 일찍 일어나고 늦게 자면서 "고달픈 집안일들을 도맡아 처리했는데, 노고가 죽은 황생의 전처보다 더하면 더했지 조금도 덜하지 않"은 면모를 보이기까지 한다. 하지만 여기서 끝이 아니다. 그렇게 현모양처로 돌변했던 훠 씨가 이번에는 강가에 대놓은 배 위에서 자신의 미모에 홀린 거상의 아들에게 자신을 팔라는 제안을 한다. 이 무슨 황당한 제안인가 싶어 동의하지 않는 황생에게 훠 씨는 아무렇지도 않은 듯 뱃사공의 마누라를 통해 거래를 성사시키고 황생을 떠나간다. 그 모습에는 "아쉽다거나 서운한 기색이라고는 조금도 찾아볼 수 없었다." 하지만 아내와의 돌연한 이별에 "황생은 놀라 혼이 달아나는 것 같았고 목이 메어 말도 나오지 않았다." 그러나 마지막 반전은 아내를 잃고 망연자실해 하고 있는 황생의 앞에 훠 씨가 다시 나타남으로써 이루어진다. 그녀는 "평생토록 인색한 자를 만나면 파산시키고 사악한 자와 부딪히면 골탕 먹이며 살아왔"던 것이다.

❖ 예문

주다싱朱大興은 장더푸彰德府 사람이다. 집안 형편은 부유했지만 성질이 인색하기 짝이 없어 자식들의 혼인날이 아니면 손님을 부르지 않았고 부엌에선 고기 굽는 냄새가 풍겨 나오지 않을 정도였다. 그렇지만 그는 사람됨이 경망스럽고 여색을 밝혀 어디에 예쁜 여자가 있다는 정보만 들으면 제 아무리 많은 돈이 들어도 전혀 아까워하지 않았다. 그는 매일 밤 담장을 뛰어넘어 마을을 빠져나간 뒤 행실이 헤픈 여자들과 어울려 잠을 자곤 했다.

어느 날 주다싱은 우연히 혼자 길을 가는 젊은 여인과 마주쳤다. 그는 여자가 도망꾼임을 알아챘고 그녀에게 위협을 가해 억지로 집에 데려왔다. 촛불에 비친 그녀의 모습은 눈부시게 아름다웠다. 여자는 스스로를 훠 씨霍氏라고 소개했다. 주다싱은 좀 더 자세한 사정을 알고 싶었지만, 그녀는 달갑지 않은 기색으로 쏘아붙였다.

"기왕에 저를 거두기로 작정했다면 뭘 그렇게 꼬치꼬치 알려고 하시죠? 무슨 일에 연루될까 걱정이시라면 저를 일찌감치 내보내면 되잖아요."

주다싱은 더 이상 캐물을 수가 없었다. 그는 여자를 집에 머물게 하고 잠자리를 같이 했다.

그런데 훠 씨는 거친 식사는 입에 대지도 못했고 고깃국조차 마다하는 까다로운 입맛의 소유자였다. 그녀는 반드시 제비집이나 닭의 염통, 물고기의 이리 같은 별미 요리가 상에 올라야만 수저를 들었다. 주다싱도 별 수가 없어 갖은 정성을 다해 그녀를 받들어 모실 뿐이었다. 게다가 훠 씨는 또 병치레마저 잦아 날마다 인삼탕 한 사발씩을 들이켜야만 했다. 주다싱은 처음에는 그런 요구에 넘어가지 않으려고 버텼지만 그녀가 앓는 소리를 내며 숨마저 거의 넘어갈 지경이 되자 어쩔 도리가 없어 인삼탕을 대령하고 말았다. 훠 씨의 병은 씻은 듯이 나았고, 이로부터는 인삼탕 수발이 일상사가 되었다.

훠 씨는 반드시 수놓은 비단옷만 몸에 걸쳤는데 며칠이 지나면 곧 싫증을 내며 벗어 던지곤 했다. 이런 식으로 달포가 지난 뒤 그녀에게 드는 비용을 합산했더니 상상을 초월하는 막대한 액수였다. 주다싱도 차츰 감당하지 못할 정도가 되었다. 하지만 훠 씨가 울면서 떠나겠다고 말하자, 그는 덜컥 겁이 나서 마지못해 요구를 다시 받아들였다.

훠 씨는 또 답답하고 심정이 울적하다는 핑계로 십여 일에 한 번씩은 광대들을 초빙하여 놀이마당을 벌였다. 연극이 상연될 때는 주다싱도 여자들이 앉아 있는 주렴 바깥쪽에 야트막한 의자를 놓고 아이를 안은 채 공연을 관람했다. 하지만 훠 씨는 연극을 보면서도 즐거운 기색이 전혀 없었고 몇 차례나 주다싱에게 욕설을 퍼붓곤 하였다. 주다싱은 이런 그녀를 도저히 이해할 재간이 없었다.

2년의 시간이 지나는 동안 집안은 차츰 몰락해 갔다. 주다싱은 훠 씨에게 간곡한 어조로 사정을 설명하고 소비를 줄여달라고 부탁했다. 그녀는 이를 허락하고 씀씀이를 절반으로 줄였다. 하지만 시간이 흐르면서 그도 감당하지 못할 지경이 되자 훠 씨는 고깃국에도 만족하게 되었다. 세월이 흐르는 사이 그녀는 차츰 맛없는 싸구려 반찬에도 견딜 정도가 되었다. 주다싱은 그녀의 이런 변화에 대해 내심 기쁨을 이기지 못했다. 그런데 어느 날 밤 그녀가 후문을 통해 갑자기 도망가고 말았다. 주다싱은 실성한 사람처럼 넋이 나가 사방을 찾아 헤매다 결국 훠 씨가 이웃 마을의 허 씨何氏 집에 있다는 정보를 입수했다.

허 씨네는 그 지방의 호족으로 대대로 권세를 누려온 명문가였다. 집

주인 허 영감은 사람됨이 호탕하고 손님을 좋아해 날마다 새벽까지 등불을 훤히 밝혀놓을 정도였다. 하루는 웬 미녀가 한밤중에 갑자기 그의 침실로 찾아들었다. 정체를 추궁하는 허 영감에서 그녀는 자신을 주다싱의 집에서 도망쳐 나온 첩이라고 소개했다. 허 영감은 평소 주다싱의 인물 됨됨이를 경멸하던 터였고, 또 여자의 미모가 몹시 마음에 들었으므로 그녀를 받아들이기로 결정했다. 며칠을 뒤엉켜 지내는 사이 그는 여자에게 더 한층 빠져들었다. 허 영감도 결국은 주다싱과 마찬가지로 훠 씨가 원하는 것이라면 아무리 진귀한 것이라도 몽땅 구해다 바치면서 온갖 호사를 누리게 되었다.

주다싱은 훠 씨의 소식을 듣자 허 영감에게 여자를 돌려달라고 요구했다. 허 영감이 요구를 거들떠보지도 않자 그는 관가에 소송을 걸었다. 관청에서는 훠 씨의 성명이나 내력이 불분명했기에 한 켠에 치워두고 심리조차 제대로 하지 않았다. 주다싱은 재산을 팔아 위아래로 뇌물을 먹었고 관가에서는 그제서야 관계자들을 출두시켜 심리를 하라는 명령이 떨어졌다. 그 무렵 훠 씨는 허 영감에게 이렇게 말했다.

"제가 주다싱의 집에 있었다지만 정식으로 예물을 주고받으며 혼인을 정한 사이가 아닙니다. 왜 그를 두려워하시죠?"

허 영감은 그 말을 듣고 몹시 기뻐했고 당장 관청에 출두하여 주다싱과의 대질심문에 응하려고 작정했다. 그런데 허 영감의 집에 머물던 식객 한 명이 그에게 이런 충고를 했다.

"도망자를 받아들이는 짓은 이미 국가의 기강을 어지럽힌 행위입니다. 게다가 이 여인이 집안에 들어온 이래 날마다 지출이 끝간 데가 없이 늘어나고 있어요. 아무리 천금의 돈을 쌓아놓은 집일망정 어찌 살림이 거덜 나지 않을 수 있겠습니까?"

허 영감은 그 말을 듣는 순간 대오각성하지 않을 수 없었다. 이리하여 그는 소송을 중지시키고 훠 씨를 주다싱의 집으로 되돌려보냈다. 하지만 하루 이틀이 지나는 사이 여자는 또다시 도망가고 말았다.

황생黃生은 원래가 빈한한 선비로서 배우자도 없는 불쌍한 홀아비 신세였다. 훠 씨는 그의 집으로 찾아가 대문을 두드린 뒤 자신의 내력을 밝혔다. 황생은 미모의 여인이 갑자기 자신을 찾아오자 놀랍고 두려워 어찌할 바를 몰랐다. 하지만 그는 본디 준법정신이 투철한 양심적인 사람이었으므로 한사코 그녀를 물리치며 돌아가라고 타일렀다. 훠 씨는 물러서지 않았다. 서로 이야기를 주고받는 사이 훠 씨의 미모와 유순한 자태는 황생의 마음을 움직였고 그도 마침내 여자를 받아들이게 되었다. 하지만 그녀가 과연 가난한 살림을 견뎌낼 수 있을지에 대해서는 사뭇 염려가 그치지 않았다.

이튿날부터 훠 씨는 이른 새벽에 일어나 고달픈 집안일들을 도맡아 처리했는데, 노고가 죽은 황생의 전처보다 더하면 더했지 조금도 덜하지 않았다.

……

양저우揚州 경내에 이르렀을 때 그들은 배를 빌려 강가에 정박시켰다. 그때 훠 씨는 선창에 기대 바깥 구경을 하고 있었는데, 어느 거상의 아들이 그곳을 스쳐지나가다 그녀의 미모에 놀라 배의 방향을 튼 뒤 황생의 배 옆자리에 닻을 내렸다. 그러나 황생은 이런 일들을 까맣게 모르고 있었다.

훠 씨가 갑자기 황생에게 말했다.

"당신의 집은 너무나 가난해요. 지금 저에게 가난을 물리칠 좋은 방법이 있는데, 제 말에 따르시겠어요?"

황생은 무슨 소리인지 자세히 말해 달라고 요구했다.

"저는 당신과 함께 몇 년을 살았지만 아들이든 딸이든 자식을 하나도

낳아드리지 못했어요. 그것이 늘 마음에 걸렸답니다. 제가 비록 누추한 용모라지만 그래도 다행인 것은 아직 늙지 않았다는 사실이겠지요. 누구라도 천 냥의 돈을 당신에게 내민다면 저를 팔아넘기세요. 그 천 냥 속에 아내도 있고 전답과 좋은 집도 다 마련되어 있답니다. 제 꾀가 어떠세요?"

황생이 얼굴빛까지 변하면서 뭐라 대답하지 못하자, 휘 씨는 웃으면서 말을 이었다.

"조급할 것 없어요. 이 세상에 미인이 얼마나 많은데 누가 저 같은 사람을 천 냥씩이나 주고 사겠어요? 그저 장난삼아 남들에게 농담을 던지고 정말로 그런 사람이 있는지 한번 보려는 것뿐이랍니다. 팔고 말고는 당신이 결정할 문제 아니겠어요?"

황생은 그래도 동의하지 않았다. 휘 씨가 앞장서서 뱃사공의 마누라에게 그 말을 건네자 사공의 마누라는 황생을 빤히 쳐다보았다. 황생은 하는 수 없이 고개를 끄덕여 응한다는 시늉을 했다. 그녀는 밖으로 나가더니 잠시 뒤에 되돌아와 보고했다.

"이웃 배에 계신 거상의 아드님이 팔백 냥을 내겠답니다."

황생은 짐짓 고개를 가로 저으며 안 된다고 거절했다. 사공의 마누라는 얼마 뒤 다시 나타나더니 상대방도 그가 요구하는 액수에 동의했다고 전하면서 당장 그 배로 건너가 돈과 사람을 교환하자고 제의했다.
......

그가 막 자기 배로 돈을 옮겨오는 사이, 휘 씨는 벌써 사공의 마누라를 따라 배의 고물에서 저쪽 배로 옮겨 타고 있었다. 그녀는 멀찍이서 고개를 들어 황생을 보더니 손을 흔들어 작별을 고했는데 아쉽다거나 서운한 기색이라고는 조금도 찾아볼 수 없었다. 황생은 놀라 혼이 달아나는 것 같았고 목이 메어 말도 나오지 않았다.

이윽고 상인의 배는 닻줄을 풀더니 화살처럼 빠른 속도로 떠나갔다. 황생은 그제야 대성통곡하면서 뱃사공에게 그 배를 추격해 가까이 대달라고 부탁했다. 하지만 사공은 그의 말에 따르지 않고 뱃머리를 남쪽으로 돌려 강을 건너가는 것이었다. 배는 순식간에 전쟝鎭江에 닿았다. 황생이 짐을 육지로 옮겨 부리자, 사공은 일이 급하다는 핑계를 대로 서둘러 배를 몰아 그곳을 떠나갔다.

황생은 보따리 곁에서 울적한 심정으로 주저앉고 말았다. 어디로 가야 할지 정처도 없는 신세였다. 그저 도도히 흐르는 강물만 바라보노라니 무수한 화살촉에 심장이 찔리기라도 한 것처럼 가슴이 쓰라릴 뿐이었다. 그가 얼굴을 가리고 울음을 삼키고 있을 즈음, 문득 누군가의 애교 넘친 음성이 귓전을 울렸다.

"서방님."

그가 깜짝 놀라 고개를 들고 사방을 둘러보니 훠 씨가 벌써 저만큼 앞서서 걸어가는 중이었다. 황생은 기쁨에 겨우 얼른 보따리를 둘러메고 그녀의 뒤를 따르면서 물었다.

"당신, 어디서 갑자기 나타난 거요?"

훠 씨는 웃으면서 대답했다.

"조금만 더 늦어지면 당신의 의심을 살 거라는 걸 알았죠."

황생은 그제야 훠 씨가 보통 여자가 아님을 깨달았다. 자세한 상황을 알고 싶어 이것저것 캐묻고 나서는 그에게 훠 씨는 웃으면서 대꾸했다.

"저는 평생토록 인색한 자를 만나면 파산시키고 사악한 자와 부딪히면 골탕 먹이며 살아왔습니다.……"……

(『요재지이』「훠 씨 녀霍女」)

반상법反常法

❖ 정의

'반상법'은 일반적인 상황에 위배되는 표현을 말한다. 이를테면, 극도로 비통한 순간 오히려 웃는다든지 반대로 극도로 즐거운 순간 눈물을 떨구는 것 등이 그러하다. 소설을 창작할 때는 고의로 한 인물이 특정한 환경에서 상궤에서 벗어난 심리상태를 보이거나 행동하는 것을 묘사함으로써, 그 인물의 심리 세계를 투시하고 인물의 성격 특징을 드러내는 것을 말한다. '반상법'은 인물의 극단적인 정서와 행위를 표현해 내기 때문에 정면으로 직서直敍하는 것보다 인물의 성격 특징을 한층 더 심각하게 드러내주고, 그렇게 함으로써 독자의 심미적인 정취를 훨씬 더 북돋아 준다.

❖ 실례

『삼국지연의』에서 츠비赤壁에서의 싸움에서 대패한 차오차오曹操는 몇 차례나 죽을 고비를 넘기고 난 뒤 통곡을 하고 눈물을 흘려도 시원치 않을 상황에 놓였다. 하지만 차오차오는 오히려 우린烏林과 후루커우葫蘆口, 화룽다오華容道 등지에서 세 차례나 "앙면대소仰面大笑"한다.

또 난쥔南郡에 도착해 위기에서 벗어나자 이번에는 "가슴을 쥐어뜯으며 크게 운다." 이것은 마오쭝강毛宗崗이 제50회 협비에서, "마땅히 울어야 할 때 오히려 웃고, 마땅히 웃어야 할 때 오히려 우는 것이야말로 간웅의 울음과 웃음이 다른 사람들과 다른 바이다宜哭反笑, 宜笑反哭, 奸雄哭笑與衆不同."라고 말한 것과 같다.

『홍루몽』에서 린다이위林黛玉는 총명하고 다정다감한 아가씨로, 작중에서 그녀는 늘상 눈물로 자신의 우수憂愁와 한을 드러내 보이고 있다. 그런데 그녀가 사랑하는 쟈바오위賈寶玉가 쉐바오차이薛寶釵와 결혼한다는 소식을 들었을 때는 오히려 울지 않고 웃는다. 이것 역시 '반상법'을 운용한 것이다. 다이위는 실성한 듯 자신을 부축하고 있던 쯔쥐안紫鵑을 보고 웃는다. 심지어 쟈바오위를 만난 자리에서도 "바보처럼 웃기만 했다." 그러나 자신의 거처에 돌아와서는 결국 "'웩!'하고 피를 한 모금 토해냈다." 그녀가 받은 정신적인 충격은 피를 토해낼 정도로 큰 것이었기에, 평소와 같이 울지 않고 오히려 실성한 듯 웃었던 것이다. 곧 그녀의 '웃음'은 그녀의 슬픔이 극에 달해 평소의 '울음'으로는 도저히 감내할 수 없는 정도였다는 것을 역으로 보여줌으로써 독자의 마음을 흔들 수 있었다.

하지만 '반상법'은 인물의 심리적 근거를 묘사한 뒤에 운용해야 한다. 곧 인물의 성격적 특징에 부합하지 않는 상황에서 단순히 신기함만을 추구해 '반상법'을 남용하는 경우에는, 인물의 복잡한 성격을 차근차근 드러낼 수도 없을 뿐 아니라, 독자로 하여금 억지스럽고, 사실에 어긋나며, 전체 예술 작품의 심미적 가치를 손상시킨다는 느낌이 들게 할 따름이다.

❖ 예문

　태부인의 방 입구에 이르렀을 때 다이위黛玉는 조금 정신이 돌아와서 자신을 부축하고 있는 쯔쥐안紫鵑을 돌아보더니 걸음을 멈추고 물었다.

　"언니는 뭐 하러 왔어?"

　"호호, 손수건을 찾아왔잖아요. 아까 아가씨께서 다리 근처에 계실 때 제가 달려가서 어디 가시냐고 여쭈었더니 그때는 못 들은 체하시고는요."

　"호호, 난 또 언니가 바오위寶玉 도련님을 만나러 온 줄 알았지. 그렇지 않으면 여긴 왜 왔겠어?"

　쯔쥐안은 그녀의 정신이 흐릿한 걸 알아채고, 분명 아까 그 하녀한테 무슨 얘기를 들었나 보다 짐작하고는 그저 고개를 끄덕이며 미소를 지었다. 하지만 속으로는 그녀가 바오위를 만나게 되면 곤란할 것 같았다. 바오위도 이미 멍한 상태인데 다이위까지 이렇게 정신이 몽롱하니 혹시 순간적으로 체통 없는 말이라도 나오게 되면 어찌할 도리가 없었기 때문이다. 하지만 그렇게 생각하면서도 감히 대옥의 뜻을 거스르지 못하고 그대로 부축해서 안으로 들어갈 수밖에 없었다. 이상하게도 다이위는 조금 전처럼 그렇게 맥이 풀리지 않은 상태여서, 쯔쥐안의 도움을 받지도 않고 직접 주렴을 걷고 안으로 들어갔다. 하지만 방안은 조용하기만 했다. 태부인이 방안에서 낮잠을 자고 있었기 때문에 하녀들은 몰래 빠져나가 노는 이들도 있었고, 졸고 있는 이, 태부인의 분부를 기다리고 있는 이들도 있었다. 그나마 시런襲人이 주렴 소리를 듣고 안방에서 나와보았다. 그리고 다이위를 보자 안으로 청했다.

　"아가씨, 안으로 들어가 앉으셔요."

　"호호, 오빠는 집에 있어요?"

　내막을 모르는 시런이 막 대답을 하려는데, 다이위의 뒤쪽에 있던 쯔쥐안이 다이위를 향해 입을 삐죽이며 손을 내젓는 것이었다. 시런은 무슨 뜻인지 알 수 없었지만, 감히 아무 말도 하지 못했다. 하지만 다이위는 그녀를 아랑곳하지 않고 방안으로 들어갔다. 바오위는 방안에 앉아 있었지만 자리를 권하지도 않고 그저 그녀를 쳐다보며 바보처럼 히죽히죽 웃기만 했다. 다이위도 자리에 앉아 바오위를 바라보며 웃었다. 두 사람은 인사도 나누지 않고, 대화도 나누지 않고, 자리를 권하지도 않은 채 서로 마주보며 바보처럼 웃기만 했다. 시런은 그 모습을 보고 도무지 영문을 알 수 없어 어찌할 도리가 없었다. 그때 갑자기 다이위의 말소리가 들렸다.

"오빠, 왜 병을 앓게 되었어요?"

"하하, 너 때문이야."

시런과 쯔쥐안은 그 말에 놀라서 안색이 변한 채 황급히 다른 말로 화제를 돌리려고 했다. 하지만 둘은 다시 아무 말도 하지 않고 계속 바보처럼 웃기만 했다. 그 모습을 본 시런은 지금 다이위의 정신 상태도 바오위 못지 않다는 걸 알아채고 쯔쥐안에게 소곤소곤 말했다.

"아가씨께선 병석에서 일어나신 지 얼마 되지 않았으니까 츄원秋紋이랑 함께 모시고 돌아가서 좀 쉬게 해드려."

그러면서 츄원을 돌아보며 말했다.

"쯔쥐안 언니와 함께 다이위 아가씨를 거처로 모셔다 드려라. 쓸데없는 말은 하지말고."

츄원은 말없이 웃으며 쯔쥐안과 함께 다이위를 부축했다.

다이위는 자리에서 일어나면서도 바오위를 바라보며 계속 웃으면서 고개를 끄덕였다. 쯔쥐안이 다시 재촉했다.

"아가씨, 방에 돌아가서 좀 쉬셔요."

"그래야지. 이제 돌아갈 때가 되었어."

그러면서 곧 돌아서더니 웃으면서 밖으로 나갔다. 그녀는 여전히 하녀들의 부축을 마다하고 혼자서 나는 듯 재빨리 걸었다. 쯔쥐안과 츄원이 황급히 쫓아갔고, 태부인의 거처에서 나온 다이위가 계속 걷기만 하자 쯔쥐안이 얼른 붙들며 말했다.

"아가씨, 이쪽으로 가셔요."

다이위는 여전히 웃으면서 쯔쥐안을 따라 샤오샹관瀟湘館으로 갔다. 대문에 가까워지자 쯔쥐안이 말했다.

"아미타불! 간신히 집에 도착했구나."

그 말이 끝나기도 전에 다이위가 앞으로 푹 쓰러지면서 "웩!"하고 피를 한 모금 토해냈다.

(『홍루몽』 제96회)

정츤법正襯法

❖ 정의

   마오쭝강毛宗崗은 『삼국지연의』 평점에서 소설 속 인물의 성격을 서로 대비시키는 수법을 두 가지로 나누었다. 그 하나는 '정츤正襯'이고, 다른 하나는 '반츤反襯'이다. '정츤'은 동일한 유형의 인물 성격을 대비하는 것이고 '반츤'은 상반되거나 대립되는 성격을 서로 대비시키는 것이다. 마오쭝강은 '반츤'보다 '정츤'이 더 뛰어난 효과를 발휘한다고 보았다. 그것은 비슷한 수준의 인물을 대비시킴으로써 인물 형상이 더욱 선명하고 두드러지게 나타날 수 있기 때문이다.

❖ 실례

   『삼국지연의』에서 저우위周瑜는 지모가 뛰어난 장수로 그려지고 있다. 하지만 그러한 저우위도 주거량諸葛亮 앞에서는 빛을 잃는다. 차오차오曹操의 군대에 맞서 싸울 계획을 세울 때 저우위는 화공을 주장하고 반간계나 고육계 등을 구사했다. 이 모든 것은 매우 고명한 책략이나 저우위가 어떤 계책을 내놓더라도 주거량을 뛰어넘을 수 없고, 주거량의 견해는 항상 저우위보다 한 발 앞서 있다. 오나라와 촉나라가 연

합해 차오차오에 맞서 싸울 때도 저우위는 몇 차례나 주거량과 류베이
劉備를 모해謀害하려 했다. 그러나 결국에는 뜻을 못 이루고 오히려 쑨
취안孫權의 누이동생을 류베이에게 시집보내고 군사마저 꺾이게 된다.
그리고 저우위는 분을 못 이기고 젊은 나이에 세상을 뜬다.

❖ 예문

저우위周瑜는 숙소로 돌아오자마자 일을 의논하려고 쿵밍孔明을 청
했다. 쿵밍이 이르자 저우위가 말했다.

"오늘 부중에서 공론을 정했소이다. 바라건대 차오차오曹操를 깨칠
계책을 말해 주시지요?"

쿵밍이 뜻밖의 말을 했다.

"쑨孫 장군(쑨취안孫權을 가리킴)의 마음이 아직 확고하지 못하시니 계
책을 정할 수 없소이다."

저우위는 이상한 생각이 들었다.

"어째서 마음이 확고하지 못하다는 거요?"

쿵밍이 대답했다.

"쑨 장군께선 차오차오의 군사가 많은 걸 두려워하고 계시오. 그래서
적은 병력으로 많은 수의 적을 이기지 못할 것이라 의심하시는 것이지
요. 장군께서 군사들의 숫자로 의혹을 풀어드리시오. 그 분이 확실히
깨닫고 의혹이 말끔히 없어진 다음에야 대사를 이룰 수 있을 것입니다.

저우위가 감탄했다.

"선생의 말씀이 참으로 훌륭하오."

......

저우위는 사례하고 나와서 생각했다.

'쿵밍은 진작부터 우 후吳侯의 마음을 환히 꿰뚫고 있었구나. 그의 계책은 나보다 한수 위에 있다. 오래 두면 강동의 우환거리가 될 게 분명하니 차라리 없애 버리는 게 낫겠다."

......

저우위는 군사 배치를 끝내고 의논할 일이 있다며 사람을 보내 쿵밍을 청했다. 쿵밍이 중군 장막에 이르러 인사를 끝내자 저우위가 말했다.

"지난날 차오차오의 군사는 적고 위안사오袁紹의 군사가 많았건만 차오차오가 도리어 위안사오를 이긴 것은 차오차오가 쉬유許攸의 꾀를 써서 먼저 우차오烏巢의 식량을 끊었기 때문이오. 지금 차오차오의 군사는 83만인데, 우리 군사는 겨우 5, 6만이니 어찌 막아 낼 수 있겠소? 반드시 먼저 차오차오의 식량을 끊어야 깨뜨릴 수 있을 것이오. 내 이미 차오차오 군의 식량과 말먹이 풀이 모두 쥐톈산聚鐵山에 쌓여 있다는 사실을 탐지했소. 선생께선 한상에 오래 사셨으니 지리를 환히 아실 것이오. 그래서 감히 선생과 관위關羽, 장페이張飛, 쯔룽子龍 같은 이들에게 폐를 끼치려 하오. 나 역시 군사 1천 명으로 도울 터이니 밤을 도와 쥐톈산으로 가서 차오차오의 군량 수송로를 끊어주시오. 이는 피차자기 주인을 위해서 하는 일이니 거절하지 마시기 바라오."

......

루쑤魯肅가 은밀히 저우위에게 물었다.

"공이 쿵밍을 시켜 군량을 겁탈하게 하는 것은 무슨 뜻인가요?"

저우위가 대답했다.

"내 손으로 쿵밍을 죽이자니 남들의 비웃음을 사지나 않을까 두렵소. 그래서 차오차오의 손을 빌려 그를 죽임으로써 후환을 없애려는 것이오."

그 말을 들은 루쑤는 곧바로 쿵밍을 찾아갔다. 쿵밍이 저우위의 속셈을 알고 있는지 어떤지 살펴보려는 것이었다. 쿵밍은 전혀 어려워하는 기색도 없이 군사를 정돈해 떠날 채비를 하고 있었다. 루쑤는 차마 보고만 있을 수 없어 한마디 건네 보았다.

"선생은 이번에 가시면 성공하실 수 있겠소이까?"

쿵밍은 빙그레 웃으며 대답했다.

"나는 수전水戰, 보전步戰, 마전馬戰, 차전車戰의 오묘한 이치를 모두 꿰뚫고 있는데 어찌 공을 이루지 못할까 근심하겠소? 강동의 공이나 저 우랑周郎 같이 한 가지에만 능한 이들과는 비할 바가 아니지요."

루쑤가 다시 물었다.

"나와 궁진公瑾이 어찌하여 능한 것이 한 가지밖에 없다고 하시오?"

쿵밍이 대답했다.

"내가 강남 아이들이 부르는 노래를 들었지요. '길에 매복하고 관문을 지키는 데는 쯔징子敬이 능하고, 강에서 수전을 하는 데는 저우랑이 으뜸이라네.' 그러니 공은 육지에서 매복하여 관을 지키는 데나 능하고 저우궁진周公瑾은 물에서 수전만 할 줄 알았지 육지 싸움에는 능하지 못하다는 것이지요."

루쑤가 이 말을 저우위에게 그대로 전했다. 저우위가 발끈 성을 내며 말했다.

"어찌 나를 육지 싸움에는 능하지 못하다고 업신여긴단 말인가? 그를 보낼 필요 없소! 내 친히 기병 1만 명을 이끌고 쥐톄산으로 가서 차오차오의 군량 수송로를 끊어 놓겠소."

……

루쑤가 저우위에게 물었다.

"공이 쉬안더玄德(류베이劉備를 가리킴)를 만나려는 건 무슨 계책을 의논하려는 것입니까?"

저우위가 대답했다.

"쉬안더는 당세의 효웅梟雄이므로 없애야 하오. 나는 이번 기회에 그를 이곳으로 유인해 죽여서 실로 국가를 위해 후환 하나를 제거하려는 것이오."

……

한편 쿵밍은 우연히 강변으로 나왔다가 쉬안더가 도독을 만나러 와 있다는 소식을 듣고 깜짝 놀랐다. 급히 중군 장막으로 들어가 동정을 살피니 저우위의 얼굴에는 살기가 가득하고 양쪽 벽의 휘장 속에는 도부수들의 빈틈없이 배치되어 있었다. 쿵밍은 소스라치게 놀랐다.

"이 일을 어찌한단 말인고?"

눈을 돌려 쉬안더를 보니 아무 것도 모른 채 태연하게 웃으며 이야기를 나누고 있었다. 그런데 쉬안더의 등 뒤에 한 사람이 허리에 찬 검을 틀어쥐고 있었다. 바로 관위였다. 쿵밍은 기뻤다.

"우리 주공께서 위험하시지는 않겠구나."

……

저우위가 다시 부탁했다.

"일전에 차오차오의 수상 영채를 살펴보니 지극히 엄정하고 법도가 있어 쉽사리 공격할 수 없더이다. 그래서 한 가지 계책을 생각해 보았는데 성공할 수 있을지 알 수가 없구려. 선생께서 나를 위해 결정을 내려 주시면 고맙겠소."

쿵밍이 저우위의 말을 끊었다.

"도독께선 잠시 말씀을 멈추시오. 각자 손바닥에 글을 적어 생각이 같은지 보기로 합시다."

저우위는 크게 기뻐했다. 붓과 벼루를 가져오게 하여 먼저 손바닥에 글자를 쓰고 나서 쿵밍에게 붓과 벼루를 넘겨주었다. 쿵밍 역시 상대가

보지 못하게 글자를 썼다. 다 쓰고 난 두 사람은 의자를 옮겨 가까이 앉아 각기 손바닥의 글자를 내밀었다. 글자를 들여다 본 두 사람은 다 같이 크게 웃었다. 저우위는 손바닥에 불 '화火' 자를 적었는데, 쿵밍의 손바닥에 적힌 글자 역시 '화' 자였다.

......

황가이黃蓋가 대뜸 자청했다.

"내가 그 계책을 실행하겠소이다."

저우위가 말했다.

"상당한 고통을 당하지 않고서야 적이 어찌 믿으려 하겠소?"

황가이가 결연한 표정으로 말했다.

"나는 쑨 씨의 두터운 은혜를 입었소이다. 비록 간과 뇌수를 땅바닥에 바르는 한이 있더라도 원망하거나 후회하지 않으리다."

저우위는 절을 올리며 고마워했다.

"공이 만약 이 고육계를 실행해 주시겠다면 강동으로선 천만다행한 일이리다."

......

쿵밍이 반문했다.

"쯔징께썬 궁진이 오늘 황가이를 호되게 매질한 것이 바로 계책임을 모르신단 말씀이오? 그런 걸 날더러 어떻게 말리란 말이오?"

루쑤는 그제야 깨달았다. 쿵밍이 말했다.

"고육계를 쓰지 않고서야 무슨 수로 차오차오를 속여 넘길 수 있겠소? 이제 궁진은 틀림없이 황가이를 차오차오에게 거짓 항복시키는 한편 차이중蔡中과 차이허蔡和를 통해 이 일을 알리게 할 것이오. 쯔징께선 궁진을 보시거든 절대 내가 그 일을 알고 있더라는 말은 하지 마시오. 그저 나도 도독을 원망하더라는 말씀만 하면 되오이다."

......

저우위가 다시 물었다.

"쿵밍의 생각은 어떠하던가요?"

"그도 도독을 너무 매정하다며 원망을 하더군요."

저우위가 웃으면서 말했다.

"이번에는 감쪽같이 그를 속여넘겼구려!"

루쑤가 물었다.

"그게 무슨 말씀인가요?"

저우위가 설명했다.

"오늘 황가이를 호되게 매질한 것은 바로 계책이었소. 내가 그를 거짓 항복시키려니 우선 고육계를 써서 차오차오를 속여야 했소. 그러고 나서 화공을 쓴다면 이길 수 있을 것이오."

루쑤는 속으로 쿵밍의 높은 식견을 생각했지만 감히 입 밖으로 드러내 말을 할 수는 없었다.

......

저우위는 군사를 재촉해서 앞으로 나아갔다. 그러나 바츄巴丘에 당도하니 류펑劉封과 관핑關平이 군사를 거느리고 상류에서 물길을 막았다는 보고가 들어왔다. 저우위는 더욱 화가 치솟는데, 쿵밍이 사람을 시켜 글을 보내왔다는 보고가 들어왔다. ......

글을 읽고 난 저우위는 길게 한숨을 쉬더니 측근들을 불러 종이와 붓을 가져오게 하여 우 후에게 올리는 편지를 썼다. 그러고는 장수들을 모아 놓고 말했다.

"내가 충성을 다해 나라에 보답하고 싶지 않은 것은 아니나 하늘이 정해 준 목숨이 끝났구려. 그대들은 우 후를 잘 섬겨 다 함께 대업을 이루도록 하시오."

말을 마친 저우위는 정신을 잃고 까무라쳤다. 서서히 다시 정신을 차린 저우위는 하늘을 우러러 길게 탄식했다.

"이미 저우위를 생겨나게 하시고선 어찌 또 주거량을 내셨나이까?"

그러고는 연거푸 몇 차례 고함을 지르더니 죽었다. 이때 나이 36세였다.

(『삼국지연의』 제44회~57회)

반츤법反襯法

❖ 정의

앞서 살펴 본 대로 마오쫑강毛宗崗은 '정츤법'과 함께 '반츤법'을 운위했다. 이것은 '정츤법'과 달리 두 가지 다른 유형의 인물을 동등하게 혹은 주객 관계로 배치함으로써 강렬한 대비를 통해 독자에게 선명한 인상을 주는 기법으로, 진성탄金聖嘆은 이것을 '배면포분법背面鋪粉法'이라 불렀다.

❖ 실례

마오쫑강이 예로 든 『삼국지연의』 말고도 '반츤법'을 운용해 작중 인물의 성격을 대비시킨 예는 무척 많다. 『서유기西遊記』에 나오는 쑨우쿵孫悟空과 주바제猪八戒가 그러하고, 『금병매金瓶梅』에 나오는 우다武大와 우쑹武松 형제 역시 그러하다. 『경세통언警世通言』 중의 「두스냥이 노해서 보석상자를 강물에 빠뜨리다杜十娘怒沉百寶箱」에 나오는 남녀 주인공인 리쟈李甲와 두스냥杜十娘의 경우도 마찬가지다. 남자 주인공인 리쟈는 유약하고 이기적이며 의리가 없는 반면, 여자 주인공인 두스냥은 오히려 의지가 굳고 생각이 깊으며 자신의 연인에 대한 의리를 끝까지 지킨다. 이렇듯 진실과 거짓, 미와 추를 대비시킴으로써 작품의 예술 형상은 더욱 선명하게 드러나고 인물의 성격 역시 더욱 전형성을 띠게 되는 것이다.

『요재지이』 가운데 한 에피소드인 「먀오 생苗生」의 주요 등장인물인 궁 생龔生과 먀오 생苗生도 서로 다른 성격을 갖고 있다. 작자는 거칠고 호방한 먀오 생을 한 무리의 추악한 수재秀才들과 대비시킴으로써 먀오 생의 형상을 더욱 풍부하게 드러내고 있다.

❖ 예문

궁 생龔生은 민저우岷州 사람이다. 과거를 보기 위해 시안西安으로 가던 도중 여관에서 쉬다가 술을 사서 혼자 마시고 있는데, 훤칠하게 생긴 대장부 하나가 안으로 들어와 앉더니 그에게 말을 걸었다. 궁 생이 술잔을 들어 새로 온 손님에게 술을 권하자 그 사람도 사양하지 않았다. 그는 자기의 성이 먀오 씨苗氏라고 말했는데, 언사가 매우 거칠면서도 호탕했다. 궁 생은 그의 말투가 점잖지 못한 것이 마음에 걸려 매우 거만하게 굴었고 술이 바닥났는데도 더 사려고 하지 않았다. 먀오 생은 "조대措大[1] 놈과 마시다가는 정말로 사람 미치겠네."라고 말하면서 몸을 일으켜 부뚜막으로 가더니 술동이를 집어들고 왔다. 궁 생은 더 이상 마시지 않겠다고 사양했지만, 먀오 생은 그의 팔을 비틀며 마시라고 강권했다. 궁 생은 어깨가 으스러지듯 아팠으므로 부득이하여 몇 잔을 비웠다. 먀오 생은 스스로 커다란 사발에 술을 따라 마시더니 웃으면서 말했다.

---

1 가난한 선비에 대한 경멸적인 호칭.

"나는 손님 대접에 익숙하지 않다오. 가든 말든 당신 마음대로 하시오."

궁 생은 즉시 행장을 꾸려 길을 떠났다. 그런데 몇 리쯤 가자 타고 가던 말이 갑자기 병들어 쓰러지는 일이 생겼다. 궁 생은 길가에 주저앉아 말이 일어나기만을 기다렸다. 보따리마저 무거워 이러지도 저러지도 못하던 차에 먀오 생이 불쑥 나타났다. 그는 궁 생이 길바닥에 앉아 있는 까닭을 알게 되자 말 잔등에 실린 짐을 끌어내어 궁 생의 하인에게 넘겨주었다. 그러고 나서 자신은 말의 배때기를 어깨에 걸터 메고 이십 리가 넘는 길을 달려 여관으로 가더니 말을 내려 마구간에 매어놓았다. 한참이 지난 뒤 궁 생과 그의 하인이 여관에 당도했다. 궁 생은 그제서야 깜짝 놀라 먀오 생을 신처럼 우러르며 그를 매우 융숭하게 대접했다. 궁 생이 술을 사고 식사를 주문하여 먀오 생과 함께 먹으려고 하자, 그는 선뜻 나서며 이렇게 제지시켰다.

"나는 밥통이 매우 큰 사람이라오. 당신이 사는 알량한 식사는 나를 배부르게 할 수 없으니 술이나 실컷 마시게 하여주오."

그는 순식간에 술동이 하나를 다 비우더니 몸을 일으켰다.

"당신이 말을 치료하려면 아직 시간이 걸릴 거요. 나는 당신을 기다려 줄 수 없으니 먼저 갑니다."

말을 마치자 먀오 생은 작별 인사를 하고 그대로 가버렸다.

그 후 궁 생은 시험을 끝낸 뒤 서너 명의 벗을 불러 같이 화산華山에 올랐다. 모두들 땅바닥에 앉아 술상을 차려놓고 바야흐로 마시고 즐기려는 참인데 갑자기 먀오 생이 나타났다. 그는 왼손에는 커다란 술잔을, 오른손에는 돼지 다리를 하나 들고 와서 땅바닥에 내던지며 말했다.

"듣자 하니 여러분이 산에 올라 유람을 하신다기에 특별히 찾아왔습니다. 말석이라도 좋으니 동석하게 해주십시오."

모두들 자리에서 일어나 그와 인사를 나눈 다음 편하게 앉아서 흉금을 터놓고 술을 마셨다. 사람들이 연구聯句[2]를 하여 주흥을 돋우려고 하자 먀오 생이 나서서 반대했다.

"통쾌하게 술이나 마시면 즐거울 노릇인데 왜 하필 이 시간에 머리통 쥐어짜는 짓을 해야만 하나!"

사람들이 그 말을 듣지 않고 진구金谷의 벌칙[3]을 정하자, 먀오 생은 또 딴소리를 했다.

"시를 잘 못 짓는 놈이 있으면 군법에 의거해 죽여버립시다."[4]

사람들은 그 말을 듣고 웃으면서 말했다.

"시를 잘 못 짓는다고 해서 죽일 것까지야 있겠소?"

먀오 생이 그 말을 받았다.

"군법에 따르지 않는다면 나 같은 무부武夫도 연구를 지을 수 있겠군요."

맨 앞자리에 앉았던 진 생靳生이 첫 마디를 읊었다.

정상에 올라 사방을 굽어보니, 광활한 대지가 눈앞에 펼쳐 있네.
絕巘憑臨眼界空

---

2 시를 짓는 방식의 하나. 두 사람 혹은 여러 사람이 서로 한 줄씩 이어가며 시 한 편을 완성한다. 친구들끼리 술을 마실 때 응수應酬하는 경우에 많이 쓰인다.

3 시를 짓지 못하면 석 잔의 술을 마셔야 하는 벌칙. 『세설신어』「품조品藻」의 주석에서 진晉나라 스충石崇의 「진구 시 서金谷詩序」를 인용하여 진구의 벌칙을 설명하고 있다. 스충은 뤄양洛陽의 진구 골짜기에 집을 짓고 살았다. 정서대장군征西大將軍 왕쉬王詡가 창안長安에 돌아갈 때 환송하는 연회를 베푼 적이 있었다. 그때 "각자 시를 지어 가슴속의 정회를 털어놓았는데, 간혹 짓지 못하는 자가 있으면 벌주 세 말을 마시게 했다"고 한다. 이로부터 잔치에서의 벌주 석 잔을 '진구의 벌칙' 혹은 '진구 주수金谷酒數'라 부르게 되었다.

4 『한서』「고오왕전高五王傳」에 나오는 이야기다. 뤼 후呂后가 연회를 소집하며 주허 후朱虛侯 유장劉章에게 술을 감독하는 직책을 맡기자, 그는 군법으로 술을 돌리게 해달라고 부탁하여 그녀의 허락을 받아냈다. 잔치에 참석했던 뤼 씨呂氏들 가운데 한 사람이 술에 취해 자리를 뜨는 순간, 류장은 쫓아가 칼로 그의 목을 베었다고 한다.

먀오 생은 입에서 흘러나오는 대로 그 다음을 받아넘겼다.

타호를 두드려 박자를 맞추니 그릇 이빨이 다 나가고,[5] 칼 빛은 장
사의 붉은 마음을 맴도네. 唾壺擊缺劍光紅

그 다음 사람은 시구를 잇지 못하고 생각에 잠겨 한나절을 앉아 있었
다. 먀오 생이 견디다 못해 술병을 가져다 스스로 따라 마셨다. 연구는
앉은 순서대로 천천히 계속되었다. 그런데 갈수록 그 내용이 저속하게
변해해가자, 먀오 생이 갑자기 고함을 질렀다.

"이만큼 했으면 충분하오. 나를 용서한다면 이제 그만둡시다."

사람들은 그의 말을 귀 기울여 듣지 않았다. 먀오 생은 더 이상 참을
수가 없었던지 갑자기 산천이 쩌렁쩌렁 울리도록 용의 울음소리를 흉내
냈다. 그리고 또 몸을 일으키더니 굽혔다 폈다 하면서 사자춤을 추기
시작했다. 이러는 바람에 시를 짓던 흐름이 끊겨 사람들은 더 이상 연구
를 지속하지 않고 다시 술잔을 돌리며 술을 마시게 되었다. 그때는 모두
들 절반쯤 취해 얼근하던 참이었다. 사람들은 다시금 각자의 과거 시험
문장들을 암송하기 시작하더니 또 서로를 추켜세우며 칭찬하기에 바빴
다. 먀오 생은 그런 시답잖은 말들은 듣고 싶지 않았기 때문에 궁 생을
잡아당겨 활권豁拳을 했다. 승부가 여러 번 뒤바뀐 다음에도 사람들이
팔고문 외우는 일을 그만두지 않자, 먀오 생은 버럭 소리를 질렀다.

---

5 『진서晉書』의 기록에 의하면, 왕둔王敦은 술만 마시면 타호를 두드려 박자를 맞추면
서 차오차오曹操가 지은 "늙은 천리마 마구간에 매였지만, 그 뜻은 언제나 중원을 달리노
라. 용맹한 무사 늙었다 해도 웅대한 그 기상 아직 죽지 않았네.老驥伏櫪, 志在千里; 烈士
暮年, 壯心不已"라는 시를 읊었다 한다. 시의 내용과 자기 재능을 펼치고 싶은 장렬하고
격정적인 마음이 일치되는 순간 박자를 두들기는 그의 손에는 자연히 힘이 가해져 그릇의
이빨이 모두 빠져나갔다고 한다.

"당신들이 어떤 글을 지었는지 충분히 알아들었소이다. 이 문장들은 침대맡에서 마누라에게나 읽어주면 족한 것들이오. 이처럼 넓은 장소에서 여러 명이 동시에 재잘거리니 정말 짜증이 나서 못 견디겠군."

사람들은 먀오 생의 호통에 부끄러운 기색을 나타내면서도 한편으론 그의 무례함에 화가 나 일부러 더욱 큰소리로 읊어대기 시작했다. 먀오 생도 화가 머리끝까지 났다. 그는 땅바닥에 엎드려 큰소리로 울부짖더니 곧바로 호랑이로 변해 사람들에게 달려들었다. 그리고 하나하나 물어 죽인 다음에야 포효하면서 가버렸다. 물려 죽지 않은 사람은 오직 궁 생과 진 생 두 사람뿐이었다. ……

(『요재지이』「먀오 생苗生」)

배면포분법背面鋪粉法

❖ 정의

'배면포분법' 역시 진성탄金聖嘆의 「독제오재자서법讀第五才子書法」가
운데 하나이다.

> 배면포분법背面鋪粉法이라는 것이 있다. 이것은 쑹쟝의 간사함을
> 드러내려다가 생각지도 않게 리쿠이의 진솔함을 드러내고, 스슈石秀
> 의 날카로움을 드러내려다가 오히려 양슝揚雄의 어리석음을 드러내
> 는 것과 같은 것이다. 有背面鋪粉法, 如要襯宋江奸詐, 不覺寫作李逵
> 眞率; 要襯石秀尖利, 不覺寫作揚雄糊塗是也。

이것은 달리 '배면부분법背面敷粉法', '형격법形擊法', '반츤법反襯法'이
라고도 부른다. 이것은 원래 그림을 그릴 때 종이의 앞 뒤 양쪽에 백분
을 발라 화상을 선명하게 드러나게 하는 것을 말한다. 소설에서는 다른
인물이나 사물에 의해 주요인물을 돋보이게 하는 것이다. 이렇게 함으
로써 직접적인 묘사로는 도달할 수 없는 효과를 나타낼 수 있는 동시에
작자의 인물에 대한 주관적인 평가를 객관적인 성격 묘사 속에 감출 수
있게 된다.

❖ 실례

『수호전』 제40회에서 량산보梁山泊의 호한들이 무위군無爲軍을 치고 난 뒤 쑹쟝은 짐짓 여러 두령들 앞에 무릎을 꿇고 말하는데, 갑자기 리쿠이李逵가 나서 상황을 정리한다. 이것은 본래는 쑹쟝의 간사함을 드러내기 위한 것이었는데, 오히려 그로 인해 리쿠이의 진솔함이 드러난 것이라 할 수 있다.

이는 『수호전』 제44회에서도 마찬가지다. 스슈石秀는 성격이 치밀하고 세심한 사람인데 반해 양슝楊雄은 그와 대조적으로 성격이 흐리멍텅하고 어리석다. 곧 본래는 스슈의 치밀한 성격을 드러내려 한 것인데, 결과적으로는 사람의 말을 쉽게 믿고 사리 판단에 어두운 양슝의 부정적인 측면을 두드러지게 하고 있는 것이다.

❖ 예문

황원빙黃文炳의 숨이 끊어진 것을 보자 여러 호한들은 모두 초당에 와서 쑹쟝에게 경하했다. …… 그런데 쑹쟝이 문득 땅에 꿇어 앉는지라 여러 두령들도 황망히 꿇어앉으면서 이구동성으로 말했다.

"형장께서 무슨 일로 이러시는지 어서 말씀하시오. 우리 형제들은 다 듣겠습니다."

"소인이 불민하나 어려서 아전 일을 익혔고, 처음 세상에 나서면서부터 천하의 호한들과 사귀려 하였습니다. 그러나 연분이 없고 힘이 모자라는 데다 재능도 없어 호한들을 접대하여 평생 소원을 이루고자 했던 것이 뜻대로 되지 못했습니다. …… 여러 호걸들이 위험을 무릅쓰고 범의 굴에 뛰어들어 저의 목숨을 구해 주고 저를 도와 원수를 갚게 해준 은혜에 감사를 드립니다. 이처럼 큰 죄를 범하여 두 고을을 발칵 뒤집어놓았으니 필시 장계가 올라갔을 것입니다. 그래서 이 쑹쟝은 량산보에 올라 형님에게 의탁하지 않으려야 않을 수 없게 되었는데 다른 분들의 의사는 어떠하신지 잘 알 수 없습니다. 따라가려는 분들은 물건을 수습하여 곧 떠나도록 하고 가기를 원치 않는 분들은 존명을 따르겠습니다. 그러나 이미 있은 일이 탄로 나면 누가 미칠까 걱정되니 잘 생각하기 바랍니다."

말이 채 끝나기도 전에 리쿠이가 뛰어 일어나면서 말했다.

"모두 갑시다. 안 가겠다는 놈은 이 도끼로 두 토막을 내겠소."

(『수호전』 제40회)

방고측격법旁敲側擊法

❖ 정의

작자가 글을 쓸 때 말 속에 또 말이 있고話裏有話, 현弦 바깥에 음이 있는弦外有音 경우가 있다. 곧 표면적으로 드러난 의미뿐 아니라 자세히 음미할 때 또 다른 의미가 포함되어 있는 것이다. 이러한 '말'과 '음'이 야말로 작자가 드러내 보이고자 하는 진정한 목표라 할 수 있다. 이런 방법을 일러 '방고측격법'이라 한다.

❖ 실례

주지하는 대로 『홍루몽』은 쟈바오위賈寶玉와 린다이위林黛玉의 애정 비극을 주요한 정절로 삼으면서, 봉건 가족의 황음荒淫과 부패상을 폭로하고 봉건제도가 붕괴한 끝에 결국 멸망해 가는 운명을 그려낸 작품이다. 작자인 차오쉐친曹雪芹은 제2회에서 일종의 '국외자'인 렁쯔싱冷子興의 입을 빌려 룽궈푸榮國府의 사정을 설명하고 있는데, 이렇게 함으로써 방대한 규모의 『홍루몽』을 읽는 독자가 룽궈푸와 닝궈푸의 주요 인물들과 사건을 일목요연하게 파악할 수 있게 된다. 그렇지 않으면 인물들이 등장할 때마다 다시 소개를 해야 하는 번거로움이 있어 문장이 늘어지는 등의 폐단이 있게 된다. 이 점에 대해 이 작품을 몽골어로 번역한 카쓰부哈斯寶의 다음과 같은 말은 매우 적절한 지적이라 할 수 있다. "이 자리에서 늘어놓은 말로 룽궈푸와 닝궈푸에서 일어난 수많은 일과 수많은 사람들이 이 회(제2회)에 등장하지 않더라도 오히려 모두 종이 위에 살아 움직이며 마치 이 회에 등장한 듯하니, 이것이 바로 '방고측격법'이다."

❖ 예문

귀찮아진 쟈화賈化[1]는 곧 밖으로 나왔다. 그리고 주막에 가서 술이나 몇 잔 마시며 산야의 정취를 감상하고 흥이나 돋울 요량으로 천천히 걸음을 옮겼다.

......

그러던 중 쟈화가 물었다.

"요즘 경사에 무슨 새로운 소식이라도 있습니까?"

"뭐 새로운 소식이랄 건 없지만, 그래도 선생 집안에 사소하지만 이상한 일이 하나 있긴 있었지요."

"허허 그래요? 그런데 경사에는 저희 집안 사람이 아무도 살지 않는데 무슨 말씀인지 모르겠습니다 그려."

"하하, 선생과 성이 같으니 일가는 일가 아니겠소?"

쟈화가 어느 집안이냐고 묻자 렁쯔싱冷子興이 대답했다.

"룽궈푸榮國府 쟈 씨 집안에서 일어난 일입니다. 그런데 그 집안의 일이 선생 가문에 누가 되지는 않겠지요?"

---

1 자는 스페이時飛, 별호는 위춘雨村이다.

"허허, 그 집안이었군요. 뭐 따지고 보면 저희 집안에도 사람이 적진 않습니다. 동한東漢 때의 쟈푸賈復 이래로 자손이 번성하여 각 지역마다 터전을 잡고 있으니, 누가 그 수를 다 헤아릴 수 있겠습니까? 룽궈공 파榮國公派만 하더라도 일가가 맞긴 하지만 그 집안은 대단한 부귀를 누리고 있으니, 우리 같은 처지로는 가까이 지내기가 불편하지요. 그러니 지금은 서로 알아보지도 못하게 되었습니다."

렁쯔싱이 탄식하며 말했다.

"선생, 그런 말씀 마시구려. 지금 저 닝궈 푸寧國府와 룽궈 푸도 예전과는 비교할 수 없을 만큼 집안이 적막해지고 말았답니다."

"그 두 집안에는 식솔들이 아주 많을 텐데 어째서 적막해졌다는 겁니까?"

"그러게 말입니다. 얘기하자면 깁니다."

"작년에 제가 진링金陵 땅에 갔을 때, 육조六朝의 유적을 유람해볼까 하고 어느 날 스터우 성石頭城에 들어가던 차에 그 댁 대문 앞을 지나간 적이 있었지요. 거리 동쪽은 닝궈푸이고 서쪽은 룽궈푸인데, 두 댁이 서로 이어져 거리의 대부분을 차지하고 있더군요. 대문 앞은 사람 하나 없이 썰렁했지만, 담 너머로 보니 안쪽에 대청이며 누각들이 여전히 으리으리하게 솟아 있습니다. 뒤쪽 정원에도 나무와 가산假山, 바위들이 아직 무성하게 윤기를 뽐내고 있던데, 그게 어디 기울어 가는 집안의 모습이란 말입니까?"

"하하, 선생은 진사 출신이니 당연히 세상사를 잘 모르시겠지요! 옛말에 '지네는 죽어도 굳어지지 않는다百足之蟲, 死而不僵'라고 하지 않습니까? 지금은 비록 옛날처럼 그렇게 흥성하지 않지만, 보통 벼슬아치 가문에 비하면 아무래도 형편이 다르지요. 하지만 집안에 나날이 사람도 많아지고 일도 계속 늘어나는데, 주인이나 하인들 모두 편안하게 부귀영화를 누리려고만 하고 살림을 꾸려나갈 계획을 세우려는 이는 하나도 없습니다. 나날이 쓰는 겉치레 비용도 줄이지 못하니, 비록 밖으로 드러난 틀은 변함없이 부유해 보여도 안쪽 주머니는 바닥나고 있습니다. 그래도 그건 아무 것도 아니지요. 그보다 더 큰일이 있어요. 그렇게 위세 높은 귀족 가문이요 학식 있는 선비 집안의 아들 손자들이 대를 내려갈수록 점점 더 못났단 말입니다!"

쟈화도 그 말을 듣고 놀라며 말했다.

"그렇게 학문과 예법을 숭상하는 집안에서 교육을 잘못했을 리 있겠습니까? 다른 가문이라면 몰라도 닝궈푸와 룽궈푸라면 자녀 교육에 아주 신경 쓸 텐데요."

"허, 지금 얘기하고 있는 게 바로 그 두 가문 아닙니까! 제 얘기 좀 들어보세요. 닝궈 공과 룽궈 공은 한 어머니에게서 태어난 형제이지요. 형 닝궈 공은 아들 넷을 두었습니다. 그 분이 돌아가신 후 쟈다화賈代化가 관직을 세습했는데, 그 역시 두 아들을 두었습니다. 큰아들은 이름이 쟈푸賈敷인데 여덟 살인가 아홉 살 무렵에 죽어버리고, 둘째 아들 쟈징賈敬이 관직을 물려받았습니다. 하지만 그는 지금 그저 도를 닦으면서 장생불사의 신선이 되는 단약을 만드는 일에만 열중하고 있습니다. 다행히 그는 젊은 나이에 쟈전賈珍이라는 아들을 하나 두었는데, 오로지 신선이 될 생각만 하고 다른 일에는 전혀 신경 쓰지 않는 쟈징은 벼슬을 이 아들에게 물려주었습니다. 쟈징은 고향으로 돌아가려고도 하지 않고 경사의 성 밖에서 도사들과 어울려 빈둥거리고 있지요. 그리고 쟈전 서방님도 아들을 하나 낳았는데, 이제 겨우 열여섯 살 된 쟈룽賈蓉입니다. 그런데 지금 쟈징 나리가 아무것도 상관하지 않고 있으니 쟈전 서방님이 공부를 할 리가 있겠습니까? 그저 놀고 즐기기만 할 뿐 닝궈푸를 다 뒤집어 먹고 있는데도 누구 하나 감히 나서서 단속하지 못하고 있습니다."

계속 말을 이었다.

"이제 룽궈 푸 이야기를 할 테니 들어보시구려. 방금 이야기한 이상한 일이라는 게 바로 여기서 일어난 일입니다. 룽궈 공이 돌아가신 후에 큰아들 쟈다이산賈代善이 관직을 물려받았고, 진링 땅에서 대대로 살아온 명가 훈족의 스 후史侯 댁 딸을 아내로 맞아 아들 둘을 낳았습니다. 큰아들은 쟈서賈赦이고, 작은아들은 쟈정賈政이지요. 쟈다이산께서는 이미 세상을 떠나셨고, 태부인賈母께서는 아직 살아계시는데, 큰아들 쟈서가 관직을 물려받았습니다. 둘째 아들 쟈정은 어려서부터 공부하기를 아주 좋아해서 조부와 부친이 무척 아끼셨지요. 원래는 과거시험에 급제시켜 벼슬살이를 하게 해줄 요량이셨답니다. 그런데 뜻밖에 쟈다이산이 돌아가실 때 남긴 유표遺表를 황상께 올리니 황상께서 옛 신하를 동정하셔서 즉시 큰아들에게 관직을 물려받게 하라고 명을 내리시고, 또 아들이 몇 명 있는지 물으시며 즉시 불러들여 만나보셨습니다. 그리고 쟈정 나리에게 특별히 주사主事의 직함을 내리시면서 '부部'에 들어가 공부하게 해주셨지요. 현재 그 분은 원외랑員外郎으로 승진하셨습니다. 쟈정 나리의 부인 왕 씨가 낳은 첫아들이 쟈주賈珠인데, 열네 살에 수재 소리를 들었습니다. 쟈주는 스무 살이 채 안 되어 결혼하고 아들을 하나 낳은 후 그만 병으로 세상을 뜨고 말았지요. 왕 부인은 둘째로 딸을 낳았는데, 이 딸은 정월 초하루에 태어났으니 참 신기한 일이지요. 뜻밖에도 나중에 아들이 하나 더 태어났는데, 이 아들 얘기를 하자면 더욱 신기합니다. 이 아들은 태어날 때 입에 오색이 영롱한 옥구슬을 물고 있었는데, 그 위에 아주 많은 글자가 새겨져 있었답니다. 그래서 이름을 쟈바오위賈寶玉라고 지었다지요. 정말 신기하고 이상한 일 아닙니까?"

(『홍루몽』 제2회)

백묘법白描法

❖ 정의

'백화白畵'라고도 부르는 '백묘법'은 순전히 묵선으로만 윤곽선을 그리되 채색을 덧입히지 않는 것을 말한다. 이것을 소설 평점에 최초로 운용한 이는 진성탄金聖嘆으로, 장주포張竹坡 역시 이 개념에 대한 해석을 한 바 있다. 장주포는 백묘란 최소의 필묵으로 사물의 동태와 풍모를 그려냄으로써 사물의 생명을 불어넣는 것이라 했다.

❖ 실례

『금병매』 제4회에서 시먼칭西門慶과 판진롄潘金蓮이 서로 희롱하는 대목은 형용사도 몇 개 없고, 정태적인 심리 분석도 없으며, 얼굴 표정에 대한 세부 묘사도 없이 순수하게 백묘 수법을 운용해 묘사한 것이다. 다만 판진롄이 다섯 차례 고개를 숙이고, 일곱 차례 웃는 모습을 담담히 그려냈으되, 음탕한 여인의 모습을 "모발이 모두 움직이고", "엄연히 종이 위에 살아 움직이게 해 그 소리가 들리고 그 모습이 보이는 듯" 만들었다. 이것은 장주포가 『금병매』 제4회 회수총평에서 지적한 것과 똑같다. "다섯 차례 고개를 숙이되 오묘한 것은 한 차례 고개를 돌리는 데 있다. 일곱 차례 웃음 가운데 오묘한 것은 웃음을 띠는 데 있다. 웃으면서 미소를 띠고, 웃으면서 작은 소리로 말하고, 작은 소리로 웃되 웃으면서 그를 마다하지 않고, 발끝으로 차면서 웃고, 웃으며 말하는 것이 종이 위에서 살아 움직이는 것 같다." 판진롄의 형상이 "종이 위에 살아 움직이는 것 같은 것"은 "일부러 꾸미거나 조작을 한 게" 아니라 "다섯 번 고개를 숙이고, 일곱 번 웃는" '백묘'를 통해 드러났기 때문이다. 여기서 고개를 숙이고 웃는 것은 '형形'과 '신神'이 통일된 것이고, 판진롄의 마음을 투시하는 하나의 거울인 셈이다.

❖ 예문

시먼칭은 건너편에 앉아 줄곧 게슴츠레한 눈으로 그녀를 바라보다 물었다.

"아주머니 성이 뭐라셨지요? 깜빡 잊었네요."

부인은 **고개를 숙이고 웃음을 띤 채** 대답했다.

"우武 씨 성이에요."

시먼칭은 일부러 못 들은 체 하며 말했다.

"두堵 성이시라고요?"

부인은 **고개를 다른 쪽으로 돌리며 웃으면서** 작은 목소리로 말했다.

"귀가 먹으셨나 봐"

시먼칭이 말했다.

"피, 잊어먹었다니까. 우 씨 성이라면, 우리 칭허 현淸河縣에는 우 씨 성 가진 이가 오히려 많지 않지만 현청 앞에서 떡을 파는 우 대랑武大郎이라고도 부르는 세 치 짜리 우 가가 있긴 한데, 설마 아주머니네는 아니겠지?"

부인은 이 말을 듣고 얼굴이 새빨개져서는 **고개를 숙이고 미소를 띤 채** 말했다.

"제 남편이랍니다."

시먼칭이 듣고는 한동안 소리를 내지 못하고 멍한 얼굴로 있다가 짐짓 자기도 모르게 불만스럽다는 듯 말을 내뱉었다. 부인은 **웃으면서** 그를 흘겨보고는 작은 목소리로 말했다.

"자기는 뭐 웬수진 일도 없으면서 무슨 불만을 늘어놓누!"

시먼칭이 말했다.

"내가 임자를 대신해서 불만을 토로한 걸세."

각설하고 시먼칭이 입에서 아주머니가 어쩌구 아주머니가 저쩌구 하면서 주절대는 동안, 이 부인네는 **고개를 숙이고** 치맛단을 말아쥐고, 또 한편으로는 옷소매를 물어뜯으며 옷소매가 헤지는 소리를 냈다. 그를 흘깃거리며 쳐다보니 시먼칭은 덥다는 핑계로 녹색 겹옷을 벗으며 말했다.

"번거롭지만 아주머니가 내 대신 그쪽에 좀 걸어주시구랴."

이 부인네는 잠자코 옷소매를 물어뜯으며 다시 몸을 돌려 그의 옷을 받지 않으며 작은 소리로 웃으며 말했다.

"자기는 손모가지가 부러졌나 공연히 사람을 부려먹네."

시먼칭이 웃으며 말했다.

"아주머니가 안 해준다면 내 스스로 할 수밖에."

그러고는 손을 뻗어 탁자 위에서 침상으로 옮겨가다가 일부러 탁자 위를 쓸어 젓가락 하나를 떨어뜨렸다. 그런데 일이 되려는지 젓가락이 판진롄의 치마 밑에 떨어졌다. 시먼칭은 부인에게 술을 따라주니 부인은 **웃으면서 마다하지 않았다.** 그는 젓가락으로 안주를 집어먹으려니 한 짝이 보이지 않았다. 진롄은 고개를 숙이고 **발끝으로 차면서 웃으며**

말했다.

"이거 임자 거 아녜요?"

시먼칭은 그 소리를 듣고 진롄 쪽으로 가면서 말했다.

"이게 여기 있었구나."

허리를 숙여 젓가락은 집지 않고 비단으로 수를 놓은 신발을 한번 꼬집었다. 부인은 **웃으며 말했다.**

"뭐 하는 짓이야! 소리를 질러버릴 테야."

시먼칭은 황급히 두 무릎을 꿇고 말했다.

"아주머니 저 좀 살려주시구랴."

이렇게 말하면서 그녀의 속바지를 쓰다듬었다. 부인은 손사레를 치며 말했다.

"이런 쓰레기 같은 인간 같으니라구. 따귀를 한 대 올려붙일까 보다."

시먼칭은 웃으며 말했다.

"당신한테 맞아 죽는다면 그 또한 좋은 일이지."

그리고는 불문곡직 왕 노파의 침상으로 안고 가서 옷을 벗고 동침했다. ……

(숭정본 『금병매』 제4회)

西門慶坐在對面, 一徑把那雙涎瞪瞪的眼睛看着他, 便又問道:"却才到忘了問娘子尊姓"婦人便**低着頭***帶笑的*回道:"姓武."西門慶故做不聽得, 說道:"姓堵"那婦人却**把頭又別轉着**, *笑着低聲*說道:"你耳朵又不聾."西門慶笑道:"呸, 忘了! 正是姓武. 只是俺清河縣姓武的却少, 只有縣前一個賣飲餅的三寸丁姓武, 叫做武大郎, 敢是娘子一族么"婦人聽得此言, 便把臉通紅了, **一面低着頭***微笑道*:"便是奴的丈夫."西門慶聽了, 半日不做

聲, 呆了臉, 假意失聲道屈. 婦人一*面笑着*, 又斜瞅了他一眼, 低聲說道:
"你又沒冤枉事, 怎的叫屈"西門慶道: "我替娘子叫屈哩"却說西門慶口
里娘子長娘子短, 只顧白嘈. 這婦人**一面低着頭**弄裙子兒, 又一回咬着衫
袖口兒, 咬得袖口兒格格駁駁的響, 要便斜溜他一眼兒. 只見這西門慶推
害熱, 脱了上面綠紗褙子道: "央煩娘子替我搭在干娘護炕上." 這婦人只顧
咬着袖兒別轉着, 不接他的, *低聲笑道*: "自手又不折, 怎的支使人"西門
慶笑着道: "娘子不與小人安放, 小人偏要自己安放." 一面伸手隔桌子搭
到床炕上去, 却故意把桌上一拂, 拂落一只箸來. 却也是姻緣湊着, 那只
箸兒剛落在金蓮裙下. 西門慶一面斟酒勸那婦人, 婦人*笑着不理他*. 他却
又待拿起箸子起來, 讓他吃菜兒. 尋來尋去不見了一只. 這金蓮**一面低着
頭**, *把脚尖兒踢着, 笑道*: "這不是你的箸兒"西門慶聽說, 走過金蓮這邊
來道: "原來在此." 蹲下身去, 且不拾箸, 便去他繡花鞋頭上只一捏. 那婦
人*笑將起來*, 說道: "怎這的羅唣! 我要叫了起來哩"西門慶便雙膝跪下說
道: "娘子可憐小人則個"一面說着, 一面便摸他褲子. 婦人又開手道: "你
這歪廝纏人, 我却要大耳刮子打的呢"西門慶笑道: "娘子打死了小人, 也
得個好處." 于是不由分說, 抱到王婆床炕上, 脱衣解帶, 共枕同歡.

보금균수법補錦勻綉法

❖ 정의

　'보금균수법補錦勻綉法'은 문자 그대로의 뜻은 '천을 덧대 비단을 깁고 바늘을 놀려 자수를 가지런히 하는 것'을 말한다. 마오쭝강毛宗崗은 『삼국지독법』에서 다음과 같이 말했다. "무릇 서사 기법은 이 편에서 모자라는 것은 저 편에서 채우고, 상권에서 남은 것은 하권에 나누어 고르게 하는 법이다此篇所闕者補之於彼篇, 上卷所多者勻之於下卷." 이러한 '보금균수법'의 효과는 "앞의 글이 늘어지지 않게 할 뿐만 아니라 뒤의 글 또한 적막하게 되도록 놔두지 않고, 앞의 사건에서 빠지는 것이 없게 할 뿐만 아니라 뒤에 오는 사건 역시 지나치지 않게 하는不但使得前文不拖沓, 而亦使后文不寂寞, 不但使前事不遺漏, 且又使后事增渲染"데 있다.

　이때 전제가 되는 것은 '작자의 마음속에 미리 전체적인 틀에 대한 구상이 있어야 한다胸中成竹'는 것이다. 그렇기 때문에 전체적인 구상이 없이 되는 대로 이야기를 펼쳐나가다가는 앞뒤의 대칭이 맞지 않고 균형도 맞지 않게 된다. 곧 '보금균수법'은 결코 "마음속에 바닥이 없는 것心中無底"이 아니다. 마오쭝강은 이렇게 함으로써, "앞에서는 발자국을 남겨 뒤와 호응하고, 뒤에서는 앞과 호응하여 돌이켜 비춰보게 한다. 사람들에게 이를 읽어보게 한다면 진정 [이렇게 긴] 한 편의 소설이

[짧은 글] 한 구절과 같이 긴밀하게 얽혀 있는 것을 알 수 있을 것前能留
步以應後, 後能回照以應前, 令人讀之, 眞一篇如一句"이라 말했다.

❖ 실례

　마오쭝강은 『삼국지연의』에서 '보금균수법'을 활용한 예로 다음과
같은 것들을 들었다.

　　이를테면, 뤼부呂布가 차오뱌오曹彪(?~196년)의 딸을 취한 일은
본디 쉬저우徐州를 빼앗기 전의 일[1]인데, 도리어 그가 샤피下邳에서
곤경에 처했을 때[2]에야 이 일을 서술했다.
　　차오차오曹操가 병사들로 하여금 매실을 떠올리게 하여 목마름을
멎게 한 일은 본디 장슈張繡를 공격하던 무렵의 일인데, 오히려 푸른
매실을 따고 술을 데워 류베이와 마시던 때[3]에 이 일을 서술했다.
　　관닝管寧이 화신華歆(157~231년)의 속됨을 싫어하여 자리를 따로
앉은 일은 본디 화신이 벼슬을 하기 전의 일인데, 도리어 차오차오의
명을 받고 화신이 벽을 부수고 숨어있던 푸 황후伏皇后를 끌어냈을
때[4]에 그 일을 서술했다.
　　우 부인吳夫人이 품에 달이 들어오는 꿈을 꾸었던 것은 본디 쑨처
孫策를 낳으려 할 때 있었던 일인데, 오히려 임종 시 유언을 남길 때[5]
에야 이 일을 서술했다.
　　주거량이 황 씨黃氏를 배우자로 삼았던 것은 본디 삼고초려 이전

1　제14회.
2　제16회.
3　제21회.
4　제66회.
5　제38회.

의 일[6]인데, 도리어 그의 아들 주거잔諸葛瞻이 재난을 만나 죽을 때[7]에 이르러서야 이 일을 서술했다.

이와 같은 예는 이루 다 헤아릴 수 없다.

如呂布取曹豹之女, 本在未奪徐州之前, 却于困下邳時敍之; 曹操望梅止渴, 本在擊張繡之日, 却于靑梅煮酒時敍之; 管寧割席分坐, 本在華歆未仕之前, 却于破壁取后時敍之; 吳夫人夢月, 本在將生孫策之前, 却于臨終遺命時敍之; 武侯求黃氏爲配, 本在未出草廬之前, 却于諸葛瞻死難時敍之。

이 가운데 제16회에서 차오차오曹操가 장슈張繡를 공격하던 일과 제21회에서 푸른 매실을 따고 술을 데워 류베이를 초청해 술을 마신 일을 예로 들겠다. 차오차오가 장슈를 친 제16회의 내용은 다음과 같다. 차오차오는 병사 15만을 일으켜, 세 길로 나누고 자신이 직접 장슈를 정벌한다. 장슈의 참모 쟈쉬賈詡는 차오차오 군의 기세가 강하니 항복할 것을 권고하고, 장슈는 그의 말을 따른다. 장슈가 차오차오에게 잘 보이려고 매일 연회를 베풀어 차오차오를 초청했으나, 차오차오는 도리어 장슈의 숙모인 쩌우 씨鄒氏를 진영으로 불러들여 향락을 추구하며 즐겨 놀았다. 이 사실을 알게 된 장슈는 그 모욕을 참지 못하고 쟈쉬와 몰래 모의하여, 차오차오가 즐기며 놀고 있을 때를 틈타 사방에 불을 지르고 군사를 동원해 차오차오를 죽이려 했다. 이에 앞서 차오차오의 측근인 용맹한 장수 뎬웨이典韋를 술에 취하게 만들고 그의 쌍철극을 몰래 훔쳐 숨겨두었다. 결국 뎬웨이는 혼자 장슈의 군사들과 맞서 싸우다 죽고, 차오차오는 그 사이 말을 타고 탈출한다. 그러나 도망가던 중

---

6 제37회.
7 제117회.

조카인 차오안민曹安民이 척살 당하고 차오차오가 타고 가던 말도 화살을 맞고 죽는다. 위기에 빠진 차오차오를 구하기 위해 장남인 차오양曹昻이 아비를 위해 자신의 말을 양보하고 그 자신은 날아오는 화살에 맞아 죽는다. 겨우 사지를 벗어난 차오차오는 위진于禁 덕분에 목숨을 구하고 장슈의 군사를 물리친다.

차오차오는 이로부터 5회가 지난 제21회에서 이때의 일을 다시 거론하며, 흔히 '망매지갈望梅止渴'이라 알려진 고사를 이야기한다. 차오차오는 큰 뜻을 감추고 자신에게 몸을 의탁하고 있던 류베이를 찾아가 함께 술을 마시며 당시의 위급한 상황을 보충 설명했던 것이다. 이렇게 앞서 일어났던 사건의 한 대목을 뒤에 다시 서술함으로써 "비단을 깁고, 자수를 가지런히 하는" 효과를 충분히 발휘하고 있다. 이것이 '보금균수법'이다.

❖ 예문

차오차오는 그의 말을 좇아 마침내 봉군도위 왕쩌王則에게 관직을 내리는 한편 15만 대군을 일으켜 친히 장슈를 토벌하러 나섰는데 군사를 세 길로 나누어 나가게 하고 샤허우둔夏侯惇을 선봉으로 삼았다. 전군은 위수이淯水에 이르러 영채를 세웠다.

쟈쉬가 장슈에게 권했다.

"차오차오의 세력이 너무 커서 대적할 수 없습니다. 차라리 성을 들어 항복하는 편이 낫겠습니다."

장슈는 그 말을 따르기로 하고 쟈쉬를 차오차오의 영채로 보내 항복할 뜻을 전하게 했다. 무엇을 물어도 흐르는 물같이 거침없이 대답하는 쟈쉬를 보고 차오차오는 매우 탐이 나서 그를 모사로 쓰고 싶었다. 그러나 쟈쉬는 사절했다.

"저는 지난날 리췌李催를 따르면서 천하에 죄를 지었습니다. 지금은 장슈를 따르는데 저의 말이라면 다 들어 주고 제가 내는 계책이면 다 써 주니 차마 버릴 수가 없습니다."

이에 하직하고 돌아갔다. 이튿날 쟈쉬가 장슈를 데리고 와서 차오차오에게 알현시켰다. 차오차오는 장슈를 매우 후하게 대접했다. 차오차오는 군사를 일부만 거느리고 완청宛城으로 들어가고 나머지 군사들은 성밖에 나누어 주둔시켰는데, 그 영채와 목책이 10여 리나 이어졌다. 성안에 머무는 며칠 동안 장슈는 매일같이 차오차오를 청하여 잔치를 베풀었다.

하루는 술에 취한 차오차오가 침소로 돌아와 곁에서 모시는 자들에게 가만히 물었다.

"이 성 안에 기녀가 있느냐?"

차오차오 형의 아들인 차오안민이 차오차오의 속뜻을 알아차리고 은밀히 대답했다.

"지난밤 제가 관사 곁을 엿보다 한 부인을 발견했는데, 엄청난 미인이었습니다. 물어 보니 장슈의 숙부인 장지張濟의 처라고 하더이다."

차오차오는 듣고 나서 즉시 차오안민에게 무장한 군사 50명을 거느리고 가서 그 여인을 잡아 오게 했다. 잠시 후 군중으로 잡아왔는데 차오차오가 보니 과연 아름다웠다. 성을 묻자 부인이 대답했다.

"소첩은 장지의 처 쩌우 씨입니다."

……

"내가 장슈의 항복을 받아 준 것은 부인 때문이었소. 그렇지 않았다면 멸족시켰을 것이오."

이 말에 쩌우 씨는 절을 올리며 사례했다.

"살려주신 은혜 정말 감사하나이다."

……

이날 밤 두 사람은 휘장 안에서 함께 잤다.

……

차오차오는 매일 쩌우 씨와 즐기면서 돌아갈 생각을 하지 않고 있었다.

이때 장슈의 집 하인이 이 사실을 장슈에게 은밀히 알렸다. 장슈는 크게 노했다.

"차오차오 도적놈이 나를 너무도 심하게 모욕하는구나!"

즉시 쟈쉬를 불러 대책을 의논하니 쟈쉬가 말했다.

"이 일이 새어나가면 안 됩니다. 내일 차오차오가 군막으로 나와서 업무 보기를 기다려 이러저러하게 하는 것이 좋겠습니다."

……

그러나 뎬웨이의 용맹이 두려워서 쉽게 접근할 수가 없었다.

……

"뎬웨이가 두려운 것은 쌍철극을 쓰기 때문입니다. 주공께서 내일 그를 초대해 술을 잔뜩 먹여서 돌려보내십시오. 그때 제가 그를 따라온 군사들 틈에 섞여 몰래 군막으로 들어가 우선 쌍철극부터 훔쳐내겠습니다. 그러면 이 사람을 두려워할 필요가 없을 것입니다."

……

이 날 밤 차오차오가 군막 안에서 쩌우 씨와 술을 마시고 있는데 갑자기 군막 밖에서 사람 소리와 함께 말울음 소리가 들렸다. 사람을 내보내 알아보게 했더니 장슈의 군사가 야간 순찰을 돌고 있다고 했다. 차오차오는 더 이상 의심하지 않았다. 그런데 2경이 가까워졌을 무렵 문득 영채 안에서 고함 소리가 일어나더니 말에게 줄 꼴을 실은 수레에서 불이 났다고 했다. 차오차오가 지시했다.

"군사들이 실수로 불을 낸 것 같으니 놀라지들 말라."

조금 지나자 사방에서 불길이 치솟았다. 차오차오는 그제야 사태의 심각성을 깨닫고 허둥거리며 다급하게 뎬웨이를 불렀다. 뎬웨이는 한창 술에 골아 떨어져 자고 있는 판인데 꿈결에 징소리, 북소리, 고함소리가 요란하게 들려오는지라 자리에서 벌떡 몸을 일으켰다. 그러나 아무리 찾아보아도 쌍철극이 보이지 않았다. 적병은 이미 원문까지 들이닥쳤다. 뎬웨이는 급히 보졸이 차고 있던 칼을 뽑아 들었다. 원문 앞을 보니 무수한 군마가 저마다 긴 창을 꼬나들고 큰 영채 안으로 뚫고 들어오고 있었다. 뎬웨이는 힘을 떨쳐 앞으로 나아가며 연거푸 20여 명을 찍어 넘어뜨렸다. 기병이 겨우 물러나자 보병이 또 들이닥쳤다. 양편에 벌여 선 창들이 갈대숲 같았다.

갑옷 한 조각 걸치지 못한 뎬웨이는 아래위로 온몸에 수십 군데나 창에 찔렸지만 여전히 죽을 힘을 다해 싸웠다. 칼날이 이가 다 빠져 쓸 수 없게 되자 칼을 내동댕이치고 한 손에 하나씩 군사 둘을 움켜쥐고 적을 맞받았다. 순식간에 8,9명을 쳐 죽이자 적군의 무리가 감히 접근하지 못했다. 그들은 다만 멀리서 활만 쏘아댔다. 화살이 소나비처럼 쏟아졌지만 그래도 뎬웨이는 결사적으로 영채 문을 막고 있었다. 그러나 어찌하랴, 적군은 이미 영채 뒤쪽으로 들어와서 뎬웨이의 등에 창을 꽂았다. 등에 창을 맞은 뎬웨이는 마침내 큰소리로 몇 마디 비명을 지르더니 땅바닥에 흥건하게 피를 흘리며 죽었다. 하지만 죽은 지 한참이 지나도록 누구도 감히 앞문으로는 들어오지 못했다.

한편 차오차오는 뎬웨이가 영채 문을 막고 있는 사이 영채 뒤로 빠져나와 말을 타고 달아났다. 오직 차오안민 만이 두 발로 뛰며 뒤를 따를 뿐이었다. 차오차오는 오른팔에 화살 한 대를 맞았고 타고 있던 말도 세 군데나 화살을 맞았다. 다행히도 그 말은 대완大宛(페르샤)에서 난 명

마였기에 고통을 참고 빨리 달렸다. 위수이淸水 강변에 거의 이르렀을 때였다. 추격병이 쫓아와서 차오안민을 찍어 넘겨 짓이겨 버렸다. 차오차오는 급히 말을 몰아 물결을 헤치고 강을 건넜다. 간신히 건너편 기슭에 오르자 적병이 쏜 화살이 정통으로 말의 눈알에 맞았다. 말은 그만 쓰러져 죽고 말았다. 차오차오의 맏아들 차오양이 즉시 자기가 타고 있던 말을 차오차오에게 바쳤다. 차오차오는 급히 말에 올라 달아났지만 차오양은 어지러이 날아오는 화살을 맞고 죽었다. 마침내 적의 추격권에서 벗어난 차오차오는 길에서 장수들을 만나 남은 군사들을 수습했다.

(『삼국지연의』 제16회)

......

차오차오가 말했다.

"마침 가지 위의 매실이 파랗게 달린 것을 보니 문득 지난해에 장슈를 치러 가던 일이 생각나더군요. 길에서 물이 떨어져 장졸들이 모두 갈증을 이기지 못하더이다. 그래서 내가 문득 한 가지 꾀를 생각해 내고선 채찍을 들어 허공을 가리키며 '저 앞에 매화 숲이 있다'고 했지요. 그 말을 들은 군사들은 모두 새콤한 매실 맛을 떠올리곤 입안에 군침이 돌아 갈증을 면했다오. 오늘 이 매실을 보니 그때를 생각하지 않을 수 없구려. 마침 술도 따끈하게 데워졌기에 사군과 정자에서 한 잔 하려고 청했소."

(『삼국지연의』 제21회)

생소협고법 笙簫夾鼓法

❖ 정의

　'생소협고법'은 '생황'과 '퉁소簫', '북鼓' 이렇게 서로 다른 세 가지 악기가 잘 어우러져 연주하는 것을 비유로 들어 소설의 결구結構와 포국을 설명한 것이다. 생황과 퉁소의 음향은 우아하고 부드러운데 반해, 북소리는 격렬하고 웅장하다. 만약 음악회에서 시종일관 장중한 북소리만 두들겨대거나 유약한 피리만 불어댄다면, 관중들은 지루해서 끝내 졸고 말 것이다. 소설 역시 음악회의 연주와 마찬가지이니, 뛰어난 소설은 독자의 심리를 감안해 그 정절을 긴장되는 곳과 느슨한 곳에 따라 적절히 안배해, 장중한 맛과 유미柔美한 부분이 서로 결합된 하나의 통일된 예술 형상을 만들어내야 한다.

　이와 연관해 마오쭝강毛宗崗은 다음과 같이 말했다.

　　앞 장에서는 바야흐로 호랑이와 용이 싸우듯 격렬한 모습을 서술하다가, 이 장에서 갑자기 제비와 앵무새가 지저귀고 깃발이 부드럽게 휘날리는 장면을 묘사하고 있다. 마치 시끄러운 징 소리 다음에 갑자기 옥 피리 소리가 들리고, 우레가 지나간 뒤 갑자기 밝은 달을 보는 것과 같다. 前卷方敍龍爭虎鬪, 此卷忽寫燕語鶯聲. 溫柔旖旎. 眞如鐃吹之后, 忽聽玉簫, 疾雷之餘, 忽觀好月.

이런 원칙은 장편소설에서도 중시되었지만, 짧은 단편도 마찬가지로 기복이 있다. 아울러 중국소설 중에는 이렇듯 긴장과 이완이 갈마들고 장중함과 부드러움이 적절히 결합된 명작들이 셀 수 없을 정도로 많이 있다. 이를테면, 『수호전』의 경우 제22회에서 우쑹武松이 호랑이를 때려잡는 대목이 장엄한 북소리라면, 바로 뒤이어 제23회에서 우쑹이 형수인 판진롄潘金蓮과 만나는 장면은 부드러움의 극치라 할 만하다. 그래서 진성탄金聖嘆 역시 제23회 총평에서 "상편에서는 우쑹이 호랑이를 만나는 장면을 묘사하니 진정 산이 흔들리고 땅이 요동치는 듯 사람으로 하여금 넋을 잃게 한다"고 하였다.

리차오웨이李朝威의 『류이전柳毅傳』 역시 단편소설이지만 마찬가지로 장중미와 우아미가 적절히 어우러져 있다. 첸탕쥔錢塘君이 용녀를 대신해서 복수할 때 "갑자기 하늘과 땅이 무너지듯 큰 소리가 나고 궁전이 흔들리고 구름이 솟구치다가", "얼마 안 있어 상서로운 바람과 경사스런 구름이 평온하게 일어나고 깃발에 걸어 놓은 장식물이 영롱하게 빛나며 순 임금이 지었다는 음악이 뒤를 따라 들려오는" 장면으로 전환한다. 이런 예들이 곧 '생황과 퉁소 소리에 북소리가 끼어드는 기법笙簫夾鼓法'인 것이다.

❖ 예문

첸탕쥔의 말이 미처 끝나기도 전에 갑자기 하늘과 땅이 무너지듯 큰 소리가 나더니 궁전이 흔들리고 구름이 솟아올랐다. 그러자 곧 붉은 용이 나타났는데 길이는 천 척이 넘었고 번갯불 같은 눈, 피를 토하는 듯한 혀, 붉은 비늘, 불같은 지느러미, 그리고 목에는 금 사슬을 끌고 그 사슬에는 옥주玉柱가 끼어져 있으며, 수천수만의 번갯불이 그의 몸을 둘러싸고 있는데, 싸락눈과 눈, 비 그리고 우박이 일시에 내리는 것이었다. 그러더니 푸른 공중을 헤치며 날아갔다.

류이劉毅는 이와 같은 광경을 보고 있다가 공포에 질려 땅에 엎어지고 말았다. 그러자 퉁팅쥔洞庭君은 몸소 그를 부축해 일으키면서 말했다.

"두려워 할 건 없습니다. 해는 끼치지 않을 테니까."

류이는 한참 동안의 시간이 흐른 뒤에야 조금 마음이 놓여서 스스로 안정할 수가 있었다. 그래서 작별을 고하면서 말했다.

"생명이 붙어 있는 동안에 돌려보내 주시어서 그가 다시 오는 것을 보지 않도록 해주시기 바랍니다."

퉁팅쥔은 말했다.

"제발 그러지 마십시오. 그가 갈 때는 그처럼 요란하지만 돌아올 때는 그렇지 않습니다. 그러니 아무쪼록 주인의 도리를 다 할 수 있게 해주십시오."

그리고는 술을 가져 오라 명하여 서로 권하면서 인사를 차렸다.

그리고 얼마 안 있어 상서로운 바람과 경사스런 구름이 화평하게 일어나고 깃발에 걸어 놓은 장식물이 영롱하게 빛나며 순 임금이 지었다는 음악이 뒤를 따라 들려왔다. 그리고 화려하게 화장을 한 수없이 많은 여인들이 화목하게 웃고 지껄이며 나타났는데, 그 가운데의 한 사람은 타고난 미모에 온몸을 보옥으로 장식하고 길고 짧은 엷은 비단옷을 입고 있었다. 가까이 왔을 때 자세히 보았더니 곧 앞서 편지를 부탁했던 그 여자였다. 그런데 그 표정은 기뻐하는 것 같기도 하고 슬퍼하는 것 같기도 하며 실같은 눈물을 흘리고 있었다. 그러더니 잠깐 사이에 왼쪽에는 붉은 연기가 덮이고 오른쪽에는 자줏빛 안개가 퍼지고 향기가 도는 가운데 궁중으로 들어가는 것이었다. 퉁팅쥔은 웃으며 류이에게 말했다.

"징수이涇水의 수인囚人이 왔습니다."

그는 자리를 떠나 궁중으로 들어갔다. 그러자 곧 이번에는 원통해 하는 소리가 들렸는데, 그 소리는 한참이나 지나도록 그칠 줄을 몰랐다.

(리차오웨이李朝威 『류이전柳毅傳』)

서사양제법叙事養題法

❖ 정의

소설에서 '서사양제법'을 이야기할 때는 '서사叙事'가 수단이 되고, '양제養題'는 목적이 된다. 따라서 '서'는 '제'를 위해 서하는 것이고, '서'에 '제'가 기탁되어 있다. '서'는 '제'를 위해 분위기를 띄우고 궁금증을 자아내며 '수많은 의혹들'을 배치하게 된다. 한 마디로 '서사양제법'은 물고기를 잡되 그에 앞서 밑밥을 깔아놓는 것을 말한다. 곧 중점은 '제題'에 있으되, 관건은 '서叙'에 있는 것이다. 여기서 어떤 서사의 경우는 그 추구하는 '제'가 인물의 성격 특질인 것도 있고, 또 어떤 서사의 경우는 그 '제'가 문장의 중심사상인 것도 있다.

❖ 실례

『수호전』 제28회에서 우쑹武松은 형의 원수를 갚고 죄수가 되어 둥핑 부東平府로 압송된다. 그런데 옥 안에 갇힌 뒤 우쑹이 받는 대접은 일반 죄수와 다를 뿐 아니라 극진하기까지 했다. 매를 맞지도 않았거니와 여러 가지 악형도 받지 않았을 뿐만 아니라 먹는 것과 입성까지 상빈 대접을 받았던 것이다. 작자는 그 과정을 붓을 아끼지 않는 '극불성법'을 활용해 하나하나 세세하게 그려내고 있다. 그렇게 함으로써 작자는 작중 인물인 우쑹뿐 아니라 독자들까지도 도대체 왜 그러는 것일까 하는 의혹을 갖게 한다. 모든 사람들의 의혹이 극에 달했을 때, 작자는 이 모든 것이 스언施恩이 우쑹에게 자신의 원수를 갚아달라고 부탁하기 위해 그린 것이었다는 사실을 밝힌다. 과연 제29회에서 우쑹은 스언을 대신해 원수를 갚아준다. 이것은 스언이 자신을 알아보고 극진히 대접해 준 데 대해 우쑹이 보답한 것이라 할 수 있다. 곧 28회에서 우쑹의 옥살이를 세세하게 '서사'한 것은 곧 29회에서 우쑹이 스언을 대신해 원수를 갚아주는 '양제'를 위한 하나의 장치인 것이다.

❖ 예문

　서너 명의 나졸들이 우쑹武松을 종전대로 독방으로 끌고 갔다. 그러자 여러 죄수들이 모여 와서 우쑹에게 묻는다.

"당신은 관청과 친분이 있는 친구의 편지라도 수교에게 전한 게로구려?"

"그런 건 없소."

"만약 없다면 그렇게 매를 미루는 것은 좋은 심사 같지 않은 걸! 저녁에는 꼭 와서 당신을 없애 버릴 거요."

"어떻게 날 없애 버린단 말이오?"

"그것들이 저녁에 기장밥 두 그릇에 냄새나는 마른 물고기를 가져다 배불리 먹일 거요. 그런 다음에 토굴 속으로 끌고 가서 바로 묶고 삿자리를 둘둘 감고 일곱 구명을 틀어막아 한쪽 구석에다 거꾸로 세워 놓을 거요. 그러면 반 식경도 못 돼서 당신의 생명은 끊어지거든. 이것을 분조分弔라 하오."

"그 외에 또 달리 해치는 방법은 없소?"

"또 한 가지가 있소. 역시 사람을 묶어 놓고 자루에 모래를 넣어서 몸을 짓눌러 놓는데 역시 한 식경이면 죽소. 이것이 토포대土布袋라는 거요."

"또 무슨 방법이 있소?"

"무서운 것은 이 두 가지요. 그 외에는 별로 대수로운 것이 없소."

이런 말들을 하고 있는데 한 병졸이 찬합을 들고 들어와서 묻는다.

"어느 분이 새로 정배오신 우 도두입니까?"

"나다! 왜 찾느냐?"

"수교께서 점심을 보냅니다."

우쑹이 그 찬합을 열어본 즉 술 한 주전자에 고기 한 접시, 국수 한 그릇, 국 한 사발이었다.

'이걸 먹인 다음에 나를 어떻게 해치우려는 모양이구나. 좌우간 먹고 보자!'

이렇게 생각한 우쑹은 술 한 주전자를 단모금에 들이켜고 고기와 국수도 다 먹어 버렸다. 나졸은 그릇들을 걷어 가지고 돌아가 버렸다.

우쑹은 방에 혼자 앉아 생각하다가 코웃음을 치고 중얼거렸다.

'흥, 네놈들이 나를 어쩌나 두고 보자!'

보니, 날은 이미 다 저물었는데 먼저 왔던 그 나졸이 또 찬합을 들고 들어온다.

"어째서 또 왔느냐?"

"저녁 진지를 가져왔습니다."

나졸은 대답하고 채소 반찬 몇 접시에 또 술 한 주전자, 고기 볶음 한 접시, 생선국 한 사발과 밥 한 그릇을 차려 놓았다.

우쑹은 그것을 보고 혼자 생각하였다.

'이 밥 한 끼를 먹이고는 꼭 나를 없애 버리겠지. 흥, 할 대로 하라지!

죽더라도 배나 불리고 보자. 먹어 놓고 볼 판이지!'

우쑹이 다 먹고 나니 그 나졸은 그릇들을 거두어 가지고 돌아갔다.

이윽고 그 나졸이 또 다른 한 나졸을 데리고 들어왔는데, 한 자는 목욕통을 들고 다른 한 자는 큰 물통을 들었다.

"도두 나리, 목욕을 하십시오."

그러자 우쑹은 생각했다.

'목욕까지 시켜 가지고 손을 댈 작정인가? 겁날 게 없다! 어쨌든 씻고 보자!'

두 나졸이 목욕통에다 더운 물을 부어 놓자 우쑹은 곧 목욕통에 들어가 한참 동안 몸을 씻었다. 나졸들은 욕의와 수건을 주면서 몸을 닦고 옷을 입게 했다. 이어 한 자는 목욕한 물을 쏟아 버리고 통을 들고 돌아가고 한 자는 곧 휘장을 치고 등으로 결은 삿자리를 펴놓고 베개를 놓더니 편히 주무시라 하고 돌아가 버렸다.

'이건 어쩌자는 건가? 해 볼대로 해 보라지. 어떻게 하나 두고 보자.'

문을 닫고 빗장을 지른 우쑹은 방 안에서 혼자 이런 생각에 잠겼다가 누워서 잤다. 그 날 밤은 별일이 없었다.

날이 훤히 밝자 일어나서 문을 여니 바로 어제 저녁에 왔던 그 나졸이 세숫물 통을 들고 와서 우쑹더러 세수를 하자 하고 양칫물도 가져다 양치질까지 하게 하고 또 머리 빗는 사람을 데려다 머리를 빗겨서 상투를 다시 튼 다음 두건까지 씌워 주었다. 그러자 또 한 자는 찬합을 들고 와서 채소 반찬과 큰 사발에 뜬 고깃국과 밥을 내 놓았다.

'네놈들은 그저 있는 대로 날라만 오너라. 난 기껏 먹어줄 테니.'

우쑹이 밥을 다 먹고 나자 또 차가 들어와서 차까지 다 마셨는데 찬합을 들고 왔던 자가 다시 와서 청한다.

"여기서는 쉬기 불편하시니 도두 나리께서는 저쪽 방으로 가셔서 편히 유하도록 하십시오. 거기는 차나 진지를 잡수시기도 편할 것입니다."

'응, 이제는 정말 손을 댈 작정이구나! 어쨌든 따라가서 어떻게 하는지 보기나 하자 ……'

우쑹이 이렇게 중얼거리는데 한 자가 와서 짐과 이부자리를 수습하고 또 한 자는 우쑹을 데리고 독방에서 나와 앞에 있는 방으로 가서 문을 여는데 들여다보니 안에는 깨끗한 휘장을 둘러친 침상이 놓여 있고 양쪽에는 새로 갖춘 상과 걸상들이 놓여 있었다. 우쑹은 방 안에 들어가서 생각했다.

'토굴 감방에 가두어 놓는 줄로만 알았는데 어째서 이런 데로 데려왔을까? 독방보다는 깨끗한 걸!'

우쑹이 한낮까지 앉아 있노라니 늘 오던 그 나졸이 또 찬합을 들고 들어오는데 손에는 술 한 주전자를 들었다. 찬합을 열고 보니 제법 네 가지 과품에다 삶은 닭을 찢어 놓고 술을 따라 놓으면서 우쑹에게 권했다.

우쑹은 속으로 생각했다.

'대관절 어쩌자는 판인가?'

저녁에도 갖가지 좋은 음식을 차려오고 목욕을 시킨 다음 바람까지 쏘이고 자게 했다.

'여러 죄수들도 말하고 나도 그렇게 생각하지만 어째서 나를 이렇게 대접할까?'

사흘째 되는 날도 그 전과 같이 밥에다 술까지 가져왔다. 우쑹이 조반을 먹고 유형소 안을 이리저리 거닐면서 보니 많은 죄수들이 뙤약볕 아래에서 물도 긷고 나무도 패면서 잡일을 하고 있었다. 때는 6월 염천이라 더위를 피할 곳은 한 곳도 없었다. 우쑹은 뒷짐을 지고 서서 물었다.

"대체 자네들은 어째서 이렇게 더운 때에 일을 하나?"

숱은 죄수들이 모두 웃으면서 대답했다.

"당신은 모르시는구려. 우리가 여기에 뽑혀와서 일하는 것을 천당에 온 것만치나 생각하는데 어찌 덥다고 그늘에 앉아 쉬겠소. 지금 아무 뇌물도 먹이지 못한 죄수들은 큰 옥에 갇혀서 살려야 살 수도 없고 죽으려야 죽을 수도 없이 굵다란 쇠사슬에 얽매여 겨우 목숨을 부지해 가고 있소이다!"

우쑹은 그 말을 듣고 나서 천왕당 앞뒤를 한 바퀴 도는데 소지를 사르는 향로 옆에 청석 하나가 놓여 있는 것이 눈에 띄었다. 그것은 한가운데 장대 꽂는 구멍이 뚫린 큼직한 돌이었다. 우쑹은 그 돌 위에 잠깐 앉았다가 곧 방으로 들어가 앉아서 이런 생각 저런 생각을 하는데 나졸이 또 술과 고기를 가지고 왔다.

우쑹이 그 방으로 옮겨온 지도 벌써 여러 날이 되었는데 매일 좋은 술과 맛좋은 반찬들을 가져다 먹일 뿐 조금도 해치려는 기미는 느끼지 못했다. 우쑹은 어떻게 된 영문인지를 몰라서 퍽 궁금해 하던 차에 점심 때 그 나졸이 또 술과 음식을 가져오니 참다못해 찬합 뚜껑을 한 손으로 눌러 짚고 그에게 물었다.

"너는 뉘 집 하인인데 날마다 술과 음식을 가져다 먹이기만 하느냐?"

"소인이 일전에 도두 나리에게 여쭙지 않았습니까. 저는 수교 댁의 심복이올시다."

"그런데 날마다 가져오는 술과 음식은 누가 보내는 거냐? 먹이고서는 어쩌자는 거냐?"

"수교 나리의 자제분이 도두 나리에게 대접하라고 보내시는 겁니다."

"나는 죄수인 데다 수교 나리한테 아무런 일도 해드린 것이 없는데 어째서 좋은 음식을 보낸다더냐?"

"소인이 그것을 알 리 있습니까? 수교 나리의 자제 분께서 어쨌든 저한테 석 달이나 반년쯤 찬합을 날라달라고 분부하십디다."

"거 참 이상한데! 설마 나를 잘 먹여서 살진 다음에 죽여 버리자는 거야 아니겠지! 이 수수께끼를 어떻게 알아맞힌단 말이냐? 그러니 내가 어떻게 영문도 모를 음식을 마음 놓고 먹겠느냐? 그런데 그 자제 분은 대체 어떤 사람이냐? 어디서 나를 만나본 적이 있다더냐? 네가 바른 대로 말해야 나는 술과 음식을 먹겠다."

"일전에 도두께서 처음 오셨을 때 흰 수건으로 오른손을 감고 청상에 서 있던 그 분입니다."

"그러면 청사 덧저고리를 입고 수교 나리 옆에 서 있던 그 사람 말이냐?"

"바로 그 분이 수교 나리의 자제 분입니다."

......

"실없는 소리 말고 당장 돌아가서 그 분을 청해 오너라."

그 나졸은 겁이 나서 좀처럼 가려고 하지 않다가 우쑹이 버럭 성을 내는 바람에 그제야 마지 못해 말하러 갔다.

스언施恩은 한참만에야 나와서 우쑹을 보고 인사를 했다. 우쑹은 황급히 맞절을 하면서 말을 건넸다.

"소인은 관하管下의 죄수로서 존안尊顏을 뵈온 일이라곤 없었습니다. 그런데 일전엔 매를 면하게 해 주시고 요즘은 또 매일 좋은 술과 음식으로 환대해 주시니 심히 황감합니다. 심부름조차 한 일도 없고 아무런 공로도 없이 녹을 받아먹게 되니 그야말로 마음이 불안합니다."

......

"그 놈이 기왕 발설을 했으니 여쭙기로 합시다. 형장은 대장부이자 호남이신데 한 가지 청을 들 일이 있어서 그럽니다. 이 일은 형장이 아니고서는 거사할 수가 없습니다. ......"

(『수호전』 제28회)

선성탈인법先聲奪人法

❖ 정의

  '선성탈인법'은 원래 『좌전』에서 나온 말로 군사가가 용병할 때 먼저 자신의 우렁찬 소리로 적의 사기를 꺾는 것을 가리킨다. 나중에 문예 창작에 응용되어 인물의 성격을 빚어내는 기법으로 쓰였다. 곧 작중 인물을 본격적으로 보여주기 전에 그 목소리를 들려줌으로써 독자가 그 목소리로 인물 성격의 맥박을 더듬어 볼 수 있게 하는 것이다. 이것은 희곡에서 말하는 '규장叫場'이나 '마문강馬門腔'으로, 인물의 '량상亮相'[1]을 보여주는 하나의 기법이다. 희곡이나 소설이나 등장인물은 무대에 모습을 드러내어 관중이나 독자와 만날 때 '량상'을 보여줄 필요가 있다.

  희곡 예술가 거쟈오톈蓋叫天[2]은 다음과 같이 말한 바 있다. "희곡 작품에 등장하는 모든 인물들은 거의 모두 이렇게 많은 연기 동작을 해야 한다. 이런 동작들은 간단해 보이지만, 잘 해내기는 쉽지 않다. 몇 십

---

1 배우가 등장하고 퇴장할 때 또는 춤을 출 때 잠깐 정지 자세를 하여 배우의 형상을 두드러지게 보여주는 것.
2 거쟈오톈蓋叫天(1888~1971년)은 경극 배우로, 원래 이름은 장잉졔張英杰이다. 호는 옌난燕南이고 허베이河北 가오양 현高陽縣 사람이다. 어려서 톈진天津의 룽커리 반隆慶利 科班에 들어가서 무생武生을 익혔다. 주로 상하이 일대에서 오랫동안 연기 생활을 했다.

년 간 희곡을 연기해도 몇 발자국의 걸음도 반드시 잘 해낸다는 보장이
없는 것이다. 인물의 신분이나 품격은 그 한 대목이 끝나고 다음 대목
으로 넘어갈 때吊場[3] 사람들이 알아챌 수 있게 해야 한다. 每出戲每個人
物出場差不多都得有這麼多表演的動作, 這些動作看似簡單, 可不容易做
得好, 有演幾十年戲, 也不一定能做好這幾步路的. 人物的身份, 品局, 要
打出場一個吊場就得讓人感覺出來."

❖ 실례

『요재지이』「잉닝嬰寧」에서 왕 생이 잉닝의 집에 갔을 때 노부인은
그가 자신의 생질임을 알아본다. 그리고는 계집종을 시켜 양녀인 잉닝
을 불러 서로 만나게 한다. 그런데 계집종이 나가고 난 뒤 왕 생의 귀에
들린 것은 "문밖의 웃음소리"였다. 이에 무안해진 노부인이 "잉닝아, 여
기 네 사촌 오라비가 왔다"고 말하지만, "그런데도 문밖에서는 깔깔거
리고 웃는 소리가 멈추지 않았다. 그녀는 계집종에게 떠밀려 방안으로
들어오면서도 여전히 입을 가린 채 웃음을 그칠 줄 몰랐다."

여기서 왕 생은 그녀를 보기 전에 먼저 그 웃음소리를 듣게 된다. 웃
음소리도 다양해서 처음에는 깔깔거리고 웃다가 입을 가린 채로 웃고,
나중에는 허리를 가누지 못할 정도로 웃는다. 흔히 눈은 마음의 창이라
하거니와 웃음은 잉닝이라는 아가씨의 마음을 들여다보는 창인 셈인

---

3   리위李漁는 그의 『한정우기』에서 다음과 같이 말했다. "예를 들어 두 명 세 명이 무대
위에 있다가 두 명이 먼저 내려가고 한 사람은 아직 말이 끝나지 않았다면 반드시 잠시
멈췄다가 그 말을 다 해야 한다.(미비 : "무대를 내려가 아직 옷을 갈아입지 못한 사람도
있기 때문에 이 틈을 빌어 시간을 버는 계책으로 삼는다.") 이것을 '조장吊場'이라고 하는
데 원래 예로부터 있었던 격식이다. 如兩人三人在場, 二人先下, 一人說話未了, 必宜稍停以盡
其說.(眉批 : '亦有下場不及更衣者, 故借此爲緩兵計.')此謂'吊場', 原系古格."

가? 결론부터 말하자면 그렇다. 웃음은 그 사람의 진실한 감정의 표출이고 유형의 '영혼'이다. 잉닝의 웃음이야말로 그녀의 천진하고 활발하며 밝은 성격을 드러내 보여주는 표현 형식이라 할 수 있다. 이것은 즈옌자이脂硯齋가 말한 바, "아직 그 모습을 묘사하지 않고 먼저 그 소리를 듣게 하는 것이 이른바 '화려하게 수놓은 깃발이 열리니 멀리 영웅의 자태가 드러난다'未寫其形, 先使聞聲, 所謂'綉幡開遙見英雄俺'"는 것이다.

❖ 예문

문득 노부인이 물었다.

"도령의 외조부 성이 혹시 우 씨吳氏가 아닌가요?"

왕 생이 그렇다고 대답하니 노부인이 놀라며 소리쳤다.

"그렇다면, 너는 내 생질이구나! 너의 어머니가 바로 내 여동생이야. 몇 해 동안 살림살이가 어려운 데다 집안에 또 남정네가 없어 소식을 전하지 못했더니, 조카가 이렇게 장성한 줄도 모르고 있었네."

"제가 이번에 온 것은 이모님을 뵙기 위해서랍니다. 그런데 분주하게 서두르다 보니 그만 이모님의 성씨를 깜빡 잊어버리고 말았지 뭡니까."

"우리 집 성은 친 씨秦氏란다. 나는 자식을 두지 못했지. 딸아이가 하나 있지만 그 아이는 서출이야. 그 어미가 개가하면서 나한테 맡기는 바람에 그만 내가 기르게 되었지. 우둔하진 않은데 배운 것이 없어서 그저 놀기나 좋아하고 세상 걱정을 모르는 아이란다. 조금 있다 오라고 해서 인사를 시켜주마."

얼마 후 계집종이 밥상을 내왔는데 손아귀에 꽉 찰 듯 굵은 닭다리까지 놓여 있었다. 노부인이 권하는 대로 식사를 마치자 계집종이 밥상을 내갔다.

"잉닝嬰寧 아가씨를 좀 오라고 해라."

노부인의 분부에 그녀는 대답과 함께 자리를 비켰다. 한참 있으니 문밖에서 웃음소리가 들렸다. 노부인이 다시 말했다.

"잉닝아, 여기 네 사촌 오라비가 왔다."

그런데도 문밖에서는 깔깔거리고 웃는 소리가 멈추지 않았다. 그녀는 계집종에게 떠밀려 방안으로 들어오면서도 여전히 입을 가린 채 웃음을 그칠 줄 몰랐다. 노부인이 눈을 흘기며 나무랐다.

"손님이 계셔도 상스럽게 웃기만 하다니, 이게 무슨 꼴이냐?"

여자는 그제서야 웃음을 참고 똑바로 섰다. 왕 생이 그녀에게 목례를 하자, 노부인은 그를 여자에게 소개했다.

"이 왕 도령은 네 이모의 아들이다. 일가끼리 서로 알아보지도 못했으니 남들이 웃을 노릇이구나."

"누이는 나이가 몇 살인가요?"

왕 생이 물었지만, 노부인은 무슨 말인지 알아듣지 못해 얼른 대답이 나오지 않았다. 왕 생이 재차 묻자, 여자가 다시 웃기 시작했는데 허리를 가누지 못할 지경이었다. 노부인이 왕 생에게 말했다.

"배운 게 없다고 말했더니, 이것만 봐도 알 수 있겠구나. 나이는 열여섯이나 먹은 것이 철딱서니 없기는 어린애 같단 말이야."

"그러면 저보다 한 살이 아래군요."

"조카가 벌써 열일곱이나 됐다면, 경오庚午 생 말띠가 아니냐?"

왕 생은 고개를 끄덕이며 그렇다고 대답했다.

"조카며느리는 어느 집 딸인고?"

"아직 없는데요."

"너처럼 출중한 아이가 어떻게 열일곱이나 되도록 장가를 들지 않았니? 우리 잉닝이도 배필을 정하지 않았으니 서로 좋은 한 쌍이 될 수 있으련만 애석하게도 친척지간이라 혼인하기가 어렵겠구나."

왕 생은 아무 말도 하지 않았다. 그는 잉닝을 주시하느라고 다른 곳을 쳐다볼 겨를조차 없었다. 계집종이 귓속말로 그녀에게 소근댔다.

"눈알을 번득거리는 게 도적 심보를 아직도 못 버렸네요."

그러자 잉닝은 또다시 큰소리로 웃었다. 그녀는 계집종을 돌아보며, "벽도화碧桃花가 피었는지 보러 가지 않겠니?"라고 말하더니 벌떡 일어나 소매로 입을 가린 채 종종걸음으로 나가버렸다. 그리고 문밖에 나가서는 마음 놓고 큰소리로 웃어젖히는 것이었다.

(『요재지이』 「잉닝嬰寧」)

소밀상간법疏密相間法

❖ 정의

'소밀상간법'은 중국의 전통 회화 기법 가운데 하나다. 이것은 단조
롭고 판에 박은 듯한 구도를 피하기 위해 화가가 화면의 소밀疏密 관계
를 유기적이고 변화가 풍부하게 처리하는 것을 말한다. 이른바 "말이
뛰어 놀 수 있을 정도로 성기고, 침 하나 용납할 수 없을 정도로 빽빽한
것疏可走馬, 密不容針"이다.

고대 소설의 작자들 역시 이 기법을 운용해서 결구를 안배하고 소재
를 처리해, 이야기의 주요 정절과 인물 형상을 두드러지고 세밀하게 묘
사하고 있다. 곧 이렇게 함으로써 이야기의 전체 구조가 상세한 부분도
있고 소략한 부분도 있으며 성긴 부분도 있고 빽빽한 부분도 있게 되어
변화로 생기가 넘치고, 전체적으로 통일된 느낌을 줄 수 있게 된다.

❖ 실례

당 전기『훙셴 전紅線傳』은 결구나 포국, 제재 모두에 소밀상간의 수
법을 채용했다. 작품에서 묘사하고 있는 것은 하녀 신분의 호협 훙셴紅
線으로 금으로 만든 상자를 훔쳐내 번진 세력인 톈청쓰田承嗣와 쉐쑹薛

嵩 간의 알력을 중지시키는 것이다. 여기서 중점적으로 묘사되고 있는 것은 훙셴이 '상자를 훔쳐내는' 정절이다. 이것을 통해 훙셴의 호협적인 성격과 비범한 무예가 잘 드러나고 있다.

작자는 이 대목에서 훙셴이 길을 떠날 때 행장을 갖추는 것을 아주 세세하게 묘사했다. "머리는 오만계烏蠻髻 모양으로 빗어, 금작채金雀釵를 꽂고, 옷은 자주색 수를 놓은 짧은 저고리를 입고, 푸른 실로 만든 가벼운 신발을 신고, 가슴 앞에는 용무늬 비수를 차고, 이마에는 태을신太乙神의 이름을 썼다." 훙셴의 행장은 일상적인 여행객의 그것과 다르기에 무언가 비범한 기운을 느끼게 해준다. 과연 훙셴의 이후 행적은 신행神行과 은신술 등 보통 사람의 수준을 뛰어넘는 현묘한 것이었다. 행역을 마친 훙셴이 쉐쑹에게 고하는 장면 역시 마찬가지다. 작자는 이 장면 역시 세세하게 작은 것도 놓치지 않고 묘사함으로써 그 당시 상황을 절절하게 전하고 있다.

하지만 상자를 다시 돌려보낼 때의 장면과 훙셴이 자신의 전생과 금생을 이야기하는 대목은 오히려 간략하게 묘사해 전자와 크게 대비된다. 작자는 여기서는 먹을 금과 같이 아껴가며惜墨如金 소략하게 묘사함으로써 훙셴의 행적을 두드러지게 하고 있는 것이다.

❖ 예문

당나라 루저우潞州[1] 절도사 쉐쑹薛嵩[2]의 집에 있는 하녀 훙셴紅線은 완함[3]을 잘 타고 경전이나 사적에도 통하고 있어, 쉐쑹은 그녀로 하여

---

1 지금의 산시 성山西省 창즈 현長治縣으로 당대에는 이곳에 절도사를 두었다.
2 당 대종代宗 때 상서우복야尙書右僕射를 지내고 평양군왕平陽郡王에 책봉되었다. 룽먼龍門 사람으로 명장 쉐런구이薛仁貴의 손자이며, 여러 곳의 절도사를 지냈다.

금 서류와 문장을 담당하게 하고 칭호를 '내기실內記室'이라고 했다.

이때 군중에서는 큰 연회가 베풀어지고 있었는데, 훙셴이 쉐쑹에게 말했다.

"갈고의 소리가 매우 비통하게 들리는 것을 보니 저 갈고羯鼓[4]를 치는 사람에게는 틀림없이 무슨 근심이 있는 모양이에요."

쉐쑹도 평소 음률에 대해서 지식이 있었다.

"네 말이 맞다."

그리고는 북 치는 사람을 불러서 물어보았다. 그 사람이 대답했다.

"저의 아내가 어제 저녁에 죽었습니다만 감히 휴가를 청하지 못했습니다."

쉐쑹은 당장 그를 집으로 돌려보냈다.

이때는 바로 지덕至德[5] 이후로 허난河南과 허베이河北의 싸움이 그치지 않은 때라, 조정에서는 푸양滏陽[6]에 진을 치고 쉐쑹에게 명하여 그곳을 굳건히 지키고 산동 지방을 통제하도록 했다. 서로 싸워서 죽거나 다친 터에 군부가 처음으로 창설되었기 때문에 조정에서는 쉐쑹의 딸을 웨이보魏博[7] 절도사 톈청쓰田承嗣[8]의 아들에게 시집을 보내게 하고, 또 쉐쑹의 아들은 화타이滑臺[9] 절도사 링후장令狐彰[10]의 아내로 맞게 함

---

3 비파와 비슷한 악기로 진나라의 롼셴阮咸이 만들었기에 그의 이름을 딴 것이다.
4 서역의 갈羯 족의 악기로 통 모양으로 생긴 북의 양쪽 머리를 북채로 두들긴다.
5 당 숙종의 연호(756~757년)이다.
6 지금의 허베이 성 츠 현磁縣이다.
7 허베이 도河北道에 속하며, 웨이魏, 보博, 더德, 룬瀹, 잉瀛 등 다섯 주의 군정을 관할했다. 치소는 웨이저우魏州로, 지금의 허베이 성 다밍 현大名縣이다.
8 핑저우平州 루룽盧龍 사람으로 안루산安綠山의 휘하에 있다가 궈쯔이郭子儀에게 투항했고, 베이貝와 보저우博州 등의 절도사를 역임했고, 또 중서동평장사中書同平章事를 지냈고, 휘에 안문군왕雁門郡王에 봉해졌다. 그러나 항상 할거하고 반항하는 간웅이었다.
9 지금의 허난 성 화 현滑縣으로, 일명 바이마청白馬城이라고도 부른다.

으로써 세 번진이 서로 인척관계가 맺어져 사자들이 열흘을 넘길세라 빈번히 왕래하였다.

그런데 텐청쓰는 일찍부터 폐병을 앓아 날씨가 더워지면 병세가 더욱 심해졌다. 그래서 항상 말했다.

"내가 만약 산둥 땅으로 진을 옮겨간다면 그곳의 시원한 공기를 마셔서 수년의 수명을 연장할 수 있을 텐데."

마침내 그는 군중에서 무용이 뛰어난 군인 3천 명을 뽑아서 '외택남外宅南'이라 부르고 후하게 대우하면서 길렀다. 그리고 그 중에서 3백 명은 매일 밤 자기의 집에서 숙직을 서게 하는 한편, 좋은 날을 택하여 장차 루저우를 병탄하려고 했다.

쉐쑹이 이 소식을 듣고 밤낮으로 근심하며 중얼중얼 혼잣말만 되뇌고 있었지만 아무런 방책도 생각해 내지 못했다. 그러던 어느 날 밤, 시간은 벌써 물시계가 곧 초경을 알리려 했고, 영문營門은 이미 닫혔다. 쉐쑹은 그때까지 아직도 지팡이를 짚고 정원을 거닐고 있었다. 오직 훙셴 한 사람만 그의 뒤를 따르고 있었다. 이때 훙셴이 말했다.

"한 달 넘게 주인님께서 잠을 주무시나 식사를 하시나 늘 불안해하시고 무언가를 심각하게 생각하고 계시는데, 웨이보와의 변경 문제 때문이시지요?"

"이 일은 우리 루저우의 안위에 관한 것으로 네가 알 수 있는 일이 아니다."

"제가 비록 비천한 몸이오나 주인님의 걱정을 풀어드릴 수가 있습니다."

이 말을 듣고 쉐쑹은 그녀를 범상치 않게 여기고 말했다.

---

10 자는 보양伯陽이며 푸핑富平 사람이다. 당 숙종 때 화보웨이보滑亳魏博 절도사를 지냈고, 나중에 어사대부 등을 역임하고 곽국공霍國公에 봉해졌다.

"네가 비범한 사람인 것을 몰랐다니 나는 정말 멍청했구나."

그리고는 자기가 걱정하고 있는 일을 자세히 일러주었다.

"나는 조부님의 유업을 이어받고 또 국가의 막중한 은혜를 입고 있는데, 하루아침에 이 강토를 빼앗긴다면 곧 수백 년 동안 이어온 우리 집안의 공훈이 물거품이 되어버리고 말게 된다."

"그 문제라면 간단해요. 주인님께선 조금도 걱정하실 게 없습니다. 저를 잠시 동안만 웨이 성魏城에 가서 그곳의 형세를 살피고 또 그들이 우리를 침공하려는 움직임이 있는지 여부를 알아보고 오도록 해주세요. 오늘밤 초경에 출발하여 5경이면 돌아와 복명할 수 있으니, 아무쪼록 먼저 한 명의 기마사자騎馬使者와 안부 편지 한 통만 준비해 두세요. 그리고 그 밖의 일은 제가 돌아온 다음에 다시 말씀드리겠습니다."

"그렇지만 일이 만약에 성공하지 못하게 되면 오히려 그 화가 빨리 올 텐데 그렇게 되면 또 어떻게 하겠느냐?"

"제가 이번에 가는 일은 반드시 성공할 것입니다."

홍셴은 내실로 들어가 행장을 갖추었다. 머리는 오만계烏蠻髻 모양으로 빗어, 금작채金雀釵를 꽂고, 옷은 자주색 수를 놓은 짧은 저고리를 입고, 푸른 실로 만든 가벼운 신발을 신고, 가슴 앞에는 용무늬 비수를 차고, 이마에는 태을신太乙神의 이름을 썼다. 그리고는 나와서 쉐쑹에게 정중히 인사를 하고 떠나가는데 순식간에 어디론지 사라졌다. 쉐쑹은 방으로 들어와 문을 닫고 등불을 뒤로 하고 단정히 앉았다. 평소에 술을 마시면 불과 몇 잔이면 그만이었는데, 이날 밤은 10여 잔을 마셔도 취하지 않았다.

그런데 홀연 새벽을 알리는 호각소리가 바람결에 들리고 나뭇잎 하나가 떨어지는 듯하여 놀라서 일어나 물었더니 바로 홍셴이 돌아온 것이었다. 쉐쑹은 기뻐하면서 그녀를 위로했다.

"일은 뜻대로 잘 되었느냐?"

"감히 하명을 욕되게 하지는 않았습니다."

"살상은 없었느냐?"

"거기까지 이르지는 않았습니다. 다만 침상 머리에 있던 금으로 만든 상자를 증거물로 가지고 왔을 뿐입니다."

홍셴은 이어서 자세한 경위를 설명했다.

"저는 어제 밤 자정 두 시간 전에 웨이 성에 도착해서 여러 관문을 통과해 마침내 톈청쓰의 침실에 이르렀습니다. 거기에는 시위병들이 침실 낭아에서 쉬고 있었는데, 그들의 코 고는 소리가 마치 우레처럼 크게 들렸습니다. 그리고 중군의 졸병들은 정원을 오가며 바람이 일듯 구령을 전달하고 있었습니다. 저는 곧 왼쪽 방문을 열고 그의 침대 휘장 앞으로 갔습니다. 톈청쓰는 휘장 안에서 자빠진 북 모양으로 누워 깊은 잠에 빠져 있었습니다. 머리는 무늬가 있는 코뿔소 가죽 베개를 베고 있었고, 상투는 노란색 오글쪼글한 직물을 감고 있었으며, 베개 앞에는 칠성검 한 자루가 드러나 있었습니다. 그 검 앞에는 금으로 만든 상자 하나가 위쪽으로 열려 있었는데, 그 속에는 그의 생년 팔자와 북두신의 이름이 적혀 있었고, 또 이름 있는 향료와 아름다운 구슬들이 그 위에 어지럽게 덮여 있었습니다. 그런데 장군 막사 안에 있는 위세 당당한 주인공은 천하태평 세상모르고 훌륭한 방에서 깊이 잠들어 그의 생명이 제 손안에 달려 있는 것도 알지 못하고 있었습니다. 저는 그를 잡느냐 놓아주느냐 하는 문제로 고심하기보다는 오히려 슬픈 탄식만 더해 갈 뿐이었습니다.

이때 촛불은 희미해져 가고 향로의 향도 꺼져 가고 있었으며 시종하는 사람들은 사방에 깔려 있었고 무기는 어울려 진열되어 있었습니다. 그런데 시녀들은 어떤 이는 머리를 병풍에 기대고 늘어져서 코를 골기도 하고 또 어떤 이는 손에 수건과 털이개를 가린 채 몸을 쭉 뻗고 자기도 했습니다. 저는 그들의 비녀와 귀고리를 뽑기도 하고, 또 저고리와 치마를 서로 묶어 놓기도 했지만, 그들은 마치 병들거나 술 취한 사람들처럼 한 사람도 깨어나지 못했습니다. 그리고는 금으로 만든 상자를 갖고 돌아왔습니다. 웨이 성의 서문을 나서서 2백 리 길을 오는데, 높이 솟은 동작대가 보이고, 장수는 동쪽으로 흐르고 있었습니다. 그리고 새벽 닭 울음소리가 들판에 퍼지고 기운 달은 수풀에 걸려 있었습니다. 분한 마음으로 갔다가 기쁜 마음으로 돌아오니 행역行役의 고통도 문득 잊어버렸습니다.

주인께서 알아봐 주시는 데 감사하고, 저에게 베풀어주신 은혜에 보답하며, 애오라지 저에게 부탁하신 뜻에 부응하기 위해 한밤중 세 시간 동안 7백 리를 왕복하였고, 경계가 삼엄한 구역으로 들어가 대여섯 개의 성문을 통과하면서 오직 저는 주인님의 근심을 들어 드리기를 바랐을 뿐인데, 어찌 감히 저의 노고를 입에 담겠습니까?"

쉐쑹은 곧 웨이 성으로 사자를 보냈다. 톈청쓰에게 보낸 편지에는 이렇게 쓰여 있었다.

"어제 밤에 어떤 손님 한 사람이 웨이 성에서 와서 원수님의 침상 머리에서 금으로 만든 상자 하나를 갖고 왔다고 말하기에 감히 여기에다 놓아 둘 수가 없어 삼가 봉해서 되돌려 보내드립니다."

사자는 쏜살같이 달려 밤중이 되어서야 겨우 웨이 성에 도착했다. 도착해서 보니 그 금으로 만든 상자를 훔쳐 간 도적을 잡기 위해 전군이 발칵 뒤집혀 있었다. 이때 사자가 말채찍으로 대문을 두드리고 긴급 면회를 요청했다. 금으로 만든 상자를 돌려받을 때 톈청쓰는 절도할 만큼 깜짝 놀랐다. 이윽고 사자를 자기 집안에 머물게 하고 아주 극진히 연회를 베풀어 환대하고 많은 선물을 내렸다.

그 다음날 뎬청쓰는 사자를 파견하고 비단 3만 필, 좋은 말 2백 필 그리고 그밖에도 여러 가지 진귀한 예물들을 쉐쑹에게 보냈다. 편지 답장에는 다음과 같이 적었다.

"나의 목숨은 은혜로운 그대의 생각에 달려 있습니다. 이제부터 나는 개과천선하여 다시는 그대에게 심려를 끼쳐드리지 않을 것이며, 오로지 그대의 지시만 따를 것이고, 삼가 사돈과 친하게 지내는 일만을 꾀하겠습니다. 그래서 그대가 행차할 때는 항상 수레의 앞뒤에서 채찍질을 하고 바퀴를 미는 마부와 같은 역할을 하겠습니다. 그리고 내가 조직해 놓은 '외택아'들은 본래 다른 도적을 방비하자는 것이었지 결코 다른 의도가 있었던 것은 아니었습니다. 그러나 그들도 이제는 모두 무장을 해제시켜서 각기 그들의 농촌으로 돌려보냈습니다."

이런 일이 있은 지 한 달 안에 허베이와 허난 사이에는 친선 사절들이 서로 내왕하게 되었다.

그러던 어느 날 훙셴은 갑자기 쉐쑹에게 하직 인사를 하고 떠나가려고 했다. 그래서 쉐쑹이 말했다.

"너는 내 집에서 태어나 지금껏 살아왔는데 이제 와서 어디로 간단 말이냐? 또 지금은 너에게 의지하고 있는 형편인데 어찌 떠난다는 말을 입에 담을 수 있겠느냐?"

"저는 전생에 남자였습니다. 강호간을 떠돌아다니면서 공부를 했고, 신농씨의 의학서를 익혀서 세상 사람들을 병환으로부터 구제해 주었었는데 그때 마침 동네에 임산부 한 사람이 갑자기 고징蠱癥[11]을 앓아서 제가 완화주莞花酒[12]를 먹였더니 부인과 뱃속에 있던 쌍둥이가 다 죽어

---

11 여자에게 있는 병으로, 뱃속에 회충 등으로 인해 멍이 생기는 병증이다.
12 팥꽃나무 또는 여뀌풀꽃으로 만든 술이다. 완莞은 원래 독이 있는 식물을 말한다.

버렸습니다. 이는 제가 일거에 세 사람을 죽인 것이 되어 명부에서 저에게 벌을 내려 이 세상에서 여자로 태어나게 했으며 저의 몸은 천한 하녀로 살게 하고 기질은 범속하게 정해 주었습니다. 그런데 다행히도 주인님 댁에서 태어나 올해로 벌써 19년의 세월이 흘렀습니다. 그 동안 화려한 비단옷을 실컷 입었고 산해진미를 다 먹었으며 그 위에 주인님의 두터운 대우를 받았고 그 영화 또한 많이 누려 왔다고 하겠습니다. 더욱이 나라에는 황제가 새로 등극하여 경사가 한없이 많을 것인데, 이런 때 하늘을 거스르는 무리들은 이치상 모두 소멸되어야 마땅할 것입니다. 그래서 지난번에 웨이 성에 다녀옴으로써 은혜에 보답하였던 것입니다. 이제는 두 곳이 모두 성지를 보존하고 만백성이 모두 그 생명을 보전하게 되었습니다. 이렇게 함으로써 난신에게는 두려움을 알게 하였고, 열사烈士[13]에게는 평화를 도모하게 하였으니 저와 같은 한 아녀자로서는 그 공 또한 적지 않습니다. 그래서 저의 전생의 죄를 속하고 본래 모습인 남성으로 돌아갈 수 있게 되었으니, 곧 이 속세를 떠나 마음을 물외에 두고 원기를 맑게 수양하여 장생불사해야겠습니다."

"진정 네가 떠나야 한다면 내 천금의 돈을 들여 너에게 산중에 수도하는 집을 지어 주겠다."

"이것은 내세에 관한 일인데 어찌 알고 주인님께서 미리 도모하실 수 있겠습니까?"

이에 쉐쑹은 그녀를 만류할 수 없다는 것을 알고 마침내 송별연을 크게 열고 빈객과 친구들을 모두 모이게 했다. 그날 저녁 대청에서 연회를 베푸는데 쉐쑹은 직접 노래 한 곡을 불러 훙셴에게 술을 권하려고 좌객 렁차오양冷朝陽에게 청하여 가사를 짓게 했다. 가사의 내용은 이

---

13 여러 인사라는 뜻으로, 여기서는 각 지역에 할거하고 있는 절도사를 가리킨다.

러하였다.

> 채릉곡采菱曲[14] 노래 소리
> 목란주木蘭舟[15]를 원망하고
> 보내는 사람의 넋은
> 백 척의 누대 위에 사라지네.
> 떠나는 사람 낙비洛妃[16]처럼
> 운무 타고 떠나는데
> 푸른 하늘 끝이 없고
> 강물만 부질없이 동쪽으로 흐르네.

　　노래를 다 부르고 나서 쉐쑹은 슬픔을 가누지 못했으며, 훙셴은 일어나서 절을 하며 눈물을 흘렸다. 그리고는 술에 취한 척 자리에서 떠나더니 마침내 어디론가 사라지고 말았다.

(『홍셴 전紅線傳』)

14　남조의 양梁 무제武帝 샤오옌蕭衍이 지은 「강남농江南弄」 7곡 중의 하나다.
15　양쟝陽江 중간에 목란주木蘭洲가 있고, 거기에는 목란수木蘭樹가 많은데 그 목란을 깎아서 만든 배가 곧 목란주다.
16　뤄수이洛水에 사는 신녀를 말한다.

수궁운기법 水窮雲起法

❖ 정의

'수궁운기법' 물이 다한 곳에서 구름이 인다는 뜻이다. 곧 소설의 정절이 변화 발전하는 가운데 바람과 구름이 일고 다시 새로운 파도가 밀려오듯 작자가 독자가 생각지 못한 기발한 발상으로 이야기를 끌어가는 것을 말한다. 진성탄金聖嘆은 주쟈좡祝家莊을 두 번째 치는 대목에서 다음과 같이 말했다. "행문에는 수궁운기법이란 게 있는데, 뜻하지 않게 이곳에서 물이 극에 달하고 구름이 일어 갑자기 변화를 보이고 있다 行文固有水窮雲起之法, 不圖此處水到極窮, 雲起突變也."

❖ 실례

『수호전』 제64회에서 장순張順은 쑹쟝宋江의 등창을 치료하기 위해 젠캉 부建康府에 있는 신의神醫 안다오취안安道全을 모셔오라는 명을 받고 밤낮을 도와 길을 재촉한다. 그러나 강을 건너다 뜻하지 않게 졔쟝구이截江鬼 장왕張旺이라는 강도를 만나 가진 것을 모두 빼앗기고 겨우 도망을 친 뒤 빈 손으로 안다오취안을 만난다. 그러나 안다오취안은 리챠오누李巧奴라는 창기에게 마음을 빼앗긴 상태였고, 리챠오누는 안다오취안을 보내려 하지 않는다. 쑹쟝의 병세는 위중한데 안다오취안은 갈 생각을 하지 않으니, 이거야말로 '물이 극에 달한' 상태라 할 수 있다.

그런데 뜻하지 않게 쟝왕이 한밤중에 리챠오누를 찾아오고 이로 인해 이야기는 갑자기 반전해 예측하기 어려운 방향으로 전개된다. 쟝순은 리챠오누를 죽여 안다오취안을 궁지에 몰아넣은 뒤 다시 쟝왕을 해치운다. 쟝순은 원수를 갚고 안다오취안을 량산보梁山泊로 데려갈 수 있게 되었지만, 어쩌겠는가? "안다오취안은 서생 출신이라 걸음이 능하지 못하여 30리도 못 갔는데 더는 걷지 못하게 되었다." 다시 한 번 '물이 극에 달한' 것이다. 이때 생각지도 못하게 다이쫑戴宗을 만나게 되니 사세가 급박해 량산보에서 급하게 그를 보냈던 것이다. 다이쫑은 신행법으로 안다오취안을 먼저 데리고 떠나니 마치 바람과 구름이 일고 다시 새로운 파도가 밀려들어온 것이다.

❖ 예문

이튿날은 눈이 멎고 날이 개었다. 왕딩류王定六는 쟝순張順에게 은전 10여 냥을 주어 졘캉 부建康府로 보냈다.

쟝순이 성 안으로 들어가 화이챠오槐橋 옆으로 가니 안다오취안安道全이 문 앞에서 약을 파는 것이 보였다. 쟝순은 문 안에 들어서며 안다오취안에게 인사했다.

안다오취안은 조상에게서 물려받은 내외과 의술이 다 비상하여 그 이름이 먼 곳까지 알려져 있었다. 이때 그는 쟝순을 보고 아는 체를 하였다.

"동생, 여러 해 만일세! 오늘은 무슨 바람이 불어 예까지 왔나?"

쟝순은 그를 따라 안으로 들어가 쟝저우江州에서 소동을 일으킨 일이며 쑹쟝宋江을 따라 산에 올라간 일들을 낱낱이 이야기한 다음 쑹쟝이 등창이 나서 신의神醫를 모시러 오던 중에 양쯔 강에서 목숨까지 잃을 뻔하고 빈손으로 왔다는 사실을 죄다 이야기했다.

"쑹 공명으로 말하면 천하에 드문 의사이니 가 봐야겠지만 상처한지라 집을 돌볼 사람이 없어 멀리 떠날 수 없네."

장순은 간절히 청탁하였다.

"만약 형장께서 가 보시지 않는다면 저도 산으로 돌아가기 어렵습니다."

"그럼 좀 생각해 봐야겠네."

장순이 여러 말로 애걸해서야 안다오취안은 응낙했다. 그런데 안다오취안은 늘 젠캉 부에 사는 리챠오누李巧奴라는 창기한테로 출입했다. 그는 리챠오누의 아름다운 자색에 끌려 그를 제 권속처럼 보살펴 주었던 것이다.

그 날 밤 안다오취안은 장순을 데리고 리챠오누의 집으로 가서 술을 마시는데 리챠오누는 장순을 아저씨로 모셨다. 술이 서너 순배 돌자 안다오취안은 거나해져서 챠오누에게 말했다.

"오늘 밤은 여기서 자고 내일 아침에는 이 동생을 따라서 산둥으로 떠나겠는데, 늦으면 한 달, 빠르면 스무 날 남짓 걸려서 돌아오겠는데, 그때 와서 다시 임자를 만나겠네."

"가지 마세요. 저의 말을 듣지 않고 기어이 가시면 앞으로는 저의 문전에 발길도 못 돌리게 할 테야요."

"진작 약주머니도 다 준비해 놓았으니 내일 꼭 떠나야겠네. 다녀온다 해도 그리 오래 걸리지 않을 테니 마음을 놓게."

리챠오누는 아양을 떨며 안다오취안의 품에 안겨 종알거렸다.

"그냥 고집을 부리고 가시면 저는 방자¹를 놓아 당신을 저승에 보내겠어요."

장순은 그의 말을 듣고 계집을 한 입에 씹어 삼키지 못하는 것이 한
스러웠다. 저물녘에 안다오취안이 대취하여 쓰러지자 그는 챠오누의
방에다 침대에 눕혔다. 그런데 챠오누가 와서 장순을 보고 말한다.

"저의 집에는 주무실 곳이 없으니 혼자 돌아가세요."

"형님이 술을 깨면 같이 가겠소!"

챠오누는 장순을 쫓아 보낼 도리가 없는지라 미운 대로 그를 문간방
에서 자게 했다.

장순은 마음을 졸이다 보니 잠들 수 없었다. 그런데 초경 쯤 되어 누
군가 문을 두드리기에 벽 틈으로 내다보니 웬 자가 쑥 들어와 뚜쟁이
노파에게 쑥덕거린다. 그러자 노파가 그 자를 보고 묻는다.

"자네는 어디 가 있었길래 그 새 보이지 않았나? 오늘 밤에는 태의가
취해서 방에 누웠는데 어떻게 한담?"

"난 비녀와 팔찌를 사라고 아씨에게 드릴 금 열 냥을 가져왔으니 제
발 만나게 해 주소."

"그럼 내 가서 그 애를 불러올 테니 내 방에서 기다리게."

장순이 등불에 비치는 그 사람을 내다보니 그는 다름 아닌 계장구이
截江鬼 장왕張旺인데 강에서 재물을 빼앗아서는 이 집에 와서 써 버리는
것이었다. 장순은 그를 보자 분이 치밀어 견딜 수가 없었다. 다시 귀를
세워 들으니 뚜쟁이 노파가 방 안에 술상을 차려 놓고 챠오누를 불러
장왕과 상반하게 한다. 장순은 당장 그 방으로 뛰어들어 손 쓸 생각이었
으나 그러다 실수하면 도적놈을 놓칠 것 같아서 그만두고 꾹 참았다.
3경 쯤 되니 부엌에서 일보던 두 심부름꾼도 취해 버렸고 뚜쟁이 노파도
취해서 등불 옆에 앉아 꾸벅꾸벅 졸고 있었다. 장순이 가만히 문을 열고

---

1 귀신에게 남이 못되기를 빌어 재앙이 내리게 하는 것.

부엌으로 들어가니 거기에는 번쩍번쩍하는 식칼이 놓여 있고 뚜쟁이 노파는 옆에 놓인 긴 걸상에 누워 있었다. 장순은 들어서자마자 제꺽 식칼을 들고 먼저 노파부터 찍어죽였다. 이어 심부름꾼을 죽이려는데 워낙 날이 무딘 식칼인데다 한 사람을 찍고 나니 날이 무뎌졌다. 그 두 심부름꾼이 막 고함을 치려는데 마침 옆에 나무 패는 도끼가 놓여 있는지라 장순은 도끼를 집어들고 한 번에 하나씩 찍어 죽였다. 계집이 방 안에서 소리를 듣고 황망히 문을 열고 마주 나오니 장순은 그도 가슴팍을 찍어 땅바닥에 쓰러뜨렸다. 이 광경을 본 장왕은 뒷창을 열고 담을 넘어 도망쳤다. 장순은 분통이 치밀어 옷깃을 찢어 가지고 피를 묻혀 흰 벽에 "살인자는 안다오취안이다!"라고 수십 곳에 써 놓았다.

5경이나 날 밝을 무렵이 되어서 안다오취안이 술에서 깨어 챠오누를 부르니 장순이 대답했다.

"형님, 소리치지 말고 나와서 이 사람들을 보시오."

그 소리에 안다오취안이 일어나 본즉 죽은 시체가 넷이나 된다. 그는 너무도 놀라 부들부들 떨면서 그 자리에 굳어져 버렸다.

"형님, 저 벽에 쓴 걸 보시오."

"자네는 나를 못 살게 만들었네."

"이제는 두 길밖에 없으니 마음대로 택하시오. 만약 형님이 떠들면 저는 달아나겠습니다. 그렇게 되면 형님은 살인죄를 지고 목숨을 잃게 될 것입니다. 그렇지 않고 무사하기를 바라면 어서 집에 가서 약주머니를 가지고 급히 량산보梁山泊로 올라가 우리 형님을 구해주시오."

"동생, 원 이렇게 지독한 법이 있나?"

날이 밝자 장순은 그 집에서 노자를 얻어 가지고 안다오취안과 함께 그의 집으로 갔다. 문을 열고 들어가 약주머니를 가지고 성을 벗어 나와 곧바로 왕딩류의 주점으로 갔다. 왕딩류는 그들을 맞이하면서 알리는 것이었다.

"어제 장왕이란 놈이 이리로 지나갔는데 그만 형님이 없을 때였습니다."

"내가 큰일을 하는 터에 언제 사소한 원수를 갚고 있겠나."

장순의 말이 끝나기도 전에 왕딩류가 다급히 알린다.

"장왕이란 놈이 왔습니다."

"아직 놀래지 말고 그 놈이 어디로 가는가 살피게."

장왕은 여울목으로 배를 살피러 가고 있었다.

"장형, 우리 집 친척 두 분을 건네 주오."

왕딩류가 소리치니 장왕이 대꾸한다.

"배를 타겠으면 빨리 오라고 해라."

왕딩류가 장순에게 어서 나가 배를 타자고 알리니 장순이 안다오취안을 보고 사정한다.

"안형, 옷을 바꿔 입읍시다. 그래야 배를 탈 수 있습니다."

"그건 어째서 그런가?"

"글쎄, 그럴 만한 연고가 있으니 더 묻지 마시오."

안다오취안은 두말없이 옷을 벗어 바꿔 입었다. 장순은 두건을 쓰고 채양이 달린 전모로 얼굴을 가렸고, 왕딩류는 약주머니를 메었다. 그들이 나루터에 이르자 장왕이 배를 기슭에 가져다 대는지라 세 사람은 배에 올랐다. 장순이 고물로 걸어가서 널빤지를 들고 보니 칼이 그냥 거기에 있는지라 선창으로 되돌아왔다. 장왕이 삐걱삐걱 노를 저어 배를 강심으로 몰아갔을 때 장순은 웃옷을 벗어 던지고 소리쳤다.

"사공, 선창에 물이 새니 빨리 들어와 보소!"

장왕은 그것이 꾀인 줄 모르고 머리를 선창 안으로 들이미는데 장순이 덥석 그의 머리를 거머쥐고 호통친다.

"이 강도놈아! 전일 눈 오는 날 네 배에 탔던 손님을 알 만하냐?"

장왕이 그를 쳐다보고 찍소리도 못 하니 장순은 또 호통친다.

"이놈아, 너는 나의 황금 백 냥을 빼앗고 내 목숨까지 해치려 들었지! 그 말라깽이 애송이는 어디로 갔느냐?"

"호한, 소인은 재물을 얻고 독차지할 욕심이 생겼는데 그 애가 나누어 갖자고 말썽을 부릴까 봐 죽여서 강에 쳐 넣었습니다."

"이놈, 나를 알 만하냐?"

"알 만합니다. 제발 목숨만 살려 주시오."

"쉰양 강潯陽江 변에 태어나서 샤오구 산小孤山 아래서 자라 고기 장사를 한 나를 모르는 사람이 어디 있다더냐? 쟝저우에서 소동을 일으키고 량산보로 가 쑹 공명을 따라 천하를 종횡무진 돌아다니니 누구나 다 이 어른을 두려워하고 있다. 그 날 네놈이 날 속여 배에 앉히고 두 손을 묶어 강에 쳐 넣지 않고 어쨌느냐? 나에게 물 재주가 없었더라면 목숨을 잃고 말았을 게다! 오늘 원수를 상면한즉 용서가 당키나 한 소리냐!"

장순은 이렇게 꾸짖고 그를 선창 안으로 끌어들인 뒤 말발쪽 묶듯 그의 손발을 한데 묶어 양쯔 강에 쳐 넣었다.

"너에게 칼 맛을 보이지 않겠다."

장왕은 황혼 속에 갑자기 물귀신이 되고 말았다. 왕딩류는 그 광경을 보고 땅이 꺼지게 한숨을 쉬었다. 장순은 배 안에서 전일 빼앗겼던 금과 은 부스러기를 찾아 보따리에 쌌다. 그들 셋은 배를 저어 강기슭에 가져다 댔다. 이때 장순은 왕딩류를 보고 권했다.

"동생의 은혜는 죽어도 잊지 않겠네. 마음이 있거든 주점을 거둬 가지고 부친과 함께 량산보에 올라 대의를 좇게나."

"저의 생각도 그렇습니다."

이렇게 이야기를 마치자 장순과 안다오취안은 북쪽 강 언덕에 올랐다. 왕딩류는 두 사람과 갈라져 다시 마상이를 타고 집으로 돌아가서 짐을 꾸려 가지고 그들을 뒤쫓아갔다.

　장순은 안다오취안과 함께 언덕에 오르자 약주머니를 메고 걸음을 다그쳤다. 그런데 안다오취안은 서생 출신이라 걸음이 능하지 못하여 30리도 못 갔는데 더는 걷지 못하게 되었다. 장순은 그를 시골 주점으로 데리고 들어가서 술을 사서 대접했다. 그들이 한창 술을 마시는데 밖에서 웬 길손이 들어오면서 소리쳤다.

　"동생, 왜 이리 늦었나?"

　장순이 쳐다보니 그는 선싱타이바오神行太保 다이쭝戴宗인데 길손처럼 차리고 뒤를 쫓아왔던 것이다. 장순은 서둘러 다이쭝과 안다오취안을 서로 인사시키고 나서 쑹 공명의 소식을 물었다.

　"지금 형님은 정신이 혼미하여 물 한 모금 넘기지 못하고 사경에 처해 있네."

　장순은 그의 말을 듣자 눈물이 비 오듯 하였다.

　"살갗 혈색은 어떱디까?"

　안다오취안이 물으니 다이쭝이 대답했다.

　"살갗은 파리한데 긴 밤 동통이 멎지 않아 신음 소리만 내니 생명을 부지할 것 같지 못합니다."

　"아픈 데를 안다면 고칠 수는 있는데 다만 기일을 어길까 봐 걱정됩니다."

　"그건 염려하지 마십시오."

　다이쭝은 갑마 두 개를 꺼내어 안다오취안의 다리에 처매 주고 자기는 약주머니를 메고 장순에게 말했다.

　"나는 태의를 모시고 먼저 갈 테니 자네는 천천히 오게."

　두 사람은 주점을 떠나 신행법을 써서 먼저 떠났다.

(『수호전』 제64회)

수미조응법首尾照應法

❖ 정의

　한 편의 소설 작품은 수미가 서로 조응을 해야 주제를 두드러지게 할 수 있고, 구조를 엄밀하게 만들 수 있으며, 작품을 일맥요연하게 만들 수 있는 법이다. 이렇게 조응하는 방법은 여러 가지가 있다. 작품의 서두와 표제가 조응하는 경우도 있고, 이야기가 전개되는 과정에서 한 가지를 둘러싸고 앞뒤로 상호 조응하는 경우도 있으며, 서두와 결말이 조응하는 경우도 있다. 이 가운데 맨 마지막 경우는 전체 문장을 개괄하고 주제를 두드러지게 하며, 문장의 처음과 끝이 원만하게 합쳐지고 구조가 완정하게 해주는 효과가 있다.

❖ 실례

　중국 고대소설 가운데 '수미조응법'이 가장 많이 나타나는 작품은 『삼국지연의』다. 이 작품은 "천하의 대세는 분열된 지 오래되면 반드시 합쳐지고, 합쳐진 지 오래면 반드시 분열한다."라는 말로 시작해서, 결말에서 다시 "이것이 이른바 천하의 대세가 합쳐진 지 오래면 반드시 분열하고, 분열된 지 오래되면 반드시 합쳐진다."는 말로 마무리된다. 진성탄金聖嘆이 요참한 70회 본『수호전』역시 그러하고, 한 바탕의 꿈으로 시작해서 꿈으로 끝나는『홍루몽』역시 그러하다. 어찌 장편소설만 그러하겠는가?『요재지이』가운데「가평공자嘉平公子」나 명대 백화소설 중의「두스냥이 화가 나서 보물 상자를 강물에 빠뜨리다杜十娘怒沈百寶箱」, 당 전기 가운데『한단기邯鄲記』,『남가기南柯記』등도 모두 이러한 방법으로 구조를 완정하게 만든 예라 할 수 있다.

이 가운데『남가기』는『남가태수전南柯太守傳』이라는 이름으로도 알려졌는데, 리궁쭤李公佐의 대표작이다. 이 작품은 그 구상이 비범하고 구조가 정밀하며 앞뒤가 서로 조응해 혼연일체가 된 느낌을 주고 있다. 소설의 서두에서는 춘위펀淳于棼이라는 사람에 대한 소개와 그가 꿈을 꾸게 된 상황을 소개하고 막 바로 이야기를 전개하고 있다. 그리고 결말에서는 주인공이 꿈에서 깨어나 구멍을 파보니 꿈에서 본 상황과 여실하게 들어맞는 것을 확인해 준다. 이렇게 끝맺음으로써 독자는 작품의 구조가 완정한 느낌을 받게 되고, 그 결과 인생이라는 것이 허망한 한 편의 꿈과 같다는 생각이 들게 된다. 그래서 루쉰魯迅도 그의『중국소설사략』에서 이 작품을 평하며, "이는 현실을 빌어 환상을 증명한 것으로 여운이 길게 남는다假實證幻, 餘韻悠然"고 말한 바 있다.

❖ 예문

둥핑東平[1]의 춘위펀淳于棼은 우추吳楚[2] 지방을 돌아다니는 협객이었다. 술을 좋아하고 기질이 험해 사소한 일에는 신경조차 쓰지 않았다.

---

1 지금의 산둥 성에 있는 현縣의 이름이다.
2 지금의 후난湖南, 후베이湖北, 저장浙江, 쟝쑤江蘇 등의 성 일대를 가리킨다.

그는 거대한 재산을 축적하고 있었으며 호객豪客을 거느리고 있었다. 일찍이 무예로 인정받아 화이난淮南 군의 부장副將으로 보임된 일이 있었지만 술을 마시고 멋대로 놀아 대장의 노여움을 사서 파면 당하자, 뜻을 잃고 아무 하는 일 없이 제멋대로 날뛰면서 술만 마시며 나날을 보내고 있었다.

그의 집은 광링廣陵 군3의 동쪽으로 10리 떨어진 곳에 있었고, 살고 있는 집의 남쪽에는 크고 늙은 홰나무 한 그루가 있었는데, 가지와 줄기는 높고도 무성하여 수십 평의 시원한 그늘을 이루고 있었다. 춘위생은 날마다 여러 호한들과 더불어 그 아래서 통음痛飲했다.

정원貞元4 7년 9월, 그는 술이 너무 지나치게 취해서 병이 나고 말았다. 그때 친구 두 사람이 같은 자리에 있다가 그를 부축해서 집으로 돌아와서 집 동쪽의 상방에다 눕혔다. 두 친구는 생에게 말했다.

"한잠 자라구! 우리는 이제 말 먹이를 주고 발을 씻고 자네가 좀 나아지면 갈 터이니."

생은 두건을 벗고 잠자리에 들었는데, 정신이 혼미하여 마치 꿈속에서 헤매는 것 같았다. 그때 두 사람의 자줏빛 옷을 입은 사자가 나타나더니 그에게 무릎을 꿇고 절을 하며 말했다.

"괴안국槐安國 임금께서 저희들을 파견하셔서 귀하를 받들어 모셔 오라 하셨습니다."

이 말을 듣고 생은 자신도 모르는 사이에 침대에서 내려와 옷을 갖추어 입고 그 두 사자를 따라 대문까지 이르렀다. 대문에 이르러 보니 푸른 색칠을 한 수레가 있고, 그것을 네 필의 말이 끌고 있었다. 좌우에는

---

3 지금의 쟝쑤 성 쟝두江都 현 동북쪽.
4 당 덕종德宗의 연호(785~804년).

시중을 드는 사람이 일고여덟 명 있다가 그를 부축해서 수레에 태워 주었다. 수레는 대문을 나와 오래된 홰나무의 굴을 향해 갔다.

······

두 사자는 그를 수레에서 내리게 했다. 생은 자기 집 문으로 들어가서 계단을 올라갔다. 자기의 육신은 자기 집 동쪽 상방에 누워 있었다. 생은 대단히 놀랍고 두려워서 감히 앞으로 나아가지 못했다. 그것을 본 두 사자가 큰 소리로 그의 이름을 몇 번 부르니 생은 드디어 잠들기 전의 자신으로 깨어났다. 깨어나 보니 자기 집 동복은 뜰에서 마당을 쓸고 있고, 두 친구는 걸상에 앉아 발을 씻고 있었으며, 석양은 아직도 서쪽 담을 넘어 가지 않았고, 먹다 남은 술잔은 아직도 동쪽 창가에 그대로 남아 있었다.

꿈속에서 순식간에 마치 한 평생을 살아온 것 같은 느낌이었다. 생은 감동하여 깊이 탄식하고 드디어 두 친구를 불러 그 이야기를 해 주었다. 그들은 깜짝 놀라 그와 더불어 밖으로 나가 홰나무 밑의 한 구멍을 찾았다. 생은 그곳을 가리키면서 말했다.

"이곳이 바로 꿈속에서 내가 들어갔던 곳이야."

두 친구는 이것이 여우나 그렇지 않으면 나무의 요정이 둔갑한 것이라 하면서 드디어 하인에게 명해 도끼를 가져와서 꾸불텅한 줄기를 끊고 가지와 순을 자르게 하여 구멍의 근원을 찾았다. 옆으로 한 길 쯤 되는 곳까지 파고 들어갔을 때 큰 굴이 하나 나타났는데, 훤하게 파여 있어서 침상 하나는 들여놓을 수 있을 만했다. 그 위쪽에는 흙을 쌓아서 성곽과 궁전의 모양을 만들어 놓았는데, 수십 말이나 되는 개미들이 그 속에 모여 숨어 살고 있었다. 그 중간에는 또 조그마한 성대가 있어 그 색깔은 붉은 듯 하였고, 두 마리의 큰 개미가 그곳에 살고 있는데, 날개는 희고 머리는 붉으며 길이가 세 치 가량 되어 보였다. 그 좌우에는 큰 개미 수십 마리가 보좌하고 있어서 다른 여러 개미들은 감히 가까이 가지 못했다. 그 개미가 곧 왕이었고, 그곳이 곧 괴안국 수도였다.

(『남가태수전南柯太守傳』)

정범법正犯法

❖ 정의

　'정범법' 역시 진성탄金聖嘆의 「독제오재자서법讀第五才子書法」 가운데 하나이다. 여기서 말하는 '범犯'이란 저촉되고 중복된다는 뜻이다.

　　정범법正犯法이라는 것이 있다. 이것은 우쑹이 호랑이를 때려잡은 뒤에 다시 리쿠이가 호랑이를 죽이고 셰전解珍과 셰바오解寶가 호랑이와 싸우는 것[1]을 묘사한 것과 판진렌潘金蓮이 서방질한 것 뒤에 다시 판챠오윈潘巧雲이 서방질한 것을 묘사한 것[2], 쟝저우 성江州城에서 형장을 습격한 것 뒤에 다시 다밍푸大名府에서 형장을 습격한 것을 묘사한 것[3], 허타오何濤가 도둑을 잡은 것 뒤에 다시 황안黃安이 도둑을 잡은 것을 묘사한 것[4], 린충林冲이 귀양간 것 뒤에 다시 루쥔이盧俊義가 귀양간 것을 묘사한 것[5], 주통朱소과 레이헝雷橫이 차오가이를 풀어주고 난 뒤 다시 주통과 레이헝이 쑹쟝을 풀어준 것[6] 등을 말한

1　각각 『수호전』, 22회, 42회, 48회.
2　『수호전』, 22~23회, 44회.
3　『수호전』, 39회, 61회.
4　『수호전』, 16~17회 19회.
5　『수호전』, 7회 61회.
6　『수호전』, 17회, 21회.

다. 이것은 바로 고의로 제재를 반복하긴 했지만, 오히려 본래 사건에서 한 점 한 획도 빌려오지 않은 것을 통쾌하게 여긴 것이니, 진정 혼신의 힘을 다한 것이고 할 수 있는 방도를 다한 것이라 하겠다.

有正犯法, 如武松打虎後, 又寫李逵殺虎, 又寫二解爭虎; 潘金蓮偸漢後, 又寫潘巧云偸漢; 江州城劫法場後, 又寫大名府劫法場; 何濤捕盜後, 又寫黃安捕盜; 林冲起解後, 又寫盧俊義起解 朱同雷橫放晁蓋後, 又寫朱同雷橫放宋江等。正是要故意把題目犯了, 却有本事出落得無一點一畫相借, 以爲快樂是也, 眞是渾身都是方法。

한 작품 안에서 비슷한 행동이나 행위를 여러 차례 반복해서 묘사하는 것은 피해야 한다. 그것은 비슷한 장면을 묘사하게 되면 아무래도 그 묘사가 비슷해지기 때문이다. 그러나 위대한 작가들은 오히려 그것을 피하지 않는다. '정범법'이란 바로 그렇게 기피해야 하는 것을 오히려 '정면으로 마주하고 범한다'는 것을 말한다.

❖ 실례

『수호전水滸傳』에는 이에 속하는 대목이 많이 등장한다. 그 가운데 호랑이를 잡는 것을 예로 들면, 우쑹武松이 호랑이를 때려잡은 대목과 다시 또 리쿠이李逵가 호랑이를 죽이는 대목, 그리고 졔 씨解氏 형제가 호랑이를 잡는 대목을 들 수 있다.

『수호전』에는 호랑이를 잡는 장면이 세 번 나온다. 22회에서 우쑹은 술기운에 징양강景陽崗 고개를 넘다가 호랑이를 만나 싸우고, 43회에서는 리쿠이李逵가 어머니를 모시고 량산보梁山泊에 가다가 한밤중에 이링沂嶺에서 잠시 물을 구하러 간 사이에 어머니가 호랑이에게 잡아먹히게 되자 물불을 가리지 않고 호랑이를 찾아 해치웠으며, 49회에서는 졔

전解珍, 제바오解寶 형제가 관아에서 내린 기한부 공문을 받고 어쩔 수 없이 호랑이를 잡게 된 상황을 묘사하고 있다.

그런데 이렇듯 세 차례나 호랑이 잡는 것을 묘사하면서도 작자는 각각의 장면을 모두 다르게 처리하고 있다. 과연 이 소설의 작자는 어떻게 이런 식으로 묘사할 수 있었을까?

첫째, 그들이 호랑이와 맞서 싸운 계기가 서로 달랐으되, 어쩔 수 없는 상황에서 초인적인 힘을 발휘한 것은 모두 같았다. 우쑹은 술기운에 의해 격앙되어 있었고, 리쿠이는 호랑이에게 어머니가 잡아먹힌 것 때문에 눈에 보이는 게 없었다. 졔 씨 형제는 관아의 기한부 명령 때문에 어쩔 수 없이 그리한 것이었다. 그래서 우쑹은 온 힘을 다해 맞서 싸우되 처음에는 마음의 준비가 부족해 허둥댔다. 그러나 나중에는 자기 목숨이 달린 일이었기에 초인적인 힘을 발휘해 호랑이와 맞서 싸웠다. 이 장면은 하나하나 매우 상세하게 묘사되었다. 리쿠이는 어머니의 복수를 하기 위해 연달아 네 마리의 호랑이를 죽였는데, 그의 불같은 성격대로 매우 급하게 때려 죽였다. 졔 씨 형제는 사냥꾼이었기 때문에 호랑이를 잡으라는 명령을 받고는 사냥꾼이 호랑이를 잡는 방법을 사용했다. 곧 마음은 비록 조급했지만 실제로는 나무 근처에서 기다리다가 매우 침착하게 호랑이를 잡았다.

둘째, 묘사방법이 달랐다. 우쑹이 때려죽인 호랑이는 한번 덮치고, 한번 걷어차고, 한번 내리치는 것이 아주 사실적으로 그려졌는데, 매우 합리적으로 세밀하게 묘사함으로써 사람을 놀라게 하고 있다. 리쿠이의 경우는 그 중점을 호랑이에 두지 않고 리쿠이의 마음 상태에 두었기 때문에 대략 굵은 선으로 거칠게 묘사하였다. 졔 씨 형제가 죽인 호랑이 역시 호랑이보다는 졔 씨 형제의 심리 상태에 중점을 두었기 때문에 더욱 직선적으로 묘사하였다.

셋째, 같은 테마를 묘사했지만 배경과 인물이 달랐다. 우쏭은 기술을 사용해서 호랑이를 잡았지만 리쿠이는 거칠게 때려잡았다. 우쏭이 잡은 호랑이는 밖에 있어서 그 호랑이가 공격하는 것을 주로 묘사했다면, 리쿠이가 잡은 호랑이는 동굴 안에 있었기 때문에 호랑이의 모습과 태도에 주의하여 묘사했다.

❖ 예문

세상 사람들은 구름이 이는 곳에 용이 나타나고 바람이 부는 곳에 호랑이가 나타난다고들 말한다. 그 모진 바람이 지나가자 관목 숲 뒤로부터 휙 소리가 나더니 난데없이 눈이 치째지고 이마빼기가 허연 큰 호랑이가 껑충 뛰어나온다.

"이크!"

우쏭은 그 호랑이를 보고 놀라 소리를 지르며 청석판에서 뛰어내려 몽둥이를 집어들고 한쪽 옆으로 몸을 비켜섰다.

호랑이는 주리기도 하고 목도 말랐던지라 두 앞발로 사뿐 땅바닥을 짚더니 나는 듯이 허공에 뛰어올랐다가 내려오며 덮쳐든다. 하도 놀란 우쏭은 몸에 배었던 술이 다 식은땀으로 변하여 흘러나왔다. 그야말로 아슬아슬한 순간이었다. 호랑이가 덮치자 우쏭은 몸을 날려 얼핏 그 놈의 뒤로 피했다. 호랑이가 제일 싫어하는 것은 사람이 뒤에 있는 것인지라 그 놈은 앞발로 땅바닥을 짚고 궁둥이를 쳐들며 뒷발질을 한다. 우쏭은 다시 날쌔게 한 옆으로 피했다.

뒷발질을 했어도 그를 차지 못하자 호랑이는 '어흥' 소리를 지르는데 마치 허공에서 울리는 뇌성같이 산골짜기를 우렁우렁 울렸다. 그러자 이번에는 꼬리를 쇠몽둥이처럼 뻣뻣이 세워 가지고 휙 후려친다. 우쏭은 또 한 번 몸을 피했다. 본래 호랑이란 놈이 사람을 해칠 때는 한번은 덮치고 한번은 차고 또 한 번은 후려치는 법인데 그 세 가지가 다 안 됐을 때는 풀이 절반쯤 꺾이게 된다. 그런데 이 놈은 또다시 꼬리로 후려쳤다. 이번에도 제대로 갈기지 못한 그 놈은 재차 '어홍' 소리를 지르면서 홱 돌아선다.

호랑이와 마주서게 된 우쑹은 몽둥이를 두 손으로 쳐들었다가 있는 힘을 다해 한 대 내려 갈겼다. 와지끈 하는 소리와 함께 나뭇가지와 잎새들이 우수수 떨어졌다. 다시 보니 엉겁결에 내리친다는 것이 호랑이를 맞히지 못하고 마른 나무를 후려갈겨 손에 든 몽둥이가 두 도막이 나서 절반은 날아가고 절반만 손에 남았다.

호랑이가 연이어 소리를 지르며 재차 덮치니 우쑹은 이번에도 몸을 날려 10여 보 밖으로 나섰다. 호랑이가 다시 덮쳐와 그 놈의 앞발이 발부리 앞을 짚을 때 우쑹은 동강이 난 몽둥이를 내던지고 두 손으로 호랑이의 대가리를 움켜쥐고 내리눌렀다. 호랑이는 용을 쓸 대로 썼으나 우쑹이 있는 힘껏 내리눌러서 빠져나올 수가 없었다. 우쑹은 손으로 내리누르는 한편 발길로 호랑이의 이마빼기와 눈퉁을 연신 걷어찼다. 호랑이가 고함을 지르며 앞발로 긁어치는 바람에 땅에는 구덩이가 생겼다. 이때라고 생각한 우쑹은 호랑이의 주둥이를 그 구덩이에다 눌러박았다. 호랑이는 우쑹에게 눌러서 맥이 어지간히 빠졌다. 우쑹은 왼손으로 호랑이의 정수리를 움켜쥐고 단단히 누르고 오른손을 빼어 쇠망치 같은 주먹으로 있는 힘을 다해서 마구 내리쳤다. 6, 70번이나 내리치자 호랑이는 눈과 입과 코와 귀로 피가 터져 나왔다.

(『수호전』 제22회)

치솟는 격분에 붉은 수염까지 곤두선 리쿠이는 박도를 곧추들고 그

새끼 호랑이 두 마리에게 달려들었다. 놀라서 으르렁거리며 달려들던 새끼 호랑이 한 마리는 번개같이 날아드는 리쿠이 손에 의해 먼저 칼에 찔려 죽고 나머지 한 마리는 굴속으로 들어가버렸다. 리쿠이는 굴 속에 따라 들어가 그 놈마저 찔러 죽이고, 엎드려 밖을 내다보니 큰 어미호랑이가 으르렁거리며 굴로 들어오고 있었다.

'네놈이 내 어머니를 잡아먹었구나.'

리쿠이는 이렇게 생각하고 박도를 놓고 허리춤에서 요도를 뽑아 들었다. 그 어미 호랑이는 굴 어귀에 와서 먼저 꼬리를 안에 들이밀고 휙 치더니, 궁둥이부터 들이밀고 들어오는 것이었다. 리쿠이는 굴 안에서 노려보다가 칼을 들고 호랑이의 꼬리 밑을 겨누고 온힘을 다해 팍 들이 찔렀다. 칼은 곧바로 밑구멍에 들어박혔는데, 리쿠이가 어찌나 힘을 썼던지 칼자루마저 뱃속으로 쑥 들어가 버렸다. 그 호랑이는 죽는 소리를 지르면서 칼이 꽂힌 채 시냇가로 내뛰었다. 리쿠이가 박도를 들고 굴 밖으로 쫓아 나와 보니, 그 호랑이는 아픔을 이기지 못해 바위 아래로 뛰어내려갔다. 리쿠이가 막 뒤쫓아가려 하는 판에 나무 뒤에서 한바탕 광풍이 일어나며 나뭇잎들이 비 오듯 우수수 떨어졌다. 예로부터 "용 가는 데 구름끼고 범 가는 데 바람 인다"고 하였다. 환한 달빛 아래 광풍이 일던 곳을 보니 커다란 울부짖음과 함께 홀연 눈이 등잔 같고 이마빼기가 허옇게 센 호랑이 한 마리가 껑충 뛰어나오더니, 리쿠이를 향해 사납게 덮쳐들었다. 리쿠이는 놀라지도 서둘지도 않고 그 호랑이가 덮쳐드는 기세를 타고 칼을 들어 호랑이의 숨통을 찔렀다. 그 호랑이는 더 이상 걷어차지도, 내리치지도 못했다. 아프기도 했거니와 숨통을 상했기 때문이었다. 그 호랑이는 뒤로 몇 걸음 물러나 산이 무너지는 듯한 소리를 내더니 바위 밑에 쓰러져 죽어 버렸다.

(『수호전』 제42회)

그들 형제는 기한을 정한 공문을 받고 집에 돌아와 와궁, 독화살, 쇠뇌, 작살을 갖추고 표범가죽 바지를 입고 호랑이가죽 요대를 띤 다음 작살을 들고 곧바로 덩저우 산登州山으로 올라갔다. 와궁을 재워 놓고 나무 위에 올라가 하루종일 기다렸으나 헛물을 켰으므로 와궁을 거둬 가지고 돌아왔다. 이튿날도 또 마른 음식을 가지고 산에 올라가 기다렸는데, 날이 저무니 다시 활을 재워 놓고 나무에 올라가 줄곧 오경까지 기다렸으나 아무런 동정도 없었다. 그들은 와궁을 옮겨 서산으로 가서 날 밝을 무렵까지 기다렸으나 역시 허사였다. 두 형제는 간을 졸이었다.

'사흘 내에 범을 잡아 바치라고 하였으니, 시일이 지체되면 책벌 받을 텐데 어쩌면 좋담?'

사흘째 되는 날 밤, 두 형제는 사경까지 엎드려 기다리다가 피곤하여 자기도 모르게 서로 등을 맞대고 졸기 시작하였다. 갑자기 와궁 쏘는 소리가 들려 두 형제는 후다닥 뛰어 일어나 강쇠 작살을 들고 사방을 살펴보니, 호랑이 한 마리가 독화살에 맞아 땅에서 뒹굴고 있었다. 그들이 창을 곧추들고 다가드니, 호랑이는 사람이 가까이 오는 것을 보고 독화살이 박힌 채 그대로 달아났다. 그들이 바싹 쫓아가 보니 범은 산 중턱도 채 못 내려가서 약 기운이 퍼진지라 견디어 내지 못하고 으르릉 소리를 지르더니 산 아래로 굴러 떨어졌다.

(『수호전』 제48회)

약범법略犯法

❖ 정의

'약범법'역시 진성탄金聖嘆의「독제오재자서법讀第五才子書法」가운데
하나이다.

> 약범법略犯法이라는 것이 있다. 이것은 린충林冲이 칼을 사고 양즈
> 楊志가 칼을 판 것,[1] 탕뉴얼唐牛兒과 윈거鄆哥,[2] 정투鄭屠의 고깃간과
> 쟝먼선蔣門神의 "콰이훠린快活林"[3], 워관쓰瓦官寺에서 선장禪杖을 시험
> 하고 우궁링蜈蚣嶺에서 계도戒刀를 시험한 것[4] 등과 같은 것이다. 有
> 略犯法, 如林冲買刀與楊志賣刀; 唐牛兒與鄆哥; 鄭屠肉鋪與蔣門神"快
> 活林"; 瓦官寺試禪杖與蜈蚣嶺試戒刀等是也。

'약범법'역시 비슷한 소재가 중복되는 것으로, '정범법'과 다른 점은
말 그대로 그 소재가 약간 다르다는 데 있다. 이를테면, 앞서 '정범법'

---

1 『수호전』, 6회, 11회.
2 『수호전』, 20회, 23회. 탕뉴얼이나 윈거 모두 당사자가 아니라 중간에 끼어들어 싸움
을 벌인 경우다.
3 『수호전』, 2회, 28회.
4 『수호전』, 5회, 30회.

에서 예로 든 우쑹과 리쿠이가 호랑이를 때려잡는 것은 완전히 같은 소재이지만, 린충과 양즈의 경우는 칼을 '사는 것'과 '파는 것'이 다르다. 곧 이렇듯 '크게 보면 같지만大同', '미세한 부분에 있어 다른 것小異'이 바로 '약범법'의 요체다. 한 마디로 '정범법'은 그 범위가 크고, 정면적이고, 전면적인 데 반해, '약범법'은 그 범위가 비교적 작고, 부분적이라 할 수 있다.

❖ 실례

『수호전』에는 '정범법'과 마찬가지로 '약범법'의 예 역시 많이 찾아볼 수 있다. 진성탄이 예로 든 것 가운데, 정투와 쟝면선의 경우 둘 다 상점 주인인데 하나는 정육점이고 다른 하나는 주점을 열었다는 것이 그 작은 차이라 할 수 있고, 루즈선과 우쑹의 경우는 모두 무기를 사용하되 하나는 선장禪杖을 쓰고, 다른 하나는 계도戒刀를 주로 부린 게 다르다.

❖ 예문

한편 린충林冲은 매일 루즈선魯智深과 함께 술을 먹다 보니 그 일은 잊고 말았다.

하루는 두 사람이 함께 웨우팡閱武坊 골목 앞을 지나가는데, 웬 키 큰 사나이가 귀접은 두건에 낡은 전포를 입고, 손에는 풀대를 꽂은 보검을 들고 길거리에 서서 혼잣말로 중얼거리는 것이었다.

"좋은 보검이로되 임자를 만나지 못하는구나!"

……

린충은 그 칼을 보자 놀라서 저도 모르게 외쳤다.

"과연 좋은 검이로군! 얼마에 팔겠소?"

"부르는 값은 3천 관이지만 2천 관만 내시오."

"2천 관 값은 가지만 사자는 사람이 없을 거요. 천 관이면 내가 사겠소."

"나는 급히 돈 쓸 일이 있어서 그러는데, 당신이 꼭 사시겠다면 5백 관을 깎아 드릴 테니 1천 5백 관만 내시오."

"두말 할 것 없이 천 관이면 사겠소."

……

루즈선과 헤어진 린충은 칼 임자를 데리고 집으로 가서 돈을 셈해 주면서 그 사나이에게 물었다.

"이 칼이 대체 어디서 난 거요?"

"소인의 조상이 물려준 것인데, 가세가 영락되다 보니 할 수 없이 들고 나와서 팝니다."

"당신의 조상은 누구시오?"

"말을 하면 창피하지요."

린충은 더 묻지 않았다. 그 사나이는 돈을 받아 가지고 곧 돌아갔다. 린충은 그 칼을 이모저모로 보면서 감탄해 마지않았다.

……

다음날 사시 경에 문득 승국承局 둘이 문 밖에 와서 외친다.

"린 교두, 태위께서 나리가 좋은 칼을 샀다는 말씀을 듣고 한번 비교해 보시겠다면서 나리더러 그 칼을 가지고 곧 들어오시랍니다. 태위께서는 지금 부중에서 기다리십니다."

……

린충은 칼을 든 채 처마 밑에 서 있었다. 그런데 안으로 들어간 두 승국은 한식경이나 되어도 나오지 않았다. 린충은 미심쩍은 생각이 들어서 발 안을 기웃이 들여다보았다. 보니 처마 밑에는 검은색으로 '백

호절당白虎節堂'이란 네 글자를 쓴 현판이 붙어 있었다. 린충은 깜짝 놀랐다.

'이 백호절당은 군기 대사를 의논하는 곳이니만치 누구나 감히 함부로 들어오는 데가 아니다!'

그래서 급히 돌아서서 나가려는데, 신발 끄는 소리와 발자취 소리가 나더니 한 사람이 밖에서 들어온다. 린충이 바라보니 그는 다름 아닌 가오 태위였다. 린충은 엉겁결에 칼을 든 채 그의 앞으로 나가서 읍하였다. 그러자 태위는 버럭 고함을 질렀다.

"린충, 네 이놈! 부르지도 않았는데, 왜 함부로 이 백호절당에 들어왔느냐? 너는 그만한 법도도 모른단 말이냐? 손에 칼을 든 걸 보니 필시 나를 해치러 온 게로구나! ……"

(『수호전』 제6회)

속을 태우며 객주집에 며칠 있는 동안 노자가 다 떨어졌다.

'어떻게 한다? 조상이 물려준 이 보도밖에 없으니, 언제나 몸에 붙어 다닌 칼이지만 막판에 몰린 지금에는 할 수 없이 거리로 들고 나가 다만 천여 관이라도 받아서 노자로 삼아 어디로든 가서 몸을 붙여야지.'

이렇게 생각한 양즈楊志는 그 날로 보도에다 팔 것이란 표지로 풀대를 꽂아들고 거리로 팔러 나갔다. 마싱졔馬行街로 나가서 두어 시간이나 서 있었지만 값을 묻는 사람조차 없으므로 점심때까지 서 있다가 이번에는 번화한 톈한챠오天漢橋로 갔다. 양즈가 서 있은 지 얼마 안 되어 갑자기 거리 양편의 사람들이 뿔뿔이 개천 아래쪽 골목으로 피하여 숨는다.

"빨리들 피해라. 호랑이가 온다."

'괴상하군. 이런 장안에 백주에 어디서 난 범이냐?'

양즈가 혼자 중얼거리면서 두루 살펴보니 저기서 시꺼먼 녀석이 술이 거나해서 비틀거리며 이쪽으로 온다. 양즈가 그 사람을 보니 생김생김이 누추하였다.

그는 원래 서울에서 이름난 망종으로 털 없는 범이라 불리는 뉴얼牛二이었다. …… 양즈 앞으로 다가온 뉴얼은 대뜸 그 보검을 와락 앗아들더니 물었다.

"이 칼을 얼마에 팔 텐가?"

"조상이 물려준 보검인데 3천 관이면 팔겠소."

"무슨 놈의 칼이 그렇게 비싸단 말이냐? 나는 엽전 서른 닢을 주고 산 칼로도 고기를 저미고 두부도 썬다. 네 칼이 뭐 그리 귀한 데가 있다고 보검이라 떠벌리는 거냐?"

……

이 말에 성난 양즈는 뉴얼을 뒤로 밀어 넘어뜨렸다. 툭툭 털면서 일어난 뉴얼은 머리로 양즈의 가슴을 받으며 달려들었다.

"여러분들이 다 보다시피 나는 노자가 없어서 이 칼을 팔려고 하는데, 이 망종이 내 칼을 빼앗으려 할 뿐 아니라 나를 때리기까지 합니다."

양즈가 이렇게 외쳤으나 모여선 사람들은 뉴얼이 무서워 누구 하나 감히 선뜻 나서서 말리지 못했다.

"이놈아, 내가 너를 때린다고 했지? 아주 때려 죽인들 어쨌단 말이냐?"

뉴얼이 오른 주먹을 들어 내리쳤다. 양즈가 홱 피하면서 성난 김에 그 칼로 뉴얼의 명치를 푹 찌르니 그 놈은 털썩 거꾸러진다. 양즈는 따라가서 뉴얼의 가슴을 또 연거푸 두 번이나 푹푹 내리찔렀다. 뉴얼은 온 땅바닥에 피를 콸콸 쏟으며 마침내 그 자리에 쓰러져 죽었다.

(『수호전』 제11회)

특범불범법特犯不犯法

❖ 정의

앞서 살펴 본 대로, 소설 기법에서 '범犯'은 중복되는 것을 가리킨다. '특범'은 작자가 의식적으로 다른 인물을 동일한 또는 비슷한 사건에 놓아두어 상호 비교하는 것이고, '불범'은 이렇게 비교하는 가운데 각각의 인물들이 갖고 있는 서로 다른 특징을 드러내 보임으로써 인물의 성격을 선명하게 구별하는 것을 가리킨다. 소설 작품은 일상 생활을 원형으로 삼고 있기에, 어쩔 수 없이 유사한 사건을 묘사하고, 유사한 사건 속에서 서로 다른 인물의 서로 다른 성격을 드러내게 된다. 이렇듯 비슷한 상황에 처한 인물들이 서로 다른 특징을 내보이는 것을 '특범불범'이라 부른다.

❖ 실례

『금병매』에도 이런 '특범불범'에 해당하는 예가 많이 있다. 장주포張竹坡는 자신의 『금병매 독법』에서 다음과 같이 말한 바 있다.

(45) 『금병매』의 절묘함은 중복필법犯筆을 중복되지 않게 잘 사용

하는 데 있다. 이를테면, 잉 백작應伯爵을 묘사하면서 셰시다謝希大도 묘사하고 있지만, 잉 백작은 잉 백작이고, 셰시다 역시 셰시다일 뿐이니, 각자의 신분이 그대로 있고, 각자의 말투 역시 한 올도 흐트러지지 않았다. 판진롄을 묘사하면서 또 리펑얼도 묘사하고 있어 겹친다고 말할 수 있으나, 그 처음과 끝, 모이고 흩어지는 것이나, 그 말투 행동에 있어 각자가 한 올도 흐트러짐이 없다. 왕류얼王六兒을 묘사하면서 다른 한편으로 번쓰賁四의 아내를 묘사하고, 리구이졔李桂姐를 묘사하면서 다시 우인얼吳銀兒, 정아이웨鄭愛月을 묘사했다. 왕파王婆를 묘사하면서 매파 쉐 씨薛氏, 펑 씨馮氏 아줌마, 원 씨文氏댁, 매파 타오 씨陶氏를 묘사했다. 비구니 쉐 씨薛氏를 묘사하면서 다른 한편으로 비구니 왕 씨王氏, 비구니 류 씨劉氏를 묘사했다. 이와 같은 부류의 사람들이 모두 일부러 겹치게 하였으나, 오히려 각자가 개성이 있어 절대 비슷하지 않다.

(45) 『金甁梅』妙在善於用犯筆而不犯也。如寫一伯爵, 更寫一希大, 然畢竟伯爵是伯爵, 希大是希大, 各人的身分, 各人的談吐一絲不紊。寫一金蓮, 更寫一甁兒, 可謂犯矣, 然又始終聚散, 其言語擧動又各各不亂一絲。寫一王六兒, 偏又寫一賁四嫂: 寫一李桂姐, 偏又寫一吳銀姐、鄭月兒。寫一王婆, 偏又寫一薛媒婆、一馮媽媽、一文嫂兒、一陶媒婆。寫一薛姑子, 偏又寫一王姑子、劉姑子, 諸如此類, 皆妙在特特犯手, 却又各各一款, 絕不相同也。

『홍루몽』에서도 마찬가지다. 작자는 비슷한 인물들을 한데 놓고 비교하는 가운데 서로 다른 특징을 보여주고 있다. 작품 속의 두 여주인공 바오차이寶釵와 다이위黛玉의 경우가 그러하다. 바오위寶玉가 아비인 쟈정賈政에게 매를 맞고 드러누워 있을 때, 바오차이와 다이위가 찾아온다. 그러나 두 사람이 그 상황을 대하는 것은 판이하다. 침착한 바오차이는 은근하면서도 도리에 맞는 행동거지를 보여주지만, 다정다감하고 감수

성이 풍부한 다이위는 "두 눈이 복숭아처럼 부어 있고 얼굴이 온통 눈물로 뒤범벅이 되어", 하고 싶은 말을 다 하지도 못하고 있다가 겨우 "이젠 정신 좀 차리세요!"라는 한 마디를 던진다. 그야말로 비슷한 상황에서 두 여인이 보여주는 행동거지가 완전히 상반된 것을 알 수 있다.

❖ 예문

그렇게 말하고 있는데 하녀가 전갈했다.

"바오차이寶釵 아가씨께서 오셨어요."

시런襲人은 내복 바지를 입혀줄 시간이 없어서 얼른 비단 겹이불로 바오위寶玉를 덮어주었다. 잠시 후 바오차이가 환약을 들고 와서 시런에게 말했다.

"저녁에 이 약을 술에 개어서 도련님께 발라 드려요. 어혈의 열독을 빼줘서 금방 낫게 해줄 거예요."

바오차이는 시런에게 약을 건네주고 바오위에게 물었다.

"좀 나아졌나요?"

"덕분에요. 좀 앉아요."

바오차이는 그가 눈을 또렷이 뜨고 말하는 모습이 아까와는 달라서 상당히 안심하면서도 한숨을 쉬었다.

"진즉 남의 말에 귀를 기울였더라면 이런 일이 없었을 텐데요. 노마님이나 이모님께서 가슴 아파하시는 것은 말할 것도 없고, 저희들도 마음이 아프네요."

거기까지 말하다가 바오차이는 재빨리 뒷말을 얼버무리면서 성급한 말을 했다며 후회했다. 그녀는 자신도 모르게 얼굴이 빨개져서 고개를 푹 숙였다.

......

이렇게 생각하고 나서 바오차이가 웃으며 말했다.

"이 사람 탓이니 저 사람 탓이니 원망할 필요 없어요. 제 생각에는 평소 도련님 행실이 바르지 못해 그런 사람들과 어울리니까 이모부님께서 진노하신 것 같아요. ......"

......

바오위가 무슨 말을 하려는 찰나 바오차이가 몸을 일으키며 말했다.

"내일 다시 올게요. 몸조리 잘 하셔요. 조금 전에 시런에게 약을 주었으니 저녁에 바르면 곧 괜찮아질 거예요."

그리고 바로 문밖으로 나갔다.

......

바오위는 정신이 점점 혼미해졌다. 갑자기 쟝위한蔣玉函이 걸어 들어와 충순왕부忠順王府에 잡혀간 일을 하소연하기도 했고, 진촨金釧이 들어와 통곡하며 우물에 몸을 던진 심정을 이야기하기도 했다. 바오위는 비몽사몽간이라 그들의 말에 전혀 신경을 쓰지 않았다. 그런데 갑자기 누군가 그를 흔들었다. 환상처럼 아련하게 누군가 슬피 우는 소리도 들렸다. 바오위가 꿈에서 깨어나 눈을 떠보니 다름 아닌 다이위黛玉였다. 바오위는 여전히 꿈인가 싶어서 얼른 허리를 기울여 상대의 얼굴을 자세히 살펴보았다. 두 눈이 복숭아처럼 부어 있고 얼굴이 온통 눈물로 뒤범벅이 되어 있는 모습은 분명 다이위였다. 바오위는 다시 살펴보려다가 하반신이 너무 아파서 "아야!" 비명을 지르며 다시 누워 한숨을 내쉬었다.

"누이는 또 뭐 하러 왔어! 해는 졌다지만 땅의 열기가 아직 식지 않았으니 두 번씩이나 왔다 갔다 하고 나면 또 더위를 먹는다고! 난 매를 맞긴 했지만 전혀 아프지 않아. 이러고 있는 건 다른 사람들을 속여 아버님께 소문이 들어가게 만들려는 꾀병이야. 그러니 진짜로 여기지 말라고."

다이위는 소리내어 통곡하지는 않았지만 숨 죽여 흐느끼다 보니 목이 메어서 더욱 가슴이 답답했다. 게다가 바오위가 그렇게 말하자 가슴속에서는 하고 싶은 말이 수없이 많았지만 입 밖으로 나오지 않았다. 다이위는 한참 뒤에야 겨우 흐느낌 섞인 목소리로 말했다.

"이젠 정신 좀 차리세요!"

바오위가 한숨을 내쉬었다.

"걱정 마. 그리고 그런 말은 하지 마. 그 사람들을 위해서라면 난 죽어도 좋아!"

말이 채 끝나기도 전에 밖에서 소리가 들려왔다.

"둘째 아씨께서 오셨습니다."

다이위는 시펑熙鳳이 왔다는 걸 알고 얼른 일어서며 말했다.

"전 뒤뜰로 나갔다가 나중에 다시 올게요."

바오위가 그녀의 팔을 붙들며 말했다.

"왜 그래? 왜 갑자기 형수님을 무서워하는 거야?"

다이위는 조바심을 내며 나직하게 말했다.

"제 눈을 좀 봐요. 그 분이 또 이걸 두고 놀리실 거 아니에요?"

그 말에 바오위는 얼른 손을 놓았다. 다이위는 재빨리 침상 뒤쪽으로 돌아 뒤뜰로 나갔다. ……

(『홍루몽』 제34회)

양억법 揚抑法

❖ 정의

　'양억법'의 글자 그대로의 뜻은 위로 올렸다가 억누른다는 것이다. 곧 소설 속 등장인물을 묘사할 때 한껏 치켜올렸다가 나중에 곤경에 처하게 하거나, 반대로 먼저 곤경에 처하게 했다가 나중에 그를 치켜올리는 등 주인공이 처한 상황을 기복 있게 묘사하는 것을 말한다. 이렇게 함으로써 등장인물은 격렬한 모순 속에 처하게 되고, 이러한 우여곡절을 통해 인물의 성격이 두드러지게 체현된다.

❖ 실례

　『삼국지연의』제95회에서 마쑤馬謖는 계책을 잘못 세워 중요한 요충지인 제팅街亭을 잃고 주거량諸葛亮을 곤경에 처하게 한다. 쓰마이司馬懿의 15만 대군이 코앞에 닥쳤을 때 주거량에게는 단지 2천 5백 명의 군사만 있을 뿐이었다. 실로 공격을 할 수도 수성을 할 수도 없는 난감한 상황에 놓였던 것인데, 따지고 보면 이 모든 것은 주거량 스스로 인정했듯이 그가 마쑤의 능력을 미처 헤아리지 못했기 때문에 벌어진 일이었다. 이것은 작자가 고의로 주거량을 곤경에 처하게 한 것이다.

그러나 여기서 하나의 반전이 일어난다. 곧 작자는 절체절명의 위기에 놓인 주거량이 "난간에 기대어 앉아 향을 피우고 거문고를 타"는 이른바 '공성계空城計'를 연출하게 함으로써 주거량의 상상을 뛰어넘는 지혜와 그것을 태연하게 실행에 옮기는 과단성을 동시에 보여주고 있는 것이다. 이것은 앞서 말한 등장인물의 능력을 치켜올리기 위해 먼저 곤경에 빠뜨린 예라 할 수 있다.

❖ 예문

한편 주거량諸葛亮은 계팅街亭을 지키라고 마쑤馬謖 등을 보낸 뒤에도 마음이 놓이지 않아 머뭇거리고 있었다. 이때 왕핑王平이 보낸 사람이 영채의 위치를 그린 도본을 갖고 왔다는 보고가 들어왔다. 주거량이 불러들이자 좌우의 부하들이 그림을 바쳐 올렸다. 상 위에 그림을 펼쳐 놓고 살펴보던 주거량은 소스라치게 놀랐다. 그는 상을 치며 소리쳤다.

"무지한 마쑤가 우리 군사를 함정에 빠뜨렸구나."

좌우의 사람들이 물었다.

"승상께서는 무엇 때문에 그토록 놀라십니까?"

주거량이 대답했다.

"이 도본을 보니 중요한 도로는 내버려두고 산에다가 영채를 세웠소. 위나라 군사가 대대적으로 몰려와 사방으로 에워싸고 물 긷는 길을 끊는다면 이틀이 못 가서 군중에 자중지란이 일어날 것이오. 계팅을 잃으면 우리는 어떻게 돌아간단 말이오?"

장사長史 양이楊儀가 나서며 말했다.

"제가 비록 재주 없으나 마쑤를 대신하고 그를 돌려보내겠습니다."

주거량은 양이에게 영채 안치하는 법을 일일이 일러주었다. 양이가 막 떠나려 할 때였다. 갑자기 파발마가 달려와 보고를 올렸다.

"계팅과 례류청列柳城을 모두 잃었습니다."

주거량은 발을 구르며 땅이 꺼지도록 한숨을 쉬었다.

"대사를 그르치고 말았구나! 이는 나의 잘못이로다."

......

모든 배치를 마친 주거량은 먼저 5천의 군사를 이끌고 시청西城 현으로 물러가며 식량과 말먹이 풀을 운반했다. 그런데 갑자기 정찰병이 10여 차례나 연달아 달려와 소식을 전했다.

"쓰마이司馬懿가 15만 대군을 이끌고 시청을 향해 벌떼처럼 몰려들고 있습니다."

이때 주거량 옆에는 대장은 한 명도 없고 한 무리의 문관들이 있을 따름이었다. 수하에 거느린 5천 명의 군사 또한 절반은 식량과 말먹이 풀을 나르도록 먼저 보내고 보니 성중에는 겨우 2천 5백 명이 남아 있었다. 그런 판에 이 소식을 듣고 관원들이 낯빛이 새하얗게 질렸다. 주거량이 성 위에 올라가 바라보니 과연 흙먼지가 하늘을 찌르는 가운데 위나라 군사가 두 길로 나누어 시청 현으로 몰려오고 있었다. 주거량이 명령을 내렸다.

"깃발을 감추고 군사들은 각자 맡은 성포城鋪를 지키라. 함부로 움직이거나 큰소리로 떠드는 자는 그 자리에서 목을 벨 것이다. 네 대문을 활짝 열어젖히고 각 성문에 스무 명씩 군사를 배치하여 백성처럼 꾸미고 물을 뿌리며 거리를 쓸게 하라. 위나라 군사가 오더라도 함부로 움직이지 말라. 나에게 계책이 있느니라."

주거량은 곧바로 학창의를 입고 관건을 쓰고 두 동자에게 거문고를 들려서 성 위의 적루敵樓 앞으로 갔다. 그러고는 난간에 기대어 앉아 향을 피우고 거문고를 타기 시작했다.

......

쓰마이는 덜컥 의심이 났다. 그 태도가 너무나 자연스럽고 태평했다. 그는 곧바로 중군으로 돌아가 전군과 후군을 바꾸어 산길을 향해 퇴각했다. 둘째 아들 쓰마자오司馬昭가 물었다.

"혹시 주거량이 군사가 없어서 일부러 저러고 있는 것이 아닐까요? 아버님께서는 무엇 때문에 곧바로 군사를 물리십니까?"

쓰마이가 대답했다.

"주거량은 평생토록 신중하여 위태로운 짓이라곤 한 적이 없는 사람이다. 지금 성문을 활짝 열어 놓고 있는 것을 보면 틀림없이 매복이 있을 게다. 전진하다가는 그의 계책에 떨어질 것이다. 너희들이 어찌 그것을 알겠느냐? 속히 퇴군해야 한다."

이렇게 해서 두 길로 몰려오던 군사는 모조리 물러갔다.

(『삼국지연의』 제95회)

여파재진법餘波再振法

❖ 정의

'여파재진법'은 여파가 남아 다시 떨친다는 뜻이다. 이것은 독자가
작품을 다 읽었다고 생각한 순간 작자가 뜻밖에도 결말 부분에 새롭게
필묵을 가해 새로운 경지를 열고 새로운 파장을 일으켜 독자에게 더욱
심각한 뒷맛을 남기는 것이다.

❖ 실례

『요재지이』「퉁 객偸客」에서 자신이 "남다른 인물이라는 자부심이
강"하고 "의분을 참지 못하는 성격"을 가진 둥 생董生은 우연히 길을 가
다 퉁偸 씨라는 사람을 만난다. 둥 생은 자신의 짐짓 자신이야말로 충신
효자라 자부하면서 자신이 차고 있던 칼을 자랑한다. 그러나 퉁 씨는
자신의 칼로 그의 칼을 가볍게 베어버리고 만다. 이에 놀란 둥 생이 퉁
씨에게 비법을 전수해달라고 부탁하지만 퉁 씨는 아랑곳하지 않는다.

며칠 뒤 둥 생은 옆집에서 강도들이 자신의 아버지를 죽도록 때리면
서 "네 아들더러 빨리 나와 벌을 받으라고 해. 그러면 너를 놓아줄 테
다"라고 떠들어대는 소리를 듣는다. 이에 놀라 아버지를 구하기 위해

뛰쳐나가려는 둥 생을 퉁 씨는 만류하면서 자신은 따로 하인들을 불러 모으러 가겠다고 먼저 나갔다. 둥 생은 이 사실을 자신의 아내에게 이야기했고, 이 말을 들은 아내는 "남편의 옷자락을 부여잡으며 눈물을 비 오듯 쏟았다." 아내의 눈물에 둥 생은 "아버지를 구하려던 당초의 투지가 눈 녹듯이 사라져, 그녀와 함께 누각으로 올라갔고 활과 화살을 찾으며 도둑들이 몰려올 것을 대비했다." 그러나 황망 중에 강도들은 이미 물러갔다는 소식이 들려왔을 뿐이었다.

결국 이 사건으로 평소 "의분을 참지 못하는 성격"에 "충신 효자"를 자부했던 둥 생이 사실은 자신의 아버지가 위기에 빠졌음에도 하릴없이 자신의 안위만 생각하는 못난 졸장부였다는 게 드러난 것이다. 하지만 작자는 여기서 그치지 않고 몇 마디 덧붙였다. "마침 이웃에 술 마시러 마실 나갔던 아버지가 막 등롱을 밝혀 들고 귀가하는 중이었다. 달라진 것이 있다면 정원 앞쪽에 놓인 여러 장의 멍석이 모두 재로 변한 사실뿐이었다. 둥 생은 비로소 퉁 씨 나그네야말로 진짜 이인이었음을 깨달았다." 그제서야 독자들은 이 모든 상황이 퉁 씨가 둥 생을 시험하기 위해 꾸민 한 바탕의 해프닝이었음을 깨닫는 동시에 퉁 씨야말로 진정한 이인이었다는 사실을 알게 되는 것이다. 바로 결말 부분의 이 몇 구절이야말로 '여파재진법'을 활용해 독자들을 돈오頓悟케 하는 동시에 그 여운이 곱씹게 하는 좋은 예라 할 수 있다.

❖ 예문

둥 생董生은 쉬저우徐州 사람이다. 그는 검술을 즐겼으며 의분을 참지 못하는 성격이었다. 게다가 자신은 또 남다른 인물이라는 자부심도 강했다.

하루는 둥 생이 길을 가다가 우연히 노새를 타고 가는 나그네 한 명을 만났다. 마침 같은 방향이기에 말을 걸었더니 나그네의 말하는 품새가 호탕하기 이를 데 없었다. 이름을 물었더니 그가 대답했다.

"랴오양遼陽 사람입니다. 성은 퉁佟 가고요."

"어디로 가는 길이오?"

"저는 집을 떠난 지 이십 년이나 됩니다. 해외에서 막 돌아왔지요."

"사해를 두루 편력하셨다니 그동안 만난 사람도 대단한 숫자이겠군요. 그들 중에 혹 이인異人은 없었습니까?"

"이인이라니, 어떤 종류의 사람 말입니까?"

둥 생은 자신이 검술에 심취했지만 이인으로부터 비법을 전수 받지 못해 한이라는 이야기를 늘어놓았다.

"이인이야 어느 땅엔들 없겠습니까? 다만 충신이나 효자로 인정받은 사람이라야 그런 이의 비술을 전해 받을 수 있겠지요."

나그네의 말에 둥 생은 자신이 바로 그런 사람이라고 주장하면서 차고 있던 패도를 뽑아 손으로 두들기며 노래를 불렀다. 그는 또 길가에 자라는 작은 나무를 베어 넘기며 예리한 칼날을 자랑했다. 나그네는 수염을 치켜들며 빙그레 미소짓더니 둥 생에게 칼을 보여달라고 부탁했다. 그리고 넘겨받은 칼을 이리저리 돌려가며 꼼꼼히 살펴보더니 이렇게 평했다.

"이 칼은 일찍이 갑옷을 만들었던 고철로 벼린 것이라 땀 냄새가 흠뻑 배어 있군요. 가장 품질이 나쁜 쇠로 만들어졌어요. 감술에 대해서는 잘 모르지만 소생도 칼 하나쯤은 갖고 있는데 제법 쓸 만하답니다."

말을 마치자 그는 옷자락 아래서 길이가 한 자 남짓한 단도를 꺼내더니 둥 생의 칼을 가볍게 내리쳤다. 순간 둥 생의 칼은 호박이나 조롱박처럼 손길 따라 힘없이 잘려나가 흡사 말발굽 같은 모양으로 변해 버렸다. 둥 생은 소스라치게 놀라 나그네에게 칼을 보여달라고 부탁했고 두 번 세 번 어루만지며 살펴본 뒤에야 주인에게 돌려주었다.

둥 생은 나그네에게 자신의 집에 왕림해 달라고 간청했고 억지로 이틀 밤이나 재웠다. 그러나 고개를 숙이고 비법을 전수해 달라 아무리 간청해도 나그네는 검술을 모른다는 핑계로 줄곧 사양할 뿐이었다. 둥 생이 무릎을 붙잡고 늘어져 웅변을 토할 때조차 그는 공손한 태도로 귀나 기울일 따름이었다.

그 날 밤 야심한 시각, 갑자기 이웃집 마당에서 사람들이 아웅다웅 다투는 소리가 시끄럽게 울려 퍼졌다. 이웃집은 바로 아버지의 거처였으므로 둥 생은 놀라는 한편 무슨 일인지 궁금증이 치솟았다. 그가 담벼락 가까이 다가가 안에서 나는 소리를 주의 깊게 엿들었더니 누군가 분노에 찬 음성으로 이렇게 외치고 있었다.

"네 아들더러 빨리 나와 벌을 받으라고 해. 그러면 너를 놓아줄 테다."

얼마간 침묵이 흐른 뒤 곤장 치는 소음과 함께 신음 소리가 끊임없이 흘러 나왔다. 놀랍게도 신음 소리의 당사자는 정말로 자기 아버지였다. 둥 생은 긴 창을 꼬나들고 달려가려 했지만 나그네는 그를 제지하며 앞길을 막았다.

"이렇게 쫓아가면 살아날 가망이 없소이다. 의당 만전을 기해야지요."

둥 생이 황공한 태도로 가르침을 청하자 그는 이렇게 지시했다.

"강도가 당신을 지명해 찾는 것을 보니 반드시 죽여야만 속이 시원하겠다는 심산입니다. 당신은 다른 혈육도 없는 터이니 의당 처자에게 뒷일을 당부해야겠지요. 나는 문을 열고 나가 당신 대신 하인들을 불러모으겠소."

둥 생은 그 말에 동의하고 안채로 들어가 아내에게 사건의 전모를 알렸다. 처는 남편의 옷자락을 부여잡으며 눈물을 비 오듯 쏟았다. 둥 생은 아내의 눈물을 보자 아버지를 구하려던 당초의 투지가 눈 녹듯이 사라져 그녀와 함께 누각으로 올라갔고 활과 화살을 찾으며 도둑들이 몰려올 것을 대비했다. 준비물을 챙기느라 한창 부산한 그들의 귓전에 문득 누각의 처마 위에서 흘러나오는 나그네의 웃음소리가 들렸다.

"다행이오. 도적들이 모조리 물러갔소이다."

둥 생이 촛불을 밝혀 소리 난 곳을 비췄지만 사람의 그림자는 벌써 보이지 않았다. 부부는 멈칫거리면서 아래로 내려왔다. 마침 이웃에 술 마시러 마실 나갔던 아버지가 막 등롱을 밝혀 들고 귀가하는 중이었다. 달라진 것이 있다면 정원 앞쪽에 놓인 여러 장의 멍석이 모두 재로 변한 사실뿐이었다. 둥 생은 비로소 퉁 씨 나그네야말로 진짜 이인이었음을 깨달았다.

(『요재지이』 「퉁 객佟客」)

욕합고종법欲合故縱法

❖ 정의

　'욕합고종법' 역시 진성탄金聖嘆의 「독제오재자서법讀第五才子書法」 가운데 하나이다. 이것은 '욕합방종법欲合放縱法' 또는 '욕금고종법欲擒故縱法'이라고도 하며, 글자 그대로 풀어본다면 '사로잡으려다 고의로 풀어준다'는 뜻이다. 곧 '사건의 진행을 긴장시켰다 다시 완화시킴'으로써 독자들로 하여금 서스펜스를 느끼게 하는 기법이다.

　　욕합고종법欲合故縱法이라는 것이 있다. 이것은 리쥔李俊과 리리李立 형제와 장순張順과 장형張橫 두 장 씨 형제, 퉁웨이童威와 퉁멍童猛 두 퉁 씨 형제와 무훙穆弘과 무춘穆春 두 무 씨 형제 등[1]이 [처형장에서 쑹쟝과 다이쭝을 구하기 위해] 몰고 온 구조선이 이미 바이룽먀오白龍廟 앞에 도착했으나, 오히려 리쿠이가 다시 성 안으로 짓쳐들어가려는 것을 묘사한 것[2]과 환다오춘還道村 쥬톈쉬안뉘먀오九天玄女廟 안에서 자오넝趙能과 자오더趙得가 모두 이미 나왔는데, 이번에는 나무 뿌리에 걸려 넘어진 병사가 소리를 지르는 것[3] 등이 그것이다.

1　실제로는 여기에 쉐융薛永도 포함해 모두 9명이다.
2　『수호전』, 39회.
3　『수호전』, 41회.

독자는 이 대목에 이르면 갑절로 놀라게 된다. 有欲合放縱法, 如白龍廟前李俊二張二童二穆等救船已到, 却寫李逵重要殺入城去; 還道村玄女廟中, 趙能趙得都已出去, 却有樹根絆跌士兵叫喊等, 令人到臨了, 又加倍喫嚇是也。

'문장은 산을 보는 것과 같아서 평탄한 것을 좋아하지 않는다文似看山不喜平.' 사람들은 우여곡절이 없는 글을 좋아하지 않는다는 말이다. 과연 이야기를 서술할 때는 독자를 그윽한 경지로 이끌다가도 갑자기 요란한 쇳소리를 울려 깜짝 놀라게 하는 등 변화를 주어야 한다. 동시에 작자는 독자와 '밀고 당기기'를 능숙하게 해야 한다. 곧 말하고자 하는 것을 단도직입적으로 제시하는 것이 아니라 한 템포 늦추어 지엽적인 이야기들을 먼저 삽입함으로써 시간을 끄는 것이 필요하다.

진성탄金聖嘆은 『수호전』 제39회 회수총평에서 다음과 같이 말했다. "급한 이야기는 용필을 적게 해서는 안 된다急事不肯少用筆." 곧 급하게 이야기를 전개시킬 부분은 적은 분량으로 묘사할 게 아니라 오히려 많이 써서 이야기를 느리게 끌고 가다가 다시 빠르게 종결시킴으로써 독자들에게 놀라움을 주어야 한다는 것이다.

❖ 실례

이 기법은 『수호전』에서 앞서 진성탄이 예를 든 것 말고도 여러 차례 등장한다.

제8회에서 린충林冲은 차이진柴進과 처음 만나는 자리에서 홍 교두洪敎頭와 무예를 겨룬다. 결말은 80만 금군의 교두 출신인 린충이 승리하는 게 너무나 당연하지만, 작자는 곧바로 승패를 보여주지 않고 여러 차례에 걸쳐 고의로 이야기를 늘이고 있다.

홍 교두를 만난 린충은 먼저 허리를 굽혀 읍을 하지만 홍 교두는 거들떠보지도 않고 답례도 하지 않는다. 이것이 첫 번째 '늘임縱'이다. 차이진이 정식으로 홍 교두에게 린충을 소개하자 린충은 다시 절을 하나 홍 교두는 이것 역시 애써 무시한다. 이것이 두 번째 '늘임縱'이다. 그럼에도 린충이 다시 절을 하고 자신의 자리를 내어주자 홍 교두는 사양하지 않고 상좌에 앉는다. 이것이 세 번째 '늘임縱'이다. 이에 그치지 않고 홍 교두는 차이진에게 린충을 욕보인다. 이것이 네 번째 '늘임縱'이다. 두 사람이 차이진 앞에서 무예를 겨룰 때 린충은 온힘을 다하지 않고 짐짓 자신의 패배를 인정한다. 이것이 다섯 번째 '늘임縱'이다. 그러나 린충의 의중을 헤아린 차이진이 계속 싸움을 부추기자 린충은 단번에 홍 교두를 때려눕힌다. 곧 이 대목을 묘사하면서 작자는 린충의 승리를 단도직입적으로 보여주지 않고 다섯 차례나 독자의 마음을 '이완시켰다縱'가 결정적인 순간에 '잡아챈다擒'.

『수호전』 제41회에서는 '이완縱'과 '잡아챔擒'이 갈마들며 독자의 긴장을 고조시켰다 완화시킨다. 쏭쟝은 자오더趙得와 자오넝趙能 형제의 추적을 피해 환다오춘還道村 현녀묘玄女廟의 감실에 숨는다. 그를 쫓아 사당 안에 들어선 자오 씨 형제 무리는 처음에는 쏭쟝이 숨어 있는 감실을 지나친다. 이에 그곳에 숨어 있던 쏭쟝뿐 아니라 독자들 역시 일시 안도의 한숨을 내쉬나, 이내 자오더가 들고 있던 칼로 감실의 휘장을 걷어올릴 때는 쏭쟝뿐 아니라 독자들 역시 이젠 들켰구나 하는 생각에 깜짝 놀란다. 그러나 그 순간 갑자기 연기가 솟구치고 먼지가 쏟아져 자오더는 밖으로 뛰어나간다. 이번에는 자오넝이 들어와 횃불로 감실을 비추는 순간 다시 광풍이 불어 횃불을 꺼버린다. 이에 자오 씨 형제가 마을 입구에서 쏭쟝을 기다리고 있는 동안 쏭쟝은 사당의 주인인

냥냥娘娘을 만나 천서를 얻는다. 쑹쟝이 마을을 빠져나오려는 순간 앞에서 함성 소리가 들리고 쑹쟝은 길 옆에 있는 나무 뒤에 숨는다. 과연 쑹쟝을 잡으러 왔던 병사들이 몰려오는 것이 아닌가? 이번에야말로 쑹쟝이 그들 손에 잡히는가 했더니 돌연 량산보梁山泊의 호한들이 몰려와 자오녕을 죽이고 쑹쟝을 구해낸다. 쑹쟝이 잡힐 듯 잡히지 않을 듯 독자들의 애간장을 녹이다 결국엔 마음을 놓게 만드는 이 대목이야말로 '욕금고종법'의 좋은 예라 할 수 있다.

진성탄金聖嘆은 제41회 회수총평에서 다음과 같이 말했다.

전반부에서 자오 씨 형제가 그를 잡으려 했지만 쑹쟝은 그 순간을 모면했다. [아마도] 평범한 문재를 가진 이라면 이렇게 한 구절로 묘사해도 됐을 것이다. 그러나 지금 보건대 작자는 한 번은 올라가고 한 번은 내려가고, 다시 한번 올라갔다 내려가는 식으로 묘사했다. 급기야 쑹쟝 스스로 감실에 들어가게 하는데, 독자는 본래 책 밖에 있기에 어찌 된 영문인지 알 길이 없는 것이다. 만약 단번에 모든 것을 한데 아우른다면, 독자들은 마음속으로 약간의 놀라움만 받게 될 것이다. 前半篇兩趟來捉, 宋江般過, 俗筆只一句可了. 今看他寫得一起一落, 又一起又一落, 再一起再一落, 遂令宋江自在廚中, 讀者本在書外, 却不知何故, 一時便若打并一片, 心魂共受苦干驚咳者.

❖ 예문

'하인들이 교두라고 하는 것을 보니 저 분이 필시 이 댁 주인의 스승일 게다.'

린충은 이렇게 생각하며 허리를 굽혀 읍하면서 말했다.

"린충이 인사를 드립니다."

그러나 그 사람은 거들떠보지도 않고 답례도 하지 않는다. 린충이 감히 고개를 들지 못하고 있는데 차이진이 린충을 가리키며 홍 교두에게 소개했다.

"이 분은 둥징 80만 금군의 창봉 교두 린충이란 분이오. 인사들 하시오."

그 말에 린충은 홍 교두를 보고 다시 절을 했다.

"절은 그만두고 일어나오."

홍 교두는 이렇게 한마디 던질 뿐 답례도 하지 않는다. 차이진은 그 꼴을 보고 퍽 불쾌해 하였다. 린충은 다시 두 번 절하고 일어나서 홍 교두에게 제 자리를 내주었다. 홍 교두는 사양하는 기색도 없이 상좌에 앉았다. 그런 모양을 본 차이진은 더욱 불쾌하였다.

……

홍 교두가 말했다.

"나으리가 하도 창봉 무예를 좋아하시니 귀양 가는 군인들이 그것을 알고는 저마다 창봉 교두라고 하면서 주식酒食과 전량을 얻어 가려고 뻔질나게 장원을 찾아드는데 대관인께서는 어째서 그런 것들을 다 믿으십니까?"

……

달 밝은 빈터에서 두 교두는 4, 5합을 겨루었는데, 문득 린충이 테 밖으로 훌쩍 뛰어나가면서 소리쳤다.

"잠깐만 쉽시다."

"교두께서는 어째서 솜씨를 다 내지 않습니까?"

차이진이 물으니 린충이 대답한다.

"소인이 졌습니다."

"두 분이 채 겨루기도 전에 지다니 웬 말씀입니까?"

……

린충은 속으로 생각했다.

'차이 대관인은 분명 내가 이겼으면 하는구나.'

······

그러자 한 걸음 내디딘 홍 교두가 몽둥이를 막 내리치는데, 그 순간 그의 걸음걸이가 혼란해진 것을 보고 린충은 몽둥이를 잡고 펄쩍 뛰었다. 홍 교두가 미처 손 쓸 사이가 없어하는데, 린충이 그렇게 뛰면서 한 바퀴 돌더니 홍 교두의 정강이를 후려쳤다. 홍 교두는 몽둥이를 떨어뜨리고 풀썩 거꾸러졌다.

(『수호전』 제8회)

우왕금쇄법禹王金鎖法

❖ 정의

주지하는 대로 '우왕금쇄법'에서 '우왕'은 전설 상의 위禹 임금이다. 위가 치수할 때 황허의 두 마리 용을 쇠사슬로 제압했다고 한다. 소설에서는 이것을 비유적인 의미로 등장인물 가운데 서로 모르는 사람들을 엮어주는 역할을 하는 인물을 가리킬 때 사용한다. 이것은 다음에 나오는 '작수흥파법勺水興波法'과 다르다. 양자는 모두 매개 역할을 하는 인물이 나오지만, '우왕금쇄법'의 경우는 주요 인물이 '사슬鎖'이 되는 반면, '작수흥파법'의 경우는 부차적인 인물로 단지 '파문을 일으키는興波' 정도의 역할밖에 하지 않고 곧 잊혀져 다시는 등장하지 않는다.

❖ 실례

『수호전』에는 주요 인물이 모두 108명으로 천하의 영웅들이 사방에서 몰려들어 량산보梁山泊에서 무리를 짓는다. 이들은 면모나 성격이 모두 하나같지 않기에 서로가 만날 때는 항상 누군가를 매개로 엮어지게 마련이다. 일례로 제16회에서 칭몐서우青面獸 양즈楊志와 화허상花和尚 루즈선魯智深이 만나는 것이 그러하다. 두 사람은 서로 일면식도 없는 상태에서 우연히 조우해 일합을 겨룬다. 승부가 나지 않자 서로 통성명을 하게 되는데, 이때 두 사람을 연결시켜주는 게 바로 린충林冲이다. 곧 양즈가 길을 떠나기 앞서 차오정曹正을 만나는데, 차오정은 자신이 린충의 제자였다는 사실을 밝힌다. 양즈 역시 린충과 만난 적이 있다고 말하는데, 결국 두 사람을 연결시켜주는 것은 바로 린충인 것이다. 양즈와 루즈선 역시 통성명을 하고 대화를 나누는 가운데 린충을 언급한다. 결국 양즈와 차오정, 양즈와 루즈선 사이에 하나의 매개자, 또는 중간자 역할을 하는 게 린충인 것이다.

그래서 진성탄金聖嘆 역시 제16회의 비주批注에서 다음과 같이 말했다. "린충은 실제로는 여기에 등장하지 않지만, 갑자기 차오정이 나와 자신이 린충의 도제였다는 사실을 밝히고, 이에 양즈 역시 자기도 린충을 만난 적이 있다고 말하며, 루다魯達 역시 린충을 만난 일을 말한다. 한 순간 린충은 그 자리에는 없지만 마치 살아 있는 듯 생생하게 양즈와 루다 두 사람 사이를 더욱 친밀하게 만들어 준다. …… 비유하자면, 길들여지지 않는 두 마리 용에게 위 임금의 쇠사슬이 필요한 것과 같다. …… 오호라! 두 마리 용이 같은 산에 기거할 제, 그들을 묶어주는 사슬은 곧 멀리 호숫가(곧 량산보)에 있구나. 林冲實不在此書中, 而忽然生出曹正自稱林冲徒弟, 于是楊志自述遇見林冲, 魯達又述遇見林冲, 一時遂令林冲身雖不在, 而神采奕奕, 兼使楊魯二人, 遂得加倍親熱, …… 此譬如二龍性各不馴, 必得禹王金鎖. …… 嗚呼! 二龍之居一山, 其鎖乃遙在水泊."

❖ 예문

양즈楊志는 이런 생각을 하며 박도를 비껴들고 그 젊은이에게로 달려

들었다. 그 사나이도 몽치를 휘두르면서 달려든다. …… 문득 그 사나이가 테 밖으로 껑충 뛰어나가면서 외쳤다.

"다들 잠시 기다려라! 여보 박도 쓰는 양반, 우리 통성명이나 하세."

양즈는 제 가슴을 툭 치면서 호통쳤다.

"나는 어디서나 이름과 성을 숨길 줄 모르는 칭몐서우靑面獸 양즈다!"

"그렇다면 둥징東京 전사부의 양 제사가 아니시오?"

"내가 양 제사인줄 네가 어떻게 아느냐?"

이 말에 그 사나이는 얼른 몽치를 내던지고 넙적 엎드리며 절을 한다.

"소인이 눈은 있으되 태산을 알아보지 못했습니다."

양즈는 그 사나이를 부축해 일으키면서 물었다.

"댁은 뉘시오?"

"저는 본시 카이펑 부開封府 사람이올시다. 80만 금군 교수 린충林冲의 제자로서 성은 차오曹이고 이름은 정正이라고 합니다. …… 실은 제가 아까 제사 나리하고 한 동안 겨루면서 자세히 보니 칼 쓰는 수법이 제 선생인 린 교두의 수법과 비슷해서 저도 도저히 당해 낼 수가 없었습니다."

"알고 보니 자네는 린 교두의 제자로구만. 자네의 선생님은 가오 태위에게 모함을 당해서 지금은 녹림객이 되어 량산보梁山泊에 가 있다네."

……

"그렇다면 제사 나리는 어디로 가실 작정입니까?"

"나는 자네의 스승인 린 교두를 찾아서 량산보로 갈까 하네. 이전에 내가 그곳을 지나갈 때 마침 그 분이 산 밑으로 내려와서 한번 나하고 겨룬 적이 있었네. 그때 왕윤王允이 우리 둘의 솜씨가 엇비슷한 것을 보고 우리를 산채로 데리고 가서 인사를 시켜주어서 나도 자네의 선생인 린충을 알게 되었네. ……"

……

　그 날 밤 양즈는 차오정曹正의 집에서 자고 다음날 노자를 좀 얻어 가지고 박도를 들고 차오정과 하직하고 얼룽산二龍山을 향하여 떠났다. 하루 종일 걸어 마침내 날도 저무는데 높은 산이 바라보였다.

　'숲 속에서 하룻밤 자고 내일 아침에 산으로 올라가자.'

　이렇게 생각하면서 숲 속으로 들어가던 양즈는 깜짝 놀랐다. 웬 뚱뚱한 중이 몸에 실 한 오리 걸치지 않고 잔등의 자수를 드러내 놓고 소나무 밑에 앉아서 바람을 쏘이고 있는 것이었다. 그 중은 양즈를 보자 나무 밑둥에 세워 놓았던 선장을 집어들고 벌떡 일어나면서 호통을 쳤다.

　"이놈아, 대체 너는 어디서 온 놈이냐?"

　그 중의 말씨를 들은 양즈는 속으로, '이 자도 필시 관시關西 지방의 중이로구나. 나와 한 고향인 모양이니 한번 물어나 보자'고 생각하면서 소리쳤다.

　"여보, 당신은 어디서 온 중이오?"

　그 중은 대꾸도 없이 그저 수중의 선장을 휘두르며 다짜고짜 달려들 뿐이었다.

　"덜 된 중놈이로구나! 이놈한테 화풀이나 한바탕 해보자."

　양즈는 중얼거리며 박도를 비껴들고 그 중과 싸우기 시작했다. 둘은 숲 속에서 왔다 갔다 하며 맞붙어 싸우는데 과연 적수가 옳았다.

　양즈는 그 중과 4, 50합이나 싸웠지만 승부가 갈리지 않았다. 그 중이 일부러 실수하는 체하고는 테 밖으로 뛰어 나가면서 외쳤다.

　"좀 멈춰라."

　둘은 다 손을 멈췄다.

　'어디서 온 중인지 재주도 비상하고 솜씨도 제법이구나! 나도 겨우 당해 내겠는 걸!'

양즈가 속으로 감탄하는데 그 중이 호통을 쳤다.

"낯짝이 푸르딩딩한 네 놈은 웬 놈이냐?"

"나는 둥징東京에 있던 제사制使 양즈다."

"그렇다면 둥징서 칼을 팔려다가 망나니 뉴얼牛二을 죽인 사람이 아니닌가."

"자네는 내 얼굴의 이 금인金印을 못 봤나?"

그 중은 껄껄 웃는다.

"그러다 보니 오늘 여기서 우리가 만나게 되었군!"

"대체 사형은 누구길래 내가 칼을 팔던 일까지 다 아시오?"

"나는 다른 사람이 아니라 옌안延安 부 노종경략老種經略 상공相公 장전帳前에 있던 군관 루魯 제할提轄이오. 내가 주먹 세 대에 전관시鎭關西를 때려죽이고 우타이산五台山에 가서 머리를 깎고 중이 되었소. 사람들은 내 잔등에 자수가 있는 걸 보고 화허상花和尙 루즈선魯智深이라 하오."

"그러고 보니 한 고향 사람이구려. 내가 강호에서 사형의 선성을 많이 들어 알고 있소. 듣자니 사형은 다샹궈쓰大相國寺에 계신다고 하던데 어째서 지금 여기 와 계시오?"

"한입으로 다 말할 수가 없소. 내가 다샹궈쓰에서 채마전을 지키고 있을 때 가오高 태위가 바오쯔터우豹子頭 린충林冲을 해치려고 하는 것을 보고 하도 분해서 그 사람을 창저우滄州까지 데려다 주어 생명을 구해주었소. 그 뒤에 그 사람을 압송해 갔던 두 사령 놈이 돌아와서 가오츄高俅란 놈에게 '저희는 원래 예주린野猪林에서 린충을 없애버리려고 했는데 난데없이 다샹궈쓰의 루즈선이라는 중놈이 나타나서 창저우까지 따라가면서 지키는 바람에 종내 죽이지 못했습니다'라고 고자질하지 않았겠소. 그래 그 도적놈의 새끼가 나를 잡아먹을 듯이 미워하여 절간 장로한테 나를 붙여 두지 못하게 호령을 내리고 또 관노들을 놓아서 나를 잡으려고 하였소. 그런 걸 마침 이웃에 사는 망나니 패들이 알고 알려주어서 요행 그 놈의 손에 걸리지는 않았소. 나는 선수를 쳐서 채마전 공청에다 불을 지르고 도망쳐서 동으로 서로 정처 없이 강호에 떠돌아 다녔소. ……"

……

양즈는 크게 기뻐했다. 두 사람은 숲 속을 쓸고 도로 앉아서 밤을 지새웠다.

(『수호전』 제16회)

작수흥파법勺水興波法

❖ 정의

  '작수흥파법'은 글자 그대로 '국자勺에 담긴 물로 파문을 일으킨다'라
는 의미이다. 여기서 '국자에 담긴 물'은 작중 인물 가운데 부차적인 인
물을 가리킨다. 곧 작자가 부차적인 인물들의 행동을 하나의 계기로 삼
아 파란을 일으키는 것을 말한다. 그렇기 때문에 이들은 등장해서 자신
의 임무를 마치면 곧 사라져 다시는 나타나지 않는다. '부차적'이라는
말이 이들의 존재가 미미하다는 것을 의미하기는 하지만, 이들은 작품
속에서는 오히려 없어서는 안 될 필수적인 요소라 할 수 있다.

❖ 실례

  진성탄金聖嘆은 『수호전』 제43회 협비에서 다음과 같이 말했다. "양
즈는 '소牛' 때문에 고초를 겪고, 양슝은 '양羊'으로 인해 곤경에 처하니
이 모두가 필연적인 일은 아니고, 단지 '국자의 물 때문에 큰 파문이 일
게 된 것'일 따름이다楊志被'牛'所苦, 楊雄爲'羊'所困, 皆非必然之事, 只是借勺
水興洪波耳." 여기서 '소牛'와 '양羊'은 양즈와 양슝 두 사람을 곤경에 빠
뜨려 이들이 량산보梁山泊로 갈 수밖에 없게 만드는 인물들이다.

먼저 양즈는 대낮에 한길 가에서 행패를 부리는 뉴얼牛二와 시비가 붙었다가 그를 죽인다. 그로 인해 양즈는 귀양을 가서 량 중서梁中書를 만나게 되고, '베이징에서 무예를 겨뤄北京鬪武' 량 중서의 신임을 사 '생신강을 호송하는 일'을 맡았다가 우융吳用 등에게 생신강을 빼앗기는 등의 고초를 겪게 되는 것이다. 그러므로 양즈의 인생에 일대 파란을 일으킨 것은 바로 '소牛', 곧 뉴얼 때문이다. 마찬가지로 제43회에서 양숭楊雄은 티사양踢殺羊 장바오張保와 실랑이를 벌이다 스슈石秀를 만난다. 그 뒤 스슈는 양숭의 아내와 간통을 한 페이루하이裵如海라는 중을 죽이게 되고 그로 인해 '추이핑산에서의 소동大鬧翠屛山'과 '주쟈좡을 세 번 치는三打祝家莊' 등의 사건에 휘말리게 된다.

이것으로 '뉴얼'과 '장바오'는 소설 속의 주요 등장인물은 아니지만, 108호한 가운데 하나인 양즈와 양숭의 인생을 꼬이게 만들어, 결국 이들이 '량산보에 갈 수밖에 없는逼上梁山' 상황에 놓이게 만드는 '국자에 담긴 물'과 같은 존재라는 것을 알 수 있다.

❖ 예문

이 날 양린楊林이 한 거리에 이르니 멀리서 풍악을 올리며 어떤 사람을 둘러싸고 오고 있었다. 다이쭝戴宗과 양린이 걸음을 멈추고 바라보니 두 옥졸이 앞에서 걸어오는데 그 가운데 한 사람은 예물을 가득 지고 다른 한 사람은 채색 비단과 명주를 받쳐들고 왔다. 그 뒤에는 검은 비단 양산 밑에 감옥의 회자수 한 사람이 걸어오는데 보기에도 풍채 좋은 그는 몸에 새긴 남색 꽃무늬를 드러내 놓았다. 두 눈썹은 살쩍까지 내뻗었고, 봉황 눈은 우로 치째졌고 얼굴은 누르스름한데 가는 수염이 드문드문 났다. 그는 허난河南 태생으로 성은 양楊이고 이름은 숭雄이었다. 그는 지저우薊州에서 지부 노릇을 하는 사촌형을 따라 이곳에 오게 되었던 것인데 뒤에 새로 부임한 지부가 그와 잘 아는 처지라 그를 청해 양원압옥兩院押獄 겸 형장에서 사형을 집행하는 회자수로 쓰게 되었다. 무예는 출중한데 얼굴빛이 누르스름하다고 사람들은 그를 빙관쉬病關索 양슝이라고 불렀다.

양슝이 한가운데서 걷고 그 뒤에는 한 옥졸이 귀두파鬼頭靶 집형도執刑刀를 추켜들고 따라왔다. 양슝이 방금 거리에서 죄수를 처결하고 돌아오는데 친구들이 그를 축하하여 붉은 비단을 걸쳐 주고 집으로 데려다 주는 길이었다. 그들이 바로 다이쭝, 양린의 앞으로 다가왔을 때 한 패거리의 사람들이 문득 길을 막아서며 양슝에게 술잔을 권했다. 그러자 옆으로 난 좁은 골목에서 다시 일고여덟 명의 군졸들이 몰려나왔다. 앞에 선 사나이는 티사양踢殺羊 장바오張保라는 자인데 지저우 성의 해자를 지키는 군졸이었다. 그는 이 일고여덟 명 되는 군졸들을 데리고 늘 지저우 성 안팎을 싸다니며 돈이나 빼앗는 건달이었다. 관가에도 수차례 붙잡혀 간 일이 있지만 제 버릇을 고칠 줄 모르는 자인데 사람들이 타향에서 온 양슝을 겁내는 것을 보고 밸이 꼬였던 것이다. 그러던 중 오늘 양슝이 많은 비단필을 예물로 받은 것을 보자 몇몇 어중이떠중이들을 반나마 취하게 먹여 가지고 양슝을 건드리러 달려온 것이었다.

장바오는 숱한 사람들이 길을 막고 술잔을 권하는 판에 그 속을 비집고 들어가서 뇌까렸다.

"절급 나리, 안녕하십네까?"

그러나 양슝이 "자, 술이나 드시오."라고 권하니 장바오는 "난 술 마시러 온 게 아니라 돈을 백여 관 꿔 쓸까 해서 찾아왔소."라 대답했다.

"나는 당신과 풋면목은 있으나 여태 돈거래라고는 없었는데 그게 무슨 말씀이시오."

"그래 백성들의 숱한 재물을 협잡하고도 꾸어주지 못하겠다고?"

"이건 죄다 사람들이 인사로 나에게 준 것인데 백성들의 재물을 협잡하다니 웬 소리요? 우리는 각기 서로 관계없는 직무에 종사하는 사람들인데 웬 생트집을 거는 거요?"

장바오는 그 말에는 대꾸로 않고 군졸들을 부추겨서 붉은 꽃비단을 죄다 빼앗아 가게 하였다.

"이 자들이 무례해도 분수가 있지!"

양승은 버럭 호통을 치면서 물건들을 빼앗는 자들을 때리려고 달려들다가 장바오에게 멱살을 잡혔다. 그러자 등뒤로부터 또 두 군졸이 달려들어 그의 손을 틀어쥐니 나머지 군졸들도 모두 손을 썼다. 옥졸들은 겁이 나서 뿔뿔이 도망쳤다.

장바오와 두 군졸에게 붙잡혀 옴짝달싹 못하게 된 양승은 아무리 애를 써도 놓여날 수 없었다. 이 북새통에 한 사나이가 나뭇짐을 지고 오다가 양승이 숱한 사람에게 붙잡혀 옴짝달싹 못하는 것을 보자 이런 법도 있느냐고 나뭇짐을 내려놓고 사람들 속을 비집고 들어가 물었다.

"당신들은 무슨 까닭으로 절급을 때리는 거요?"

그러자 장바오가 눈을 부라리며 호통쳤다.

"이 뻐드러졌다가도 기신기신 기어 일어나는 거지같은 놈아, 너는 무슨 실없는 걱정이냐?"

이 말에 그 사나이는 분이 꼭두까지 치밀어 와락 장바오의 머리를 거머쥐더니 잽싸게 그를 땅바닥에 패대기쳤다. 장바오의 졸개들은 달려들다가 그 사나이의 주먹에 얻어맞아 이리저리 쓰러졌다. 그제야 놓여나 솜씨를 펴게 된 양승은 두 주먹을 쉴 새 없이 놀려 그 망나니들을 죄다 때려눕혔다. 장바오는 일이 틀린 것을 알고 기어일어나 도망쳤다. 이것을 보자 성난 양승은 그를 뒤쫓아갔다. 장바오가 보따리를 앗아간

자들의 뒤를 따라 도망치니 양슝도 그 뒤를 쫓아 골목길로 찾아 들어갔다. 한편 나뭇짐을 메고 왔던 그 사나이는 계속 망나니들을 찾아내어 때려주고 있었다.

......

스슈石秀를 본 양슝은 무척 기뻐하며 물었다.

"형장의 존함은 어떻게 부르시오? 고향은 어딘데 무슨 일로 여기 와 계시는지요?"

"소인은 성은 스石 가이고 이름은 슈秀라고 부르는데 진링金陵 젠캉建康 부 사람이올시다. 성미가 곧다 보니 공정하지 못한 것을 보면 목숨을 내걸고 도와 나선다고 사람들은 저를 '핀밍싼랑拚命三郞'이라 부릅니다. 숙부님을 따라 이곳으로 양과 말 장사를 떠났는데 도중에 그만 숙부님께서 세상을 뜨시는 바람에 밑천도 다 떨어졌으므로 하는 수 없이 여기에 몸 붙이고 나무나 해 팔아서 그럭저럭 살아가고 있습니다."

......

다른 사람들이 다 술을 마시고 흩어져 간 뒤 양슝은 스슈에게 말했다.

"스 삼랑, 남으로 보지 마오. 보아하니 당신은 여기에 친척도 없는 것 같은데 오늘 나와 의형제를 맺는 것이 어떻소?"

그 말에 스슈는 여간 기뻐하지 않았다.

"묻기는 황송하오나 절급께서는 연세가 어떻게 되셨는지요?"

"금년에 스물 아홉이오."

"전 스물여덟이니 오늘부터 절급을 형님으로 모시겠습니다. 자, 동생의 절을 받으시오!"

스슈는 네 번이나 절을 하였다.

(『수호전』 제43회)

음양상계법陰陽相繼法

❖ 정의

'음양상계법'이란 이승陽과 저승陰이 서로 연계되어 있다는 뜻이다. 이 기법은 작품 속 등장인물의 성격과 정신을 극단으로 몰아가는 것으로, 신화나 환상소설에서 잘 쓰이는 매우 독특한 표현 방식이라 할 수 있다. 어떤 소설의 경우에는 아예 살아생전의 상황에 대해서는 대략적으로 묘사하고 오히려 사후의 세계를 중점적으로 서술하는 것도 있다.

❖ 실례

청대의 대표적인 지괴인『요재지이』는 이 기법을 가장 잘 운용하고 있는 소설이라 할 수 있다. 전체 5백 여 편의 이야기 가운데 이 기법으로 인물 형상을 빚어낸 것은 아마도 수십 편을 밑돌지 않을 것인데, 그중 대표적인 예는 아래 소개하는 「사승死僧」이다. 이것은 원문이 2백여 자에 지나지 않는 아주 짧은 이야기다.

소설은 극히 간략한 문장으로 자신의 목숨보다 돈을 더 소중히 여기는 수전노의 예술 형상을 아주 날카롭게 묘사하고 있다. 하지만 정작 돈만 아는 중의 사람됨이나 성격, 외모 등에 대해서는 하나도 붓을 대지 않고 그저 그가 돈에 집착하고 돈을 감추는 등 그의 행적만 서술하고 있을 뿐이다. 아울러 그의 살아생전의 모습에 대해서는 하나도 언급하지 않고, 그저 죽은 뒤에도 "온몸에 피칠갑을 한" 채 "곧장 대웅전으로 들어가 불상이 놓인 좌대로 올라가"서는 "불상의 머리를 껴안고" "한참을 웃어젖"힌 사실만 기술했다. 돈을 목숨보다 소중히 하기를 죽어서도 그치지 않으니, 이것은 그의 살아생전 사람됨과 성품을 잘 반영한 것으로 그의 본질을 잘 드러내 보여주는 한 예라 하겠다.

❖ 예문

정처없이 떠돌아다니는 한 도사가 있었다. 하루는 날이 저물어 들판에 위치한 어떤 절에 들어가 머물게 되었다. 승려가 거처하는 승방은 자물쇠가 잠겨 있었으므로 그는 건물 낭하에 짚방석을 깔고 가부좌를 틀고 앉았다. 밤이 되어 사방이 적막해지자 어디선가 문 여닫는 소리가 들리더니 잠시 뒤 온몸에 피칠갑을 한 중 하나가 걸어나왔다. 중은 도사를 못 본 듯이 지나쳐 갔고, 도사도 중을 못 본 양 기척하지 않았다. 중은 곧장 대웅전으로 들어가 불상이 놓인 좌대로 올라가더니 불상의 머리를 껴안고 큰소리로 웃음을 터뜨렸다. 중은 한참을 웃어젖히다 이윽고 물러갔다.

날이 밝은 뒤 도사가 중이 나온 방문을 조사하니 여전히 잠긴 그대로였다. 괴이하게 여긴 그는 바로 마을로 들어가 사람들에게 자신이 보았던 일을 전했다. 사람들이 절로 몰려와 문을 부수고 들어가 살폈더니, 중은 시체가 되어 땅바닥에 널브러졌고, 방안의 침대며 상자들은 모두 뒤집혀 있어 도둑에게 약탈당한 흔적이 역력했다. 모두들 귀신의 웃음에는 이유가 있다고 생각하고 다 같이 불상의 머리통을 조사했다. 그러자 머리 뒷부분에 가느다란 흔적이 보이기에 칼로 긁었더니 그 안에 삼십 냥이 넘는 은자가 숨겨져 있었다. 사람들은 그 돈으로 중의 장례를 치러주었다.

(『요재지이』「사승死僧」)

이간회지법移幹繪枝法

❖ 정의

줄기를 잠시 옮기고 가지를 그린다. 무슨 말인가? 필묵을 집중하기 위해 부차적인 인물을 묘사할 때 주요 인물을 잠시 옆으로 치워두고 기술하지 않는 것을 가리킨다. 곧 여기서 말하는 '줄기幹'는 주요 인물을 가리키고, '가지枝'는 부차적인 인물을 가리키는 것이다. '이간회지법'은 다음에 나오는 '빈객피주법賓客避主法'과 완전히 상반된 것이다. 곧 '빈객피주법'은 주요 인물을 두드러지게 묘사하기 위해 부차적인 인물을 한 켠으로 치워둔다.

❖ 실례

『홍루몽』의 남녀 주인공은 두 말 할 필요없이 쟈바오위賈寶玉와 린다이위林黛玉다. 전편이 두 사람을 중심으로 이야기가 전개된다고 해도 과언이 아니다. 그런데 제12회에서 작자는 돌연 다이위가 쟈 씨 집안을 떠나 병든 아비를 찾아 양저우揚州로 떠나게 한다. 작자가 다이위를 떠나보낸 것은 친커칭秦可卿의 죽음을 좀 더 공들여 묘사하기 위한 것이었다.

작중 인물들 가운데 친커칭은 음란함을 대표하고, 다이위는 거꾸로 얼음처럼 맑고 옥처럼 고결한 인물로 그려지고 있다. 그렇기 때문에 친커칭의 죽음으로 일게 되는 쟈 씨 집안의 일대 파란을 피해 다이위의 아비인 린하이林海의 병을 핑계삼아 다이위가 쟈 씨 집안을 잠시 떠나 있게 만든 것이다. 그래서 즈옌자이脂硯齋는 제12회의 회말총비回末總批에서 다음과 같이 말했다.

"이 회에서 갑자기 다이위를 떠나 보낸 것은 다음 회의 친커칭을 묘사하는 문장 때문이다. 만약 보내지 않고 친커칭과 시펑 등의 인물들을 묘사하면서도 다이위를 그대로 룽궈푸榮國府에 남겨 둔다면 무슨 글이 되겠는가? …… 하물며 다이위는 작품 속의 주요 인물이고, 친커칭은 들러리인데, 어찌 들러리로 인해 주요 인물에 손상을 입히겠는가? 此回忽遣黛玉去者, 正爲下回可兒之文也. 若不遣去, 只寫可兒, 阿鳳等人, 却置黛玉于榮府, 成何文哉? …… 況黛玉乃書中正人, 秦爲陪客, 豈因陪而失正耶!"

❖ 예문

뜻밖에도 그 해 늦겨울에 린하이林海에게서 편지가 왔다. 자신이 중병에 걸렸으니 다이위黛玉를 집으로 보내달라는 내용이었다. 태부인은 그 소식을 듣고 또 걱정이 들어 서둘러 다이위를 떠나보낼 채비를 하게 했다. 바오위寶玉는 몹시 서운했으나 부녀지간의 정을 어쩔 수 없어서 다이위를 막지 못했다. 태부인은 쟈롄賈璉에게 다이위를 집까지 데려다 주고, 함께 돌아오라고 했다. 선물과 노잣돈은 두말할 필요 없이 잘 갖추도록 했다. 떠날 날이 다가와 쟈롄과 다이위는 태부인 등에게 작별 인사를 하고, 하인들을 거느리고 배에 올라 양저우揚州로 떠났다.
　……

쟈롄이 다이위를 데리고 양저우로 떠난 후 시펑熙鳳은 하루하루가 무료하여 매일 저녁 핑얼平兒과 잠깐 담소를 나누다가 잠들곤 했다.

이날 밤, 시펑은 핑얼과 등불 아래서 화로에 둘러앉아 피곤해질 때까지 수를 놓다가, 향 연기에 쬐인 비단 이불을 펴게 하고 잠자리에 들었다. 손가락을 꼽아가며 다이위 일행이 어디쯤 갔을까 헤아리다 보니 어느새 한밤중이 되었다. 핑얼은 이미 단잠에 빠졌고, 시펑은 막 눈앞이 흐릿해지려던 참이었다. 그런데 갑자기 밖에서 친커칭秦可卿이 걸어들어와 미소 띤 얼굴로 말했다.

"숙모님, 잘도 주무시는군요! 저는 오늘 돌아가는데 전송도 안 해주시나요? 평소 저희 사이가 좋았던 터라 차마 떠나기 아쉬워서 일부러 작별 인사를 하러 왔어요. 한 가지 이루지 못한 소원이 있는데 다른 사람은 들어주지 않을 것 같아 숙모님께 말씀드리려고 해요."

……

시펑이 더 물어보려는 순간, 둘째 문에서 운판雲板을 울리는 소리가 연달아 네 번 들려와 화들짝 깨어났다. 그때 심부름꾼이 와서 알렸다.

"닝궈푸寧國府 쟈룽賈蓉 나리의 아씨께서 돌아가셨습니다!"

시펑은 그 말을 듣고 깜짝 놀라 온몸에 식은땀이 흘렀다. 그녀는 한참 넋을 놓고 있다가 급히 옷을 입고 왕부인의 처소로 달려갔다.

(『홍루몽』 제12~13회)

빈객피주법賓客避主法

❖ 정의

  '빈객피주법'은 손님이 주인을 위해 자리를 피한다는 뜻이다. 소설에서는 앞서 말했듯이 부차적인 인물들이 주요 인물을 위해 무대에서 잠시 사라지는 것을 말한다. 희극 무대에서도 마찬가지다. 그다지 중요하지 않은 인물들이 먼저 무대에 올라 한바탕 기예를 펼친 뒤에는 짐짓 무대를 내려가고 주요 인물들만이 남아서 계속 공연을 진행한다. 그렇게 함으로써 인물의 번잡함을 피하고 관중들에게 좀 더 명확한 인상을 남기게 되는 것이다.

❖ 실례

  『홍루몽』 제24회에는 쟈윈賈芸은 바오위寶玉가 놀러오라는 말을 듣고 이훙위안怡紅院을 찾아갔다가 바오위의 시녀인 샤오훙小紅을 만나서로 연정을 품게 되는 장면을 묘사한 대목이 있다. 비록 전편을 놓고 볼 때는 두 사람의 위치는 결코 주요 인물이라 할 수 없으나, 이 대목에서만큼은 쟈윈과 샤오훙이 주인공이고 기타 인물들은 모두 부차적이라 할 수 있다. 그래서 쟈윈이 이훙위안에 갔을 때 바오위는 태부인賈母에게 밥 먹으러 갔다 아직 돌아오지 않고 주변에 있던 베이밍焙茗 등 하인들 역시 잠시 자리를 피해 무대에는 쟈원과 샤오훙만 남겨놓은 것이다. 이렇게 해야만 독자들의 시선이 이들 두 사람에게 머물고 다른 데 눈을 돌리지 않게 된다.

❖ 예문

어저께 마침 바오위를 만났을 때 바깥 서재에 와서 기다리란 말을 들었으므로 쟈원은 밥을 먹고 나서 다시 룽궈푸榮國府로 들어가 쟈무의 처소에서 가까운 치셴자이綺霞齋 서재로 바오위를 찾아갔다. 거기엔 베이밍焙茗과 추야오鋤藥 두 하인이 장기를 두다가 차車를 서로 빼앗기 위해 한창 입씨름중이었다. 또 인취안引泉과 싸오화掃花, 탸오윈挑雲, 반허拌鶴 등 너덧 명의 어린 하인들이 처마 끝의 참새를 잡는다면서 떠들썩하니 놀고 있었다. 쟈원은 들어서면서 한 발로 땅을 굴러 소리를 질렀다.

"이 원숭이 같은 놈들아. 장난질 좀 그만 쳐라. 내가 왔다."

시동들은 쟈원이 들어오자 다들 흩어졌다. 쟈원은 방 안에 들어가 의자에 앉으며 물었다.

"바오위 아저씨는 아직 안 내려오셨냐?"

"글쎄 오늘은 도통 안 오시네요. 뭐 하실 말씀 있으시면 제가 한번 가서 알아볼까요?"

베이밍이 말을 마치고 곧 나갔다.

쟈원은 남아서 주변을 둘러보며 서화나 골동을 구경하였다. 한참 지나도 베이밍은 돌아오지 않았다. 다른 시동이 있나 보았지만 다들 놀러 나가고 없었다. 답답해하는 참에 문밖에서 아리따운 목소리가 들려 왔다.

"오빠!"

쟈원이 얼른 밖을 쳐다보니 열 예닐곱 되어 보이는 시녀였다. 제법 깔끔하고 날씬하게 생긴 몸매였는데, 쟈윈을 보자 곧 달아나 버렸다.

……

그리고는 밖으로 나갔다. 베이밍이 뒤에서 소리쳤다.

"도련님 제가 대접할 테니 차 한 잔 드시고 가세요!"

"차는 됐네. 나도 할 일이 있어서 말이야."

쟈윈이 입으로 그리 대답을 하면서 눈으로는 아직도 그곳에 거 있는 시녀에게 시선을 보냈다.

……

츄원秋紋이 물었다.

"내일 나무 심는 일꾼을 데려와 공사 감독하는 사람이 누구라고 하였답디까?"

"거 뭐라더라, 뒤 행랑채에 사는 원거芸菇라고 그러지 아마."

츄원과 비헌碧痕은 들어도 누군지 알 수 없는 사람이라 그냥 넘기고 다른 말을 물었지만 샤오훙만은 속으로 분명히 알 수 있었다. 어제 바깥 서재에서 만났던 바로 그 사람이었다.

…… 그렇게 답답한 마음을 풀지 못하고 있는데 홀연 할멈이 쟈윈의 이름을 거론하자 그만 자신도 모르게 마음이 흔들리고 있음을 느꼈다. 그러나 어쩔 도리가 없어 그냥 방으로 돌아와 침상에 누워 이리저리 뒤척이며 생각만 굴리고 있었다.

뭔가 몽롱한 가운데 문득 창밖에서 나지막한 목소리로 자신을 부르는 소리가 들리는 듯 했다.

"샤오훙, 너의 손수건을 내가 여기서 찾았다."

그 소리에 얼른 일어나 밖으로 나와 보니 다름 아닌 바로 쟈윈이었다.……

(『홍루몽』 제24회)

근농원담법近濃遠淡法

❖ 정의

 '근농원담법'은 가까운 것은 짙게 먼 것은 옅게 묘사하는 화법으로, 곧 '원근법'을 가리킨다. 이것을 소설에 적용시키게 되면, 특정 범위 내에서 문장을 간결하게 생략하거나, 반대로 전체적으로 확장해서 표현하는 서사 기법을 말하게 된다. 이것은 비슷한 의미로 '강약비교식強弱比較式', 또는 '이풍보겸식以豊補歉式'이라 부르기도 한다.

❖ 실례

 『삼국지연의』에는 '근농원담법'의 예가 많이 있다. 이를테면, 제1회에서 황건적을 토벌하는 가운데 황푸쑹皇甫嵩과 주쥔朱儁의 공을 논할 때 황푸쑹의 일은 간략하게 서술하고 있는 반면, 주쥔의 일은 매우 상세히 설명하는 것이 그러하다. 여기서 황푸쑹의 이름은 모두 11곳이 나오지만, 그에 대해 상세히 묘사한 것은 황건적의 수괴인 장줴張角, 장바오張寶, 장량張梁 세 형제를 화공으로 쳐부수는 대목뿐이다. 황푸쑹은 계속해서 7번을 크게 이겨 그 공적으로 조정에서 거기장군車騎將軍이라는 관직을 제수 받으나, 독자들에게는 그다지 깊은 인상을 남기지 못한다.

이에 반해 주쥔의 경우에는 황푸쑹보다 거의 두 배에 가까운 23곳에 등장한다. 그 가운데 앞서의 5차례의 싸움에서는 황푸쑹과 함께 있다. 그러나 그 뒤 6차례의 싸움에서는 각기 군사를 나누어 공격한 뒤 황푸쑹은 차오차오曹操에게, 주쥔은 류베이劉備와 함께 한다. 그리고 주쥔이 군사를 이끌고 성을 포위한 뒤에는 사람을 보내 황푸쑹의 소식을 알아오게 한다. 나중에 황푸쑹은 거기장군으로 임명된 뒤에는 아예 출장하지 않고, 주쥔 혼자서 황건적의 잔당과의 싸움을 주관하는데, 이 과정에서 주쥔은 지혜와 계책이 풍부하고 용감한 장군으로 묘사된다. 특히 한중韓忠의 투항을 놓고 주쥔과 류베이가 토론하는 대목에서는 주쥔이 분명하면서도 정확한 입장을 견지하면서도 다른 사람의 유익한 의견을 받아들이는 인물로 그려지고 있어 보는 이를 경탄케 한다. 그러므로 주쥔을 가까운 곳에 있는 산이라 한다면, 황푸쑹은 먼 곳에 있는 산이라 할 수 있는 것이다.

❖ 예문

…… 루즈盧植가 류베이에게 말했다.

"나는 지금 여기서 장줴張角를 포위하고 있지만 장줴의 아우 장량과 장바오는 잉촨潁川에서 황푸쑹, 주쥔과 대치하고 있다네. ……"

…… 이때 황푸쑹과 주쥔은 군사를 거느리고 굳게 적을 막고 있었다. 도적들은 전세가 불리하자 창서長社로 물러나 풀밭에다 영채를 세웠다. 황푸쑹이 주쥔과 계책을 논의했다.

"도적들이 풀밭에다 영채를 세웠으니 화공을 써야겠구려."

그러고는 군사들에게 각기 풀 한 다발씩을 준비하여 은밀히 매복해 있게 했다. 그 날 밤 큰 바람이 일었다. 이경(밤 10시 경)이 지났을 때

매복했던 군사들이 준비한 풀 다발에 일제히 불을 붙여 적의 영채로 던졌다. 타오르는 화염이 하늘을 덮었다. 동시에 황푸쑹과 주쥔이 각기 수하의 군사를 이끌고 적의 영채를 들이쳤다.

......

류베이는 황푸쑹과 주쥔을 만나 자신을 잉촨으로 보낸 루즈의 뜻을 상세히 전했다. 황푸쑹이 말했다.

"장량과 장바오는 이번 싸움에서 기세가 꺾이고 힘이 빠졌으니 필시 저의 형 장줴에게 의지하려고 광쭝廣宗으로 갔을 것이오. 쉬안더玄德(류베이를 가리킴)는 즉시 밤을 도와 가서 루 중랑장을 돕도록 하시오."

......

이렇게 하여 세 사람은 밤을 도와 군사를 거느리고 주쥔에게로 갔다. 주쥔은 그들을 반갑게 맞아들여 후하게 대접하고 군사들을 합쳐서 장바오를 치기로 했다. 이때 차오차오는 황푸쑹을 따라 장량을 토벌하며 취양曲陽에서 큰 싸움을 벌이고 있었다. 이쪽에서는 주쥔이 장바오를 공격했는데, 이때 장바오는 8, 9만 명이나 되는 도적 떼를 이끌고 산 뒤에 주둔하고 있었다. 주쥔은 류베이를 선봉으로 내세워 적과 대적하게 했다.

......

패전하고 돌아온 류베이가 주쥔을 찾아가 의논하니 주쥔이 계책을 일러주었다.

"놈이 요술을 쓰니, 우리는 내일 돼지와 양과 개를 잡아 그 피를 준비하고 군사들을 산머리에 매복시킵시다. 도적이 추격하기를 기다렸다가 높은 언덕에서 일시에 피를 뿌리면 그 술법을 깨뜨릴 수 있을게요."

......

술법이 깨진 것을 본 장바오는 급히 달아나려고 했다. 그러나 왼편에서는 관위關羽가, 오른편에서는 장페이張飛가 군사를 이끌고 나오고, 등 뒤에서는 류베이와 주쥔이 일제히 추격했다. ……

주쥔은 군사를 이끌고 웨이 성魏城을 에워싸고 공격하는 한편, 황푸 쑹에게 사람을 보내 전황을 알아 오게 했다. 다녀온 정찰병이 상세히 보고했다.

"그 사이 황푸쑹이 적과 싸워 대첩을 거두자 조정에서는 번번이 패하기만 하는 둥줘董卓를 대신해 황푸쑹을 시켜 장줴를 치게 했답니다. 황 푸쑹이 그곳에 이르렀을 때 장줴는 이미 죽고 장량이 대신 그 무리들을 통솔해 관군에 항거했지만 황푸쑹은 일곱 번 싸움에 일곱 번을 다 이겨 마침내 취양에서 장량의 목을 쳤답니다. …… 조정에서는 황푸쑹의 벼 슬을 높여 거기장군으로 삼고 지저우 목冀州牧을 겸하게 했습니다. 또 황푸쑹은 루즈가 공이 있고 죄는 없다고 아뢰어 조정에서는 루즈를 이 전의 관직에 복직시켜 주었답니다 ……"

이 소식을 들은 주쥔은 군사들을 재촉하여 있는 힘을 다해 웨이 성을 공격하였다. 형세가 위급하게 되자 적장 옌정嚴政이 장바오를 찔러 죽 이고 그 수급을 바치며 항복을 청했다. 주쥔은 마침내 여러 고을을 평 정하고 천자에게 첩보를 올렸다. 이때 황건적의 잔당인 자오훙趙弘, 한 중韓忠, 쑨중孫仲 등 세 사람이 수만 명의 도적 떼를 모아 장줴의 원수 를 갚는다며 불을 지르고 노략질을 일삼았다. 조정에서는 주쥔에게 명 하여 개선군을 거느리고 그들을 토벌토록 했다. 주쥔은 조서를 받들어 군사를 거느리고 나아갔다. 당시 도적들은 완청宛城을 점거하고 있었는 데, 주쥔이 군사를 거느리고 공격하자 자오훙은 한중을 출전시켰다. 주 쥔이 류베이 형제를 시켜 완청의 서남쪽 모퉁이를 들이치게 하자 한중 은 정예병을 모조리 이끌고 서남쪽으로 몰려와 저항했다. 기회를 엿보 던 주쥔은 몸소 철기 2천 명을 휘몰아 동북쪽 모퉁이를 들이쳤다. 성을 잃을까 겁이 난 도적들은 급히 서남쪽을 버리고 되돌아섰다. 이때 류베이가 배후로부터 들이쳤다. 도적 떼는 크게 패하여 다투어 완청 안으로 달아났다. 주쥔은 군사를 나누어 사면으로 성을 단단히 에워쌌다. 성안에 양식이 떨어지자 한중은 사람을 내보내 항복을 청했다. 그러나 주쥔은 항복을 허락하지 않았다. 보다 못한 류베이가 주쥔에게 말했다.

"옛날에 고조가 천하를 얻으신 것은 항복을 권하고 항복하여 귀순하는 자를 잘 받아들였기 때문인데 공은 어찌하여 한중의 항복을 거절하십니까?"

주쥔이 말하였다.

"그 때 일은 그 때 일이고, 지금 일은 지금 일이오. 진나라 말년에는 천하가 크게 어지러워 백성에게 정해진 주인이 없었소. 이 때문에 항복을 권하거나 귀순하는 자에게 상도 주며 내 편으로 오기를 권했던 것이오. 그러나 지금은 천하가 통일되어 있고, 단지 황건적이 난을 일으켰을 뿐이오. 이런 마당에 그들의 항복을 용납한다면 옳고 그름을 가릴 방법이 없을 게요. 그리되면 도적들은 형세가 이로우면 멋대로 노략질을 하고 형세가 불리해지면 곧 항복하려 들 것이오. 이것은 도적놈더러 뜻대로 하라는 것이나 다름없는 짓이니 결코 좋은 대책이 아니오."

류베이가 말했다.

"도적들의 항복을 받아들이시지 않겠다는 말씀은 그렇다고 칩시다. 그러나 지금 우리가 사면을 철통같이 에워싼 상태에서 도적들이 항복을 빌다가 안 될 경우에는 반드시 목숨을 걸고 덤빌 것입니다. 만 명이 하나로 마음을 모은다 해도 당해 낼 재간이 없을 터인데 하물며 성중에는 죽기를 각오한 자가 수만 명이나 있지 않습니까? 차라리 동쪽과 남쪽은 터주고 서쪽과 북쪽을 집중 공격하는 게 좋을 것 같습니다. 그리되면 저들은 반드시 성을 버리고 달아날 것이니 그들에게 싸울 마음이 사라지면 즉시 사로잡을 수 있을 것입니다."

주췬은 류베이의 말을 옳게 여기고 곧 동쪽과 남쪽에 배치한 군마를 철수시키고 일제히 서쪽과 북쪽을 들이쳤다. 과연 한중을 성을 버리고 달아났다. 주췬은 류베이, 관위, 장페이와 함께 삼군을 거느리고 뒤를 몰아쳤다. 활로 한중을 쏘아 죽이자 나머지 무리는 사방으로 흩어져 달아났다. 관군이 뒤를 쫓는데, 마침 자오홍과 쑨중이 도적 떼를 이끌고 달려들었다. 주췬은 자오홍의 세력이 막강한 걸 보고 잠시 군사를 뒤로 물렸다. 자오홍은 이때를 틈타 완청을 도로 빼앗아 버렸다.

주췬이 성밖 10리쯤에다 영채를 세우고 바야흐로 다시 성을 치려 할 때였다. 갑자기 동쪽에서 한 떼의 인마가 달려왔다. …… 뜻밖의 지원군을 접한 주췬은 크게 기뻐하며 쑨졘孫堅에겐 남문, 류베이에겐 북문, 자신은 서문을 치기로 하고, 동문만 남겨 두어 도적들에게 달아날 길을 열어 놓도록 했다. …… 뒤이어 주췬의 대군이 들이쳤다. 이리하여 적의 머리를 벤 것이 수만 급이요 항복받은 자는 이루 헤아릴 수 없을 정도였다.

이로써 난양南陽 일대 10여 고을이 모두 평정되었다. 주췬이 군사를 거느리고 경사로 개선하자 황제는 조서를 내려 거기장군에 허난 윤河南尹으로 봉했다. 주췬은 표를 올려 쑨졘과 류베이 등의 공로를 상주했다.

(『삼국지연의』 제1회~제2회)

이보환형법移步換形法

❖ 정의

'이보환형법'은 등장 인물의 입각점立脚點의 변화를 통해 자연 경물을 펼쳐 보이는 것이다. 이것은 마치 카메라 렌즈와 같이 인물의 시선에 따라 가까운 곳에서 먼 곳으로 높은 곳에서 낮은 곳으로 등등 다양한 시각으로 자연 경물을 담아내 한 폭의 현란한 화면을 구성한다. '이보환형법'은 작중 인물의 시각에 따라 외부 사물을 그려내기 때문에 자연 경물 사이의 공간과 방위 관계를 정확하고 조리 있게 기록할 수 있을 뿐 아니라, 극히 절절하고 자연스럽게 외형을 그려낼 수 있다.

'이보환형법'은 단순히 자연 경물을 그려내기 위한 것이 아니기 때문에 그 착안점은 여전히 인물 형상을 빚어내고 작품의 주제를 드러내는 데 있다. 따라서 인물의 활동에 의해 일종의 전형적인 환경이 만들어지며, 부단히 변화하는 경물을 통해 인물의 심정과 성격이 드러나게 된다. 당연하게도 설사 주변 경물에 대한 묘사가 많다 하더라도, 전체적으로 보면 시종일관 인물이 중심적인 위치에 놓이게 되며 경물은 단지 인물을 돋보이게 하기 위해 존재할 따름이다.

❖ 실례

『라오찬 여행기老殘遊記』 제2회에서 작자는 라오찬의 행적을 하나의
실마리로 삼아, '리샤팅歷下亭'과 '톄 공의 사당', '고수선사古水仙祠'의
면모와 다밍후大明湖의 풍광을 차례로 펼쳐 보이면서 이들 명승고적의
공간 방위를 분명하게 묘사하고 있다. 이를테면, '리샤팅'을 묘사하면
서, 배에서 내려 대문을 들어서고 정자를 바라보면서 그 위에 걸려 있
는 대련을 읽는 등, 원경에서 근경으로 시각을 옮겨가고 있다. 이런 식
으로 묘사하게 되면 독자가 마치 그 가운데 서 있으면서, 마치 작중 인
물과 함께 다밍후의 그윽한 풍광들을 더 없이 친밀하고 자연스럽게 감
상하는 듯한 느낌을 받게 된다.

이에 머물지 않고 작자의 시선은 자연 풍광의 묘사에서 주인공인 라
오찬으로 옮겨간다. "라오찬老殘은 마음속으로 '이렇게 아름다운 절경
에 어찌하여 유람객이 없을까?' 생각하면서 한동안 바라본 뒤 몸을 돌
려 나오다가, 대문 안쪽의 기둥에 한 폭의 대련이 걸려 있는 것을 보았
다. 위 구절에는 '사면은 연꽃이요 삼면은 버들이라'라 하였고, 아래 구
절은 '온 성이 산색山色이나 성의 반은 호수로다'라 씌어 있었다. 그는
혼자 고개를 끄덕이며 중얼거렸다. '정말 그렇군!'" 곧 겉으로 볼 때는
라오찬이 다밍후의 아름다운 풍광에 물들어 있는 듯 보이지만, 실제로
는 다밍후의 풍광을 빌어 주인공인 라오찬의 심경을 그려내고 있는 것
이다.

❖ 예문

오후에는 걸어서 췌화챠오鵲華橋 부근까지 가서 작은 배 한 척을 세
내어 타고는 노를 저어 북쪽으로 가니 곧 리샤팅歷下亭에 이르렀다. 배

에서 내려 대문에 들어서자, 단청이 태반이나 벗겨진 정자가 있었다. 정자에는 한 폭의 대련이 걸려 있는데, 위 연에는 '리샤팅은 오래되고', 그 아래 연에는 '지난濟南에는 명사가 많네'라 씌어 있었다. 또 그 위쪽에는 '두 공부杜工部의 시구'라는 제목을 붙였고, 아래쪽에는 '다오저우 道州의 허사오지何紹基[1]가 쓰다'라고 서명했다. 정자 옆에는 몇 채의 건물이 있는데, 보잘것없는 것들이었다. 다시 배를 타고 서쪽으로 저어가자 얼마 되지 않은 곳에 있는 톄 공의 사당이 있는 강변에 이르렀다. 톄 공이 누구인가? 바로 명나라 초에 연왕燕王을 애먹였던 톄쉬안鐵鉉이다. 후세 사람들은 그의 충의를 경모하여 지금까지도 봄가을로 지방 사람들이 수시로 찾아와서 향을 올리고 있다.

사당 앞에 이르러 남쪽을 바라보니, 쳰포산千佛山이 마주 보이고, 절들이 푸른 송백 숲 사이로 흩어져 보이는데, 붉은 것은 불과 같고 흰 것은 백설과 같으며, 푸른 것은 쪽과 같고 초목은 짙푸르며, 더욱이 온통 붉거나 반쯤 물든 단풍이 그 사이에 섞이니 마치 송나라 사람 자오 쳰리趙千里가 그린 한 폭의 요瑤 지도와 같았다. 마치 수천 리나 되는 산수의 병풍 같은 경치에 감탄을 그치지 못하고 있는데, 문득 고기잡이의 노랫소리가 들려왔다. 고개를 돌려 바라보니, 그 누가 알았으랴! 밍후明湖의 물 맑기가 거울 같았다. 쳰포산의 그림자가 너무도 똑똑히 호수 속에 거꾸로 드리워 누각과 나무의 그림자가 더욱 맑은 빛을 발하고 있었다. 머리를 들어보니, 실물보다 더욱 아름답고 더욱 똑똑히 보였다. 이 호수의 남쪽 기슭에는 갈대가 무성하였다. 지금이 바로 꽃 피는 때여서 흰빛의 꽃들이 석양에 비껴 마치 붉은 융단 같으니 아래위 두 산 사이의 깔개와 같은 것이 실로 기묘한 절경이었다.

---

1   청대 학자로 경학과 역사에 능하고 서예로도 일가를 이루었다.

라오찬老殘은 마음속으로 '이렇게 아름다운 절경에 어찌하여 유람객이 없을까?' 생각하면서 한동안 바라본 뒤 몸을 돌려 나오다가, 대문 안쪽의 기둥에 한 폭의 대련이 걸려 있는 것을 보았다. 위 구절에는 '사면은 연꽃이요, 삼면은 버들이라'라 하였고, 아래 구절은 '온 성이 산색山色이나 성의 반은 호수로다'라 씌어 있었다. 그는 혼자 고개를 끄덕이며 중얼거렸다.

"정말 그렇군!"

톄 공의 사당 안에 들어서니, 동쪽은 연못이었다. 꼬불꼬불 아홉 굽이의 복도를 돌아 연못의 동쪽에 이르니 바로 월문月門이었다. 월문 동쪽에 세 칸 짜리 낡은 방이 있는데, 그 위에 '고수선사古水仙祠'라고 크게 네 글자가 적혀 있는 편액이 걸려 있었다. 사당 안에는 한 폭의 낡은 대련이 걸려 있었다. 거기에는 '한 잔의 찬 샘물을 들고 가을 국화 바치니, 깊은 밤 그림배가 연꽃 사이를 누비네'라 씌어 있었다. 고수선사를 지나 배를 저어 리샤팅 뒤쪽에 이르니, 연잎과 연꽃이 배를 에워쌌다. 시든 연잎은 뱃전에 부딪혀 쏴쏴 소리를 내고 노 젓는 소리에 물새는 놀라 후드득 날아가며 이미 여문 연밥들이 연이어 배 안으로 튀어 들어왔다. 라오찬은 손으로 연밥 두어 개를 집어 먹어가며 배를 저어 췌화챠오 물가에 댔다.

(『라오찬 여행기老殘遊記』 제2회)

인신재경법人身載景法

❖ 정의

　이 세상에 경물 묘사가 없는 소설은 없다. 하지만 나라마다 그 상황이 다르고, 독자의 심미 정취가 다르며, 작가의 묘사 방법 또한 차이가 있다. 중국의 경우는 『수신기』나 『세설신어』와 같은 고대로부터 명청대에 이르기까지 '인신재경법'이라는 방법을 많이 사용했다. 이것은 전통 희곡 예술에서 말하는 '경물이 사람의 몸에 있다景在人身上'는 것을 차용한 것이다. 이른바 '인신재경법'이라는 것은 소설 속의 자연 풍모나 인물의 언행 등이 작자의 입에서 나오는 게 아니라 작중 인물의 입과 눈, 귀를 통해 말하고, 보고, 듣는 것이다. 곧 '모든 경물에 대한 말은 다 인간의 감정이 실린 말一切景語, 皆情語也'로, 경물과 감정이 서로 녹아드는 '정경교융情景交融'의 예술적 효과가 발휘되는 것을 말한다. 이것은 중국 고대소설의 경물 묘사가 갖는 하나의 특징인 동시에 장점이라 할 수 있다.

❖ 실례

　중국 고대소설에서 '인신재경법'을 가장 잘 활용한 예는 『수호전』 제

16회 '양즈가 금은 봇짐을 압송'하는 대목이라 할 수 있다. 여기서는 오뉴월 한낮의 찌는 듯한 무더위를 묘사하고 있는데, 독자가 이 대목을 읽으면 실제로 염천에 들어앉은 듯한 느낌을 받게 된다. 열한 명의 금군들은 더운 날씨에 땀을 비 오듯 흘리며 길을 재촉한다. 이것이 어찌 그들이 원해서 그런 것이겠는가? 임무를 무사히 완수하려는 양즈의 조바심에 내몰려 그리한 것인데, 그 날씨가 어찌나 혹독한지 "돌마저 달아올라서 발바닥이 뜨거워 걸을 수 없는 지경"에 이르자 이들의 원망은 극에 달한다. 바로 이때 시원한 솔밭에서 "웃통을 벗어부치고 앉아서 바람을 쐬고" 있는 사내들을 만나게 되니, 이러한 대조를 통해 금군들이 겪는 더위의 고통을 더 실감나게 느낄 수 있는 것이다.

❖ 예문

　때는 바로 오월 중순이라 날씨는 좋으나 너무 더워서 걷기가 매우 괴로웠다. 옛날 오칠군왕吳七郡王에게 이런 시 한 수가 있었다.

> 옥 병풍 세워 놓고 붉은 난간 둘렀는데
> 꼬리치며 노는 고기 마름 풀을 희롱하네.
> 8척 되는 고래 수염 짜서 만든 흰 자리에
> 붉디붉은 마노 베개 머리 밑에 고였네.
> 더위가 두려워서 여섯 용도 옴짝 않고
> 봉래섬 밖 바닷물이 부글부글 끓는구나.
> 공자 왕 바람 적다 부채를 탓하건만
> 행인들은 터벅터벅 먼지길 다그치네.

　이 시는 무더운 날에 서늘한 정자거나 물 가운데의 다락에 올라앉아

수박이나 오얏을 찬물에 담가 놓고 새하얀 연뿌리 요리를 갖춰 놓고 먹으면서 피서를 하면서도 덥다고 야단치는 공자 왕손들이 큰칼 쓰고 묶인 몸은 아니나 눈꼽만한 이득을 보고 무더운 삼복 더위에 길을 걸어야 하는 행객들의 처지를 어찌 알 것인가를 쓴 것이다. 오늘도 양즈楊志 일행은 생신일인 6월 15일 전까지 둥징東京에 닿아야 하겠으므로 길을 재촉하지 않을 수 없었다. 베이징北京을 떠나 첫 6, 7일은 어김없이 5경에 일어나서 서늘한 아침결에 길을 가고 한낮의 더운 때는 쉬곤 하였다.

　6, 7일을 가고 가니 차츰 인가가 드물어가고 행인도 적어지는데 역참과 역참 사이는 모두가 산길이었다. 양즈는 진辰 시에 떠나서 신申 시쯤 되어서야 쉬게 하였다. 그런데 열한 명의 금군들의 짐은 하나도 가벼운 것은 없고 모두 무거운 것 뿐이라 무더운 날씨에 걸을 수가 없어서 나무 숲만 만나기만 하면 모두 쉬려고만 하였다. 그러나 따라오면서 양즈는 혹시 멈추는 자가 있으면 괜찮아야 욕이고 심하면 등채로 사정없이 때려서 몰아세웠다. 그런데 자그마한 보따리를 진 두 우후까지도 헐떡거리면서 걷지를 못했다. 그 꼴을 보고 양즈는 성이 버럭 났다.

　"자네들도 어지간히 지각이 없구만! 이번 일이 다 내게 달린 줄 뻔히 알면서 나 대신에 저 짐꾼들을 재촉하지는 못할망정 도리어 뒤떨어져 가지구 비실비실 한단 말인가. 이 곳 길은 늑장을 부릴 데가 아니란 말일세."

　"여보, 날씨가 하도 더우니까 그러지 우리가 일부러 늑장을 부릴 리가 있겠소. 요 며칠은 서늘한 아침결에 걸었는데 지금 와서는 이렇게 한낮에 걷게 하니 잘 하는 일 같지 않소."

　……

　땀을 비 오듯 흘리는 열한 명 금군들은 저마다 긴 한숨을 지으면서 늙은 청지기에게 하소연하였다.

"우리는 불행히도 군졸이 되어 가지고 번연히 알면서도 뽑혀 와서 이 모닥불같이 뜨거운 날씨에 무거운 짐을 지고 걷지 않습니까. 그런데 이 한 이틀은 서늘한 아침결에는 가지 않고 또 쩍하면 등채로 때리기만 하지요. 우리도 남같이 부모의 혈육을 타고 난 사람인데 이렇게 고생해야 한단 말입니까?"

......

군졸들은 찍 소리도 못하고 도로 누워서 진시까지 자다가 일어나서 천천히 조반을 지어먹고 떠났다. 양즈가 연방 짐꾼들을 다그치면서 나무 그늘이 있어도 쉬지 못하게 하니 군졸 열 한 명은 속으로 투덜거리면서 원망하기를 마지않았다. 늙은 청지기와 같이 걷는 두 우후도 역시 쉴 새 없이 쑥덕거리는데, 청지기는 비록 맞장구는 안 쳤지만 속으로는 역시 양즈를 괘씸하게 여겼다.

......

"오늘은 일찍이 숙참을 할 테니 그 대신 빨리들 걸어라!"

군졸들이 쳐다보는 하늘에는 참으로 구름 한 점 없었고 날씨는 그야말로 견딜 수 없이 더웠다.

바로 이러한 때 양즈는 일행을 재촉하여 산중의 험한 길을 걸어가고 있었다. 한낮이 되었는지라 돌마저 달아올라서 발바닥이 뜨거워 걸을 수 없는 지경이었다.

"이렇게 더워서야 사람이 타 죽지 않겠나."

여러 군졸들의 말에 양즈는 호통을 쳤다.

"빨리들 걸어라! 저 앞 고개를 넘어가서 쉬도록 하자!"

......

이에 양즈가 또 대꾸를 하려는데 별안간 맞은편 솔밭 그늘 속에서 어떤 자가 수상스럽게 이쪽을 기웃거리며 살피고 있는 것이 보였다.

"내가 뭐라고 했소? 벌써 수상한 놈이 오지 않았나 보시오."

양즈는 등채를 던지고 박도를 들고 맞은편 솔밭으로 뛰어가면서 호통을 쳤다.

"너 이 담 큰 놈아! 어째서 내 짐을 노리는 거냐?"

양즈가 쫓아가 보니 그 솔밭 속에는 강주거江舟車 일곱 대가 일자로 나란히 서 있고, 그 옆에는 일곱 사람이 웃통을 벗어부치고 앉아서 바람을 쐬고 있고, 또 그 옆에는 살쩍에 커다란 붉은 사마귀가 있는 자가 박도를 들고 서 있었다.

(『수호전』 제16회)

일격양명법 一擊兩鳴法

❖ **정의**

'일격양명법'은 한번 쳐서 두 번의 울림을 만들어낸다는 것으로, 흔히 말하는 '일석이조'와 같은 뜻이라 할 수 있다. 장편소설의 경우는 규모가 크기 때문에 등장인물이 많고 이야기가 복잡하게 얽혀 있다. 이때한 사람을 묘사하면서 곁다리로 다른 사람도 같이 묘사한다면 한 번에두 사람을 묘사하는 효과를 얻게 된다. 중국의 고대 전설에 따르면 쟝수絳樹라는 유명한 가수가 있었는데, 그녀는 동시에 두 개의 노래를 부를 수 있었다 한다. 곧 목으로 한 곡을 부르는 동시에 코에서 다른 곡을불렀다는 것인데, 한 사람이 동시에 이중창을 부르는 효과를 냈다는 것이다.

❖ **실례**

『홍루몽』의 작자인 차오쉐친曹雪芹은 고전소설 계의 쟝수라 할 만하다. 『홍루몽』 제7회에서 저우루이周瑞 댁이 진촨에게 샹링의 아름다움을 말하면서 동시에 쟈룽의 부인인 친커칭秦可卿의 아름다움도 언급하고 있다. 즈옌자이脂硯齋는 이 대목에 대해 "일격양명법으로, 두 사람의 아름다움을 동시에 알 수 있다一擊兩鳴法, 二人之美可并知矣"고 비하였다.

'일격양명법'은 외모에만 적용되는 게 아니고, 인물 관계의 친소親疏나 심리 상태 등도 나타낼 수 있다. 제79회에서 샤 씨夏氏 집안의 규수를 소개하는 대목이 그러하다. 이 아가씨의 성격을 묘사하면서 동시에 왕시펑王熙鳳을 언급함으로써 두 사람이 결국 비슷한 성격을 갖고 있음을 드러낸다. 이것 역시 일종의 '일격양명법'이라 할 수 있다.

❖ 예문

이렇게 말하는 사이 저우루이周瑞 댁이 상자를 들고 방문을 나섰다. 진촨金釧은 아직 거기서 햇볕을 쬐고 있었다. 저우루이 댁이 물었다.

"샹링香菱이라는 저 계집애가 혹시 경사에 올 때 사온 그 애냐? 살인 사건까지 난?"

"왜 아니겠어요?"

그렇게 말하고 있는데 샹링이 해죽해죽 웃으며 걸어왔다. 저우루이 댁이 그녀의 손을 잡고 한참을 자세히 살펴본 뒤 진촨에게 말했다.

"그래도 생긴 건 괜찮구나. 근데 모습이 우리 룽궈푸 쟈룽賈蓉 나리의 아씨와 조금 비슷한 거 같아."

"제 생각에도 그러네요."

(『홍루몽』 제7회)

샤 씨夏氏 집안의 이 규수는 열일곱 살이었는데 용모도 제법 예뻤고 글도 조금 알았다. 하지만 마음 씀씀이는 시펑熙鳳을 상당히 닮아 있었다. 한 가지 흠이라면 어린 시절 아버지를 여의고 형제자매도 없이 홀어머니 밑에서 애지중지 귀여움을 받으며 자랐다는 것이었다. 어머니는 그녀가 하는 모든 일을 그대로 따라주었기 때문에 너무도 귀여움을 받아 결국 다오즈盜跖와 같은 성정을 갖게 되었다. 그녀는 자신이 보살처럼 떠받들어지기를 좋아하고 남은 더러운 흙처럼 여겼다. 겉으로는 꽃버들 같은 자태를 갖추었지만 안으로는 거칠고 급한 성격을 품고 있었던 것이다.

(『홍루몽』 제79회)

절처봉생법絶處逢生法

❖ 정의

중국 고대소설의 특징은 이야기적인 성격故事性이 강하고, 정절이 순식간에 변하며, 사람을 깜짝 놀라게 하는 데 있다. 한 편의 소설 작품이 평담하게 전개된다면 독자들은 쉽게 염증을 내게 마련이다. '절처봉생법'이란 이런 예술 규칙에 의거해 독자를 깜짝 놀라게 하는 기이한 정절을 통해 인물의 운명과 성격을 표현하는 것이다. 곧 등장인물을 한 발 한 발 위험에 빠뜨려 절체절명의 위기에 처하게 만들었다가 한 순간에 구해내는 것으로, '절체절명의 순간에서 다시금 살길을 찾는다'는 것을 말한다.

마오쭝강 역시 이런 맥락에서 다음과 같이 말했다. "문장이 험악하지 않으면 기이하지 않고, 사건이 기이하지 않으면 통쾌하지 않다. 몹시 급박하고 험악한 지경에 놓였을 때, 갑자기 아주 기이하고 통쾌하게 반전이 일어나면, 놀라우면서도 즐거운 법이다文不險不奇, 事不奇不快. 急絶險絶之時, 忽翻出奇絶快絶之事, 可驚可喜."(『삼국지연의』 제34회 협비) 또 이렇게 말하기도 했다. "독자의 즐거움은 크게 놀랍지 않으면 크게 즐겁지 않고, 크게 의혹이 일지 않으면 크게 통쾌하지도 않으며, 크게 급박하지 않으면 큰 위안도 받을 수 없다讀者之樂, 不大驚則不大喜, 不大疑則不大快, 不大急則不大慰."

❖ 실례

『수호전』7회와 8회에서 린충林冲이 유배 가는 대목은 바로 이와 같은 '절처봉생법'을 잘 운용한 예라 할 수 있다. 린충 등 일행이 예주린野猪林에 이르렀을 때 그를 호송해 가던 둥차오와 쉐바는 그를 나무에 묶어놓고 죽이려 한다. 린충이 눈물까지 흘리며 애걸하지만 쉐바는 수화곤을 들어 그의 머리통을 내려친다. 그야말로 린충의 목숨이 허망하게 날아가는 절체절명의 순간이 눈앞에 닥친 것이라 할 수 있는데, 바로 이때 루즈선魯智深이 나타나 쉐바가 내리치는 몽둥이를 허공에 날려버린다. 그야말로 '절체절명의 순간에 린충이 다시 살아나는 것'이다.

❖ 예문

세 사람은 숲 속으로 들어가서 행장과 봇짐을 벗어서 나무 밑둥에 놓았다.

"아이쿠!"

소리를 내며 린충林冲은 큰 나무에 기댄 채 누워 버렸다.

"한 발자국 걷고는 한 발자국 쉬는 바람에 도리어 우리가 지쳤으니 여기서 한잠 자고 가세!"

둥차오董超와 쉐바薛覇는 이렇게 지껄이면서 수화곤을 내려놓고 나무 옆에 누워서 잠깐 눈을 감고 있더니 갑자기 소리를 지르며 벌떡 벌떡 일어났다.

"두 분은 왜 그러십니까?"

린충이 물으니 둥차오와 쉐바가 말했다.

"우리가 한잠 자야겠는데 여기서 가두는 데가 없어서 네가 도망칠까 봐 마음놓고 잘 수가 없다."

"소인도 남아입니다. 이미 죄를 지은 이상 죽는 한이 있어도 도망치지는 않을 겁니다."

"네 말을 누가 믿는단 말이냐! 우리는 마음놓고 자야겠으니 마음대로 너를 묶어 놔야겠다."

"묶으실 테면 묶으시구려. 소인이야 뭐라고 말하겠습니까?"

쉐바는 허리에서 노끈을 풀어내어 린충의 손발과 목에 쓴 칼을 한데 묶어서 나무에다 꽁꽁 얽어매 놓더니 둥차오와 함께 벌떡 일어나 수화곤을 집어 들고 린충을 노려보며 지껄였다.

"우리가 네 목숨을 없애고 싶어서 그런 건 아니다. 일전에 우리가 떠날 때 루陸 우후가 가오高 태위의 분부라고 하면서 우리더러 너를 여기서 없애 버리고 금인을 도려다 바치라고 하였다. 며칠간 더 간대도 너는 어차피 죽을 목숨이니 차라리 오늘 여기서 너를 없애 버리고 우리도 빨리 돌아가야겠다. 그러니 우리를 원망하지 마라. 상관의 분부니까 우리도 마음대로 할 수 없는 일이다. 내년의 오늘이 네 소상小祥(죽은 뒤 일 년 만에 지내는 제사) 날이라는 거나 명심해둬라. 우리는 기한을 정한 일이라 빨리 돌아가서 보고할 일이 바쁘다."

린충은 그 말을 듣고 눈물이 비 오듯 하여 말했다.

"두 분 나리, 저와 당신들과는 전날의 원한도 없고 새로 원수진 일도 없지 않소. 두 분께서 소인을 살려 주신다면 죽는 날까지 그 은혜를 잊지 않겠습니다."

"쓸데없는 수작 마라! 네 놈을 살려 줄 도리는 없다!"

둥차오가 말하자 쉐바가 수화곤을 버쩍 추켜 들고 린충의 머리를 겨누어 내리친다. 애석하도다! 호걸이 속수무책으로 죽다니! 그야말로 '만리 황천길에 주막이 없거늘 새 혼백은 이 밤에 뉘 집에서 잠들고?' 필경 린충의 생명이 어떻게 되었는가는 다음 회를 보라.

쉐바는 두 손에 추켜든 몽치로 린충의 머리를 겨누고 내리쳤다. 바로 그 순간 쉐바가 내리치는 수화곤은 소나무 뒤에서 나는 벽력같은 소리와 함께 난데없이 날아온 쇠 선장에 맞아 아득히 허공으로 날아갔다. 뒤이어 뚱뚱한 중이 뛰어나오며 고함을 쳤다.

"난 숲 속에서 네놈들이 지껄이는 소리를 다 들었다!"

두 사령이 그 중을 보니 검정 무명 장삼을 입고 계도를 찼는데, 그는 선장을 들고 달려든다. 그제야 눈을 뜬 린충은 그가 바로 루즈선魯智深이라는 걸 알아보았다.

(『수호전』 제7, 8회)

점철성금법點鐵成金法

❖ 정의

　'점철성금법'은 "쇠를 달구어 황금을 만든다"는 뜻으로, 나쁜 것을 고쳐서 좋은 것으로 만드는 것을 이르는 말로, '점석성금법點石成金法'이라고도 부른다. 비유적으로는 "옛사람의 말을 따다가 글을 짓는 것"을 가리키기도 한다. 소설에서는 간단하면서도 명확한 말로 소설이 함축한 의미를 드러내고, 화룡점정의 효과를 만들어내 주제를 심화하고 인물 형상을 돋보이는 것을 가리킨다.

❖ 실례

　『요재지이』의 각각의 이야기들은 작자인 푸쑹링蒲松齡이 자신이 엮은 이야기를 먼저 들려준 뒤, 마지막에 "이사씨異史氏는 말한다"라는 한 구절을 덧붙임으로써, '점철성금'의 효과를 노리고 있다. 통계에 의하면, 500여 개에 이르는 이야기들 가운데 "이사씨異史氏는 말한다"가 부가된 것은 194편으로, 이 가운데에는 당연하게도 진부한 것도 있지만 독자의 눈을 번쩍 뜨게 하는 '점철성금'의 효과가 있는 것들도 있다. 「리보옌李伯言」의 경우 염라대왕의 직무를 대신 수행하는 리보옌이 사심을 갖고 편파적으로 판결을 하려 하자 "갑자기 궁전에 불길이 일어나더니 화염이 서까래까지 치솟아 올랐다." 이를 두고 이사씨는 다음과 같이 말한다. "저승의 형법은 인간 세상보다도 참혹하고, 처벌 역시 이승보다 더 엄격하다. 하지만 사정을 봐주는 일이 통하지 않는다면 혹형을 당하는 자도 원통하지는 않을 것이다. 누가 무덤 속에는 하늘의 태양이 뜨지 않는다고 말하는가? 그저 저 사악한 인간들의 집에 불길이 치솟지 않는 것이 원망스러울 따름이구나." 이와 같은 지적을 통해 사람들은 현실 사회에 대해 깊이 있는 사고를 하게 되고, 독자들은 이승의 현실이 암담하다는 사실을 인식하게 되는 것이다.

❖ 예문

리보옌李伯言은 이수이沂水 현 출신으로 성격이 강직하고 진실하여 매우 미더운 사람이었다. 그가 어느 날 갑작스레 병이 들었다. 식구들이 약을 대령했지만, 그는 물리치면서 이렇게 말했다.

"내 병은 약을 먹어 고칠 수 있는 게 아니란다. 저승의 염라대왕 자리가 공석이 되어 날더러 잠시 그 직무를 수행하라고 하니, 내가 죽더라도 절대 땅에 묻지 말고 꼭 내가 돌아올 때까지 기다리거라."

리보옌은 그날로 정말 세상을 떴다.

죽은 뒤 말을 탄 시종이 나타나더니 그를 어느 궁전으로 인도했다. 어떤 사람이 염라왕의 관복을 내오는 동안 차역差役이며 관리들은 공손한 자세로 대기하고 있었다. 분위기는 사뭇 엄숙했으며 책상 위에는 서류 뭉치가 산더미처럼 쌓여 있었는데, 그 중의 한 문서는 강남 땅의 아무개가 평생 동안 여든 두 명이나 되는 여자를 강간한 사건을 조사한 내용이었다. 그를 심문했더니 조사한 증거 자료와 조금도 어긋남이 없었다. 저승의 율법에 의하면 포락炮烙의 형벌에 해당하는 죄였으므로 그는 마당 아래에 구리 기둥을 세우게 했다. 기둥의 높이는 여덟아홉 자 정도였고, 둘레는 두 아름쯤 되었는데, 뻥 뚫린 속에는 숯불이 이글이글 타오르는 중이라 안팎에 모두 벌겋게 달구어져 있었다. 한 떼의 귀신들이 쇠가시 몽둥이를 휘두르며 기둥 위로 올라가도록 내몰자, 아무개는 손으로 기고 발로 감아가면서 위쪽으로 올라갔다. 막 꼭대기에 다다랐을 때 연기가 자욱하게 피어나더니 '꽝'하고 폭죽 터지는 소리가 나면서 아무개는 아래로 떨어져 내렸다. 그는 몸뚱이를 꼬부리고 한동안 엎어져 있다가 겨우 정신을 차렸다. 다시 매질을 가하며 올라가게 했더니 종전과 똑같은 폭발 소리가 나면서 또 아래로 떨어져 내렸다. 그는 이렇게 세 번을 떨어져 내린 뒤 온 땅바닥을 맴돌다가 마치 연기처럼 사방으로 흩날리며 다시는 형체를 이루지 못했다.

또 하나의 안건은 같은 고을에 사는 왕 아무개가 계집종의 아비로부터 딸을 강점했다고 피소당한 사건이었는데, 이 왕 씨는 리보옌의 사돈이기도 했다. 원래 이 재판이 일어나기 전 어떤 사람이 계집종을 팔려고 내놓았을 때, 왕 씨는 그 출처가 불분명하다는 것을 확실히 알면서도 싼값에 혹해 그녀를 사들였던 것이다. 그 일이 있은 뒤 왕 씨는 갑자기 급사했다. 하루가 지난 뒤 그의 친구 저우 생周生이 길을 가다가 우연히 왕 씨와 마주쳤다. 그가 귀신임을 알아챈 저우 생이 도망쳐 자기 집 서재에 숨자 왕 씨도 따라 들어왔다. 공포에 질린 저우 생은 손발로 싹싹 빌며 원하는 게 뭐냐고 왕 씨에게 물었다.

"수고스럽지만 자네가 저승에 가서 증인이 되어주어야겠네."

왕 씨의 말에 저우 생이 깜짝 놀라며 물었다.

"무슨 일로?"

"내 계집종은 분명 돈을 주고 산 것인데 지금 그 때문에 무고를 당했다네. 이 일은 자네가 직접 보았던 일이니 그저 몇 마디만 증언해 주게 나. 그밖에 다른 말은 안 해도 된다네."

저우 생이 한사코 거절하니 왕 씨가 밖으로 나가면서 중얼거렸다.

"아마 자네 맘대로 되지 않을 걸세."

며칠 지나지 않아 저우 생은 이승을 하직했고, 두 사람은 함께 염라대왕 면전에서 심문을 받게 되었다. 리보옌은 왕 씨를 보자 은근히 그를 비호하고 싶은 마음이 일었다. 그러자 갑자기 궁전에 불길이 일어나더니 화염이 서까래까지 치솟아 올랐다. 리보옌은 겁을 집어먹은 나머지 다리가 후들거릴 지경이었다. 어떤 관리가 다급하게 그에게 아뢰었다.

"저승은 인간 세상과 달라서 조금의 사사로운 감정도 용납되지 않습니다. 서둘러 딴 마음을 버리신다면 불은 저절로 꺼질 것입니다."

리보옌은 정신을 가다듬고 차분하게 생각에 몰두하자 불은 더 이상 타오르지 않았으므로 곧바로 사건 심리에 착수하게 되었다. 왕 씨는 여종의 아비와 더불어 서로 억울하다고 되풀이해서 하소연했다. 저우 생을 심문했더니, 그는 자신이 본 대로만 대답했다. 왕 씨는 불법인 줄 알면서도 여종을 싼값에 샀기 때문에 태형에 처해졌다. 매질이 끝나자 리보옌은 사람을 시켜 그들이 다시 환생할 수 있도록 도와주었고, 이 덕분에 저우 생과 왕 씨는 둘 다 사흘 뒤에 되살아났다. 리보옌은 사건의 심리를 모두 마치자 수레를 타고 귀가했다.

도중에 그는 머리가 없고 다리가 잘려나간 몇백 명의 사람들이 땅바닥에 엎드려 울부짖는 광경을 보게 되었다. 수레를 멈추고 자세히 알아보니, 타향을 떠도는 귀신들이 고향으로 돌아가고자 하는데 험준한 관문이 가로막고 있어 염라대왕에게 그 인도를 애원하는 내용이었다.

"나는 겨우 사흘 동안의 직무 대리일 뿐이라오. 이미 그 일에서 벗어났는데 어떻게 힘을 쓸 수 있겠소?"

리보옌의 설명에 귀신들은 입을 모아 사정했다.

"남촌南村에 사는 후胡 선생이 법회를 열려고 하니, 그에게 부탁하면 저희들은 구제될 수 있습니다."

리보옌은 그러마고 허락했다. 집에 도착하자 말을 탄 시종들은 모두 떠나갔고 그는 다시 살아났다.

후 선생의 자는 수이신水心인데 리보옌과는 교분이 두터운 사이였다. 그는 리보옌이 다시 살아났다는 이야기를 듣자 직접 찾아와서 문안 인사를 전했다. 그가 말을 마치기가 무섭게 리보옌이 입을 열었다.

"법회는 언제 여는가?"

후 선생은 그 말을 듣자 깜짝 놀라며 물었다.

"전란이 지나간 다음 요행히도 처자가 모두 무사했으므로 아내와 함께 법회를 올리자는 발원을 하고 있었네만 여태까지 아무에게도 그 이야기를 발설한 적이 없었네. 자네가 어떻게 그 일을 아는가?"

리보옌이 돌아오는 도중 보았던 광경을 낱낱이 들려주자, 후 선생은 탄식하지 않을 수 없었다.

"규방에서의 말 한 마디가 저승까지 소문이 나다니, 무서운 일이로고!"

그는 경건한 태도로 대답하고 그 자리를 떠났다.

이튿날 리보옌이 왕 씨를 찾아갔더니, 그는 아직도 피곤에 지쳐 누워 있는 상태였다. 그는 리보옌의 얼굴을 보자 엄숙하게 경의를 표하면서 자신을 두둔해 준 것에 대해 감사를 표시했다.

"법률에는 용서나 거짓이 용납되지 않습니다. 이제 다행히도 별 탈은 없으시지요?"

리보옌의 말에 왕 씨는 이렇게 대답했다.

"다른 증상은 벌써 없어졌고, 단지 매 맞은 상처가 곪았을 따름입니다."

다시 이십여 일이 지난 두 그의 상처는 완전히 나았다. 엉덩이의 썩

은 살은 모조리 떨어져 나갔고, 다만 회초리에 맞은 듯한 상처 자국이
남았을 뿐이었다.

이사씨異史氏는 말한다.

저승의 형법은 인간 세상보다도 참혹하고, 처벌 역시 이승보다 더 엄
격하다. 하지만 사정을 봐주는 일이 통하지 않는다면 혹형을 당하는 자
도 원통하지는 않을 것이다. 누가 무덤 속에는 하늘의 태양이 뜨지 않
는다고 말하는가? 그저 저 사악한 인간들의 집에 불길이 치솟지 않는
것이 원망스러울 따름이구나.

(『요재지이』「리보옌李伯言」)

차수개화법借樹開花法

❖ 정의

'차수개화법'은 작자가 작중 인물의 언행을 빌어 작자 자신의 현실에 대한 인식과 판단을 드러내고, 작자가 작중 인물에 대해 평가하는 것을 가리킨다. 객관적인 역사가 없듯이, 모든 소설 작품 역시 작자 자신의 현실 인식과 사상 경향, 생활에 대한 애증과 포폄을 드러내게 마련이다. 총명한 작자라면 이런 경우 '나무를 빌어 꽃을 피우는 식'으로 모순을 통일하게 마련이다.

❖ 실례

'차수개화'의 기법에도 몇 가지 상황이 있다.

첫째는 인물을 하나의 거울로 삼는 것이다. 동일한 입장에서 이 인물을 저 인물에 비추고 저 인물을 이 인물에 비추는 것이다. 『홍루몽』제36회에서는 이홍위안怡紅園에서의 린다이위林黛玉와 스샹윈史湘雲을 동시에 묘사하고 있는데, 여기서 다이위는 샹윈의 거울이 되고, 샹윈 역시 다이위의 거울이 되어, 피차간의 서로 다른 성격과 각각이 갖고 있는 장점과 단점을 드러내고 있다.

둘째는 인물간의 상호 비평을 이용해 작자의 경향성을 드러내 보여주는 것이다. "시평熙鳳은 냉정한 입장에서 싱슈옌邢岫烟의 성품과 사람됨됨이를 살펴보았다. 하지만 슈옌은 싱 부인이나 혹은 자신의 부모들과는 달리 상당히 온순하고 귀여운 구석이 있는 아가씨였다."이것은 『홍루몽』제49회의 한 대목으로 여기서 시평의 평은 객관적이고 진실한 것이다. 즈옌자이脂硯齋 역시 이 대목에 대해 이렇게 평했다. "절묘한 것은 이 책에서는 스스로 평을 하고 주를 하는 게 아니라 이 사람이 어떤 사람이라는 것을 작중 인물의 별것 아닌 듯한 한 두 마디 말을 빌어 평한다는 것이다妙在此書從不肯自下評注, 云此人系何等人, 只借書中人閑評一二語."

셋째는 다른 사람의 평론을 통해 인물의 성격 특징을 설명하고 작자의 태도를 드러내는 것이다. 『금병매』제11회에서는 쑨쉐어孫雪娥가 우웨냥吳月娘에게 판진렌潘金蓮에 대해 이렇게 말한다. "…… 마님은 모르실지 모르지만, 그 수법은 남첩을 둔 여자보다 더 음란하고, 하룻밤도 남자 없이는 뜨거운 피를 가라앉히지 못하는 그런 여자에요. 뒤에는 어떤 수단으로 호려내는지 남들이 해내지 못하는 걸 그 여자는 해내요. 전에 자기 남편을 독살한 그 손으로 이번엔 우리까지 생매장하려는 거에요. ……"

넷째는 루쉰魯迅이 자신의 『중국소설사략』에서 『서유보西游補』에 대해서 말한 것처럼 "황홀하고 환상적이며", 사이사이에 우스갯소리를 집어넣"는 방식으로 작자의 애증을 드러내는 것이다. 이 소설의 주요 주제는 간신을 증오하고 충신을 떠받드는 것인데, 이것을 초현실적인 인물인 쑨우쿵孫悟空이 중국사에서 가장 오명을 떨친 간신배인 친후이秦檜를 때리며 고문함으로써 실현하고 있다.

❖ 예문

시런襲人이 나가고 나자 바오차이寶釵는 바느질감을 물끄러미 바라보다가 문득 방금 시런이 앉았던 자리에 걸터 앉았다. 자수 솜씨가 볼수록 마음에 들어 자신도 모르게 손에 잡아들고 대신 자수를 놓기 시작했다.

이때 뜻밖에도 다이위는 샹윈을 만나 시런에게 축하해 주려고 함께 이훙위안怡紅園으로 들어왔다. 집안은 쥐죽은 듯 조용했다. 샹윈은 먼저 곁방으로 들어가 시런을 찾았다. 다이위는 창밖에서 망사 창문 사이로 안을 들여다보았다. 그런데 그곳에는 바오위寶玉가 은홍색 적삼을 입고 멋대로 침상 위에서 잠이 들어 있고, 바오차이가 그 곁에서 바느질감을 들고 자수를 놓고 있는 모습이 눈에 들어왔다. 곁에는 파리 쫓는 먼지떨이도 놓여 있었다.

다이위는 그 모습을 보자 얼른 몸을 숨기고 손으로 입을 가린 채 웃음을 참으며 손짓하여 샹윈을 불렀다. 샹윈은 다이위의 이상한 몸짓을 보고 무슨 놀라운 일이라도 일어났는가 싶어 얼른 달려와 들여다보았다. 막 웃음이 터지려는데 홀연 평소에 바오차이가 자기에게 잘 대해 주었다는 생각이 나서 급히 입을 틀어막고 말았다. 다이위는 남에게 지지 않으려는 성질이라 나중에라도 놀림감으로 삼을 게 분명하였으므로 얼른 그녀를 잡아당기며 말했다.

"자, 어서 저쪽으로 가 보자구. 지금 생각났는데 시런이 낮에는 연못가에 가서 빨래하겠다고 말한 것 같았어. 틀림없이 거기 갔을 거야. 우리 그곳으로 찾아가 보는 게 좋겠어."

다이위는 샹윈의 속내를 알아차리고 속으로 코웃음을 쳤지만 모르는 척하며 그냥 따라나왔다.

(『홍루몽』 제36회)

초사회선법草蛇灰線法

❖ 정의

'초사회선법'역시 진성탄金聖嘆의 「독제오재자서법讀第五才子書法」가운데 하나이다. 이것은 "풀 밭 속의 뱀의 희미한 선" 정도로 번역될 수 있다. 이때 "선"은 풀밭 속의 뱀의 움직임을 가리키기도 하고, 뱀의 희미한 무늬를 가리키기도 한다. 또는 두 가지를 나누어서 앞의 두 글자는 말 그대로 풀밭 속 뱀의 움직임을 가리키고, 뒤의 두 글자는 목수가 나무 위에 그어놓는 선을 가리킨다고 볼 수도 있다. 그런 의미에서 후대의 비평가들은 양자를 뒤집어서 함께 쓰기도 하고, 아예 따로 따로 쓰기도 했다.

초사회선법草蛇灰線法이라는 것이 있다. 이것은 징양강景陽岡에서 몽둥이哨棒라는 글자를 무수히 연이어 서술한다든지, 차이스졔柴石街에서 주렴簾子이라는 글자를 적지 않게 이어 쓴다든지 하는 것 등이 그것이다. 얼핏 보면 별다른 게 없는 것 같지만 자세히 찾아보면 그 속에 실마리가 있어 그것을 당기면 전체가 움직인다. 有草蛇灰線法, 如景陽岡連敍許多哨棒字, 柴石街連寫若干簾子字等是也。驟看之, 有如無物, 及至細尋, 其中便有一條線索, 拽之通體俱動。

풀 밭 속의 뱀은 그 모습이 구불구불하고 변화가 많지만 몸뚱이에 희미하게 보이는 회색빛의 선이 있다. 여기에서는 문장 안에 어렴풋한 일관된 줄거리가 있어야 한다는 것을 형용한다.

❖ 실례

진성탄이 예로 든 것처럼 『수호전』 제22회에서는 우쑹이 차이진의 집을 떠나 호랑이를 잡을 때까지 몽둥이哨棒라는 말이 수없이 나온다. 진성탄은 자신의 협비에서 우쑹이 차이진柴進의 장원을 나와 징양강景陽岡에서 호랑이를 만날 때까지 18번을 헤아렸다(『수호전』 제22회). 이렇듯 드문드문 나타나는 '몽둥이'라는 말을 이어보면 호랑이를 때려잡는 우쑹의 행위를 하나의 실마리로 꿸 수 있는 것이다.

또 진성탄은 『수호전』 제23회에서 판진롄이 발을 들어올리는 막대를 떨어뜨려 시먼칭을 맞힐 때까지 무심하게 9번을 헤아렸다. 이것은 제1회에서 왕진王進의 효성을 드러내기 위해 "어머니"라는 말과 "아들"이라는 말을 모두 19번에 걸쳐 지적하고 헤아린 것과 같은 것이다. 따라서 이 기교는 정절이나 주제라는 두 가지 기능을 하고 있는 듯하다.

아울러 이것은 진성탄이 제11회에서 말한 '유의무의법有意無意法'이라고도 할 수 있다. 곧 그런 의도가 있는 듯 없는 듯 하지만 그런 가운데 하나의 실마리를 당기면 살아 있는 듯 모두 따라나오는 것이다. 아래의 예문은 『수호전』 제22회에서 '몽둥이'가 나오는 대목에 진성탄이 협비를 달아놓은 것이다.

❖ 예문

　우쑹은 봇짐을 꾸리고는 몽둥이를 비끌어매고(拴) 길을 떠났다(몽둥이는 여기서부터 나온다). …… 우쑹은 새로 지은 붉은 명주 저고리를 입고 머리에는 흰 범양 전립을 쓰고 봇짐을 지고 몽둥이를 쥐고(提) 하직한다(몽둥이 2).

　……

　세 사람은 주점으로 가서 쑹쟝이 상좌에 앉고 우쑹이 몽둥이를 한편에 기대 놓고(倚) 아랫자리에 앉고 쑹칭宋淸이 옆자리에 앉았다(몽둥이 3).

　……

　쑹쟝은 부스러기 은자를 꺼내 술값을 치렀다. 우쑹은 몽둥이를 들고(拿) 주점 밖으로 나와 눈물을 흘리면서 쑹쟝 형제와 하직하고 떠나갔다(몽둥이 4).

　……

　다음날 아침에 조반을 지어먹고 방세를 치른 뒤 봇짐을 꾸려 지고 몽둥이를 쥐고(提) 길을 가면서 속으로 생각했다(몽둥이 5).

　……

　우쑹은 안으로 들어가서 몽둥이를 한쪽에 기대 놓고(倚) 앉아서 소리쳤다(몽둥이 6).

　……

　우쑹은 몽둥이를 움켜쥐고(綽) 일어섰다(몽둥이 7. 줄곧 몽둥이를 곳곳마다 각별히 신경 써서 묘사하였다. …… 몽둥이를 묘사하는 데에는 무수한 방식이 있다. 몽둥이를 움켜쥐는 것(綽)은 첫 번째 방식이다 …… 손으로 몽둥이를 쥐고(手提) 바로 떠났다. 몽둥이 8. 손으로 몽둥이를 쥐는 것(手提)은 두 번째 방식이다).

　……

술집주인이 말했다. "저런 사람을 봤나! 일껏 저를 생각해서 한 말인데 되려 악의로 여기니 할 수 없지! 정 내 말을 못 믿겠거든 마음대로 하시구려." 주인은 그렇게 말하면서 고개를 흔들면서 주점 안으로 들어가 버렸다. 우쑝은 몽둥이를 쥐고(提) 혼자 성큼성큼 걸어서 징양강을 바라고 떠났다(몽둥이 9. 몽둥이를 쥐는 것(提)은 세 번째 방식이다).

......

우쑝은 [포고문을] 읽고 나서 껄껄 웃으며 중얼거렸다. "이것은 필시 그 술집주인이 행객들을 속여서 제 집에서 자도록 하려는 수작이겠다. 어쨌든 나는 무서울 것 없다!" 우쑝은 비스듬히 몽둥이를 끌면서(橫拖) 영마루로 올라갔다(몽둥이 10. 몽둥이를 비스듬히 끌고 가는 것(橫拖)이 네 번째 방식이다).

......

곧 발걸음을 옮겨서 올라가는데 술기운이 점점 더 치밀어오므로 전립을 잔등으로 젖히고 몽둥이를 옆구리에 끼고(綰在肋下) 천천히 걸어서 영마루로 올라갔다(몽둥이 11. 몽둥이를 옆구리에 끼는 것(綰在肋下)은 다섯 번째 방식이다).

......

우쑝은 곧장 올라가는데 술기운이 더욱 치밀어올라서 온몸이 화끈화끈 달아오른다. 한 손에는 몽둥이를 쥐고 다른 손으로는 가슴을 헤치고 걸어가다가 술기운이 올라와 더워지기 시작하자 한 손으로 몽둥이를 쥐고서 다른 손으로는 가슴을 헤치고 비틀거리면서 잡관목 숲으로 들어갔다(몽둥이 12. 또 한 손으로 쥐는 것(手提)는 여섯 번째 방식이다). 마침 편편한 청석판이 있으므로 몽둥이를 한켠에 기대 놓고(倚) 번듯이 누워 한잠 잘 차비를 하는데 갑자기 일진 광풍이 일어났다(몽둥이를 한켠에 기대어 놓은 것(倚)은 일곱 번째 방식이다. 몽둥이 13).

......

우쑹은 그 호랑이를 보고 놀라 소리를 지르며 청석판에서 뛰어내려 몽둥이를 집어들고(拿) 한쪽 옆으로 몸을 비켜섰다(몽둥이 14. 손에 몽둥이를 집어든 것(拿)은 여덟 번째 방식이다).

......

호랑이와 마주서게 된 우쑹은 몽둥이를 두 손으로 쳐들었다가(輪起) 있는 힘을 다해 한 대 내려 갈겼다(몽둥이 15. 몽둥이를 쳐드는 것(輪起)은 아홉 번째 방식이다). ...... 다시 보니 엉겁결에 내리친다는 것이 호랑이는 맞히지 못하고 마른 나무를 후려갈겨 손에 든 몽둥이가 두 토막이 나서 절반은 날아가고 절반만 손에 남았다(몽둥이 16. 한참동안 몽둥이를 열심히 써 내려간 것은 이것으로 호랑이를 때리려 했던 것인데, 여기서 갑자기 날아가 버리니 놀라 눈이 휘둥그래지고 할 말을 잃어 더 이상 읽어 내려갈 수 없게 만든다. ......).

......

호랑이가 다시 덮쳐와 그 놈의 앞발이 발부리 앞을 짚을 때 우쑹은 동강이 난 몽둥이를 내던지고(丟) 두 손으로 호랑이의 대가리를 움켜쥐고 내리눌렀다(몽둥이를 내버렸다了却. 몽둥이 17).

......

우쑹은 손을 떼고 소나무 옆으로 가서 동강이 난 몽둥이를 찾아들고 혹시 아직 죽지 않았을까 해서 또 한바탕 때렸다(몽둥이 18. 몽둥이의 여파(餘波)다). 보기에 호랑이가 죽은 것이 분명하니 그제야 몽둥이를 내던졌다(몽둥이 19. 몽둥이에 대한 것은 여기서 끝난다).

(『수호전』 제22회)

취인조문법醉人吊文法

❖ 정의

　'취인조문법'은 '술에 취한 사람의 조의문'이라는 뜻이다. 이것은 '화
룡점정법'과 비슷한데, 다른 점이 있다면 '취인조문법'의 경우 취한 사
람이나 바보 미치광이의 입을 빌어 솔직한 말을 늘어놓는 것이다. 곧
손으로는 이것을 가리키면서 눈으로는 다른 곳을 바라보는 식으로 에
둘러 표현하는 게 아니라 '취중진담' 식으로 현실을 직설적으로 까발리
는 것을 말한다. 이것은 단편소설보다는 장편소설에서 많이 쓰이는데,
편폭이 짧은 단편소설에서는 여지가 많지 않기 때문이다.

❖ 실례

　『홍루몽』 제7회에서 쟈오다焦大는 술에 취해 입에서 나오는 대로 지
껄여대는데, 그 내용을 들은 하인들은 모두 혼비백산해 쟈오다의 입을
막아버린다. 하지만 쟈오다가 한 말은 결국 며느리와 붙어먹은 쟈전賈
珍과 온갖 못된 짓을 다 하고 다니는 시펑熙鳳 등을 가리키는 것이니,
그 말을 들은 당사자들은 마음속 깊이 전율할 수밖에 없는 것이다.

쟈오다焦大가 쟈룽賈蓉 따위를 안중에나 두겠는가? 그는 오히려 고래
고래 고함을 지르며 쟈룽을 쫓아왔다.

"어이, 쟈룽, 자네가 내 앞에서 주인입네 티를 내면 안 되지! 자네처
럼 어린 사람은 말할 것도 없고 자네 부친이나 조부도 감히 내 앞에서
허리를 뻣뻣이 세우지 못해! 이 몸이 아니었다면 자네 집안에서 벼슬살
이를 하고 부귀영화를 누릴 수 있었겠어? 자네 증조부께서 구사일생으
로 이 집안을 이뤄놓았는데 이제 와서 나한테 은혜는 갚지 않고 오히려
주인 행세를 하려고 들어? 나한테 다른 말을 안 한다면 몰라도 또 딴소
리를 했다간 칼로 확 쑤셔버릴 거야!"

시펑熙鳳이 마차 위에서 쟈룽에게 말했다.

"일찌감치 저 국법도 무시하는 작자를 내보내버려라! 여기 두었다간
나중에 재앙을 일으키지 않겠냐? 혹시 친구들이 알기라도 하면 우리를
비웃을 거야. 이런 작자들은 국법조차 안중에 없어."

쟈룽은 "예!"하고 대답했다.

쟈오다가 이처럼 지나칠 정도로 무례하게 행패를 부리자 하인들 몇
명이 달려들어 넘어뜨리고 밧줄로 묶어 마구간으로 끌고 갔다. 쟈오다
는 더욱 발악하며 심지어 쟈전賈珍까지 들먹이면서 마구잡이로 고함을
질러댔다.

"내 사당에 가서 네 증조부께 통곡해야겠다. 지금에 와서 이렇게 짐
승 같은 후손들이 태어날 줄은 꿈에도 몰랐다고 말이다! 매일 집에서
사내 계집들이 몰래 들러붙고 시아비 며느리가 들러붙고 형수가 어린
시숙과 들러붙지. 내가 모르는 게 있는 줄 알아? 그래도 우린 '팔은 안
으로 굽는다'고 다 모른 척 해줬단 말이다."

하인들은 그가 하늘 무서운 줄도 모르고 이런 말들을 퍼부어 대자 혼

비백산 놀란 나머지, 앞뒤 가리지 않고 그를 묶어놓고는 흙과 말똥으로 그의 주둥이를 단단히 막아버렸다.

시펑과 쟈룽도 멀리서 그 소리를 들었지만 모두 못 들은 체했다. 바오위寶玉는 수레에서 쟈오다의 술주정을 구경하며 오히려 재미있어 하면서 시펑에게 물었다.

"형수, 시아비 며느리가 들러붙는다는 게 무슨 말이지요?"

시펑이 그 말을 듣자마자 눈을 부릅뜨며 버럭 고함을 질렀다.

"헛소리 말아요! 그런 술주정뱅이가 나불대는 개소리를 도련님은 듣지도 못했다고 하셔야지 오히려 캐물으면 어떡해요? 내 돌아가면 숙모님께 다 말씀드릴 테니 매나 맞지 않도록 조심하세요."

바오위가 깜짝 놀라 다급히 사정했다.

"제발, 형수님. 다시는 그런 말 안 할게요."

(『홍루몽』 제7회)

피난법 避難法

❖ 정의

　한 편의 소설을 창작하다 보면 하나의 큰 사건을 서술하되 어디서부터 이야기해야 할 지 모를 때가 있다. 이런 경우 정면을 피해 하나의 작은 사건으로 시작해 묘사하기 어려운 사건을 서술하는 게 나을 때도 있는데, 이것을 '피난법'이라 한다. 보기에 따라서는 이것을 '시덥잖은 붓놀림閑筆'이라 할 수도 있다. 하지만 이것은 절대 '시덥잖은閑' 것이 아니라 주저하면서 앞으로 나아가지 못하는 난국을 타개하는 일종의 '관건이 되는 붓놀림關鍵之筆'이 되기도 한다.

❖ 실례

　『홍루몽』에서 클라이막스는 '위안춘元春이 친정집을 방문元春省親'하는 대목으로 이것 때문에 다관위안大觀園을 짓게 된다. 그런데 사실 작자의 주안점은 다관위안을 지어 주인공인 바오위寶玉와 집안의 여러 딸들이 이곳에 살게 하는 것이라 할 수 있다. 따라서 이것을 그저 심상한 필치로 평면적으로 풀어내 다관위안을 어떻게 짓는가 하는 것을 이야기하기란 그리 쉬운 일이 아니다. 차오쉐친은 이 대목을 아주 교묘하게 처리하고 있다. 곧 궁에서 태감이 쟈정賈政을 불러들여 황제의 칙지를 내려 위안춘을 현덕비로 봉하는 것으로 이야기를 시작한 뒤, 쟈롄賈璉의 유모인 자오趙 할멈이 아들 일로 쟈롄을 찾아와 한담을 나누는 가운데 귀비의 '성친'을 언급한다. 뒤이어 닝궈푸에서 쟈룽賈蓉과 쟈챵賈薔이 찾아와 다관위안을 만드는 전 과정을 모두 서술하게 한다. 부부의 대화는 또 얼마나 시덥잖고, 사람을 시켜 이야기를 전하는 것은 또 얼마나 간결한가.

그래서 즈옌자이脂硯齋 역시 다음과 같이 비批했다.

자오 할멈이 부탁하는 대목의 시덥잖은 문장이 오히려 전체의 맥락을 이끌어내고 있다. 이른바 작은 것으로부터 말미암아 큰 것에 미친다는 것으로 비유하자면 높은 곳에 오르려면 반드시 낮은 곳에서 시작해야 한다登高自卑[1]는 의미가 있다. 다관위안을 짓는 일을 곰곰

---

1 '등고자비登高自卑'는 높은 곳에 오르려면 낮은 곳에서부터 출발해야 한다는 뜻으로, 모든 일에는 순서가 있다는 말이다. 『중용中庸』 제15장에 보면 다음과 같은 글이 있다. "군자의 도는 비유컨대 먼 곳을 감에는 반드시 가까운 곳에서 출발함과 같고, 높은 곳에 오름에는 반드시 낮은 곳에서 출발함과 같다. 『시경』에 '처자의 어울림이 거문고를 타듯하고, 형제는 뜻이 맞아 화합하며 즐겁고나. 너의 집안 화목케 하며, 너의 처자 즐거우리라'는 글이 있다. 공자는 이 시를 읽고서 "부모는 참 안락하시겠다"고 하였다君子之道, 如行遠必自邇, 如登高必自卑. 詩曰: 妻子好合, 如鼓瑟琴, 兄弟旣翕, 和樂且眈, 宣爾室家, 樂爾妻帑. 子曰: 父母其順矣乎." 공자가 그 집 부모는 참 안락하시겠다고 한 것은 가족간의 화목이 이루어져 집안의 근본이 되었기 때문이니, 바로 행원자이行遠自邇나 등고자비의 뜻에 맞는다는 말이다.

등고자비란 이와 같이 모든 일은 순서에 맞게 기본이 되는 것부터 이루어 나가야 한다는 뜻이다. 천리길도 한 걸음부터라는 우리 속담과 뜻이 통한다고 하겠다.

『맹자孟子』 진심편盡心篇에서도 군자는 아래서부터 수양을 쌓아야 한다는 다음과 같은 내용이 있다. "바닷물을 관찰하는 데는 방법이 있다. 반드시 그 움직이는 물결을 보아야 한다. 마치 해와 달을 관찰할 때 그 밝은 빛을 보아야 하는 것과 같다. 해와 달은 그 밝은 빛을 받아들일 수 있는 조그만 틈만 있어도 반드시 비추어 준다. 흐르는 물은 그 성질이 낮은 웅덩이를 먼저 채워 놓지 않고서는 앞으로 흘러가지 않는다. 군자도 이와

이 생각해 보면, 만약 어떻게 성지를 받들어 짓기 시작해서, 또 어떻게 여러 사람들에게 일을 맡기는 등 처음부터 세세하게 써내려 간다면, 향후에 수천 가지 세세한 일들을 어떻게 붓 가는대로 단번에 분명하게 쓸 수 있겠는가? 또 장차 꽉 막혀 옹색한 지경에 떨어지게 될 것이다. 그런 까닭에 쟈롄과 시펑 부부 두 사람의 일문일답이 앞서 자오 할멈의 부탁을 하나의 도화선으로 삼고, 아래로 쟈룽과 쟈창이 와서 한 말로 수습하고, 남은 것은 붓을 따라가며 붓 가는 대로 그저 써내려 가면 일목요연해지게 될 것이니, 이것을 일러 '피난법'이라 한다. 一段趙嬤討情閑文却引出通部脈絡. 所謂由小及大, 譬如登高必自卑之意. 細思大觀園一事, 若從如何奉旨起造, 又如何分派衆人, 從頭細細直寫, 將來幾千詳細事如何能順筆一氣淸? 又將落于死板拮据之鄕. 故只用璉, 鳳夫妻二人一問一答, 上用趙嬤討情作引, 下用蓉薔來說事作收, 餘者隨筆順筆略一點染, 則耀然洞徹矣. 此是避難法.

❖ 예문

이야기를 나누는 동안 쟈롄賈璉이 들어오자 시펑熙鳳은 주안상을 차려 오라 해서 부부가 마주앉았다. 시펑은 원래 술을 잘 마셨지만 지금은 함부로 많이 마시지 않고 그저 쟈롄의 시중을 드는 정도만 했다. 잠시 후 자롄의 유모인 자오趙 할멈이 오자, 시펑은 얼른 술을 권하면서 구들 위로 올라오라고 했다. 하지만 자오 할멈은 한사코 올라오려 하지

같이 도에 뜻을 둘 때 아래서부터 수양을 쌓지 않고서는 높은 성인의 경지에 도달할 수 없다流水之爲物也. 不盈科不行. 君子志於道也. 不成章不達.”

또 불경에 보면, 어떤 사람이 남의 삼층 정자를 보고 샘이 나서 목수를 불러 정자를 짓게 하는데, 일층과 이층은 짓지 말고 아름다운 삼층만 지으라고 했다는 일화가 있다. 좋은 업은 쌓으려 하지 않고 허황된 결과만 바란다는 이야기다. 학문이나 진리의 높은 경지를 아무리 이해한다 한들 자기가 아래서부터 시작하지 않고서는 그 경지의 참맛을 알 수 없는 것이다.

않았다.

　……

　자오 할멈이 대답했다.

　"그러겠습니다요. 아씨도 한 잔 하시지요. 뭐 어때요? 너무 과음만
하지 않으시면 되잖아요. 전 술 마시러 온 게 아니라 중요한 일이 하나
있어서 왔습니다요. 아씨, 부디 잘 기억해두셨다가 저 좀 도와주세요.
나리께선 그저 말씀만 잘 하실 뿐이지 정작 일이 닥치면 저희가 부탁드
렸던 걸 잊어버리시거든요. 그래도 제가 나리께 젖을 먹여 이렇게 장성
하셨잖아요? 저도 늙었고 가진 거라곤 두 아들놈뿐이니 나리께서 좀 특
별히 봐주신다 해도 남들이 감히 입방정을 떨지 못할 겁니다요. 제가
몇 번이나 부탁을 드렸는데도 말씀은 알겠다고 하시고는 여태 신경조
차 쓰지 않으십니다. 이제 하늘에서 이처럼 큰 경사가 내려왔으니 사람
쓸 일이 생기지 않겠어요? 그래서 아무래도 아씨께 말씀드리는 게 낫겠
다 싶어 왔습니다. 나리만 믿고 있다간 제가 굶어 죽게 생겼습니다요."

　……

　계면쩍어진 자렌은 그저 피식 웃으며 술을 마시면서 "쓸데없는 소
리!"하고 내뱉더니 이렇게 말했다.

　"빨리 밥이나 차려주시오. 먹고 나서 전珍 형님께 가서 의논할 일이
있소."

　"중요한 일을 그르치면 안 되겠지요. 조금 전에 아버님께선 무슨 말
씀을 하시던가요?"

　"가족에게 문안하는 일省親이었소."

　"그게 승낙이 떨어진 건가요?"

　"하하, 완전히 승낙하신 건 아니지만 그래도 거의 승낙하신 거나 다
름없소."

"호호, 황상의 은혜가 얼마나 큰지 알겠군요! 그간 제가 설서說書도 들어보고 연극도 봤지만 예로부터 지금까지 이런 일은 없었어요!"

자오 할멈이 말을 이었다.

"그렇고말고요! 저도 노망이 들었나 봅니다. 요즘 위아래 사람들이 모두 그걸 하니 마니 시끄럽게 떠들어대는데 전 거기다 신경도 쓰지 않았습지요. 그런데 지금 또 그 얘기를 하시네요. 대체 무슨 영문인가요?"

자롄이 말했다.

"지금 황상께서는 만백성의 마음을 자상하게 돌봐주시지요. 그런데 세상에 '효도'보다 더 큰 것은 없는데, 생각해보니 부모와 자식 간의 정은 모두에게 마찬가지라서 신분의 귀천에 따라 다른 게 아니라고 하셨소. 황상께서도 밤낮으로 태상황제와 황태후를 모시면서도 효도를 다하지 못했다고 여기시는데 궁궐의 비빈들과 재인才人들은 궁궐에 들어간 뒤로 여러 해 동안 부모의 목소리나 얼굴조차 듣고 보지 못했으니 어찌 그리워하지 않을 수 있겠소? 자식이 부모를 그리는 것이야 당연한 게 아니겠소? 또 집에 있는 부모도 딸을 그리워하기만 할 뿐 만나볼 수 없으니, 혹시 이 때문에 병이 생기거나 심지어 죽기라도 한다면 그게 모두 폐하께서 가둬놓고 혈육지간의 바람을 이루지 못하게 하기 때문이라 이 또한 천륜을 크게 손상시키는 일이라고 하셨소. 그래서 태상황제와 황태후께 아뢰어 매월 초이틀과 초엿새마다 후비들의 가족들이 궁궐에 들어가 문안 인사를 하도록 허락해 주십사 청하셨다 하오. 그러자 태상황제와 황태후께서 무척 기뻐하시며 황제께서 지극히 효성스럽고 인자하시어 하늘의 뜻을 몸소 실현하시고 만물을 꿰뚫어보신다고 극찬하셨다지요. 그래서 태상황제와 황태후께서 성지를 내리시기를, 후궁의 가족들이 궁궐에 들어온다 해도 나라에서 정한 예의 제도가 있는지라 모녀지간에 서로 안아볼 수조차 없으니 아예 편의를 보살펴서 더 크게 은혜를 베푸시라고 하셨다 하오. 즉 여러 후궁들의 친척들에게 매월 초이틀과 초엿새에 궁궐에 들어오는 것 외에, 여러 채의 건물과 괜찮은 정원을 갖추고 있어서 후비들이 궁 밖에 나가서도 편안히 머물 수 있고, 보안 조치를 취할 수 있는 집안이라면 내정內廷에 요청하여 후비들의 난여鑾與를 사택으로 모셔서 혈육 간의 정과 천륜의 지극한 본성을 어느 정도나마 누릴 수 있게 해주도록 특별히 유지를 내려주시라는 것이었소. 이 성지가 내려지면 누군들 감격하지 않을 수 있겠소? 지금 저우周 귀인의 부친은 이미 집안에서 공사를 시작해 귀인께서 가족을 문안하러 오셨을 때 머물 정원을 짓고 있소. 또 우吳 귀비의 부친 우톈유吳天祐 나리 댁에서도 성 밖에 별장을 지을 만한 곳을 알아보러 가셨다 하오. 그러니 거의 성사된 거나 다름없지 않겠소?"

……

이렇게 한창 이야기에 열을 올리고 있는데 왕 부인이 사람을 보내어 시펑이 식사를 마쳤는지 알아보라고 했다. 할 일이 있음을 눈치 챈 시펑은 서둘러 밥을 조금 먹고 양치한 다음 왕 부인에게 가보려고 했다. 그때 둘째 대문의 문지기가 와서 전갈했다.

"닝궈푸에서 쟈룽賈蓉 나리와 쟈챵賈薔 나리께서 오셨습니다."

쟈롄은 막 양치를 마쳤고, 핑얼平兒이 손 씻을 물이 담긴 세숫대야를 들고 있던 참이었다. 두 사람이 들어오자 쟈롄이 물었다.

"무슨 할 얘기라도 있어? 얼른 얘기해 봐."

시펑은 잠시 걸음을 멈추고 두 사람이 무슨 이야기를 하는지 가만히 들어보았다.

쟈룽이 먼저 말했다.

"아버님이 숙부님께 전하라 하셨습니다. 할아버님들이 이미 상의해서 결정을 내리셨답니다. 집안 동쪽 일대 닝궈푸 화원 안에서 북쪽으로 돌아가는 부분을 측량해보니 삼 리 반이라, 셴더 비賢德妃께서 가족에게 인사하러 오실 때 쓸 정원을 지을 만하다는 것이지요. 벌써 사람을 보내 설계도를 그리게 하셨으니 내일이면 가져올 겁니다. 숙부님께서는 방금 귀가하셔서 피곤하실 테니 닝궈푸로 건너오실 필요는 없으시답니다. 하실 말씀이 있거든 내일 아침 다시 오셔서 직접 만나 나누자고 하셨습니다."

"하하, 네 아버님께 신경 써서 양해해주시니 감사하다고 전해라. 난 그럼 건너가지 않겠다. 정말 그렇게 처리하면 일도 덜 수 있고 정원을 짓는 것도 쉽지. 다른 곳에 땅을 구한다면 일도 많고 체통도 서지 않아. 돌아가서 그러면 아주 좋겠다고 말씀드려라. 할아버님들이 다시 바꾸고 싶다 하시더라도 간곡히 만류하셔서 절대 다른 땅을 구하지 않게 하시라고 아버님께 전해라. 내일 아침 내가 네 아버님께 문안 인사드리러 갈 때 다시 자세히 상의하마."

쟈룽은 이야기 중간마다 "예! 예!"하고 얼른 대답했다. 이어서 쟈챵이 다가와 물었다.

"쑤저우蘇州에 가서 극단 선생을 초빙하고 여자애들을 사오고 악기와 분장 도구를 준비하는 등의 일을 큰집 숙부께서 제게 맡기셨습니다. 하인 두 명과 문객 가운데 찬핀런單聘仁, 푸구슈濮固修 두 분이 함께 가시게 되었기에 저더러 숙부님께 인사드리라고 하셨습니다."

쟈렌은 그 말을 듣고 쟈챵을 잠시 훑어보았다.

"하하, 네가 그 일을 할 수 있겠느냐? 그리 큰일은 아니지만 하다 보면 챙길 게 많을 텐데 말이야."

"하하, 배우면서 하는 수밖에요."

(『홍루몽』 제16회)

피실취허법避實就虛法

❖ 정의

　'피실취허법'은 작중 인물이나 사건을 정면으로 묘사하지 않고 허구
의 필법으로 독자에게 상상의 여지를 남겨 놓음으로써 주요 인물이나
주요 정절을 부각시키는 것을 말한다.

❖ 실례

　『삼국지연의』 제85회에서 차오피曹丕는 쓰마이司馬懿의 계책을 받아
들여 다섯 길의 대군을 움직여 촉을 공격한다. 하지만 정작 작자는 주
거량諸葛亮이 다섯 길의 대군을 어떻게 막았는지에 대해서는 정면으로
묘사하지 않고 단지 주거량이 승상부에 머물고 있는 모습만 그려내고
있다. 이에 후주인 류찬劉禪이 크게 놀라 직접 승상부를 찾아가니 주거
량은 그에게 군사들을 물리칠 계책을 설명한 뒤, "신은 물고기 노는 모
습을 감상한 게 아니라 생각을 하고 있었사옵니다"라는 말을 덧붙인다.
독자들은 이 한 마디 말로 주거량이 무슨 생각으로 그리했는지 알 수
있는 것이다. 이어서 작자는 대량의 필묵을 들여 주거량이 적을 대하는
구체적인 책략을 상세하게 부연하고 있다. 이렇듯 다섯 길의 대군을 물

리치는 과정을 창과 칼이 부딪히는 실제 현실을 묘사하지 않고도 지모가 뛰어난 주거량의 형상을 살아 있는 듯 그려내고 있다.

❖ 예문

그런데 건흥建興 원년(223년) 가을 8월에 갑자기 변방에서 급보가 날아들었다.

"위가 다섯 길의 대군을 움직여 시촨西川을 치러 오고 있습니다. …… 다섯 길의 군마는 매우 사납다고 하여 승상께는 이 사실을 먼저 알려드렸는데 승상께서 며칠 동안 정사를 보러 나오지 않으시니 무슨 까닭인지 모르겠나이다."

듣고 난 후주는 소스라치게 놀랐다.

……

이튿날 후주가 친히 승상부에 이르렀다. 어가를 발견한 문지기가 황망히 땅에 엎드려 절을 올리며 영접했다. 후주가 물었다.

"승상께서는 어디에 계시느냐?"

문지기가 대답했다.

"어디 계시는지는 모르겠나이다. 다만 승상께서는 백관들의 출입을 막고 들이지 말라 하셨나이다."

후주는 곧바로 수레에서 내려 혼자 걸어서 안으로 들어갔다. 두 번째 문을 지나 세 번째 문으로 들어서니 대나무 지팡이를 짚은 쿵밍孔明이 홀로 조그만 연못가에서 물고기를 보고 있었다. 후주는 한참 동안이나 쿵밍의 뒤에 서 있다가 천천히 말을 건넸다.

"승상께서는 편안하고 즐거우시오?"

쿵밍이 고개를 돌려 후주를 보더니 황망히 지팡이를 버리고 땅바닥에 엎드려 절을 올렸다.

"신은 만 번 죽어 마땅하옵니다."

후주는 쿵밍을 붙들어 일으키며 물었다.

"지금 차오피曹丕가 다섯 길로 군사를 나누어 국경을 침범하여 심히 위급하거늘 상보相父께서는 무슨 까닭으로 승상부에 나와 일을 보지 않으시오?"

쿵밍은 껄껄 웃더니 후주를 부축하여 내실로 들어가 자리에 앉은 뒤 아뢰었다.

"다섯 길의 군마가 온다는 사실을 신이 어찌 모르겠습니까? 신은 물고기 노는 모습을 감상한 게 아니라 생각을 하고 있었사옵니다."

후주가 물었다.

"그러면 어찌해야 하오?"

쿵밍이 대답했다.

"강왕羌王 커비닝軻比能과 만왕蠻王 멍훠孟獲, 반역한 장수 멍다孟達와 위장魏將 차오전曹眞이 이끄는 네 길의 군마는 신이 이미 모두 물리쳤나이다. 다만 쑨취안孫權의 군사만 남았는데, 이 또한 이미 물리칠 계책을 세워 두었나이다. 다만 언변에 능한 사람을 구해 사자로 보내야 하겠는데 아직 그럴 만한 사람을 찾지 못해 깊이 궁리하고 있던 중이옵니다. 폐하께서는 무엇을 그리 근심하시나이까?"

이 말을 들은 후주는 놀랍고도 기뻤다.

"상보께서는 과연 귀신도 헤아리지 못할 재주를 지니셨구려! 바라건대 적병을 물리칠 계책을 들려주시지요?"

쿵밍이 설명했다.

"······ 노신은 진작부터 서번西番의 국왕 커비닝이 군사를 이끌고 시핑관西平關을 침범할 것을 알았습니다. 신이 알기로 마차오馬超는 대대로 시촨에 살면서 본래부터 강인들의 마음을 얻고 있고 강인들은 마차오를 신 같은 위엄을 갖추고 하늘에서 내려온 장군쯤으로 여기고 있습니다. 그래서 신은 이미 사람을 보냈사옵니다. 밤낮을 가리지 말고 달려가 격문檄文을 전하여 마차오에게 시핑관을 굳게 지키며 네 길로 기습군을 매복하여 날마다 군사를 바꾸어 가며 적을 막도록 했습니다. 이길은 근심할 필요가 없사옵니다. 또 남만南蠻의 멍훠의 군사가 4군을 침범한다는 걸 알고 신은 웨이옌魏延에게 격문을 띄웠습니다. 웨이옌이 한 부대의 군사를 거느리고 왼쪽으로 나갔다간 오른쪽으로 들어오고 오른쪽으로 나갔다간 왼쪽으로 들어오곤 하면서 의병疑兵 작전을 쓰도록 했습니다. 만병들은 그저 용기와 힘만 믿을 뿐 그 마음에는 의심이 많습니다. 그들은 의병을 보면 틀림없이 진격하지 못할 것입니다. 그러니 이 길 또한 족히 근심거리가 못 되옵니다.

신은 또 멍다가 군사를 거느리고 한중漢中으로 나오리란 사실도 알고 있었사옵니다. 멍다는 리옌李嚴과 생사를 함께 할 정도로 친교를 맺은 사이입니다. 그래서 신은 청두成都로 돌아올 때 리옌을 남겨 융안궁永安宮(백제성)을 지키게 했사옵니다. 신은 이미 리옌의 친필처럼 꾸민 편지 한 통을 써서 멍다에게 보냈습니다. 멍다는 그 편지를 보면 틀림없이 병을 핑계로 군사를 내지 않을 것이고 이로써 그 군심도 태만해질 것이니, 이 길 역시 근심할 것이 없사옵니다. 차오전이 군사를 이끌고 양핑관陽平關을 침범한다는 사실 또한 알고 있었사옵니다. 하지만 그 지역은 지세가 험준하여 지켜낼 수 있습니다. 신은 이미 자오윈趙雲에게 한 부대의 군사를 이끌고 관을 지키되 절대로 나가 싸우지 말라고 일러두었나이다. 우리 군사가 싸우러 나오지 않으면 차오전은 오래지 않아 제풀에 질려 물러갈 것입니다.

그러니 이 네 길의 군사는 족히 근심할 것이 못 되오나, 그래도 완벽

한 보장이 되지 못하지나 않을까 염려되어 다시 비밀리에 관싱關興과 장바오張苞에게 각기 군사 3만 명씩을 이끌고 중요한 지점에 주둔하면서 각 방면의 군마를 후원토록 해 두었나이다. 이 몇 곳의 군사들은 모두 청두를 경유하지 않고 이동한 까닭에 아무도 아는 사람이 없사옵니다. 그런데 동오東吳의 군사만은 선뜻 움직이려 하지 않을 게 분명하옵니다. 그들은 네 길의 군사가 이겨서 촨중川中이 위급해지면 틀림없이 공격하러 오겠지만 네 길의 군사가 성공하지 못할 경우엔 어찌 움직이려 들겠사옵니까? 신이 짐작컨대 쑨취안은 차오피가 세 길로 오를 침범한 원한을 생각하고 틀림없이 그의 말을 들어주지 않을 것입니다. 그렇기는 하오나 반드시 먼저 언변에 능한 사람을 동오로 보내 이해득실로 그들을 설득해야 하옵니다. 그리되면 동오를 먼저 물리치게 될 것이니 다른 네 길의 군사들이야 무슨 근심거리가 되겠나이까? 다만 동오를 설득할 인재를 얻지 못하여 신이 이 때문에 주저하고 있었을 뿐입니다. 폐하께서는 무엇 하러 이토록 수고스럽게 친히 왕림하셨나이까?"

후주가 말했다.

"태후께서 친히 상보를 만나러 오려 하셨지요. 이제 짐이 상보의 말씀을 듣고 나니 마치 꿈에서 깨어난 듯한데 더 이상 무엇을 근심하겠소?"

쿵밍은 후주와 함께 몇 잔의 술을 나눈 다음 후주를 배웅하러 승상부를 나왔다. 문밖에 빙 둘러 서 있던 관원들은 후주의 얼굴에 기쁜 빛이 역력한 것을 보았다. 후주는 쿵밍과 작별하고 어가에 올라 환궁했다. 그러나 관원들은 모두 의혹을 가라앉히지 못하고 있었다. 쿵밍이 여러 관원들을 살펴보니 그 중 한 사람이 하늘을 우러러 웃고 있는데 얼굴에는 희색이 가득했다. 자세히 보니 이양義陽 신예新野 사람 덩즈鄧芝였다. 덩즈는 자가 보먀오伯苗로 이때 호부상서를 맡고 있었는데, 한나라에서 사마司馬를 지낸 덩위鄧禹의 후손이었다. 쿵밍은 가만히 사람을 시켜 덩즈를 붙들어 두게 했다. 관원들이 모두들 흩어지자 쿵밍은 덩즈를 서원으로 청해 들여 물었다.

"지금 촉, 위, 오가 솥발처럼 세 나라로 나뉘었거니와 두 나라를 쳐서 천하를 통일하고 한나라를 중흥시키려면 먼저 어느 나라부터 정벌해야 하겠소?"

덩즈가 대답했다.

"제 어리석은 소견으로 분석해 본다면 위가 비록 한의 역적이기는 하지만 그 형세가 워낙 커서 급히 흔들기는 어려우니 마땅히 서서히 도모해야 할 것입니다. 주상께서 방금 보위에 오르시어 아직 민심이 안정되지 못했으니 마땅히 동오와 연합하여 이와 입술처럼 서로 돕는 관계를 맺고 선제 때의 묵은 원한을 깨끗이 씻어야 할 것입니다. 이것이 길이 안전할 수 있는 대책입니다. 승상의 고견은 어떠신지 모르겠습니다."

쿵밍이 껄껄 웃었다.

"나도 그렇게 생각한 지 오래건만 여태 마땅한 인물을 얻지 못했소. 그런데 오늘에야 비로소 얻게 되었구려!"

이번에는 덩즈가 물었다.

"승상께서는 그 사람을 어디에 쓰려 하십니까?"

쿵밍이 대답했다.

"나는 그 사람을 동오로 보내 동맹을 맺으려 하오. 공이 이미 그 뜻을 알고 있으니 틀림없이 군주의 명을 욕되게 하지 않을 것이오. 사자의 소임을 훌륭하게 수행해 낼 사람은 공이 아니고는 안 되겠소."

덩즈가 겸손하게 말했다.

"저는 재주가 없고 지혜가 모자라 그런 중임을 감당하지 못할까 두렵습니다."

쿵밍이 못을 박았다.

"내가 내일 천자께 아뢰어 보먀오를 동오에 보낼 사신으로 천거하겠소. 절대 사양하지 마시오."

덩즈는 응낙하고 물러갔다. 이튿날 후주의 윤허를 받은 쿵밍은 덩즈를 동오로 파견하여 쑨취안을 설득하게 했다. 덩즈는 천자께 절을 올려 하직하고 동오를 향해 길을 떠났다.

그야말로 다음 대구와 같다.

오나라 사람들 바야흐로 전쟁 그치는 걸 보는데
촉나라 사신이 또 예물 들고 우호 맺으러 가네.

(『삼국지연의』 제85회)

현념법懸念法

❖ 정의

중국의 원림은 한 눈에 모두 들어오지 않고 구불구불 돌아가며 구석구석을 돌아보게 설계했고, 전통적인 산수화 역시 산과 물을 중복해 놓고 그 사이에 운무를 묘사해 일망무제 한 눈에 모든 것을 볼 수 없도록 했다. 소설 작품 역시 이런 식으로 직서법을 통해 단번에 이야기의 모든 시말을 알 수 없게 해 놓았으니, '현념'이란 '생각이 허공에 매달려 있으면서suspended' 독자의 애를 태우는 것을 말한다.

❖ 실례

『삼국지연의』제46회에서 저우위周瑜는 짐짓 주거량諸葛亮을 곤경에 빠뜨려 그를 모해하려 한다. 곧 시한을 정해 놓고 화살 십만 개를 조달하도록 하는 한편, 주거량이 화살을 만들 수 없도록 조치한 것이다. 이 대목에서 독자들은 과연 주거량이 사흘이라는 짧은 시간 내에 화살 십만 개를 어떻게 만들어낼 것인가 하는 궁금증을 갖게 된다. 그러나 이렇듯 긴박한 순간에 주거량은 유유자적 이틀의 시간을 허비하니 독자들의 조바심이 더하게 마련이다. 사흘 째 되는 날 주거량은 루쑤魯肅를 불러 배를 띄우고 화살을 가지러 가자고 말한다. 여기서도 작자는 속시원하게 말해주지 않고 시간을 끌면서 독자의 궁금증을 증폭시킨다. 과연 주거량은 십만 개의 화살을 어디서 가져올 것인가? 그리고 이렇듯 긴박한 순간에 왜 배를 몰고 차오차오의 진영에 가자는 것일까? 그리고 차오차오의 진영에 가까이 가서는 왜 군사들을 시켜 시끄럽게 고함을 질러 차오차오 군중을 자극한 것일까? 만약 차오차오가 대군을 몰고 일제히 치러 나오면 어쩌려는 것인가? 이렇듯 독자의 궁금증과 조바심이 극에 달했을 때, 작자는 한 순간에 사태를 정리한다. "20척 배의 양편에 벌여 세운 풀단에는 화살이 빈틈없이 꽂혀 있었다." '화룡점점'은 그 다음 대목에 이어진다. "쿵밍은 배 위의 군사들을 시켜 일제히 외치게 했다. '승상! 화살을 주어 고맙소이다!'"

❖ 예문

　쿵밍孔明이 장담했다.

　"어찌 감히 도독께 농담을 하겠습니까? 내 군령장을 바치리다. 사흘 안에 처리하지 못하면 중벌도 달게 받겠소."

　저우위周瑜는 크게 기뻐했다. 군중의 사무를 맡은 군정사軍政司를 불러 그 자리에서 군령장을 받아 놓게 했다. 그러고는 술을 내어 대접하며 말했다.

　"일이 마무리된 다음에는 자연히 노고에 대한 보답이 있을 것이오."

　쿵밍이 말했다.

　"오늘은 이미 늦었으니 내일부터 만들기 시작하겠습니다. 사흘째 되는 날 군사 5백 명을 강변으로 보내어 화살을 나르게 하십시오."

　쿵밍은 술을 몇 잔 마시더니 하직하고 돌아갔다. 루쑤魯肅가 물었다.

"이 사람이 혹시 거짓말을 하는 건 아닐까요?"

저우위가 대답했다.

"그가 스스로 죽을 짓을 하는 것이지 내가 핍박한 건 아니오. 이제 분명히 여러 사람 앞에서 문서를 받아 두었으니 양쪽 겨드랑이에 날개가 돋는다 해도 날아가지는 못할 것이오. 내가 군중의 장인들에게 일부러 늑장을 부리도록 분부하고 소용되는 물건들도 완벽하게 갖추어 주지 못하게 할 작정이오. 그리되고 보면 틀림없이 정한 기일을 지키지 못할 것이오. 그때 가서 죄를 결정한다면 무슨 발뺌할 말이 있겠소? 이제 공은 가서 그의 동정이나 살펴서 알려주시구려."

......

한편 루쑤는 가볍고 빠른 배 20척을 은밀히 선발하여 배마다 군사 30여 명과 푸른 천이며 풀단 따위를 모두 갖추어 쿵밍이 쓰기만을 기다리고 있었다. 첫날 쿵밍은 아무런 동정이 없었다. 둘째 날도 역시 움직이지 않았다. 사흘째 되는 날 4경쯤(새벽 2시 전후) 되자 쿵밍이 루쑤를 은밀히 자기 배로 불렀다. 루쑤가 물었다.

"무슨 일로 부르셨소?"

쿵밍이 대답했다.

"특별히 쯔징子敬(루쑤의 자)와 함께 화살을 가지러 가려는 것이오."

"어디로 가지러 간단 말입니까?"

쿵밍은 그 물음에는 대답을 피했다.

"쯔징께선 묻지 마시오. 가 보시면 알게 될 거요."

쿵밍은 배 20척을 밧줄로 연결하고 곧장 북쪽 기슭을 바라고 나아가게 했다. 이날 밤 온 하늘에 안개가 자욱하게 덮였는데, 창쟝長江 위에는 안개가 더욱 짙어서 서로 얼굴을 맞대고도 누군지 알아볼 수 없을 지경이었다. 쿵밍은 배를 재촉하며 앞으로 나아가는데 과연 엄청난 안개였다.

......

새벽 5경 무렵(새벽 4시 전후) 배는 차오차오曹操의 수채 가까이에 당도했다. 쿵밍은 이물(뱃머리)을 서쪽을 향하게 하고 고물(배꼬리)은 동쪽을 향하도록 배를 한 줄로 늘어 세우고 배 위에서 북을 치고 함성을 지르게 했다. 루쑤가 깜짝 놀랐다.

"차오차오의 군사가 일시에 나오면 어쩌려고 이러십니까?"

쿵밍은 빙그레 웃으며 대답했다.

"아마도 차오차오는 이 짙은 안개 속으로 나오지 못할 것이오. 우리는 그저 술이나 마시면서 즐기다가 안개가 걷히는 대로 돌아가기로 합시다."

한편 차오차오의 영채에서는 북소리와 고함 소리가 들리자 마오졔毛玠와 위진于禁이 황망히 차오차오에게 보고했다. 차오차오는 즉시 명령을 전했다.

"두터운 안개가 자욱하게 강을 덮었는데, 적병이 갑자기 쳐들어왔으니 반드시 매복이 있을 것이다. 절대 경솔하게 움직이지 말라. 수군 궁노수들을 동원하여 어지러이 화살을 날리도록 하라."

그러고는 다시 육상의 영채로 사람을 보내어 장랴오張遼와 쉬황徐晃에게 각기 궁노수 3천 명씩을 거느리고 급히 강변으로 나가서 수군을 도와 함께 활을 쏘게 했다. 차오차오의 호령이 전해졌을 때 마오졔와 위진은 남쪽 군사들이 수채 안으로 뛰어들지나 않을까 염려하여 벌써 궁노수들을 수채 앞으로 보내 화살을 쏘고 있었다. 이윽고 육지 영채의 궁노수들도 들이닥쳐 약 1만여 명이 모조리 강 한가운데를 향하여 화살을 쏘아 부었다. 화살은 빗발치듯 날았다. 쿵밍은 배를 돌려서 이번에는 뱃머리를 동쪽으로 향하고 배꼬리를 서쪽으로 향하게 하여 화살을 더 잘 받도록 차오차오의 수채 앞으로 바싹 다가들게 했다. 해가 높이 떠올라 안개가 흩어지기 시작하자 쿵밍은 배를 돌려 급히 돌아가자고 명했다. 20척 배의 양편에 벌여 세운 풀단에는 화살이 빈틈없이 꽂혀 있었다. 쿵밍은 배 위의 군사들을 시켜 일제히 외치게 했다.

"승상! 화살을 주어 고맙소이다!"

차오차오의 수채 안에서 이 일을 차오차오에게 알렸을 무렵 가벼운 배는 이미 급류를 타고 20여 리나 되돌아간 뒤였다. 추격해 보아야 따라잡을 수도 없는 거리였다. 차오차오는 가슴을 치면서 후회했다.

(『삼국지연의』 제46회)

협상첨호법頰上添毫法

❖ 정의

　'뺨 위에 터럭을 첨가하는 것'은 원래 구카이즈顧愷之가 그림을 그릴 때, "일찍이 페이카이裵楷의 상을 그릴 때, 뺨 위에 터럭 세 가닥을 더 했더니, 보는 이들이 훨씬 더 신명이 살아있는 듯 느꼈다."라고 말한 것에서 나왔다. 청대의 저명한 작가이자 소설평점가인 우젠런吳趼人은 소설 속 인물 형상을 묘사할 때 공들여 세필로 묘사하는 것보다 간략하고 거칠지만 인물의 특징을 잘 나타내 보여주는 '터럭'을 묘사함으로써 전체적인 느낌을 더 생생하게 만들어 낼 수 있다고 말했다.

❖ 실례

　우젠런의 대표작인 『20년 간 내가 목격한 괴이한 일들二十年目睹之怪現狀』 제12회와 46회의 평점에는 "거우차이를 그림과 같이 묘사하되, 뺨 위에 터럭을 첨가하는 묘미가 있어, 독자로 하여금 그 사람을 눈에 보는 듯 느끼게 했다"는 말이 있다. 거우차이는 이 작품 속에서 옷을 입은 금수로 그려지고 있는 바, 그의 행위는 악착스럽기 그지없고, 후안무치한 모리배로 제12회에서는 간략한 필치이긴 하지만 그의 추악한 영혼의 일면이 잘 그려져 있어, 그가 겸손한 체 하면서 응대를 잘 하는 성격 특징이 독자의 눈앞에 생생하게 드러나 있다.

❖ 예문

한참을 앉아 있으니 집안사람이 거우苟 대인이 오셨다고 알렸다. 알고 보니 오늘 이 사람도 초대한 것이다. 거우 대인은 관복을 아직 입고 있었다. 그가 성큼 들어오면서 손을 모으고 말했다.

"죄송합니다. 죄송합니다. 늦었군요. 오래 기다리게 해 죄송합니다. 오늘 저는 관청에 가 상사에게 인사를 하고 또 부임지로 와 동료들에게 인사하고, 다시 인사를 온 손님들에게 답례를 했어요. 정말 하루 종일 바쁜 날이었습니다."

그리고 지즈繼之[1]에게 연이어 손을 모으면서 말했다.

"조금 전 공광으로 가 직접 인사를 드리려고 했는데, 지즈께서 먼저 여기에 와 계신 줄은 몰랐습니다. 어제는 정말 폐가 많았습니다."

지즈가 미처 그에게 대답도 하기 전에 그는 얼굴을 돌려 푸구슈濮固修[2]에게 손을 모으면서 말했다.

"오신 지 오래되셨지요!"

또 리스투酈士圖[3]에게 말했다.

"오래간만입니다. 오래간만입니다."

---

1 지즈繼之는 자이고 본래 이름은 우징쪙吳景曾이다. 주인공인 쥬쓰이성九死一生의 학우이다.
2 푸구슈라는 이름은 중국어로 '부끄러움을 모른다'는 것을 의미하는 '부구슈不顧羞'와 발음이 유사하다.
3 리스투라는 이름은 '이익만 추구한다'는 뜻을 가진 '리스투利是圖'의 해음諧音이다.

또 내게 손을 모으면서 부탁한다고 예닐곱 번은 말했다. 그런 다음 나의 큰아버지에게 손을 모으면서 말했다.

"어제 폐를 끼쳤는데, 오늘 또 와서 폐를 끼치는군요, 정말 죄송합니다."

큰아버지가 그를 앉히자 다른 사람들도 모두 앉았다. 차를 건네며 모두 이구동성으로 겉옷을 벗으라고 했다. 그러자 바로 그의 하인이 작은 모자를 들고 왔다. 그는 큰 모자를 벗더니 또 고관이 차는 목걸이도 벗었다. 저고리를 벗더니 허리띠 위에 주렁주렁 매달려 있던 것들을 벗긴 다음 허리띠를 풀었다. 그리고 옷자락이 트인 두루마기로 갈아입더니 허리띠로 묶은 다음 단추가 많이 달린 조끼를 그 위에 입었다. 하인 손에서 작은 모자를 가져오더니 하인이 작은 거울을 건네자 그는 거울을 보며 작은 모자를 썼다. 모자를 쓰고는 또 한 번 거울을 보더니 그제야 앉았다. 그러더니 큰아버지에게 말했다.

"오늘 초대한 손님은 몇 명입니까? 초대장도 미처 못 봤지 뭡니까?"

큰아버지가 말했다. "바로 이 분들입니다. 외부 손님은 없습니다."

거우차이苟才가 말했다.

"아! 모두 아는 사람들이군요. 그럼 이렇게 시끌벅적하게 할 필요가 있나요?"

큰아버지가 말했다.

"첫째는 대인에게 축하를 드리고 둘째는 왜냐하면 ……"

여기까지 말하다가 갑자기 나를 가리키며 말했다.

"지즈께서 저의 조카를 보살펴 주셨기에 이 자리를 빌어 지즈께 감사를 드리기 위해서입니다."

거우차이가 말했다.

"아! 이분이 댁의 조카입니까? 아주 풍채가 좋습니다. 좋아요. 귀하의 자는 어떻게 되십니까? 올해 귀하의 나이는 어떻게 되십니까? 지즈

영감, 당신은 그에게 무엇을 맡기셨습니까?"

지즈가 말했다.

"서기를 맡겼어요."

거우차이가 말했다.

"이 일은 쉽지 않은데요. 지즈, 당신처럼 글씨를 중요하게 여기는 분이 이렇게 그를 청했다면 분명 이분은 출중하겠군요. 정말 젊은 분들은 무섭습니다."

그리고는 팔자수염을 쓰다듬으면서 말했다.

"우리는 헛되이 나이만 먹어 상심만 하고 있습니다."

또 고개를 돌리더니 큰아버지에게 말했다.

"쯔런 영감, 저를 탓하는 말은 마세요. 조카가 큰아버지보다 더 뛰어나 보입니다."

말이 끝나자 모두 하하 하고 크게 웃었다.

(『20년 간 내가 목격한 괴이한 일들二十年目睹之怪現狀』 제12회)

협서법夾敍法

❖ 정의

'협서법' 역시 진성탄金聖嘆의 「독제오재자서법讀第五才子書法」 가운데
하나이다.

> 협서법夾敍法이라는 것이 있다. 이것은 급박한 상황에서 두 사람
> 이 동시에 이야기하는 것이다. 한 사람이 이야기를 끝낸 뒤 다른 한
> 사람이 이야기를 하는 것이 아니기에, [작자는] 반드시 하나의 붓놀
> 림으로 아울러 써내려가는 것이다. 이를테면, 워관쓰瓦官寺의 추이다
> 오청崔道成이 "사형, 화를 내지 마시고, 소승의 이야기 좀 들어보시
> 오."라고 말할 때, 루즈선魯智深이 "말해, 말해."라고 말하는 것 등이
> 그것이다.[1] 有夾敍法, 謂急切裏兩個人一齊說話, 須不是一個說完了, 又
> 一個說, 必要一筆夾寫出來. 如瓦官寺崔道成說"師兄息怒, 聽小僧說";
> 魯智深說"你說你說"等是也.

여기서 '협夾'은 시간상의 개념으로, 한 사람이 말할 때 동시에 또 다
른 사람이 말하는 것을 뜻한다. 이렇게 동시에 말하게 되는 이유는, 급

---

1 『수호전』, 5회, 146쪽. 이것은 진성탄이 『수호전』 고본에서 사용되었던 것이라 주장
하지만 실제로는 진성탄 자신이 이 소설에 써 넣은 것이다.

한 상황에서 서로가 혹은 적어도 상대방 한 사람이 꼭 말해야만 할 때, 다른 상대방의 말을 끊어서 말을 끝내지도 않았는데 자기의 말을 끼워 놓는 것이다. 이로써 쌍방이 논쟁하거나, 분노하는 상황, 목소리와 모습을 동시에 생동적으로 표현할 수 있다.

❖ 실례

『수호전』 제5회에서 루즈선魯智深은 길을 가던 중 워관쓰瓦官寺라는 퇴락한 절을 만난다. 그 절은 추이다오청崔道成과 츄샤오이邱小乙라는 악당들이 차지하고 있었다. 두 사람에게 몰려나 어려움을 겪고 있는 늙은 중들의 이야기를 듣고 루즈선은 당장 그들을 몰아내기 위해 나선다. 갑작스럽게 루즈선과 맞닥뜨린 두 사람은 일시 당황하여 루즈선에게 공손하게 대한다. 진성탄은 그러한 다급한 상황을 묘사하면서 중간에 협비夾批로 상황을 설명하고 있다.

❖ 예문

루즈선魯智深이 앞으로 나서니, 그 중은 깜짝 놀라 [급작스런 상황을 두 마디 문장으로 표현하였는데, 양쪽편의 상황이 모두 묘사되고 있다.] 벌떡 일어나면서 말했다. "사형, 앉으세요. 같이 술 한 잔 합시다." 즈선은 선장禪杖을 든 채 물었다. "너희 두 놈은 어째서 절을 이렇게 망쳐 놓았느냐?" 그 중은 말했다. "사형, 앉으셔서 소승의 말을 들 ……" [그 말이 끝나기도 전에] 즈선은 눈을 부릅뜨고 말했다. "그래 말해봐, 말해 보라구." [이 문장에서 분노하는 모습이 보이는 것 같다. 모습과 목소리를 서술하여 루즈선을 생동적으로 만들고 있다.] "…… 들어보십시오. 전에는 이 절이

[이 부분은 위의 '소승의 말을 들 ……'과 원래는 이어진 문장인데 루즈선이 혼자 노발대발하여 '그래 말해봐, 말해 보라구.'라고 끼어 들었으니, 구성이 절묘하여 예전에는 없었던 것이다.] 매우 좋은 곳이었습니다. ……"

(『수호전』 제5회)

화룡점정법畵龍點睛法

❖ 정의

잘 알려진 대로 '화룡점정법'은 화법에서 나온 것이다. 당대 장옌위안張彥遠이 지은 『역대명화기』 7권에는 다음과 같은 이야기가 전한다. 양梁나라의 장썽야오張僧繇가 진링金陵(지금의 난징南京)에 있는 안러쓰安樂寺라는 절에 용 네 마리를 그렸는데 눈동자를 그리지 않았다. 사람들이 이상히 생각하여 그 까닭을 묻자 "눈동자를 그리면 용이 날아가 버리기 때문이다."라고 대답하였다. 그러나 사람들은 그 말을 믿지 않았다. 그래서 그가 용 두 마리에 눈동자를 그려 넣었다. 그러자 갑자기 천둥이 울리고 번개가 치며 용이 벽을 차고 하늘로 올라가 버렸다. 눈동자를 그리지 않은 용 두 마리는 그대로 남아 있었다. 이것은 무슨 일을 할 때 최후의 중요한 부분을 마무리함으로써 그 일이 완성되는 것을 말한다.

❖ 실례

'화룡점정'의 예는 수없이 많다. 여기서는 간단하게 『요재지이』에 나오는 「의견義犬」이라는 이야기를 예로 들겠다. 이것은 길을 가다 돈을 잃어버린 사람이 자신이 기르던 개 덕분에 돈을 도로 찾았다는 이야기다. 여기서 작자가 하고 싶은 이야기는 개가 주인을 위해 자기 몸을 돌보지 않고 '의義'를 지켰다는 것이다. 그래서 이야기 결말 부분에 작자역시 이렇게 적어 놓았다. "오호라! 한 마리의 개라고 하지만 이렇게 은혜를 갚을 줄 알고 있다니. 세상의 속없는 인간들은 이 개에게 부끄러워해야 할 것인저!" 이것은 다른 사람의 입을 빌지 않고 작자가 직접 이야기의 '화룡점정'을 한 것이다.

❖ 예문

　루안푸潞安府에 사는 아무개의 부친이 감옥에 갇혀 당장 죽을 지경이되었다. 그는 호주머니를 탈탈 털어 백 냥의 돈을 마련했고, 관가의 사람들에게 뇌물을 쓰려 작정했다.

　나귀를 타고 막 대문을 나서던 아무개는 집에서 기르는 검둥개가 따라나서는 것을 발견했다. 고함을 질러 쫓았더니 개는 돌아서는 것 같았다. 한참 길을 가는데 검둥개는 여전히 그를 따라오고 있었다. 채찍을 휘둘러 쫓았지만 개는 그래도 몇십 리 길을 계속해서 따라붙었다. 아무개는 나귀에서 내려 길가로 달려간 뒤 소변을 보았다. 그리고 돌멩이를 집어 들고 검둥개를 향해 던졌더니 개는 그제야 줄행랑을 놓았다. 아무개가 다시 출발하자 어디선가 개가 다시 나타나 갑자기 나귀의 꼬리와 다리를 깨물며 덤벼들었다. 화가 난 아무개는 마구 채찍을 휘둘렀고, 개는 끊임없이 울부짖었다. 순간 개가 앞쪽으로 뛰어오르더니 나귀의 모가지를 힘껏 물어뜯었다. 그 모습은 흡사 주인에게 더 이상 길을 가면 안 된다고 말리는 것 같았다. 아무개는 불길한 예감이 들어 더욱 화가 났고 나귀에 올라탄 채 방향을 되돌려 개를 뒤쫓았다. 하지만 개는 이미 멀리 도망가고 보이지 않았으므로 그는 비로소 고삐를 돌려 앞으로 달려갔다. 성안에 도착했을 때는 벌써 저녁 무렵이었다. 그제야 허리춤에 찼던 전대를 더듬어보니 돈은 이미 절반이나 빠져 있었다. 그는 온몸에 식은땀이 났고 넋이 다 달아날 지경이었다. 온밤을 꼬박 침대에서 뒤척이던 그는 문득 개가 난리굿을 친 것은 틀림없이 곡절이 있기 때문이란 생각이 들었다. 그리하여 성문이 열리자마자 성 밖으로 나간 그는 왔던 길을 자세히 살피며 더듬어갔다.

그러나 한편으론 남북으로 통하는 요로에 나다니는 사람은 개미처럼 바글거리니 잃어버린 돈을 찾을 리 만무하다는 생각뿐이었다. 어느덧 전날 나귀에서 내렸던 장소에까지 이르렀다. 사방을 두루 살폈더니 풀섶 사이에 죽은 채 누워 있는 개가 눈에 띄었다. 개의 온몸은 물에라도 빠졌던 것처럼 땀으로 흠뻑 젖어 있었다. 개의 귀를 잡아당겨 몸뚱이를 들어올렸더니 꽁꽁 포장된 돈이 밑바닥에 그대로 깔려 있었다. 아무개는 검둥개의 의로움에 감동해 관을 사고 장례를 정중히 치렀다. 사람들은 지금도 그 무덤을 '의견총'이라 부른다고 한다.

(『요재지이』「의견義犬」)

화정위동법化靜爲動法

❖ 정의

인물의 초상을 묘사하는 데에는 여러 가지 방법이 있다. '화정위동법'
은 인물의 초상을 묘사하는 한 방법이다. 이것은 등장인물의 외모 등을
정지 상태에서 묘사하는 게 아니라, 작품 속에 등장하는 다른 인물의
눈을 통해 한 층 한 층 입체감 있게 묘사하는 것을 말한다.

❖ 실례

『삼국지연의』 제3회에서는 뤼부呂布의 초상이 리루李儒와 둥쥐董卓의
눈을 통해 생생하게 그려지고 있다. 우선 리루의 눈을 통해 "용모가 당
당하고 위풍이 늠름한 사람이 손에 방천화극을 잡고 성난 눈으로 둥쥐
를 노려보고 있"는 모습이 그려지고, 나중에 리루와 둥쥐 두 사람의 눈
을 통해 "상투 머리에 금동 관을 쓰고 갖가지 꽃무늬가 수놓인 백화전
포百花戰袍를 걸쳤으며, 당예唐猊 가죽으로 만든 갑옷 위에 사만보대獅
蠻寶帶(고급 무관들이 쓰는 허리띠)를 두르고 있"는 뤼부의 당당한 모습이
그려지는 것이다. 작자가 직접 뤼부에 대해 시비를 논하고 장단점을 늘
어놓은 게 아니라 작중 인물의 눈을 통해 뤼부라는 인물의 형상이 생동

감 있게 그려지는 것이야말로 '화정위동법'의 좋은 예라 할 수 있다.

마오쭝강毛宗崗 역시 협비에서 이렇게 말했다. "둥줘와 리루의 눈을 통해 뤼부가 사실적으로 묘사되었다. 그는 먼저 외모를 묘사하고 다음으로 이름을 묘사했으며, 다음으로 차림새를 묘사했다. 먼저 방천화극을 묘사하고, 다음으로 말을 묘사하고, 다음으로 머리에 쓰는 관과 허리띠, 그리고 갑옷을 묘사하는 등 이 모두가 몇 차례에 걸쳐 드러난 것이다. 又從董卓, 李儒眼中實寫一呂布. 看他先寫狀貌, 次寫姓名, 次寫裝束; 先寫戟, 次寫馬, 次寫冠帶袍甲, 都作數層出落.

❖ 예문

둥줘董卓는 허진何進 형제가 거느리던 군사들을 모조리 자기 수하로 끌어들이고 나서 리루李儒에게 물었다.

"내가 황제를 폐하고 진류왕을 세울까 하는데 어떠하냐?"

리루가 대답했다.

"지금 조정에는 일을 주장하는 사람이 없으니, 이때를 타서 일을 벌여야지 늦었다가는 변이 생길 것입니다. 내일 원밍위안溫明園에 백관들을 초청해 폐립할 일을 알리시고 따르지 않는 자는 목을 베십시오. 위세와 권력을 행하실 때가 바로 이날입니다."

리루의 말을 들은 둥줘는 기분이 좋았다. 그 이튿날 둥줘는 원밍위안에다 크게 잔치를 베풀고 백관들을 널리 초청했다. 대신들 모두가 둥줘를 두려워하니 뉘라서 감히 오지 않을 것인가. 둥줘는 백관들이 모두 도착할 때까지 기다렸다가 느릿느릿 나타나서 원밍위안 문전에 이르러 말에서 내려 칼을 찬 채 자리로 들어갔다. 술잔이 몇 차례 돌고 나자 둥줘는 잔을 멈추고 풍악을 그치게 한 다음 엄숙한 목소리로 입을 열었다.

"내가 한마디 할 말이 있으니 여러분은 조용히 들어 보시오."

모두가 귀를 기울였다.

"천자는 만백성의 주인으로 위엄이 없으면 종묘사직을 받을 수 없소. 그런데 금상께서는 너무 나약하시어 진류왕에 미치지 못하오. 진류왕은 총명하고 배우기를 좋아하여 대위를 이을 만한 자질을 갖추었소. 그래서 내가 지금의 황제를 폐하고 진류왕을 새 황제로 세울까 하는데 여러 대신들의 생각은 어떠시오?"

백관들은 아무도 감히 입을 열지 못했다. 그때 좌중에서 한 사람이 상을 밀치고 곧바로 앞으로 나와 잔칫상 앞에 서서 큰소리로 부르짖었다.

"불가하다! 불가하다! 너는 어떤 자이기에 감히 그따위 큰소리를 치느냐? 천자로 말할 것 같으면 바로 선제의 적자로 처음부터 아무런 과실이 없으신 터에 어떻게 함부로 폐립을 논한단 말인가! 네가 지금 찬역을 하려는 것이냐?"

둥줘가 보니 징저우荊州 자사 딩위안丁原이었다. 둥줘는 성을 내며 호통쳤다.

"나를 따르는 자는 살 것이요. 나를 거스르는 자는 죽을 것이다."

둥줘는 곧바로 허리에 찬 검을 뽑아 딩위안을 베려 했다. 이때 딩위안 뒤에 있는 한 사람이 리루의 눈에 들어왔다. 용모가 당당하고 위풍이 늠름한 사람이 손에 방천화극을 잡고 성난 눈으로 둥줘를 노려보고 있었다. 리루가 급히 앞으로 나오며 말렸다.

"오늘 이 같은 연회석에서 국정을 논하는 것은 불가하옵니다. 내일 도당都堂(국가의 정사를 논의하는 곳)에서 공론에 부치시더라도 늦지 않겠습니다."

여러 사람이 권하자 딩위안도 말을 타고 떠났다.

......

둥줘가 허리에 찬 검을 손으로 누르며 원밍위안 문에 서 있는데 웬 장수가 원밍위안 문밖에서 말을 타고 극을 든 채 이리저리 내닫고 있었다. 둥줘가 리루에게 물었다.

"저게 누구냐?"

리루가 대답했다.

"저 사람은 딩위안의 양자로 이름은 뤼부呂布이고, 자는 펑셴奉先이라는 자입니다. 주공께서는 잠시 피하셔야겠습니다."

둥줘는 원밍위안 안으로 들어가 몸을 피했다.

다음날이었다. 딩위안이 군사를 이끌고 성밖에 와서 싸움을 건다는 보고가 들어왔다. 성이 난 둥줘는 리루와 함께 군사를 이끌고 나갔다. 양쪽 군사가 마주보고 둥글게 진을 쳤다. 뤼부는 상투 머리에 금동 관을 쓰고 갖가지 꽃무늬가 수놓인 백화전포百花戰袍를 걸쳤으며, 당예唐猊 가죽으로 만든 갑옷 위에 사만보대獅蠻寶帶(고급 무관들이 쓰는 허리띠)를 두르고 있었다. 그는 화극을 꼬나든 채 말을 놓아 딩졘양丁建陽(딩위안의 자)을 따라 진 앞으로 나왔다.

(『삼국지연의』 제3회)

회파역란법回波逆瀾法

❖ 정의

한 줄기 강물이 도도한 흐름을 이어가다가 바위라도 만나게 되면 한 바탕 격랑을 일으키며 수많은 물거품을 만들어내는 등 한 편의 장쾌한 화폭을 그려내게 된다. 소설 작품 역시 마찬가지다. 이야기가 순조롭게 진행되다가 관건이 되는 곳에서 돌연 뜻하지 않은 돌발 상황을 만나게 되면 이야기가 순식간에 역전이 된다. 곧 '회파역란법'이란 장애물을 만나 거꾸로 거슬러 올라와 생긴 파도를 가리킨다. 소설에서는 이야기가 갑자기 급전직하해 일대 파란이 일어나며 새로운 경지로 접어들어 고조되는 것을 말한다.

한 편의 소설 작품에는 필연과 우연이라는 두 가지 실마리가 '일명일암一明一暗'을 이루고 있으면서 작품의 줄거리를 이끌고 있다. 표면적으로는 '명선明線'이 소설의 정절을 이끌어 가는데, 이때 '암선暗線' 역시 부단히 발전해 간다. 그러다가 일정한 순간이 되면 어떤 사건이 계기가 되어 '암선'이 소설의 정절에 일대 파란을 일으키게 되는 것이다.

❖ 실례

『요재지이』의 「쟈핑 공자嘉平公子」에는 두 사람의 인물이 등장한다. 한 사람은 "풍채가 수려하고 용모도 아름다운" 풍류남아이고, 다른 한 사람은 다재다능하면서도 다정다감한 귀신 아가씨다. 두 사람은 처음 엔 서로의 아름다운 용모에 반해 가까워지지만, 귀신 아가씨는 나중에 공자가 단지 외모만 훌륭할 뿐 아무런 문학적 재능이 없다는 사실을 알 게 된다. 아가씨는 외모로만 사람을 판단한 자신의 잘못을 깨닫고 다시 는 공자를 찾아오지 않는다. 사실 애당초 공자의 부모는 그녀가 귀신이 라는 사실을 알고 두 사람을 떼어놓으려 했다. 하지만 두 사람의 애정 이 너무 살뜰해 실패했던 것인데, 결국 귀신 아가씨가 공자에게 실망해 스스로 떠나버린 것이다. 여기서 '암선'은 재능이고, '명선'은 외모이다. 이야기가 한동안 '명선'인 두 주인공의 외모를 위주로 진행되다가, 잠복 해 있던 '암선'인 두 사람 사이의 재능의 차이가 한 순간에 충돌해 이야 기의 반전을 이끌어내고 이 작품이 이야기하고자 하는 주제를 부각시 킨 것이다.

❖ 예문

쟈핑嘉平에 한 귀족 집안의 자제가 살았는데, 풍채가 수려하고 용모 도 아름다웠다. 나이가 열 일고여덟일 무렵, 그는 현성에 들어가 수재 시험에 응시하게 되었다. 우연히 쉬許 씨 성을 가진 포주가 운영하는 기생집 대문 앞을 지나다가 묘령의 아가씨가 안에 있는 것을 보고 그녀 에게서 눈길을 떼지 않았다. 여자는 공자에게 미소를 지으며 고개를 끄 덕였다. 공자가 가까이 다가가 말을 붙이자, 그녀가 물었다.

"어디에 거처하고 계신지요?"

공자가 자세하게 일러주었더니, 또 다른 질문이 돌아왔다.

"계신 곳에 다른 사람이 있습니까?"

"없소."

"제가 저녁에 찾아뵙겠으니 다른 사람들은 모르게 해주십시오."

공자는 숙소로 돌아가 저녁이 되자 하인들을 모두 내보냈다. 때가 되자 여자가 정말로 나타나더니 자신을 소개했다.

"제 이름은 원지溫姬입니다."

그녀는 또 이렇게도 말했다.

"저는 공자님의 풍채를 사모하여 포주를 배반하고 찾아왔어요. 제 마음은 일편단심이니 원컨대 죽을 때까지 당신에게 몸을 의탁하고 싶습니다."

공자도 그 말을 듣고 매우 기뻐했다. 이로부터 원지는 이삼 일마다 한 번 씩 그를 방문했다.

어느 날 저녁 그녀는 쏟아지는 비를 무릅쓰고 찾아와 방안에 들어서더니 젖은 옷을 벗어 횃대 위에 걸었다. 또 신었던 장화를 벗어 공자에게 건네주며 진흙을 떨어달라고 부탁하더니 자기는 침상 위에 올라가 이불로 몸을 가렸다. 공자가 신발을 살펴보니 오색 빛이 찬란한 새 비단으로 만들었는데, 진흙이 묻어 거의 다 해어져 있었다. 그는 매우 아깝게 생각했지만, 원지는 도리어 대수롭지 않다는 투였다.

"제가 싸구려 물건으로 당신을 부려먹으려는 것이 아니에요. 다만 당신께서 저의 눈먼 사랑을 알아주시면 그것으로 족하답니다."

창밖으로 빗소리가 끊임없이 울리자 원지는 즉흥적으로 이렇게 읊조렸다.

처량한 바람 찬비를 재촉하니, 쟝청江城에는 빗방울만 무수히 떨어지네.

이어서 그녀는 공자에게 다음 구절을 이어달라고 부탁했지만, 공자는 시를 지을 줄 모른다며 사양했다.

"공자처럼 잘 생긴 분이 어떻게 시도 지을 줄 모르세요! 흥이 한꺼번에 달아나고 마네요."

원지는 그에게 작시를 공부하라고 격려했고, 공자도 그렇게 하겠다고 대답했다.

두 사람의 왕래가 빈번해지자 하인들까지도 그녀의 존재를 눈치 채게 되었다. 공자의 매형인 쑹宋 씨는 양반가의 자손이었는데, 소문을 듣고 공자에게 원지를 한번만 만나게 해달라고 슬쩍 부탁했다. 공자가 원지에게 매형의 부탁을 전했더니, 그녀는 펄쩍 뛰면서 절대로 안 된다고 거절하는 것이었다. 쑹 씨는 하인의 방에 몸을 숨기고 있다가 창문 틈으로 그녀를 훔쳐보았다. 그러고 나서 혼백이 달아나고 거의 미칠 지경으로 그녀에게 반하고 말았다. 참지 못한 그가 성급하게 방문을 열고 쫓아갔더니, 원지는 벌떡 일어나 담장을 넘어 도망쳐버린 뒤였다. 쑹 씨는 원지에 대한 사모의 정을 이길 수 없었으므로 예물을 마련하여 쉬노파를 찾아갔다. 그리고 원지의 이름을 대면서 만나고 싶다고 했더니, 할멈은 전혀 뚱딴지같은 답변을 늘어놓는 것이었다.

"과연 원지라는 아이가 있었습지요. 하지만 이미 죽은 지 오래된 걸입쇼."

쑹 씨는 뭔가에 언어맞은 듯 깜짝 놀라 서둘러 그 집에서 빠져나왔다. 그는 돌아와 공자에게 노파의 말을 전했고, 공자도 그제서야 비로소 원지가 사람이 아니고 귀신임을 알게 되었다. 밤중이 되었을 때 공자가 쑹 씨의 말을 원지에게 전했다. 그녀는 이렇게 말했다.

"저는 확실히 귀신이에요. 하지만 당신은 미녀를 얻고싶어 했고, 저 또한 잘생긴 남자를 만나고 싶던 차에 각자 소원하던 바를 이루었잖아요. 구태여 사람인지 귀신인지를 따질 필요가 있나요?"

그 말을 듣고 공자도 그렇겠다고 생각했다.

공자가 시험을 마치고 행장을 꾸려 집으로 돌아가자, 원지도 그를 따라왔다. 다른 사람에게는 그녀의 모습이 보이지 않았지만, 공자의 눈에는 원지가 마치 산 사람처럼 보였다. 고향에 도착한 뒤, 공자는 그녀를 임시로 학당에 머무르게 하였다. 공자가 계속해서 혼자 밖에서 기거하며 집에는 얼씬도 하지 않자, 그의 부모는 의아한 생각이 들었다. 원지가 친정에 다니러 간 틈을 타 공자는 어머니에게 슬그머니 사정을 털어놓았고, 이야기를 들은 그의 어머니는 매우 놀라 그녀와의 관계를 끊으라고 다그쳤다. 하지만 공자는 그 말에 따르려고 하지 않았다. 공자의 부모는 이 때문에 근심하면서 온갖 수단을 다해 그녀를 내쫓으려 했지만, 그들이 무슨 수를 써도 원지를 떠나게 할 수 없었다.

하루는 공자가 하인에게 지시 사항을 알리는 쪽지를 써서 책상 위에 놓아두었는데 잘못 쓴 글자가 매우 많았다. 산초를 뜻하는 '초椒'는 '콩菽'이라고 쓰고 생강의 '강薑'은 '강江'으로 썼으며 '밉살스럽다可恨'는 말은 '가랑可浪'이라고 표기하는 등 틀린 글자가 하나둘이 아니었다. 원지가 그 쪽지를 보더니 뒷면에다 몇 구절을 적어 넣었다.

"무슨 일을 '가랑可浪'하시는지요? '화숙생강花菽生江'은 또 무슨 말이고요? 이런 남편을 둘 바에는 차라리 기생 노릇을 하는 게 나을 것입니다."

결국 그녀는 공자에게 말했다.

"저는 당초 공자께서 양반가의 글 잘하는 서생인 줄 알았어요. 그래서 명예롭지 못한 줄 알면서도 제 발로 걸어와 당신의 아내가 되었던 것입니다. 뜻밖에도 그 아름다운 외양이 빈껍데기일 뿐이라뇨! 외관만 보고 사람을 판단했으니 제가 어찌 천하의 비웃음거리로 전락하지 않겠어요?"

그리고는 곧바로 사라져버렸다. 공자는 부끄럽기도 하고 자신이 원망스럽기도 했지만 그때까지도 원지의 말을 이해할 수 없었다. 그래서 자기가 썼던 쪽지를 그대로 하인에게 내주고 일을 시켰다. 이 이야기를 들은 사람들은 모두 웃음을 터뜨리면서 사방에 전해 웃음거리로 삼았다.

(『요재지이』「쟈핑 공자嘉平公子」)

횡운단산법橫雲斷山法

❖ 정의

'횡운단산법'은 '횡운단령법橫雲斷嶺法'이라고도 한다. 이것 역시 진성 탄金聖嘆의 「독제오재자서법讀第五才子書法」 가운데 하나이다.

> 횡운단산법橫雲斷山法이라는 것이 있다. 이것은 주쟈좡祝家莊을 두 번 친 것 뒤에 갑자기 셰전解珍과 셰바오解寶가 호랑이와 싸우고 감옥에서 탈출하는 일[1]이 삽입되고, 또 바야흐로 다밍푸大名府를 치려 할 때 갑자기 졔쟝구이截江鬼 장왕張旺과 유리츄油裏鰍 쑨우孫五가 재물을 탐해 인명을 해치는 일[2]과 같은 것이다. 글이 너무 길기에 독자들이 읽다가 피로할까봐 고의로 중간 부분에 다른 이야기를 끼워 넣어 사이를 둔 것이다. 有橫雲斷山法, 如兩打祝家莊後, 忽揷出解珍解寶爭虎越獄事; 又正打大名府時, 忽揷出截江鬼油里鰍謨財傾命事等是也。只爲文字太長了, 便恐累墮, 故從半腰間暫時閃出, 以間隔之。

높은 산 봉우리에 구름이 걸려 있다. 그렇게 걸려 있는 구름은 마치

---

1 『수호전』, 48회. 셰전과 셰바오 두 형제가 량산보에 들어온 것은 주쟈좡祝家莊과의 싸움에서 승리하는 세 번째 전투에서 결정적인 역할을 한다.
2 『수호전』, 64회.

산을 잘라놓은 듯이 보인다. 이것이 '횡운단산'의 본래 의미다. 소설에서는 한 가지 이야기를 해나가다가 다른 이야기를 중간에 삽입한 뒤 나중에 다시 이어나가는 것을 가리킨다.

❖ 실례

『수호전』에서 쑹쟝宋江은 주쟈좡祝家莊을 세 차례에 걸쳐 공격한다. 앞서 두 차례의 공격이 성공을 거두지 못한 상태에서 이야기는 돌연 셰전解珍과 셰바오解寶가 호랑이와 싸우고 감옥에 갇혔다가 쑨리孫立와 쑨신孫新의 도움으로 탈출하는 대목이 끼어든다. 곧 주쟈좡을 세 번 공격하는 것이 이야기의 본래 줄거리인데 그 사이에 셰전과 셰바오의 이야기가 삽입된 것이다. 이것은 한 가지 이야기가 너무 길어지면 독자가 지루해질까 봐 중간에 다른 사건을 집어넣어 분위기를 일신하는 것이다.

산맥이 웅장하게 펼쳐지는 가운데 흰 구름 하나가 그 중턱에 걸려 있다. 삽입된 이야기는 바로 그렇게 산맥을 가르고 있는 흰 구름과 같은 것이다. 흰 구름으로 인해 산맥은 끊어져 있는 듯 보이나 실제로는 이어져 있는 것이다. 마오쭝강毛宗崗 역시 그의 「삼국지 독법」에서 다음과 같이 말한 바 있다.

『삼국지』에는 가로누운 구름이 고개를 끊고, 가로놓인 다리가 시냇물을 빗겨 지르는 묘미가 있다. 문장에는 이어야 할 곳이 있고 끊어야 할 부분이 있는 것이다.
이를테면, 관위關羽가 다섯 관문에서 장수를 베고,[3] 류베이가 주거

---

3 『삼국지연의』, 제27회.

량의 오두막집을 세 번 찾아가고,[4] 주거량이 멍훠孟獲를 일곱 번 사로잡았다 풀어주는[5] 대목은 그 문장의 묘미가 이어지는 데 있다.

또 이를테면, 주거량이 저우위周瑜를 세 번 화나게 하고,[6] 치산祁山으로 여섯 번이나 출정하며,[7] 쟝웨이姜維가 중원 땅을 아홉 번 정벌하는 대목[8]은 그 문장의 묘미가 끊어지는 데 있다.

대저 글이 짧은 경우에는 이어서 서술하지 않으면 하나로 꿸 수가 없고, 글이 긴 경우에는 이어서 서술하면 번잡하게 될까 염려된다. 그러므로 반드시 다른 사건을 서술하여 그 사이에 끼워 놓아야, 비로소 글의 기세가 얽히고 설키며 그 변화를 다하게 된다. 후세의 소설가로 이런 경지에 도달한 이는 드물다.

『三國』一書, 有橫雲斷嶺、橫橋銷溪之妙。文有宜于連者, 有宜于斷者。如五關斬將、三顧草廬、七擒孟獲, 此文之妙于連者也。如三氣周瑜、六出祁山、九伐中原, 此文之妙于斷者也。蓋文之短者, 不連敍則不貫串, 文之長者, 連敍則懼其累墜, 故必敍別事以間之, 而後文勢乃錯綜盡變。後世稗官家, 鮮能及此。

❖ 예문

그때 우융吳用은 쑹쟝宋江에게 말했다.

"오늘 그 기회가 생기게 되었습니다. 스융石勇의 안면으로 산채에 가담한 사람이 있는데, 란팅위欒廷玉란 놈과 가장 친하고 양린楊林, 덩페이鄧飛와도 극히 친한 사이랍니다. 그는 형님이 주쟈쫭祝家莊에 쉬이 들

---

4   『삼국지연의』, 제37~38회.
5   『삼국지연의』, 제87~90회.
6   『삼국지연의』, 제51회.
7   『삼국지연의』, 제92~104회.
8   『삼국지연의』, 제107~119회.

이치지 못하는 것을 알고 일부러 한 가지 계책을 가지고 산채에 가담했는데 이제 곧 당도할 것입니다. 닷새 안으로 이 계책을 쓰려는데 어떻습니까?"

쑹쟝은 그 말을 듣고 대단히 기뻐서 그제야 얼굴에 웃음을 띠며 말했다. "참 묘한 계책이요!" 그것이 어떤 계책인가 하는 것은 이제 후에 알게 될 것이다. 그러니 독자들은 이 말머리를 잘 기억해 두시라. 사건은 원래 쑹쟝이 처음 주쟈좡을 칠 때 일어났지만 두 사건을 동시에 이야기하기는 어렵기 때문에 잠시 주쟈좡을 두 번이나 친 이야기를 쓰게 되었다. 그러므로 이번에는 산채에 가담하러 들어온 그 사람이 기회를 마련해 놓은 이야기를 먼저 하고 나서 다시 본 줄거리로 돌아가려 한다.

(『수호전』 제49회)

찾아보기

ㄱ

가오양 현高陽縣 205
가오츄高俅 27, 97, 269
간 부인甘夫人 109, 111
감정과 경물이 교차하며 융합하는
　情景交融 17
감정으로 인연하여 주변 경물을 묘
　사하는緣情寫景 17
거우차이苟才 345
거쟈오톈蓋叫天 205
경물로서 인물을 묘사하는以景寫人
　16
『경본통속소설京本通俗小說』「추이
　닝을 잘못 참함錯斬崔寧」 52
『경세통언警世通言』 제32권 「두스
　냥이 화가 나서 보물 상자를 강
　물에 빠뜨리다杜十娘怒沈百寶箱」
　130
곡필법曲筆法 29
공교로움이 없으면 책을 만들 수 없
　다無巧不成書 43
관닝管寧 187
관시關西 268

관싱關興 335
관위關羽 40, 110, 113, 161, 288,
　364
관핑關平 165
광쫑廣宗 287
괴안국槐安國 230
구카이즈顧愷之 343
궁 생龔生 168
궁진公瑾 162
궈쓰郭汜 110, 113
귀비貴妃 138
규장叫場 205
기계로부터 나온 신deus ex
　machina 20
기이한 가운데 기이함이 생기고,
　경물 중에 경물이 있는奇中生
　奇, 景中有景 30

ㄴ

난쥔南郡 155
난징南京 350
『남가태수전南柯太守傳』 232

남촌南村 311

냥냥娘娘 262

뉴얼牛二 269

닝궈푸寧國府 68, 281

ㄷ

다관위안大觀園 324

다밍푸大名府 70, 233, 363

다샹궈쓰大相國寺 97, 269

다오저우道州 293

다이위黛玉 21, 24, 69, 156, 246,
    248, 280

다이쫑戴宗 104, 221, 227, 272

덩위鄧禹 335

덩즈鄧芝 335

덩페이鄧飛 365

뎬웨이典韋 188

「독제오재자서법讀第五才子書法」 53

동중사인법動中寫人法 117

두스냥杜十娘 125, 126, 167

둥궈東郭 87

둥 귀인董貴人 109, 111

둥 생董生 255

둥줘董卓 110, 113, 288, 353, 354

둥징東京 97, 267, 269, 297

둥차오董超 304

둥치창董其昌 55

둥치창董其昌, 『화선실수필畵禪室隨

筆』 55

둥 태후董太后 109, 111

둥핑東平 229

디추이팅滴翠亭 21, 22

딩위안丁原 355

ㄹ

라오찬老殘 292, 294

『라오찬 여행기老殘遊記』 제2회
    145, 294

란팅위欒廷玉 365

랑쯔浪子 71

랴오양遼陽 256

량산보梁山泊 25, 26, 27, 59, 70,
    71, 72, 73, 95, 107, 147, 174,
    221, 224, 234, 262, 265, 267,
    271

량상량相 205

량 중서梁中書 87

렁쯔싱冷子興 176, 177

렁차오양冷朝陽 218

레이헝雷橫 107, 233

례류청列柳城 252

롼셴阮咸 212

루다魯達 266

루쉰魯迅 229, 314

루쑤魯肅 161, 338, 339

루안푸潞安府 351

루저우潞州 211

루쥔이盧俊義 71, 72, 73, 233

루즈盧植 286

루즈선魯智深 97, 98, 241, 265,
    306, 347, 348

룽궈푸榮國府 176, 177, 280, 283

룽먼龍門 211

뤄양洛陽 170

뤼부呂布 113, 187, 353, 356

류베이劉備 83, 88, 110, 113, 122,
    160, 162, 286

류시짜이劉熙載 121

류위춘柳遇春 125, 127

류이劉毅 196

『류이전柳毅傳』 197

류쭝劉琮 110, 112

류찬劉禪 331

류치劉琦 88, 110, 112

류탕劉唐 55, 56, 58, 59

류펑劉封 165

리구李固 71

리궁쭤李公佐 229

리뎬李典 41

리루李儒 353, 354

리르화李日華 54

리리李立 259

리보옌李伯言 308

리샤팅歷下亭 292

리스투酈士圖 344

리옌李嚴 334

리위李漁 206

리잉李膺 83

리쟈李甲 125, 126, 167

리줴李催 110, 113, 190

리쥔李俊 259

리차오웨이李朝威 195

리챠오누李巧奴 220, 222

리쿠이李逵 95, 104, 105, 174, 234

린다이위林黛玉 155, 176, 279, 313

린런蘭仁 105

린안臨安 50

린충林冲 16, 17, 18, 19, 25, 26,
    27, 28, 59, 95, 97, 147, 233,
    240, 241, 260, 266, 267, 304

린하이林海 280

링후장슈狐彰 212

■

마문강馬門腔 205

마싱제馬行街 243

마쑤馬謖 250, 251

마오 후毛后 110, 112

마오졔毛玠 341

마오쭝강毛宗崗 88, 122, 155, 159,
    167, 186, 194, 354, 364

마차오馬超 100, 333

마텅馬騰　113

먀오 생苗生　168

먀오융딩繆永定　14, 15

멍궁웨이孟公威　123

멍다孟達　333

멍저우孟州　132, 133

멍휘孟獲　333, 365

명포암폄법明褒暗貶法　137

무춘穆春　259

무흥穆弘　259

『문장변체서설文章辨體序說』　29

미 부인糜夫人　109, 111

민저우岷州　168

ㅂ

바오위寶玉　23, 69, 156, 246, 247,
　　280, 282, 315, 324

바오차이寶釵　21, 22, 23, 24, 246,
　　247, 315

바이룽먀오白龍廟　259

바이쥐이白居易　142

반허拌鶴　283

발공생拔貢生　13

발묵潑墨　54

번쓰賁四　246

베이디 왕비北地王妃　111

베이밍焙茗　283

베이징北京　91, 297

비헌碧痕　284

ㅅ

사먼 도沙門島　71

산시陝西　31

산쯔아이扇子崖　144

『삼국지연의』 제1회~제2회　290

『삼국지연의』 제3회　356

『삼국지연의』 제16회　193

『삼국지연의』 제21회　193

『삼국지연의』 제34회 협비　303

『삼국지연의』 제37회　124

『삼국지연의』 제42회　42

『삼국지연의』 제44회~57회　166

『삼국지연의』 제46회　342

『삼국지연의』 제72회　103

『삼국지연의』 제85회　337

『삼국지연의』 제95회　253

삼품　54

생신강生辰綱　147, 272

샤오옌蕭衍　219

샤오훙小紅　282

샤원옌夏文彦　54

샤피下邳　187

샤허우둔夏侯惇　41, 100, 189

샤허우위안夏侯淵　41

샤허우제夏侯杰　40, 42

샹링香菱　301

서번西番 333

석묵惜墨 54

선범善犯 109

선싱타이바오神行太保 227

선쫑쳰沈宗騫 54

선피善避 109

선피선범법善避善犯法 109

셰바오解寶 233, 363, 364

셰웨랑謝月朗 128

셰전解珍 233, 363, 364

셴더 비賢德妃 330

『수호전』 제3회 98

『수호전』 제5회 98, 349

『수호전』 제6회 243

『수호전』 제7, 8회 306

『수호전』 제8회 264

『수호전』 제10회 28

『수호전』 제11회 244

『수호전』 제13회 81

『수호전』 제13~14회 93

『수호전』 제16회 270, 299

『수호전』 제19회 59

『수호전』 제20회 62

『수호전』 제22회 65, 90, 120, 237, 317, 320

『수호전』 제23회 67, 94

『수호전』 제28회 204

『수호전』 제31회 135

『수호전』 제40회 175

『수호전』 제42회 238

『수호전』 제43회 275

『수호전』 제48회 239

『수호전』 제49회 366

『수호전』 제54회 107

『수호전』 제61회 75

『수호전』 제64회 227

숭정본『금병매』 제4회 184

쉐런구이薛仁貴 211

쉐바薛覇 304

쉐바오차이薛寶釵 155

쉐쑹薛嵩 211

쉬쑤쑤徐素素 128

쉬안더玄德 122, 162, 287

쉬유許攸 161

쉬저우徐州 187, 255

쉬추許褚 41

쉬황徐晃 341

스광위안石廣元 123

스샹윈史湘雲 313

스슈石秀 70, 71, 72, 75, 173, 174, 272

스언施恩 199, 204

스원궁史文恭 137

스원빈時文彬 87

스융石勇 365

스충石崇 170

시런襲人 156, 247, 315
시먼칭西門慶 43, 92, 181
시안西安 168
시청西城 252
시촨西川 332
시펑熙鳳 68, 69, 249, 281, 314, 321, 322, 326
심미 통감審美通感 142
싱슈옌邢岫烟 314
싸오화掃花 283
쑤저우蘇州 330
쑨 부인孫夫人 109, 111
쑨리孫立 364
쑨쉐어孫雪娥 314
쑨신孫新 364
쑨우孫五 363
쑨우쿵孫悟空 167, 314
쑨젠孫堅 110, 113, 290
쑨중孫仲 288
쑨처孫策 187
쑨취안孫權 110, 113, 160, 333
쑨푸孫富 126
쑹 가촌宋家村 56
쑹 공명宋公明 73
쑹위宋玉 77
쑹장宋江 53, 55, 56, 57, 58, 60, 61, 62, 63, 104, 105, 136, 137, 220, 222, 364, 365

쑹칭宋淸 318
쒀차오索超 76, 78, 80
쓰마스司馬師 110
쓰마옌司馬炎 110
쓰마이司馬懿 110, 250, 252, 331
쓰마자오司馬昭 110, 253

ㅇ

아더우阿斗 39
아오라이펑傲來峰 144
아이러니 138
안다오취안安道全 220, 221
안러쓰安樂寺 350
양구 현陽穀縣 64, 67
양린楊林 272, 365
양슈楊修 99, 100
양슝楊雄 70, 71, 72, 75, 173, 174, 272
양이楊儀 251
양장陽江 219
양저우揚州 151, 279, 280
양즈楊志 76, 78, 79, 80, 91, 240, 243, 265, 266
얼제二姐 45
『예개藝槪』 121
예주린野猪林 269
옌정嚴政 288
옌칭燕靑 70, 71, 72, 73, 74, 75

옌포시閻婆惜 53, 55, 56, 62

옥사장 17, 18

왕둔王敦 171

왕딩류王定六 221

왕룬王倫 26, 59, 147

왕뤄쉬王若虛 30

왕몐王冕 16

왕샤王洽 54

왕샤오위王小玉 143

왕쉬王詡 170

왕시펑王熙鳳 69, 146, 301

왕윈王允 110, 113, 267

왕진王進 95, 317

왕쩌王則 189

왕챠王洽 92

왕핑王平 251

『요재지이』「귀뚜라미促織」 29, 38

『요재지이』「리보옌李伯言」 312

『요재지이』「먀오 생苗生」 172

『요재지이』「사승死僧」 278

『요재지이』「의견義犬」 352

『요재지이』「잉닝嬰寧」 209

『요재지이』「쟈핑 공자嘉平公子」
       362

『요재지이』「주광酒狂」 15

『요재지이』「퉁 객佟客」 258

『요재지이』「훠 씨 녀霍女」 153

우너吳訥 29

우다武大 167

우 대랑武大郎 64, 65, 182

우린烏林 154

우쑹武松 64, 65, 87, 88, 89, 91,
       117, 118, 131, 132, 167, 195,
       198, 199, 234

우웨냥吳月娘 314

우융吳用 71, 91, 92, 93, 104, 105,
       272, 365

우징쩡吳景曾 344

우차오烏巢 161

우추吳楚 229

와관쓰瓦官寺 347, 348

와룽 선생臥龍先生 122

원지溫姬 359

원핀文聘 40

웨우팡閱武坊 241

웨이보魏博 212

웨이 성魏城 214, 288

웨진樂進 41

위魏 88

위수이淯水 189, 193

위안메이袁枚 29

위안사오袁紹 161

위안상袁尙 110, 112

위안수袁術 110, 113

위안양러우鴛鴦樓 87

위안춘元春 139, 140, 324

위안탄袁譚 110, 112, 113

위안하오원元好問 29

위진于禁 189, 341

윈거芸哥 284

『유림외사』 제1회 17, 19

육법 54

이링沂嶺 234

이수이沂水 308

『20년 간 내가 목격한 괴이한 일들 二十年目睹之怪現狀』 제12회 346

이홍위안怡紅園 282, 315

인취안引泉 283

잉닝嬰寧 208

잉촨潁川 286

ㅈ

자오넝趙能 259, 261

자오더趙得 259, 261

자오윈趙雲 39, 40, 114, 334

자오훙趙弘 288

장 후張后 110

장더푸彰德府 148

장랴오張遼 41, 341

장량張梁 285

장바오張保 272

장바오張寶 285

장바오張苞 335

장순張順 220, 221, 259

장슈張綉 188

장슈張繡 187

장싼張三 53, 55

장썽야오張僧繇 350

장옌위안張彦遠 350

장왕張旺 220, 223, 363

장원위안張文遠 57

장잉제張英杰 205

장주포張竹坡 131, 181, 245

장줴張角 285, 286

장타이張邰 41

장페이張飛 39, 40, 41, 161, 288

장형張橫 259

장화이관張懷瓘 54

장후張后 112

쟈다이산賈代善 180

쟈롄賈璉 280, 325, 326

쟈룽賈蓉 179, 281, 322, 325, 329

쟈바오위賈寶玉 68, 155, 176, 180, 279

쟈서賈赦 180

쟈쉬賈詡 188

쟈오다焦大 321, 322

쟈윈賈芸 22, 282

쟈전賈珍 179, 321, 322

쟈정賈政 140, 180, 246, 325

쟈주賈珠 180

쟈징賈敬　179

쟈챵賈薔　325, 329

쟈푸賈敷　179

쟈핑嘉平　358

쟈화賈化　177

쟝먼선蔣門神　132

쟝수絳樹　300

쟝시江西　14

쟝쑤江蘇　229

쟝웨이姜維　88, 365

쟝위한蔣玉函　248

쟝저우 성江州城　233

쟝저우江州　63

쟝청江城　359

저우 생周生　309

저우궁진周公瑾　162

저우랑周郎　162

저우루이周瑞　300, 301

저우위周瑜　110, 113, 159, 160, 338, 339, 365

저우진周謹　76, 78, 79

저쟝折江　229

전 후甄后　112

정경교융情景交融　295

정차이냥鄭采娘　68

졔바오解寶　235

졔전解珍　235

졔팅街亭　250, 251

졘 후甄后　109

졘캉 부建康府　220, 221

조장吊場　206

주거량諸葛亮　40, 41, 86, 88, 159, 250, 251, 331, 338

주거잔諸葛瞻　188

주거쥔諸葛均　123

주구이朱貴　26

주다싱朱大興　147, 148

주바졔猪八戒　167

주보　27

주싼라오朱三老　49

주이얼墜児　24

주쟈좡祝家莊　137, 364, 365

주쟈탕褚家堂　48

주쥔朱儁　285

주징쉬안朱景玄　55

주퉁朱仝　233

쥐톈산聚鐵山　161

쥬쓰이성九死一生　344

즈옌자이脂硯齋　68, 207, 280, 300, 314, 325

지난濟南　293

지저우冀州　114

지저우薊州　104, 107, 273

지즈繼之　344

진링金陵　178, 350

진성탄金聖嘆　26, 53, 56, 105, 72,

136, 195, 229, 260

진촨金釧 248, 301

징수이涇水 197

징양강景陽崗 117, 234

징저우荊州 355

쯔룽子龍 161

쯔줴안紫鵑 155, 156

쯔징子敬 162, 340

ㅊ

차오 황후曹皇后 109, 111

차오가이晁蓋 56, 60, 137, 147

차오런曹仁 41

차오뱌오曹彪 187

차오쉐친曹雪芹 176, 300

차오안민曹安民 189

차오양曹昂 189

차오전曹眞 333

차오정曹正 266

차오즈曹植 99, 102, 112

차오차오曹操 39, 41, 83, 99, 100,
  110, 113, 114, 154, 159, 160,
  171, 187, 188, 286, 341

차오피曹丕 99, 102, 110, 112, 331,
  333

차이중蔡中 164

차이진柴進 107, 260

차이허蔡和 164

찬핀런單聘仁 330

창반챠오長板橋 39, 40

창서長社 286

창저우滄州 28, 97, 269

창즈 현長治縣 211

천지루陳繼儒 7

청밍成名 30, 31, 32, 33, 34, 35,
  36, 37, 38

첸탕쥔錢塘君 195

촨중川中 335

추야오鋤藥 283

추이닝崔寧 44

추이다오청崔道成 347, 348

추이저우핑崔州平 123

춘위펀淳于雾 229

췌화챠오鵲華橋 292

취양曲陽 287

츄샤오이邱小乙 348

츄원秋紋 157, 284

치산祁山 365

친중秦鍾 68

친커칭秦可卿 279, 281, 300

친후이秦檜 314

칭몐서우靑面獸 265, 267

칭저우靑州 137

칭허 현淸河縣 64, 65, 66, 182

ㅋ

카쓰부哈斯寶　177

카이펑 부開封府　267

카이펑開封　97

커비넝軻比能　333

쿵룽孔融　83

쿵밍孔明　123, 160, 332, 339

ㅌ

탕 귀비唐貴妃　109, 111

탕룽湯隆　95

태부인賈母　68, 69, 282

탸오윈挑雲　283

톄쉬안鐵鉉　293

톈진天津　205

톈청쓰田承嗣　210, 212

톈한챠오天漢橋　243

퉁멍童猛　259

퉁웨이童威　259

퉁팅쥔洞庭君　196

티사양踢殺羊　272

ㅍ

판진롄潘金蓮　43, 66, 76, 92, 181,
　　195, 233, 314

판챠오윈潘巧雲　233

펑셴奉先　356

페이루하이裵如海　272

페이윈푸飛雲浦　131, 132

푸 황후伏皇后　109, 111

푸구슈濮固修　330, 344

푸쑹링蒲松齡　307

푸양滏陽　212

푸핑富平　213

핀얼顰児　24

핑얼平兒　281, 329

ㅎ

한신韓信　30

한중韓忠　288

한줘韓拙　7

함접銜接　71

항저우杭州　48

허난 윤河南尹　290

허난河南　212, 272

허베이 도河北道　212

허베이河北　205, 212

허사오지何紹基　293

허타오何濤　233

허 태후何太后　109, 111

『홍루몽』제2회　180

『홍루몽』제7회　301, 323

『홍루몽』제8회　69

『홍루몽』제12~13회　281

『홍루몽』제16회　330

『홍루몽』제18회　141

『홍루몽』 제24회 284

『홍루몽』 제27회 24

『홍루몽』 제34회 249

『홍루몽』 제36회 315

『홍루몽』 제79회 302

『홍루몽』 제96회 158

화룽花榮 136

화룽다오華容道 154

화이챠오槐橋 221

화인 현華陰縣 31

화저우華州 137

화타이滑臺 212

화허상花和尙 265

환다오춘還道村 91

황가이黃蓋 164

황생黃生 151

황안黃安 233

황원빙黃文炳 174

황청옌黃承彦 124

황푸쑹皇甫嵩 285

후난湖南 229

후루커우葫蘆口 154

후베이湖北 229

훙 교두洪敎頭 260

훙셴紅線 211

『훙셴 전紅線傳』 219

훙위紅玉 24

조관희(trotzdem@sinology.org)

연세대학교 중어중문학과를 졸업하고, 같은 학교에서 석사와 박사학위를 받았다(문학박사). 현재 상명대학교 중문과 교수로 재직하고 있으며, 한국중국소설학회 회장을 역임했다. 주요 저작으로는『글쓰기와 중국어문학 연구의 주체성』(보고사, 2014),『조관희 교수의 중국사 강의』(궁리, 2011),『조관희 교수의 중국현대사 강의』(궁리, 2013) 등이 있고, 루쉰(魯迅)의『중국소설사(中國小說史)』(소명, 2005)와 탄판(譚帆)의『중국 고대소설 평점 간론』(학고방, 2014), 데이비드 롤스톤(David Rolston)의『중국 고대소설과 소설 평점』(소명출판, 2009), 진성탄 등의『중국 고대소설 독법』(보고사, 2012), 리위(李漁)의『리위(李漁)의 희곡 이론』(공역)(보고사, 2013)을 비롯한 몇 권의 역서가 있으며, 다수의 연구 논문이 있다. 지은이에 대한 상세한 정보는 홈페이지(www.amormundi.net)로 가면 얻을 수 있다.

중국 고대소설 기법

2015년 5월 20일 초판 1쇄 펴냄

지은이 조관희
펴낸이 김흥국
펴낸곳 도서출판 보고사

책임편집 권송이
표지디자인 윤인희

등록 1990년 12월 13일 제6-0429호
주소 서울특별시 성북구 보문동7가 11번지 2층
전화 922-5120~1(편집), 922-2246(영업)
팩스 922-6990
메일 kanapub3@naver.com
http://www.bogosabooks.co.kr

ISBN 979-11-5516-362-7 93820
ⓒ 조관희, 2015

정가 18,000원
사전 동의 없는 무단 전재 및 복제를 금합니다.
잘못 만들어진 책은 바꾸어 드립니다.

이 도서의 국립중앙도서관 출판예정도서목록(CIP)은 서지정보유통지원시스템 홈페이지 (http://seoji.nl.go.kr)와 국가자료공동목록시스템(http://www.nl.go.kr/kolisnet)에서 이용하실 수 있습니다. (CIP제어번호: CIP2015012333)